Roger R. Talbot

Die letzte Prophezeiung

Roger R. Talbot

DIE LETZTE PROPHEZEIUNG

Thriller

Ins Deutsche übertragen
von Christian Försch

rütten & loening

Die deutsche Übersetzung der Bibelstellen folgt der revidierten Fassung der Lutherbibel von 1984, herausgegeben von der Evangelischen Kirche in Deutschland.

ISBN 978-3-352-00774-3

Rütten & Loening ist eine Marke der Aufbau Verlag GmbH & Co. KG

1. Auflage 2009

Einbandgestaltung Mediabureau Di Stefano, Berlin
Druck und Binden Bercker Graphischer Betrieb Kevelaer
Printed in Germany

www.aufbau-verlag.de

Dieses Buch ist Frucht der Phantasie. Die Namen von Nationen, Institutionen, Kirchen, Unternehmen, Medien und öffentlichen Personen, die tatsächlich existiert haben oder noch existieren, beziehen sich nicht auf reale Begebenheiten. Sie verweisen lediglich auf Tatsachen und Umstände, die den Mythen, Ängsten und Träumen der gesamten Menschheit angehören.

Die Schriften lassen sich in vierfachem Sinn verstehen und auslegen. Der eine nennt sich »wörtlich« (...). Ein weiterer nennt sich »allegorisch«, und das ist derjenige, der sich unter dem Deckmantel der Fabeln verbirgt: eine hinter schöner Lüge verborgene Wahrheit (...). Der dritte heißt »moralisch«, und das ist derjenige, den die Leser zum Nutzen ihrer selbst und ihrer Nachkommen in den Schriften gezielt aufspüren sollen (...). Der vierte Sinn heißt »anagogisch«, also übersinnlich; das bedeutet, dass eine Schrift sich durch spirituellen Gehalt auszeichnet.

Dante Alighieri, *Il Convivio*

ERSTER TEIL

Wir brauchen Fabeln, die der Wahrheit ähneln.
Voltaire

1

Ort: Klausurkloster der Benediktinerinnen Mater Ecclesiae
Weltzeit: Sonntag, 21. Juni, 9.00 Uhr (GMT)
Ortszeit: 11.00 Uhr (12.00 Uhr in Nazareth)

Ich flog in der höchsten Sonne Anatoliens, als ich plötzlich auf dem Berg der Nachtigall das Haus Mariens erblickte und unten im Tal die antiken Ruinen des Hafens des Orients.

Ich atmete den Wohlgeruch des Rosmarins, während der Erzengel und der Drache, den Ritus wispernd, hinabstiegen zur Krypta.

Ich hörte ihre Worte und ich sah ihre Herzen.

Ich witterte die schwarze Seele des Drachen, ihren Pechgeruch, und den Lilienduft, den das Gewand des Erzengels ausströmte, des Himmelsboten ohne Ringfinger.

Ich sah, wie der Erzengel an den Rädern drehte und die Pforte zur Krypta öffnete.

Ich folgte dem Drachen, der nackt hinunterstieg in die Krypta der Sanduhren, den Schrein öffnete und die Schriftrolle las, und in dessen Geist sich die Wahrsagung einbrannte.

Dann blendete mich das Feuer der Schriftrolle, und mein Geist entfloh, um Schutz zu suchen beim Erzengel.

Doch ich berührte seine unwissende Seele, und ich war stumm und konnte mich ihm nicht mitteilen.

Ich weinte, die Nase voller Weihrauch, als sie gen Okzident zogen.

Dann plötzlich erwachte ich, gebadet in Angstschweiß.

2

Ort: Dublin
Weltzeit: Montag, 22. Juni, 7.10 Uhr (GMT)
Ortszeit: 8.10 Uhr

Die schlammverschmierten Springerstiefel hinterließen auf dem Linoleum im Korridor eine lange Matschspur. Larry Bohan wusste ganz genau, welche Richtung er einschlagen musste, dazu brauchte er nicht die gelben Streifen, die den Weg zu den Büros wiesen. Auch die Hosenbeine seines schreiend orangefarbenen Pilotenoveralls waren mit Dreck bespritzt, und die Nähte zierten wilde Risse, als hätte sie jemand zum Spaß zerrupft. An den Ärmelbündchen bildeten sich winzige Wassertropfen, schwarz wie Torf, die allmählich anschwollen und auf den Fußboden fielen.

»Entschuldigung, wo wollen Sie hin?«

Larry Bohan blieb stehen und wandte sich um, wobei er die Hand von der Türklinke vor sich nahm. »Ich muss mit Inspector Paul Goonan sprechen. Sofort«, antwortete er.

Sergeant Bridget Walsh, die Polizistin, die ihn aufgehalten hatte, trat näher. Sie hielt ein dickes Aktenbündel in den Armen, aus dem verschiedenfarbige Mappen ragten. Sie musterte Larry Bohan vom Scheitel bis zur Sohle: Dieser Kerl mit seinen roten, schlammverkrusteten Haaren wirkte auf sie wie ein Trunkenbold, der gerade in einer Bierpfütze gelandet war.

»Würden Sie mir bitte Ihren Besucherpass zeigen?«, sagte sie entschlossen.

Larry Bohan deutete eine Geste an, die in etwa dem Durchsuchen seiner Taschen entsprechen sollte. »Ich habe keinen. An der Pforte bin ich gut bekannt. Aber ich muss sofort mit Goonan sprechen. Es geht um Leben und Tod.«

Ein junger Mann in Uniform trat auf den Flur und schaute interessiert in ihre Richtung. Bridget Walsh gab ihm ein Zeichen, er solle näher treten, dann lud sie ihm den Aktenstapel auf: »Bitte, Sean, das muss zu Superintendent Galway. Ich habe hier ein Problem zu lösen.«

Der Kollege nahm das Dossier und machte sich auf den Weg durch den Korridor.

»Und was Sie betrifft«, sagte Walsh mit Blick auf Bohan, »Inspector Goonan darf im Augenblick nicht gestört werden. Wenn Sie so freundlich wären, mir zum Ausgang zu folgen ...«

Bohan bebte vor Wut. »Ich habe keine Zeit zu verlieren«, schrie er. »Ich wurde in der Luft abgeschossen und musste die Nacht in einem verschissenen Sumpf verbringen, und deshalb gehe ich jetzt da rein ...«, und damit riss er die Tür auf.

»Das dürfen Sie nicht!« Die Polizistin versuchte, ihn zu stoppen, indem sie ihn an einem Arm festhielt, aber der Bursche war schneller und witschte in das Büro.

Vor ihm tat sich ein Chaos aus Papieren, Ordnern und Aktenmappen auf, über dem ein beißender Zigarettengestank hing, als wäre das Zimmer hermetisch verschlossen gewesen. Hinter einem Metallschreibtisch saß Inspector Paul Goonan. Er telefonierte, und seine Zigarette war nur noch ein langer Aschezylinder, der sich wundersamerweise am Filter hielt. Überrascht fixierte er die beiden Eindringlinge, ohne ein Wort zu sagen. Er deckte instinktiv die Muschel mit der rechten Hand ab, und da fiel die Asche auf den mit Papieren übersäten Schreibtisch.

Bridget schnellte vor und platzierte sich zwischen Larry Bohan und dem Inspector. »Entschuldige, Paul, ich habe versucht, ihn aufzuhalten, aber ...«

»Es geht um Leben und Tod!«, unterbrach Bohan sie.

Mit einer Handbewegung brachte Goonan die beiden zum Schweigen, dann redete er weiter ins Telefon: »Verzeihen Sie, ich muss Sie in ein paar Minuten zurückrufen. Danke, bis nachher.« Er legt den Hörer auf, und seine scharfen hellblauen Augen musterten in aller Ruhe den jämmerlichen Zustand des Burschen. »Larry, was zum Teufel tust du hier?«, fragte er ihn in gelassenem Ton. »Ist jetzt nicht Zeit für deine erste Halbe?«

Bohan war nicht in der mentalen Verfassung, um die Ironie aus den Worten des Inspectors herauszuhören. Er war verängstigt und angespannt. »Ich habe drei gebraucht, um mich von dem Schreck zu erholen«, murmelte er, wobei er an der Beamtin vorbei an Goonans Schreibtisch trat.

»Du kannst uns ruhig allein lassen, Bridget«, sagte Goonan. »Und danke für deine Hilfe.«

»Aber er hat keinen Pass!«, protestierte sie.

»Lass uns ruhig allein«, wiederholte der Inspector.

»Gut«, nickte die Polizistin. Sie warf diesem Typen, der sie vor ihrem Vorgesetzten lächerlich gemacht hatte, einen hasserfüllten Blick zu, dann schloss sie behutsam die Tür. Das Klappern ihrer Absätze verhallte auf dem Flur.

»Hör zu, Goonan ...«, fing der Kerl an.

»*Inspector Detective* Goonan«, unterbrach ihn der Angesprochene sofort.

»Richtig: Inspector Detective Goonan ...«, fing Bohan wieder an und wollte sich setzen.

Goonan stoppte ihn erneut: »Nein, ich bitte dich, den Stuhl würde ich gerne noch benutzen, wenn wir beide fertig sind.«

»Ach, Scheiße, Inspector Detective Goonan«, platzte Bohan heraus. »Die haben mir den Deltadrachen unter dem Arsch weggeschossen, ich habe die Nacht versteckt in einer Jauchegrube verbracht, ich komme hier bibbernd an, und dann habe ich noch nicht einmal einen Stuhl verdient? Wofür zum Geier zahle ich eigentlich Steuern?«

Goonan konnte sich ein Grinsen nicht verkneifen. Man brauchte Geduld mit diesem Mythomanen, und außerdem war er wirklich neugierig zu hören, was ihm diesmal widerfahren war. »Okay, setz dich, treuer Steuerzahler«, sagte er ironisch.

Bohan nahm Platz. Goonan zog ein frisches Päckchen Zigaretten hervor, das unter dem Papierwust auf dem Fensterbrett hinter ihm begraben gewesen war, und öffnete es.

»Zigarette?«, fragte er.

Der andere schüttelte den Kopf.

»Schade …«, meinte der Inspector, während er sich eine anzündete, »das war ein Geschenk der Garda Síochána, der überaus freundlichen irischen Polizei.«

Bohan verlor endgültig die Fassung. Er schlug mit den schlammverkrusteten Fäusten auf den Schreibtisch.

»Die haben versucht, mich umzubringen, verdammte Scheiße!«

Der Polizist nahm einen tiefen Zug. Dann ließ er den Rauch gemächlich ausströmen. »Tatsächlich?«, fragte er und tat, als dächte er über die Schwere dieser Behauptung nach.

»Goonan, heiliger Strohsack, mir ist nicht nach Scherzen zumute. Ich bin über An Nas geflogen, und da haben sie auf mich geschossen. Schau!«

Der Bursche zeigte auf eine Stelle am Oberkörper, wo sein Overall zerrissen und angekohlt war, und hielt sie dem Inspector unter die Nase.

Goonan beugte sich vor, warf einen flüchtigen Blick darauf und lehnte sich wieder zurück. Das sah tatsächlich wie die Spuren eines Streifschusses aus, aber bei einem wie Larry Bohan musste man mit allem rechnen, auch mit einer peinlich genauen Vorspiegelung falscher Indizien. »Und wo ist der Bauer, der auf dich geschossen haben soll?«

»Kein Bauer«, antwortete der Bursche und erhob sich. Er schaute sich sorgfältig um und setzte sich mit theatralischer Geste wieder hin.

»Terroristen«, flüsterte er, wobei er sich zu dem Inspector vorbeugte.

Goonan unterdrückte sein Lachen, und um es zu überspielen, hustete er ein paar Mal, als hätte er sich am Rauch verschluckt.

»Vier«, sagte der andere. »Und das waren sogar Araber, sage ich dir.«

»Hmm ...«, nickte der Inspector ernst. »Damit wir uns richtig verstehen, Larry: Das ist jetzt das dritte Mal in zwei Jahren, dass du hier wegen eines Unfalls mit deinem Drachen Anzeige erstatten willst. Beim ersten Mal hast du behauptet, sie hätten dich heruntergeholt, beim zweiten Mal ...«

»Diesmal ist es anders«, unterbrach Bohan ihn, »sie haben auf mich geschossen. Siehst du das nicht?« Er zerrte wieder an dem Overall. »Scheiße noch mal, du müsstest mal sehen, wie die meinen Drachen zugerichtet haben ...«

»Und warum hätten dich vier arabische Terroristen ins Visier nehmen sollen? Bist du über eine Moschee geflogen? Verletzung des arabischen Luftraumes?«

Bohan verschlug es für einen Moment die Sprache, dann fuhr er fort: »Da gibt es gar nichts zu lachen«, sagte er bedeutungsschwanger. »Die haben auf mich geschossen, weil ich Zeuge einer Entführung wurde.«

Goonan betrachtete die Zigarette und beschloss, sie auszumachen, auch wenn sie erst zur Hälfte aufgeraucht war. Er war dabei, die Geduld zu verlieren.

»Eine Entführung«, wiederholte er.

»Ja, die Entführung eines Politikers.«

»Wer ist es denn? Ein Abgeordneter? Der Premierminister?«

»Schlimmer, Goonan. Die haben den aus Russland gekascht. Den Glatzkopf mit dem Feuermal am Schädel, wie heißt er noch mal, zum Henker … Gorbotschow.«

»Gorbatschow?«

»Genau der!« Bohan strahlte.

Das Telefon auf dem Schreibtisch läutete. Der Inspector betrachtete das Display und legte die Hand auf den Hörer. »Larry, zum Glück bist du gleich gekommen, um mir das zu sagen. Jetzt musst du aber draußen warten, ich habe den Premierminister auf der roten Leitung, das ist wichtig.«

»Den Premierminister?«

»Ja, sicher … Gorbatschow, der Russe, ist sein Freund, und solche Neuigkeiten verbreiten sich wie im Flug. Jetzt geh raus und warte auf mich. Dauert nur einen Moment, ich erledige schnell die Staatsgeschäfte, und dann bin ich bei dir.«

Larry kratzte sich den Handrücken. Eingetrocknete Schlammkrümel fielen auf den Boden. Goonan betrachtete ihn stumm. »Geh jetzt«, ermunterte er ihn.

Der Bursche ging hinaus, machte die Tür hinter sich zu, und der Polizist konnte endlich den Hörer aufnehmen: »Inspector Goonan …«

Es war Bridget Walsh: »… ich habe hier einen Kerl in der Leitung, der behauptet, jemand hätte sein Pferd aufgegessen, roh, und …«

»Kümmere du dich darum, Bridget, hier wurde gerade Gorbatschow entführt.«

»Was?«, fragte sie bestürzt.

»Das ist der jüngste Einfall von Larry Bohan, dem Typen in dem orangefarbenen Overall, den du hier gesehen hast. Ich weiß nicht, was er sich noch ausdenken würde, um an die Versicherungsprämie zu kommen …«

»Die Welt ist voller Verrückter, Chef.«

»Jepp, und wir sind die Aufpasser im Irrenhaus.«

Goonan legte wieder auf und fuhr sich über die Stirn. Das war ein böser Wochenauftakt, wenn dir ausgerechnet der Sohn des alten Bohan ins Büro schneite, Larry, genannt Flying Guiness, weil er dazu neigte, sich im Vollsuff an seinen Deltadrachen zu hängen. In zwei Jahren zwei Mal versuchter Versicherungsbetrug, und er gab immer noch nicht auf. Nicht mitgerechnet die Anzeigen wegen Sachbeschädigung und die vielen Abmahnungen wegen Schlägereien.

Wie üblich war die Geschichte nicht nur außerhalb Blackrocks, seines Dienstbezirks, passiert, sondern sogar außerhalb Dublins. Für Larry existierte sowieso nur ein Polizeibeamter in Irland: der Freund seines Papas, Paul Goonan. Aber das Ding mit Gorbatschow war ein dicker Hund. Zu dick, selbst für einen wie Larry, die »fliegende Halbe«. Er hatte Lust, ihn wegzuschließen, ihn blasen zu lassen und ihn mal ordentlich durch die Mangel zu drehen. Aber das wäre reine Zeitverschwendung gewesen. Das war nun mal sein Schicksal: sein Leben im Büro zu verbringen, um sich mit trinkfreudigen Mythomanen und Pferdefleischfressern herumzuschlagen. Aber er wäre nicht fähig gewesen, irgendeinen anderen Beruf auszuüben. Er war fast vierzig, in seinem Kamm blieben immer mehr Haare hängen, und die einzige Zerstreuung in seinem Leben war eine halbherzige Beziehung zu Margaret, einer zärtlich-willfährigen Kindergärtnerin, die sich seit fast einem Jahr um ihn kümmerte. Aber wenn die Entführer eines Gorbatschow auf der Matte standen, dann musste man den Fall verfolgen, und zwar nach Vorschrift.

Bohans Kopf schob sich erneut ins Büro.

»Soll ich die Formulare ausfüllen?«

Seufzend bedeutete Goonan ihm einzutreten. »Ja, Larry, alle Formulare. Das ist eine Frage nationaler Sicherheit.«

3

Ort: Rom
Weltzeit: Dienstag, 23. Juni, 8.31 Uhr (GMT)
Ortszeit: 10.31 Uhr

Liam schaute sich um, in seine Neugier mischte sich respektvolle Hochachtung.

Er hatte sein Leben den Büchern gewidmet und für diese Passion sogar sein Land verlassen. Jetzt, mit vierzig, war er Universitätsprofessor und sorgte dafür, dass seine Schüler aus Büchern lernten, er veröffentlichte Bücher, rezensierte Bücher, und abends, ehe er in einem fast immer leeren Bett einschlief, war sein liebster Zeitvertreib, Bücher zu lesen. Und doch war für ihn ein Antiquariat eine ungewohnte Umgebung.

Die vier Wände um ihn herum waren mit alten Regalen aus Nussbaum bedeckt, auf denen Tausende von Büchern standen: Wiegendrucke, mit Miniaturen geschmückte Kodizes, illustrierte Bände, Rara, mit wertvollen Einbänden oder schlichten, die dafür aber zu Unikaten gehörten. Berühmte Meisterwerke der bürgerlichen Literatur des 19. und 20. Jahrhunderts, Einzelbände der Enciclopedia, Berichte der Grand Tour, Theatra Mundi, bis hin zu Werken der Theologie, dem Fach, das Liam seit über fünf Jahren hier in Rom unterrichtete, an der PUST, der Päpstlichen Universität Heiliger Thomas von Aquin. Er dachte darüber nach, dass ihn das alles nie wirklich fasziniert hatte: Bibliotheken hatte er immer voller

Liebe betrachtet, Antiquariate dagegen mit einem gewissen Vorbehalt, denn diese Orte wurden für gewöhnlich weniger von Lesern, als vielmehr von Sammlern frequentiert, einem Menschenschlag, zu dem er entschieden nicht gehörte. Er hatte nie verstanden, welche Befriedigung es verschaffen konnte, ein Buch zu kaufen, das man nicht lesen, sondern nur besitzen wollte.

An jenem Vormittag jedoch, im Hinterzimmer dieses Antiquariates, fühlte er sich merkwürdigerweise in seinem Element. Er war eingehüllt in eine Atmosphäre der Stille, einer erfüllten Stille, wie im Innern einer ländlichen Kapelle.

Er schaute auf die Uhr: kurz nach halb elf. Komisch, dass Molteni noch nicht da war. Der Professor, der sich mit ihm hier verabredet hatte, rühmte sich immer seiner Pünktlichkeit.

Aus einer Seitentür tauchte ein Buchhändler in mittleren Jahren auf. Er trug weiße Handschuhe und hielt einen Band in Händen, den er vor Liam auf das Lesepult legte. Er führte diese Operation mit einer Behutsamkeit aus, als hätte er eine Seifenblase zu transportieren.

»Dies ist es«, sagte er feierlich.

Liam Brine runzelte verblüfft die Brauen: »Aber ich warte nur auf … Ich habe nichts bestellt.«

»Professor Molteni hat uns genau instruiert: Wenn er kommt, bringen Sie ihm das Buch.«

Nach diesen Worten verabschiedete sich der Angestellte und verschwand.

Liam betrachtete den Einband des Werkes: eine Oktavausgabe der Apokalypse des Johannes. Er zog sich ebenfalls ein Paar der Handschuhe über, die zur freien Verfügung auf dem Tresen lagen, und blätterte in den ersten Seiten. Es war eine Ausgabe aus dem späten 18. Jahrhundert, auf der einen Seite der griechische Text und daneben die italienische Übersetzung. Er klappte das Buch wieder zu, prüfte den Buchrücken und schlug es erneut auf, an der Stelle, an der das Lesebändchen steckte.

Es waren die drei berühmtesten und rätselhaftesten Zeilen der ganzen Bibel. Er hatte sie immer derart prachtvoll gefunden, dass er Lust bekam, sie laut zu lesen: »Wer Verstand hat, der überlege die Zahl des Tieres; denn es ist die Zahl eines Menschen, und seine Zahl ist sechshundertsechsundsechzig.«

»Die Zahl des Antichristen«, überraschte ihn eine Stimme in seinem Rücken. »Eine Rechnung, die im Laufe der Jahrhunderte die verschiedensten Ergebnisse gezeitigt hat, und immer waren sie falsch: von Nero bis Hitler.«

Liam drehte sich um. »Du dagegen kannst sie richtig auslegen, stimmt's?«

»Natürlich«, sagte Professor Molteni lächelnd.

Die beiden umarmten einander.

»Du siehst blendend aus«, sagte Liam, während er den Freund betrachtete. Tatsächlich sah er sich einem alerten Siebziger in Khakihosen und Tropenjacke gegenüber. In der offenen Hemdbrust sah man wie gewohnt den Ring, der an einem Kettchen baumelte. Das gebräunte Gesicht kontrastierte mit dem Weiß von Kopfhaar und Bart.

»Das scheint nur so, Liam«, antwortete Molteni ernst. »Diese schöne Farbe, Frucht meines alljährlichen Urlaubs in der Türkei, dient lediglich dazu, eine Menge Sorgen zu übertünchen.«

Liam Brine suchte in der Miene seines Freundes eine Spur Ironie, aber er fand sie nicht. »Was machst du hier in Rom?«

»Die offizielle Version ist, dass die Freunde der Kongregation für die Glaubensdoktrin mich ab und zu noch um Rat bitten«, erklärte Molteni zerstreut.

»Und die inoffizielle?«

»Es sieht gar nicht so aus«, fuhr der Professor fort, die Frage ignorierend, »aber die Welt ist immer noch voller Häresien.

Die aufsehenerregendsten, wie die von Lefèvre und Milingo, landen in der Zeitung. Andere nicht, weil man eingreift, manchmal mit Entschiedenheit, manchmal diskret …« Er näherte sich dem Lesepult und hob das Buch mit bloßen Händen an.

Liam entging dieser Verstoß gegen die Gesetze des Ortes nicht, aber er sagte nichts.

»Und?«, fragte Molteni. »Was hältst du davon?«

»Ich weiß nicht, Andrea. Was steckt dahinter?«

»Eine jahrtausendealte Geschichte«, antwortete der Professor beiläufig, während er die Seiten umblätterte.

Liam lächelte. »Andrea«, sagte er, »du kommst nach Ewigkeiten wieder einmal nach Rom und bestellst mich zu einem Treffen, weil du meinen Rat zu einer Ausgabe der Apokalypse willst. Was weiß ich schon, was du nicht wüsstest? Außerdem hast du sowieso schon entschieden, dass du das Buch kaufst. Sonst hättest du Handschuhe angezogen.«

Er hielt inne, dann fragte er noch einmal im Flüsterton: »Was steckt dahinter?«

Molteni schlug das Buch zu und presste es an seine Brust, wodurch die Verstümmelung des linken Ringfingers ins Auge stach. Er warf einen schnellen Blick auf die Tür, als ob er fürchtete, gestört zu werden, und zwar mit einer Besorgnis, die Liam übertrieben vorkam.

»Liam«, fragte er in gewichtigem Ton, »erinnerst du dich an meine Vorlesung über die gnostischen Häresien, beim Konvent von Assisi?«

»Seitdem sind mehr als zwanzig Jahre vergangen«, antwortete Liam nach einigen Sekunden.

»Ich kann mich bestens an diesen impertinenten irischen Jungspund erinnern, der vor allen Studenten aufstand, um mir zu widersprechen.«

Liam breitete die Arme aus.

»Und wer hatte recht?«, fragte Molteni.

»Du«, gab Liam zu. »Aber wenn einer zwanzig ist, muss er alles zur Diskussion stellen.«

Molteni näherte sich ihm und legte ihm eine Hand auf die Schulter. »Siehst du, Liam, heute dagegen musst du mir vertrauen. Ohne Diskussion. Ich habe eine schwere Aufgabe. Und ich brauche dich.«

Sie sahen einander an. Einen Moment lang erkannte Liam im Blick seines alten Lehrers und Mentors etwas Neues: Angst.

Das Glöckchen über der Tür, das plötzlich ertönte, ließ Molteni zusammenfahren. Er brauchte einen Augenblick, um sich zu fangen, dann schaute er auf die Uhr.

»Wir sind spät dran.«

»Wir?«

»Bitte, komm für ein paar Minuten mit ins Hotel, es ist gleich hier um die Ecke. Danach werden wir Gelegenheit haben zu sprechen, in aller Ruhe.«

Liam lächelte: Molteni würde sich nie ändern. »Worum geht es? Eine deiner üblichen telefonischen Verabredungen?«

Der Professor zuckte die Achseln und ging mit dem Buch in Händen Richtung Tür. »Ich gehe bezahlen«, sagte er.

»Weißt du was, vor einigen Jahren hat man eine wundersame Erfindung gemacht: das schnurlose Telefon«, juxte der andere, um die angespannte Atmosphäre zu zerstreuen.

Molteni blieb auf der Schwelle stehen und sagte lächelnd: »Teufelswerk.«

Er ging geradewegs in den Hauptraum zum Verkäufer, Liam folgte ihm in einigem Abstand und blieb mit neugierigem Blick an einer Serie alter Drucke hängen, die die *Ara Pacis Augustae*, den Friedensaltar des Augustus, darstellten.

Molteni unterschrieb einen Scheck und gab dem Händler eine Karte. »Schicken Sie es bitte an diese Adresse.«

Er holte einen Füllfederhalter aus der Jackentasche, öffnete das Buch und schrieb einige Worte auf das Frontispiz, ohne sich um die bestürzte Miene des Antiquars zu scheren.

Liam nahm diese Szene aus dem Augenwinkel wahr, vom anderen Zimmer aus. Er hatte das vage Gefühl, dass irgendetwas daran nicht stimmte, aber erst viele Stunden später würde er begreifen, was.

»Gehen wir«, sagte Molteni und schaute erneut auf die Uhr.

4

Ort: London
Weltzeit: Dienstag, 23. Juni, 9.48 Uhr (GMT)
Ortszeit: 10.48 Uhr

Beim dreizehnten Läuten, auf das keine Reaktion kam, packte Alanna die Wut, und sie schleuderte das schnurlose Telefon aufs Sofa. Dann setzte sie sich auf die Kante und seufzte beunruhigt.

Sie nahm das Telefon wieder zur Hand und versuchte erneut, die Nummer in Dublin zu wählen. Die Leitung war immer frei, aber das wollte nicht viel heißen. Sie fing an, ruhelos im Zimmer herumzugehen. Sie warf einen Blick auf das Foto im Regal: In einem Silberrahmen war ein lächelndes Paar zu sehen, Arm in Arm, um die sechzig, er mit dunklem Teint und schwarzen Augen, sie mit makellos milchweißer Haut und einer derart hellblauen Iris, dass sie durchsichtig schien. Vater und Mutter. Es wirkte wie das Bild einer Werbekampagne für die ethnienübergreifende Liebe. Beim sechsten Läuten sprang der Anrufbeantworter an.

Ein Stich fuhr aus ihrem Magen durch den ganzen Leib. Inzwischen waren es drei Tage, dass sie erfolglos versuchte, ihren Exmann David zu erreichen, sowohl über das Handy wie über das Festnetz. Und was das Büro anging, da hatte man ihn seit Freitag nicht gesehen, ohne dass er sich abgemeldet hätte.

Alanna trat zum Spiegel und kontrollierte, ob die Anspannung auch in ihrem Gesicht Spuren hinterlassen hatte. Nur zwei leichte Tränensäcke, obwohl sie sich die ganze Nacht schlaflos im Bett gewälzt hatte.

Auch wenn sie sich vor über einem Jahr getrennt hatten, war es noch nie vorgekommen, dass sie so lange nichts voneinander gehört hatten. Um genau zu sein, meldete er sich seit ein paar Monaten beinahe täglich, voller Reue und mit der klaren Absicht, sie zurückzuerobern, trotz der Distanz: sie in London, er in Dublin. Dann plötzlich dieses lange Schweigen. Nicht einmal ihre E-Mails hatte er beantwortet, ein weiteres Indiz, dass etwas nicht stimmte, denn ihr Exmann lebte praktisch in Symbiose mit der Computertastatur.

Alanna nahm wieder das Telefon und rief David auf dem Handy an. Diesmal war es ausgeschaltet.

Keine Frage, es war etwas passiert. Er schaltete es nie aus, auch nachts nicht oder während der allerwichtigsten Besprechungen, wo er einfach nur den Klingelton abstellte.

Schließlich entschied sie, dass sie schon allzu lange gezögert hatte. Sie suchte den Palm in ihrer Handtasche und scrollte durch das Adressbuch. Irgendwo musste sie diese Nummer noch haben. Und tatsächlich, da war sie: Alanna hatte sie vor zwei Jahren oft verwendet, nach dem Diebstahl und dem Wiederauftauchen von Davids Jaguar. Sie rief sofort an und wartete einige Sekunden in der Leitung. Dann: »Polizei Dublin. Kann ich Ihnen helfen?«

Alanna atmete tief ein und antwortete: »Ja. Ich möchte eine Vermisstenanzeige aufgeben.«

»Warten Sie einen Moment, bitte.«

Wenige Augenblicke später hörte sie die Stimme einer Frau: »Polizei Dublin. Sergeant Bridget Walsh. Womit kann ich Ihnen helfen?«

»Ich will eine Vermisstenanzeige aufgeben«, wiederholte sie.

»Seit wann ist die Person verschwunden?«

»Seit drei Tagen.«

»Wohnt die Person in diesem Distrikt?«

»In der Cross Avenue.«

»Aber ich sehe, dass Sie von außerhalb anrufen.«

»Aus London.«

»Sind Sie mit der verschwundenen Person verwandt?«

»Ich bin die Exfrau.«

Bridget Walsh machte eine Pause. »Einen Moment«, fuhr sie fort. »Ich werde versuchen, Sie mit Inspector Paul Goonan zu verbinden.«

5

Ort: Rom
Weltzeit: Dienstag, 23. Juni, 9.49 Uhr (GMT)
Ortszeit: 11.49 Uhr

»*Tempus venturum, Magister.*«*

»*Volumen servandum, Custos.*** Wie geht es Euch, Mutter Valeria?«

»Mein altbekanntes Leiden gönnt mir eine Ruhepause, Meister. Aber ein neues lässt meine Seele gefrieren.«

»Sprecht.«

»Die Novizin, die ich zu meiner Nachfolgerin erwählt habe.«

»Scheint sie Euch nicht auf der Höhe? Ihr könnt Eure Wahl immer noch widerrufen. Oder habt Ihr bereits das Protokoll in Gang gesetzt?«

»Das ist es nicht, Meister. Die Novizin hat Visionen.«

»Woher wisst Ihr das?«

»Ich fand einen Eintrag in ihrem persönlichen Tagebuch.«

»Und was besagt er?«

»Ihr wisst, wie ungern ich jemandem nachspioniere ...«

»Das verstehe ich, aber es ist Eure Rolle als Hüterin, die es Euch auferlegt. Was schrieb die Novizin?«

»Den Bericht einer Vision. Etwas, das in einer Mittsommernacht passiert ist, in Ephesus, in der Türkei. Die Novizin

* (lat.) Die Zeit wird kommen, Meister.

** (lat.) Die Schrift zu bewahren, Hüter.

schreibt wörtlich ›in der höchsten Sonne Anatoliens‹ und ›auf dem Berg der Nachtigall das Haus Mariens‹. Das lässt keinen Zweifel.«

Am anderen Ende der Leitung folgte ein langes Schweigen.

»Meister, die Novizin berichtet in dieser Vision von zwei Männern, einem Erzengel und einem Drachen, die in die ›Krypta der Sanduhren hinabsteigen‹. Dann dreht ›der Erzengel an den Rädern und öffnet die Pforte‹, der Drache steigt nackt hinunter in die Höhle, öffnet den Schrein und liest die Rolle … Meister, als Hüterin des Okzidents kenne ich die Stätte des Orients nicht. Und noch viel weniger dürfte die Novizin sie kennen. Aber sie beschreibt ganz offenkundig den Ritus der Sonnwendöffnung.«

Wieder folgte ein langes Schweigen.

»Die Analogie ist beeindruckend«, flüsterte schließlich der Meister. »Es kann sich aber auch um einen Zufall handeln.«

»Wartet, die Novizin beschreibt auch Eure … Verstümmelung. Sie schreibt: ›der Erzengel ohne Ringfinger‹, und es ist sicher, dass sie Euch nie gesehen hat!«

»Wann habt Ihr die Schrift gefunden?«

»Gestern, Meister, und tags zuvor war sie noch nicht da … Ich hätte Euch gerne früher angerufen, aber ich habe mich an die Regeln gehalten und den vereinbarten Termin abgewartet.«

»Unglaublich«, murmelte die Stimme am anderen Ende. Dann fuhr sie fort, einen beschwichtigenden Ton anschlagend: »Beruhigt Euch, Mutter Valeria, es gibt keinen Grund, sich zu ängstigen. Wenn die Novizin zu Eurer Nachfolgerin bestimmt ist, wird sie in Kürze erfahren, was sie vorausgeahnt hat. Dies scheint ein Zeichen des Himmels, das die Weisheit Eurer Wahl bestätigt. Ihr solltet Euch glücklich preisen!«

Diesmal war es ihre Replik, die auf sich warten ließ. Als die Oberin sprach, lag Furcht in ihrer Stimme: »Meister, das ist noch nicht alles …«

»Sprecht.«

»In dem Tagebuch steht, dass das Feuer der Schriftrolle sie blendete. Versteht Ihr?«

Jetzt war der Tonfall des Mannes ebenfalls alarmiert. »Und weiter?«, fragte er.

»Nichts weiter, bis auf ein kleines Detail, das mich erstaunt hat, weil es sich vom Ritus des Okzidents abhebt: Die Novizin redet von Weihrauchduft. Hier bei uns haben wir ihn, wie Ihr wisst, nie benutzt.«

Die Stimme des Mannes verriet eine Aufwallung von Wut, die sich in einem halb erstickten Fluch entlud. »Vielleicht ist die Prophezeiung in Gefahr«, sagte er dann. »Ich muss das sofort überprüfen. Ich rufe Euch morgen wieder an, zur selben Uhrzeit.«

»*Tempus venturum, Magister.*«

»*Volumen servandum, Custos.*«

Professor Molteni legte auf. Einige Sekunden lang betrachtete er seinen linken Ringfinger, an dem zwei Glieder fehlten, bis die Sorge unerträglich wurde. Vielleicht hatte er selbst es zugelassen, dass die Schriftrolle des Orients vernichtet wurde. Er ging zur Minibar, nahm ein Glas und schenkte sich zwei Fläschchen Scotch ein.

6

Ort: Dublin
Weltzeit: Dienstag, 23. Juni, 9.50 Uhr (GMT)
Ortszeit: 10.50 Uhr

Es gab Hering, das hatte er im Gefühl. Diesmal würde es ganz bestimmt Hering geben.

Inspector Goonan schob die Akten zur Seite und räumte in der Mitte des Schreibtischs eine Fläche frei. Dann zog er aus der Jackentasche ein dreieckiges, in Alufolie eingeschlagenes Päckchen und legte es auf die Tischplatte. Vorsichtig wickelte er das Stanniolpapier ab und enthüllte ein riesiges Sandwich. Er untersuchte es, um zu sehen, was seine Margaret diesmal hineingepackt hatte. Sie war nicht nur eine äußerst zärtliche Frau, sondern hatte auch ein Händchen für exzellente Lunchpakete.

Das war sein tägliches Ritual, der Imbiss am späten Vormittag. Er hielt sich das Sandwich unter die Nase, schloss die Augen und begann, es zu beschnuppern. Da, bitte, sofort entfaltete sich dieser scharfe Meeresgeruch. Die Heringe waren da, das hatte er ja von Anfang an gespürt. Und dann … was war dieser vertraute Fettgeruch? Gesalzene Butter? Oder vielleicht Mayonnaise? Oder, noch besser, beides zusammen? Er linste unter das Brot, das er vorsichtig mit dem Daumen anhob. Jawohl, Butter und Mayonnaise. Und nicht zu übersehen war auch die dünne grüne Scheibe, die aus den Innereien hervorlugte. Die heiß geliebten Gurken! Er schloss die Augen wieder: Er hatte geschummelt, es galt nicht, wenn man hineinsah. Aber was war denn dieser andere leichte Zitrusgeruch, der gar nicht dazugehörte und doch perfekt passte? Er atmete tief ein. Orangenschalen? Er öffnete die Augen und schaute nach, indem er eine Lage aufklappte. Richtig geraten, Orangenschalen. Gebenedeite Margaret: Das war keine x-beliebige Zutat, sondern ein leuchtender Stern in der Kosmologie der Geschmäcker. Er klappte das Sandwich sorgfältig zu, packte es mit beiden Händen und hob es an den Mund. Er nahm den ersten Bissen, und sein Gaumen gab sich dem Genuss hin. Genau in diesem Augenblick läutete das Telefon.

»Himmel, Arsch und Zwirn«, brummte er mit vollem Mund.

Er legte das Sandwich auf das Stanniolpapier, schluckte den Bissen hinunter und nahm den Hörer auf.

»Ach Scheiße, Bridget, ich bin gerade beim Essen«, sagte er mit Blick auf das Display.

»Scheint dringend zu sein, Paul. Und Galway ist nicht da.«

»Worum geht es?«, fragte er ungeduldig.

»Eine vermisste Person.«

Goonan gab sich geschlagen: »Okay, stell durch.«

Der Inspector setzte sich im Stuhl zurecht. »Inspector Detective Paul Goonan, wie kann ich Ihnen helfen?«

Alanna am anderen Ende der Leitung atmete tief ein. Dann antwortete sie: »Ich möchte gerne das Verschwinden meines Exmannes anzeigen.«

»Mit wem spreche ich?«

»Alanna Hamdis«, stellte die Frau sich vor. Sie buchstabierte ihren Namen und fügte hinzu: »Ich rufe aus London an.«

Goonan notierte sich den Namen auf einem losen Zettel. »Ihr Mann wohnt in Dublin?«

»Ja, mein Exmann«, korrigierte Alanna ihn. »Er wohnt in Dublin, in der Cross Avenue.«

Nichts zu machen, dachte Goonan, während er einen melancholischen Blick auf sein Sandwich warf, genau sein Zuständigkeitsbereich, und auf die Schnelle würde er diesen Fall keinem anderen unterjubeln können.

»Seit wann haben Sie kein Lebenszeichen mehr von ihm, Misses …«, er las den Namen auf dem Zettel, »… Hamdis?«

»Seit drei Tagen.«

»Und wann haben Sie sich zum letzten Mal gesehen?«

Alanna dachte einen Moment nach. »Er kommt oft nach London, um mich zu besuchen. Das letzte Mal vor zwei Wochen.«

Goonan machte weiter Notizen. »Seit wann sind Sie geschieden?«

»Wir leben getrennt. Seit ungefähr anderthalb Jahren.«

Goonan überlegte kurz, ehe er die nächste Frage stellte. »Und wie ist Ihr Verhältnis seitdem?«

»Bestens, wie gesagt. Er kam mich oft besuchen, mindestens zwei, drei Mal im Monat.«

»Er hat sich nicht zufällig nur ein langes Wochenende gegönnt?«

»Das hätte er mir angekündigt.«

»Womöglich hat er eine andere Frau kennengelernt …«

Alanna schwieg. »Er ist auch vom Arbeitsplatz verschwunden«, sagte sie dann. »Sie haben ihn seit Freitag nicht mehr gesehen.«

»Was macht er beruflich?«

»Er ist Mathematiker. Er arbeitet in Dublin für einen Großkonzern im Informatikbereich.«

»Vielleicht hat er beschlossen, sich ein paar arbeitsfreie Tage zu genehmigen«, mutmaßte Goonan.

»Es gibt noch etwas, worauf ich mir keinen Reim machen kann, Inspector.«

»Bitte!«

»Ich warte auf eine Überweisung von ihm. Er hatte mir fest zugesagt, dass er sie bis zum Wochenende tätigen würde.«

»Wie hoch war sie?«

»Fünftausend Pfund.«

»Nun, bei der Summe würde ich auch abtauchen«, witzelte Goonan.

Alanna gab keinen Kommentar ab, aber der Inspector spürte, wie eine eisige Welle durch den Telefondraht rauschte. Er versuchte, die Situation zu entschärfen: »Hat er Feinde?«

Alanna dachte nach. Dann sagte sie: »Es fällt mir einfach niemand ein. Er ist ein besonnener Mann.«

»Hat er finanzielle Probleme?«

»Keineswegs. Er verdient ausgesprochen gut.«

»Laster? Die Rennbahn? Glücksspiel?«

»Nein. Wie gesagt, er ist Mathematiker: Er kennt die Wahrscheinlichkeitsgesetze.«

Mit der freien Hand fing Goonan an, sein Sandwich wieder einzuwickeln. »Haben Sie ein Foto, das Sie uns schicken können?«

»So viele Sie wollen.«

»Wie alt ist Ihr Exmann, Misses Hamdis?«

»Am 20. Mai ist er vierundvierzig geworden.«

»Besondere Kennzeichen? Irgendetwas Auffälliges, was weiß ich, einen Bart oder eine sichtbare Tätowierung?«

»Er hat eine Glatze. Und er hat ein großes Feuermal oben an der Stirn.«

»Ein großes Feuermal?«, wiederholte Goonan überrascht.

»Ja. Haben Sie Gorbatschow vor Augen?«

7

Ort: Rom
Weltzeit: Dienstag, 23. Juni, 9.51 Uhr (GMT)
Ortszeit: 11.51 Uhr

Andrea Molteni trank den Scotch auf ex. Der Alkohol brannte in seiner Kehle und am Mageneingang, hatte aber keine beruhigende Wirkung. Molteni versuchte, klaren Kopf zu bewahren und die jüngsten Ereignisse Revue passieren zu lassen.

Er war bereits voller Sorge aus Ephesus, dem heutigen Selçuk, zurückgekehrt, aber offensichtlich war die Lage noch schlimmer als gedacht. Vor einigen Monaten hatte ihm der alte Hüter des Orients auf dem Totenbett anvertraut, dass es dort zum Schutz der Rolle nicht nur den Hüter, sondern eine ganze Bruderschaft gebe, die noch auf die Zeit der ottomanischen Invasion zurückgehe, und innerhalb dieser eine Art Oppositionsgruppe. Nachdem man jahrhundertelang den Originaltext der Apokalypse gehütet hatte, hatte jemand jetzt beschlossen, die Schriftrolle des Orients zu vernichten. Diese Nachricht stellte nicht nur eine ernsthafte Gefahr für die Prophezeiung dar, sondern auch für Moltenis Leben. Dies war der Grund für seine Besorgnis, die er im Antiquariat vor Liam so schlecht hatte kaschieren können.

In seinem Kopf spukten noch andere Bilder und Worte herum. An der Stätte des Okzidents gab es eine Novizin, die derart exakte Visionen hatte, dass es einem den Atem verschlug: Sie hatte genau seinen verstümmelten Ringfinger beschrieben, ohne ihn jemals gesehen oder von ihm gehört zu haben. Sosehr er auch an eine Sphäre gewöhnt war, in der Mysterium und Glaube koexistierten – er hatte doch Mühe, Mutter Valerias Bericht zu glauben.

Weitere Bilder drängten sich ihm auf, die noch viel beunruhigender waren: Zwei Tage zuvor war Molteni spätnachmittags vom neuen Hüter des Orients in die Krypta geführt worden, eben zum Zweck der Sonnwendöffnung. Die Schwüle an jenem Tag schien gar nicht nachlassen zu wollen. Der neue Hüter gefiel Molteni nicht, doch er hatte in dieser Frage kein Mitspracherecht, genauso wenig, wie irgendein Hüter sich in seine Wahl des Nachfolgers als Meister hätte einmischen dürfen. Die erforderlichen Voraussetzungen waren skrupulös erfüllt worden: Der Mann war Gelehrter, streng katholisch und ohne familiäre Bindungen. Er war vom alten Hüter fast ein Jahrzehnt lang unter Beobachtung gehalten worden, und nachdem der Kandidat von seiner gewichtigen Investitur erfahren hatte, hatte er alle folgenden Phasen des Protokolls mit Bravour gemeistert. Und doch gab es etwas an ihm, was Molteni sofort gestört hatte: die eckigen Bewegungen, die Einsilbigkeit, ein bestimmter eiskalter Blick und die totale Unfähigkeit, sich ein Lächeln abzuringen. Vor allem hatte ihm die Aufwallung von Wut und Bestürzung missfallen, die der neue Hüter nur mit Mühe hatte kaschieren können, als er ihm, der Regel entsprechend, mitteilte, dass im Okzident eine zweite Schriftrolle existierte.

Schließlich waren sie zum ersten Mal zusammen hinunter in die Krypta gestiegen, um die Öffnung der Tür der Sanduhren zu zelebrieren. Der neue Hüter war unbekleidet, wie es die konstantinische Regel vorschrieb: *Und der Meister möge Sorge tragen, dass der Hüter die Krypta nackt betrete, um zu verhindern, dass er unter seinen Kleidern die Schriftrolle oder eine heimlich gefertigte Kopie verberge.*

Molteni dagegen war am Rad geblieben, auch er folgte damit den Vorschriften der Regel: *Und der Schrein möge fern der Pforte zur Krypta stehen, damit es dem Meister nie gestattet werde, die Prophezeiung kennenzulernen, da diesem obliegt, am Eingang zu verharren.*

All das gehorchte dem Ritus, der *die Schriftrolle vor einem etwaigen Verrat des Meisters bewahrt, da der Hüter, falls er dessen gewahr wird, die Schriftrolle sofort vernichten kann;* und der sie auch schützt vor *einem etwaigen Verrat des Hüters, denn es liegt in der Macht des Meisters, den Hüter beim allergeringsten Verdacht lebendig zu begraben, indem er das Rad loslässt.*

Die konstantinische Regel war peinlich genau befolgt worden, und doch musste der Hüter Molteni hintergangen haben. Die Vision der Novizin ließ keinen Zweifel, sie hatte sogar ein Detail erklärt, das er bis dato nicht durchschaut hatte: Der neue Hüter war mit ihm in die Krypta hinabgestiegen, wobei er eine ungewöhnliche, nach Weihrauch duftende Fackel mitgeführt hatte, er hatte sie in ihre Halterung gesteckt und dann nackt die Krypta der Schriftrolle betreten. War das der Trick, fragte sich Molteni jetzt, mit dem er sie vernichtet hatte? Indem er womöglich das verwendet hatte, was die Regel ihm zubilligte? Er erinnerte sich an den Passus: *Und dem Hüter sei möglich, die Schriftrolle im Falle unvermittelter Gefahr unverzüglich den Flammen zu übergeben, deren stille Seele in geringer Menge im Schrein neben der Schriftrolle gelagert werden soll.* Es handelte sich dabei um eine Ampulle mit Pulvern, die das legendäre Griechische Feuer entfachen konnten, die tödliche Trockenflamme, die über Jahrhunderte die byzantinischen Küsten gesichert hatte.

Wenn die Vision der Novizin stimmte, hieß das, dass Molteni sich wie ein Kind hatte übertölpeln lassen. Der Weihrauch war nicht von ungefähr da gewesen: Er hatte den Geruch der verbrannten Schriftrolle überdeckt. Danach war der neue Hüter herausgekommen, als wäre nichts gewesen.

Wer hätte mit so etwas rechnen können? Die Präsenz eines Verräters innerhalb eines Ordens, der für den Rest der Welt gar nicht existierte. Wie hatte sich dieser Mann so geschickt unter die Beschützer der Prophezeiung einschleusen und sogar das Vertrauen des Hüters gewinnen können? Wie war es ihm gelungen, über ein Jahrzehnt lang seine Absichten zu verbergen, ohne dass jemand auch nur das Geringste geahnt hätte? Wenn die Dinge sich so verhielten, dann bedeutete das eine Katastrophe, und Molteni war sich durchaus darüber im Klaren, dass in gewisser Weise er dafür verantwortlich war. Er musste unverzüglich nach Ephesus zurückkehren und sich persönlich davon überzeugen, ob die Vision der Novizin der Wahrheit entsprach.

Molteni nahm seinen Koffer und öffnete ihn auf dem Bett. Nach wenigen Minuten hatte er gepackt. Blieb noch eine Sache zu tun, die wichtigste: Er musste seinem Nachfolger eröffnen, welche Rolle ihm zugedacht war. Das Protokoll war zwar eben erst in Gang gesetzt worden, doch seine Lage zwang ihn, die Prozedur zu beschleunigen.

Jemand klopfte an der Tür.

Das muss Liam sein, dachte Molteni. Er wird keine Lust mehr haben, länger zu warten. Er ging öffnen und rang sich ein Lächeln ab, aber dieses Lächeln erstarb sofort auf seinem Gesicht.

8

Ort: Rom
Weltzeit: Dienstag, 23. Juni, 9.54 Uhr (GMT)
Ortszeit: 11.54 Uhr

Liam wurde langsam ungeduldig. Molteni war vor zwanzig Minuten aufs Zimmer gegangen, und er selbst hatte sich in die kleine Hotelhalle gesetzt, um auf ihn zu warten. Er blätterte zerstreut in einer Ausgabe des *Messaggero* herum, aber die Einstellung der Klimaanlage war wirklich übertrieben. Er stand auf und ging an die Rezeption.

»Kann ich Ihnen helfen?«, fragte der Portier, indem er den Blick vom Computermonitor hob.

»Könnten Sie Professor Molteni bitte mitteilen, dass Mister Brine draußen auf ihn wartet?«

»Sicher«, nickte der Mann.

Liam bedankte sich und trat durch die Glastür ins Freie. Er blieb auf dem Gehweg stehen und kämpfte mit dem extremen Sprung zwischen der Gefrierfachtemperatur der Hotellobby und der schwülen Hitze draußen.

Zwei junge Mädchen kamen vorbei: breite Gürtel, Jeans und pastellfarbene T-Shirts, die den Blick auf den Bauchnabel freigaben. Ein Typ lehnte sich aus dem Fenster eines kleinen Fiat und rief etwas in römischem Dialekt. Die Mädchen ignorierten ihn.

Liam drehte sich zur Tür, in der Hoffnung, Molteni auftauchen zu sehen, aber die Lobby war immer noch leer. Die Sache kam ihm kurios und auch ein bisschen beunruhigend vor. Er konnte sich nicht erinnern, seinen alten Freund in all den Jahren jemals so aufgeregt gesehen zu haben. Nicht nur hatte er seine Fragen in der Buchhandlung nicht beantwortet, auch bis zur Ankunft im Hotel hatte er nur um den heißen Brei herumgeredet. Und was sollte diese schwere Aufgabe sein, auf die er angespielt hatte? Was konnte einen betagten, pensionierten Theologieprofessor vor eine schwere Aufgabe stellen? Vielleicht ein gesundheitliches Problem? Unwahrscheinlich: Molteni war im Marschtritt von der Buchhandlung bis zum Hotel gegangen, hatte geredet wie ein Wasserfall und nie angehalten, um Atem zu schöpfen. Vielleicht also finanzielle Sorgen? Aber auch das war kaum denkbar: Er war ein Experte für Antiquarisches, Berater der wichtigsten italienischen Auktionshäuser. Und dann war er gerade erst von einem Türkeiurlaub zurückgekommen und in einem Hotel abgestiegen, das alles andere als billig war.

In Gedanken versunken, zog Liam das Handy aus der Sakkotasche. Er hatte im Antiquariat den Ton abgestellt und sah auf dem Display, dass ihm vor etwa einer Stunde ein Anruf entgangen war, außerdem hatte er eine SMS bekommen. Er ließ den Daumen über die Tastatur gleiten und öffnete das Menü. Der entgangene Anruf stammte von seiner Schwägerin Alanna, ebenso die SMS, die lakonisch lautete: »Ruf mich an.« Komisch, er hatte seit Monaten nichts von ihr gehört. Er zögerte einen Moment, ob er sie sofort anrufen oder einen günstigeren Zeitpunkt abwarten solle, als ein asiatisches Paar auf ihn zutrat.

»Kolosseum?«, fragte der Mann.

Liam war verblüfft: Sie waren ganz schön weit ab vom Schuss. Er kramte in seinem Gedächtnis und beschrieb dann grob den Weg, den sie einschlagen mussten. Die beiden bedankten sich mit einer leichten Verbeugung und gingen in die angegebene Richtung.

In diesem Moment befiel ihn eine merkwürdige Empfindung: Er meinte, in der Luft ein dumpfes Sirren zu hören und hatte das Gefühl, dass etwas Ausladendes über seinem Kopf schwebte.

Es war eine Frage von Sekundenbruchteilen. Nach einem Flug über vier Stockwerke krachte Andrea Molteni neben Liams Füßen auf das Straßenpflaster.

ZWEITER TEIL

Alle Dinge gründen sich auf die Zahl, denn sie ist derart beschaffen, dass wir ohne sie weder etwas denken noch wissen könnten. Die Natur der Zahl und der Harmonie gestattet keinen Betrug, denn der Betrug ist ihr nicht eigen.

Philolaos

9

Ort: Patagonien, Region Chubut
Weltzeit: Dienstag, 23. Juni, 10.01 (GMT)
Ortszeit: 7.01 Uhr

Der Jeep holperte über die Piste. Er verlor für eine Sekunde die Bodenhaftung und krachte dann wieder auf die Fahrbahn, wobei er eine Staubwolke aufwirbelte, die noch dichter war als die in seinem Rücken.

Im Wageninnern klammerte Michael Doornick sich noch fester an den Beifahrergriff und warf dem Fahrer einen prüfenden Seitenblick zu. Ricardos Gesichtszüge verrieten keinerlei Emotion. Der Bursche war geübt im Schlagloch-Rodeo und schien nicht gewillt, das Tempo zu drosseln.

Doornick dagegen fühlte sich, obwohl er diesen Weg seit einem Monat täglich zurücklegte, gar nicht wohl. Weder in diesem Landstrich noch bei diesen Leuten, die ihn allzu sehr an Mexiko erinnerten, wo er die letzten drei Jahre gearbeitet hatte. Ihm gefiel weder die allzu große Vertraulichkeit Ricardos noch die Unterwürfigkeit, mit der ihn alle anderen Argentinier behandelten, denn er wusste genau, dass sie seine Auftraggeber für Invasoren hielten, die sie abschätzig *terratenientes* – Feudalherren – nannten. Aber was hatte er im Grunde damit zu schaffen? Er war ein Lohnabhängiger wie sie, wenn auch sicher der bestbezahlte. Die Wahrheit war, wie einmal ein alter Campesino zugegeben hatte, eine einzige: Argentinien war ein Land im Ausverkauf. Ex-Präsident Menem hatte die Veräußerung einer Landfläche genehmigt, die über 1,7 Millionen Hektar entsprach. Aber das war erst der Anfang: Im September des Vorjahres waren nicht weniger als 45,5 Millionen Hektar zwischen den Anden und der Küste an Privatleute und Großkonzerne abgetreten worden. Prachtvolles Land, im Übrigen. Land, das sich zum Ackerbau und zur Viehzucht eignete, reich an Wasser und mit einer Luft, so rein wie im Garten Eden. Spekulanten aus aller Welt hatten sich auf dieses Geschäft gestürzt, auch Nationalhelden wie der Fußballer Gabriel Batistuta oder der Fernsehmoderator Marcelo Tinelli hatten sich ihre Scheibe abgeschnitten. Aber das waren Brosamen im Vergleich zu den Latifundien, die große internationale Tycoons gekauft hatten, Leute wie der CNN-Gründer Ted Turner oder die italienischen Benetton-Geschwister, die weltweit bekannt waren für ihre aggressive Werbung gegen Rassendiskriminierung. Und selbst das waren nur Brosamen im Vergleich zum Filetstück, einem Territorium mit Viehweiden, Feldern, Mineral- und Wasservorkommen, die einen ganzen europäischen Staat alt aussehen ließen: der Großgrundbesitz, den Amir Khan Al Ammar erworben hatte, der sechstreichste Mann der Arabischen Emirate und Doornicks Arbeitgeber.

Ricardo nahm die Kurve mit einem solchen Tempo, dass der Jeep sich fast überschlagen hätte.

»*Fucking idiot*«, brummte Doornick in seiner Muttersprache. »Noch so ein Ding, und ab morgen reitest du ein Maultier«, fügte er dann in dem anglo-mexikanischen Kauderwelsch hinzu, das er für Spanisch hielt.

Ricardo scherte sich nicht um die Drohung, sondern nahm eine Hand vom Lenkrad, um nach vorn zu zeigen: »Sieh mal, Boss.«

Rund hundert Meter weiter hatte sich vor der Baustelle Dreiundzwanzig eine dichte Menschentraube gebildet. Es musste schon wieder passiert sein. Wie gewöhnlich zum Ende der Nachtschicht, wenn sie vor lauter Erschöpfung kaum noch stehen konnten.

Doornick verfluchte das Ingenieursdiplom, das ihm, am Tag nach dem Fall der Berliner Mauer erworben, paradoxerweise gestattete, durch die Weltgeschichte zu reisen und nur neue Mauern zu errichten. Auf die dreitausendzweihundertachtundsechzig Kilometer zwischen Indien und Bangladesch folgte ein weiteres Mauerprojekt, zwischen Mexiko und den USA, anfangs mit über tausend Kilometern geplant und dann vom Senat zurückgestutzt auf »nur« sechshundert, plus achthundert Kilometer Barrieren verschiedenen Typs. Und nun war er hier in Patagonien mit einer neuen Mauer befasst, die für die Augen der Welt nicht so leicht zu erkennen und seiner Meinung nach völlig nutzlos war. Aber was konnte er schon tun? Die Menschheit schien versessen zu sein auf Mauern.

Ingenieur Doornick war inzwischen einer der weltweit größten Experten auf diesem Gebiet, doch obwohl er gerade aufgrund seiner Erfahrung ausgewählt worden war, hatte man ihm diesmal einen aberwitzigen Zeitplan auferlegt. Und dafür würde er jetzt wieder eine Quittung erhalten.

Ricardo bremste und brachte den Jeep etwa zwanzig Meter vor der Menge zum Stehen. Sechzig oder siebzig Arbeiter, die im Kreis standen wie beim Hahnenkampf. Jemand drehte sich um, sah den Jeep und spuckte wütend auf die Erde.

Als Doornick die Hand auf den Türgriff legte, hielt Ricardo ihn auf und deutete mit einem Blick nach hinten. Doornick nickte. Der Fahrer lehnte sich aus dem Sitz und nahm das Gewehr. Die beiden stiegen aus.

Aus der Menge löste sich sofort ein athletischer Typ mit gewaltigen Schultern. Er rempelte ein paar Leute zur Seite und kam in großen Schritten auf den Jeep zu.

»*Qué pasa*, Teodoro?«, fragte Doornick.

»Noch einer, *jefe*«, antwortete der Mann.

Der Ingenieur schaute auf die Gruppe. Sie hatten sich alle zu ihnen umgedreht, und der Kreis hatte sich geöffnet, so dass man die Leiche eines Mannes auf der Erde sehen konnte.

Doornick versetzte der Autotür einen Tritt. Dann stützte er die Hände auf die Kühlerhaube, wobei er den Leuten den Rücken zuwandte und den Kopf zwischen die Schultern zog. Er blieb mindestens eine Minute unbeweglich stehen, bis er sicher war, dass auch jeder seine Reaktion bemerkt hatte.

»Wie ist es passiert?«, fragte er, während er sich umdrehte und sich der Leiche näherte.

Teodoro und Ricardo folgten ihm.

»Ein Stützpfeiler hat nachgegeben. Sie waren zu dritt. Die anderen sind noch rechtzeitig aus der Grube gekommen, aber er hatte keine Kraft mehr«, erklärte Teodoro.

»Der Arzt?«

»Ist an der Baustelle Sechsundzwanzig. Wir haben ihn gar nicht erst gerufen. Er hätte nichts mehr tun können.«

»Hatte der Mann Familie?«

»Keine Frau. Aber einer der Brüder arbeitet hier. Er ist da drüben in der Hütte, gemeinsam mit Juan«, antwortete Teodoro und zeigte auf eine rechteckige Baracke.

Die Menge teilte sich und gab den Weg frei zu der Leiche am Boden. Die Blicke hatten viel von ihrer anfänglichen Feindseligkeit verloren, und das Getuschel war vollständig verstummt. Doornick kniete sich nieder.

Es war ein Junge um die vierzehn. Man hatte sein Gesicht gesäubert, aber die Nasenhöhlen und die Augenränder hingen noch voller Erde. Doornick legte ihm eine Hand auf die Brust. Es war, wie wenn man sich auf einen platten Fußball stützt. Der Brustkorb war eingedrückt. Er stand auf und ging auf die Baracke zu.

Teodoro steckte sich eine Zigarette in den Mund und folgte

ihm, während Ricardo noch eine Weile stehen blieb. Er wusste, dass die Arbeiter seine Anwesenheit ebenso wenig begrüßten wie die des Gringos, aber er zeigte sich gern als der Mann, der die Flinte in der Hand hielt.

»Ich wundere mich immer, dass keiner aufmuckt«, sagte Doornick im Gehen. »Kein Schmähruf, keine erhobene Faust.«

»Wollen Sie eine Geschichte hören, Jefe?«, fragte Teodoro.

»Eine Geschichte?«, wiederholte der Ingenieur und blieb einige Meter vor der Hütte stehen.

»Ja«, Teodoro machte eine Pause, um sich eine Zigarette anzustecken, »eine Geschichte.«

»Schieß los«, sagte Doornick.

Teodoro nahm einen tiefen Zug und begann zu reden:

»Bevor ihr kamt, hat dieses Land immer den Cardenas gehört, Adeligen mit spanischem Blut. Die Letzte aus der Familie war die *señora*. Bei ihr haben sie aufgemuckt.«

Doornick verstand nicht recht. Er starrte ihn interessiert an.

»Die Señora wurde von ihren Campesinos umgebracht«, fuhr Teodoro fort. »Zu zweihundert haben sie die Villa überfallen und angezündet. Sie ist bei lebendigem Leib verbrannt.«

»Muss ich mit derselben Behandlung rechnen?«

»Nein, Jefe. Die Señora liebte Hunde.« Teodoro machte eine weitere Kunstpause, dann fuhr er fort. »Eines Tages warf sie der Hundemeute einen Diener zum Fraß vor, der bei Tisch den Wein verschüttet hatte.«

»Dann haben sie gut daran getan, sie umzubringen.«

»Es war nicht wegen dieses Dieners. Die Leute hier haben Angst und Geduld.« Teodoro wandte sich der Gruppe von Arbeitern zu. Sie luden gerade den Leichnam auf einen alten Pick-up. »Es hat nicht weniger als vier Menschen gebraucht, die von den Hunden zerfleischt wurden, ehe sie beschlossen, diese alte Irre aus dem Weg zu räumen.«

Dann fixierte er Doornick, der den Blick erwiderte.

»Und wir sind schon bei Nummer drei …«

»Angst und Geduld währen nicht ewig, Jefe.«

Doornick schluckte. »Gehen wir mit dem Bruder verhandeln«, schloss er und ging zur Hütte.

10

Ort: Dublin
Weltzeit: Dienstag, 23. Juni, 10.10 Uhr (GMT)
Ortszeit: 11.10 Uhr

»Gorbatschow? Der russische Ex-Präsident?«, fragte Goonan und wurde blass.

»Ja, abgesehen vom Alter sieht David ihm verblüffend ähnlich«, antwortete Alanna.

Der Inspector atmete scharf durch die Nase ein. »Können Sie bitte einen Moment in der Leitung warten?«, fragte er.

»Ja«, sagte sie.

Goonan drückte auf die Stand-by-Taste und legte den Hörer hin. Er nahm das Sandwich und räumte es schnell zur Seite. Das Ritual konnte warten. Er schob den Aktenstapel, der sich zu seiner Linken erhob, in die Tischmitte, blätterte ihn schnell durch und nahm eine Akte heraus, auf deren Deckel mit Bleistift geschrieben stand: LARRY BOHAN – 22. JUNI. Er schlug sie auf und verteilte die Blätter auf dem Schreibtisch. Dann aktivierte er die Leitung wieder.

»So, bitte, Frau Hamdis, ich muss Ihnen einige Fragen stellen. Zur Präzisierung.«

»Bitte.«

Goonan überflog die erste Seite des Vernehmungsprotokolls. »Was sagt Ihnen ›An Nas‹?«

Alanna schwieg ein paar Sekunden lang. »Annas?«

»Ja, An Nas«, wiederholte Goonan.

Alanna zögerte, ehe sie antwortete, und als sie redete, drückte ihr Ton Unbehagen aus: »Annas bedeutet im Arabischen ›die Menschen‹. Es gibt eine Sure im Koran, die …«

Goonan kratzte sich am Kopf. Wovon zum Teufel redete die Frau? Er unterbrach sie: »Nein, es muss da eine … Verwechslung geben. An Nas ist eine Kleinstadt, etwa dreißig Meilen südlich von hier. Südlich von Dublin, meine ich.«

»Verstehe«, sagte Alanna, noch angespannter. »Aber was hat das mit David zu tun?«

»Haben Sie Ihren Exmann jemals von An Nas reden hören? Der Ort liegt auf dem Land. Womöglich hat er hin und wieder einen Ausflug dorthin gemacht …«

»Das kann ich mir nicht vorstellen. Ich habe fast zwei Jahre mit ihm in Dublin gelebt. Wir sind auch ziemlich viel herumgefahren, aber in der Regel die Küste entlang. Warum?«

»Also: Ich habe vor mir eine Aussage liegen, eine komische Geschichte, die ausgerechnet am vergangenen Sonntag passiert sein muss.« Goonan steckte sich eine Zigarette an. »Bisher hatte ich der Sache nicht viel Bedeutung beigemessen, weil sie von jemandem stammt, der … nicht besonders glaubwürdig ist.«

Der Inspector unterbrach sich, weil er merkte, dass er Informationen weitergab, die nichts zur Sache taten.

»Wie auch immer«, fuhr er fort, »diese Person ist ein fanatischer Drachenflieger. Vor zwei Tagen, am Einundzwanzigsten, ist er vom Mount Leinster in den Blackstair Bergen losgeflogen. Jedenfalls, ich erspare Ihnen die Einzelheiten … Er ist eine ganz schöne Strecke Richtung Norden geflogen und dann, in der Gegend von An Nas … nun … er behauptet, da sei ihm etwas Merkwürdiges zugestoßen.«

»Ich verstehe nicht, was das mit …«

»Warten Sie. Jetzt lese ich direkt aus der Aussage vor.« Goonan nahm ein zweites Blatt und begann zu lesen. »›Der Zeuge gibt an, dass er, während er die Felder bei An Nas, südlich von Dublin, überflog, an einem Bauernhof vorbeikam. Er gibt weiter an, dass ein Mann an selbiger Stelle eine Salve aus einer Schnellfeuerwaffe auf ihn abgab, die der Zeuge als Maschinengewehr unbekannter Bauart identifiziert hat.‹«

»Ich verstehe immer noch nicht«, unterbrach ihn Alanna besorgt.

»Bitte haben Sie noch eine Minute Geduld. ›Der Zeuge gibt an‹«, las Goonan weiter, »›dass besagte Salve die Stabilität des von ihm gesteuerten Fluggerätes so weit beeinträchtigte, dass er zu einer Notlandung inmitten eines Kornfeldes gezwungen war. Aufgrund dieser Folge von Ereignissen hat das Fluggerät, wie der Zeuge angibt, irreparable Schäden davongetragen. Der Zeuge behauptet des Weiteren, von dem Mann, der ihn beschoss, sowie von drei weiteren bewaffneten Komplizen verfolgt worden zu sein. Hierbei handle es sich, laut Zeuge, wahrscheinlich um Terroristen arabischer Herkunft, denen er nur entkommen konnte, indem er sich zuerst zwischen den Kornähren und dann in einem Morast versteckte, wo er bis zu den frühen Morgenstunden des Folgetages, des 22. Juni, ausharrte.‹«

Goonan verschnaufte. »Und jetzt kommen wir zum Punkt, Frau Hamdis … ›Zum möglichen Motiv für diesen Angriff auf seine Person befragt, erklärt der Zeuge, er sei sich sicher, dass das einzig plausible Motiv in dem Geschehnis liege, dem er aus der Luft beigewohnt hatte, ehe er unter Beschuss geriet, will sagen: der Überführung eines gefesselten und mit Augenbinde versehenen Mannes aus einem schwarzen Lieferwagen unbekannter Bauart in das obengenannte Gehöft. Der Zeuge gibt des Weiteren an, er sei überzeugt, dass es sich bei dem Gefangenen um den russischen Ex-Präsidenten Michail Gorbatschow handelte. Diese Überzeugung rührt von einem großflächigen Feuermal auf der Stirn des Entführten her, das der Zeuge eindeutig erkannt haben will.‹«

»Wollen Sie behaupten, David sei entführt worden?«, fragte Alanna tonlos.

»Wir wollen keine voreiligen Schlüsse ziehen, Frau Hamdis: Wie ich bereits sagte, ist der Zeuge wenig glaubwürdig. Zudem sind die Kollegen aus An Nas gestern, auf meine Veranlassung, zu dem Gehöft gefahren. Es erwies sich als vollkommen verlassen. Und es gab nichts, was die Angaben des Zeugen gestützt hätte: keine Patronenhülse, kein einziges verdächtiges Fundstück. Dann haben sie das Kornfeld abgesucht und nicht einmal die Reste des Drachens gefunden. Kurz: Alles hat uns zu der Überzeugung geführt, dass es sich um einen versuchten Versicherungsbetrug handelt. Das wäre bei dem fraglichen Subjekt auch nicht der erste.«

»Und David?«, schluchzte Alanna. Dann wurde ihr Ton aggressiver: »Wie viele Leute kennen Sie, die solch ein Feuermal auf der Stirn haben? Und wie viele von ihnen sind gerade dieser Tage verschwunden und haben dazu erstmals in ihrem Leben das Telefon abgestellt?«

Goonan schwieg eine Weile. Als er weitersprach, klang seine Stimme todernst: »Können Sie zu uns nach Dublin kommen, Frau Hamdis?«

»Ich nehme den ersten Flug, Inspector.«

Goonan seufzte. »Wir erwarten Sie.« Er drückte die Zigarette aus, die er praktisch nicht geraucht hatte. »Noch etwas: Haben Sie die Möglichkeit, uns auf der Stelle das Foto Ihres Mannes zu schicken? Per Fax oder besser noch per Mail?«

»Ja, sicher. Geben Sie mir Ihre E-Mail-Adresse.«

Goonan diktierte sie, dann fühlte er sich genötigt, die Frau zu trösten: »Seien Sie unbesorgt, ich versichere Ihnen, dass wir alles tun werden, um ihn zu finden, Ihren Exmann, Herrn …«

»Brine«, antwortete Alanna, »David Brine.«

11

Ort: Rom
Weltzeit: Dienstag, 23. Juni, 10.13 Uhr (GMT)
Ortszeit: 12.13 Uhr

Liam schrie noch immer. Ein Mädchen, wenige Meter entfernt, schluchzte unter Schock, ein anderes stützte es, als müsste es jeden Augenblick in Ohnmacht fallen. Ein Mann mit Jackett und Krawatte brüllte die Adresse des Hotels in sein Handy. Er schrie, sie sollten sich beeilen, und starrte dabei auf Moltenis Körper. An den Fenstern tauchten bestürzte Gesichter auf, aber die Neugier war stärker als der Schrecken.

Liam hatte sich neben den Freund gekniet, zitternd vor Entsetzen.

Moltenis Körper war entstellt, der rechte Arm und das Bein in einen unnatürlichen Winkel verdreht. Am linken Fuß fehlte der Schuh. Liam wusste nicht, was er tun sollte. Er erinnerte sich, gelesen zu haben, dass man in solchen Fällen den Körper nicht bewegen sollte, um irreparable Schäden an der Wirbelsäule zu verhüten. Allerdings durfte das noch das geringste Übel sein.

Während der Professor versuchte, ein Wort zu artikulieren, rann ihm ein dunkler Blutfaden aus dem Mund. Molteni hob mit Mühe die linke Hand an den Ring, den er am Hals trug, als wollte er ihn abnehmen. Liam öffnete das Kettchen, um Molteni das Atmen zu erleichtern, aber der Professor hielt seine Hand fest und presste sie um den Ring.

»Buch …«, war das Einzige, was er flüstern konnte.

Liam drückte seine Hand noch fester und beugte sich über ihn. Er weinte. »Halte durch, Andrea.«

Um sie herum hatte sich eine Traube von Passanten gebildet: ein Dickicht aus Sandalen, zwei Paar schwarzen Church's, hochhackigen Schuhen, Sneakers und Slippern.

Einen Moment später verließen Molteni die Kräfte, und seine Hand glitt auf den Asphalt. Zwei Männer lösten sich schnell aus der Menge: Die Vorstellung war zu Ende.

Liam richtete sich auf und steckte den Ring heimlich in die Tasche.

12

Ort: Dubai
Weltzeit: Dienstag, 23. Juni, 10.51 Uhr (GMT)
Ortszeit: 14.51 Uhr

Ein heftiger Wind fegte über den Creek und kräuselte das Wasser im Kanal. Eine weiße Limousine überquerte, eskortiert von zwei Mercedes-SUVs derselben Farbe, die Garhoud Bridge, die Bur Dubai mit Deira, dem Hotelviertel, verband. Nach dem Anblick der eintönigen Landschaft konnten die Augen sich auf dem Wasserarm endlich ein wenig entspannen, ehe sie sich in der Skyline aus Wolkenkratzern und Kränen verloren. Die drei Wagen, die aus Abu Dhabi aufgebrochen waren, hatten die Sheikh-Zayed-Road hinter sich gelassen und schoben sich nun schon seit über einer Stunde durch den chaotischen Stadtverkehr. Am Ende der Brücke bogen sie nach links ab, in die Al-Garhoud-Road, und passierten den prunkvollen Eingang des Dubai Creek Golf & Yacht Clubs, einer Anlage mit Achtzehn-Loch-Parcours, die zu den besten der Welt gehörte und zu deren Attraktionen ein Hotel mit über zweihundert Zimmern, zweiundneunzig Chalets, sechs Nobelrestaurants, zwei Clubhäuser in futuristischem Design und einhunderteinundzwanzig Liegeplätze für Yachten bis einhundertdreißig Fuß zählten. Die drei Autos hielten am Kai der Anlage.

Aus den zwei SUVs sprangen sechs Männer, die sich schützend um die Limousine gruppierten. Sie trugen elegante

Anzüge, aber an ihren Bewegungen erkannte man die Bodyguards.

Auf der Brücke der Yacht vor ihnen, einer Azimut von hundertsechzehn Fuß Länge, erschien, hinter zwei Matrosen in Uniform, der betagte Scheich Mohammed. Er stützte sich auf seinen Stock und lächelte, während er die Szenerie beobachtete. Obwohl der Prinz viele Feinde hatte, war Dubai einer der sichersten Orte der Welt, und diese ganze Choreographie war reine Wichtigtuerei.

Der Chauffeur der Limousine sprang heraus, um den hinteren Wagenschlag zu öffnen. Zuerst stieg ein junger Araber mit einem ledernen Aktenkoffer aus. Der Mann wurde von einer so plötzlichen und heftigen Windbö überrascht, dass es ihm fast die *kufiya* vom Kopf geblasen hätte. Erst nach einiger Zeit stieg auch der zweite Passagier aus, ein Mann um die fünfzig mit akkurat gestutztem Schnurrbart und durchdringendem Blick aus grünen Augen. Er trug den *thawb*, das traditionelle, bis zu den Knöcheln reichende weiße Baumwollhemd, und auf dem Kopf eine Kufiya derselben Farbe, die von einer doppelten schwarzen Kordel gehalten wurde. Die beiden Männer schauten Richtung Yacht, und als sie dem Blick des Scheichs begegneten, verbeugten sie sich respektvoll. Mit einer Geste wies der Scheich einen Matrosen an, die Besucher in Empfang zu nehmen, dann zog er sich zurück.

Die Neuankömmlinge liefen eilig über die Landungsbrücke.

»Der Friede sei mit Euch«, begrüßte sie der Matrose.

»Mit Euch sei der Friede«, antworteten die beiden Männer gemeinsam.

Der Matrose verbeugte sich und bat die beiden, ihm nach drinnen zu folgen.

Scheich Mohammed Bin Sultan Al Janabi, Emir des Ra's al-Chaima, erwartete sie, auf einem mit rot- und goldgemustertem Damast bezogenen Sessel sitzend, in seinem großzügigen

Salon. Er trug einen schwarzen Thawb, der ebenfalls golden gesäumt war, eine weiße Kufiya und hielt einen dünnen Knotenstock in den Händen. Seine Gesichtszüge verschwanden fast vollständig hinter einem unnatürlich schwarzen Bart und einer großen Brille mit getönten Gläsern.

»Der Friede sei mit Euch«, sagte der Scheich.

»Mit Euch sei der Friede«, entgegneten die beiden Gäste, sie traten näher, man gab einander die Hand und berührte des anderen Wange mit dem rituellen Kuss.

»Setzt Euch, *Prinz*«, forderte Mohammed den älteren der beiden Männer auf, wobei er den Titel betonte. »Und auch Ihr, Herr Hussayn«, fügte er hinzu, zu dem Mann mit dem Aktenkoffer gewandt.

Prinz Amir Khan Al Ammar und sein junger Sekretär Hussayn nahmen Platz, Ersterer neben dem Scheich, der andere in gebührendem Abstand.

»Verzeiht unsere Verspätung, Hoheit«, fing Amir Khan an. »Die Windverhältnisse erlaubten nicht, mit den Hubschraubern aufzusteigen.«

»Allah hat Euch trotzdem gestattet, hier zu sein«, antwortete der Scheich.

»Gepriesen sei der Allmächtige«, gab der Prinz zurück.

Ein thailändischer Domestik in makellos weißer Livree mit goldenen Knöpfen stellte ein großes Silbertablett mit Teekanne, Kaffeekanne und einem Porzellanservice auf den Tisch.

»Wenn ich mich recht entsinne, Amir, schätzt Ihr Lapsang«, sagte der Scheich.

Der Prinz lächelte: »Und Ihr könnt Euch auch genau an die Vorlieben Herrn Hussayns erinnern, wie ich an dem Kaffee sehe.«

Sein Gastgeber nickte. Der Domestik schenkte den Tee in zwei Tassen ein und reichte sie dem Scheich und dem Prinzen. Während sein intensiver, rauchiger Duft den Raum erfüllte, servierte der Diener auch den Kaffee für Hussayn. Dann blieb er stehen und wartete auf weitere Anweisungen.

»Ich bedaure, dass Euer Erbe heute nicht bei uns sein kann, Hoheit«, bemerkte der Prinz. »Ist er noch immer in China beschäftigt?«

Scheich Mohammed musterte ihn einen Moment lang durch seine Brillengläser, dann gab er dem Diener ein Zeichen, sich zu entfernen. Die drei blieben allein in dem geräumigen Salon. Draußen pfiff der Wind, aber der Wellengang war in der Yacht kaum spürbar.

»Mein Sohn Mohammed II. ist mein ganzes Glück, Amir. Allah möge seiner zufrieden sein. Ich hätte mir keinen besseren Erben wünschen können: Heute macht er sich für unsere Rechte stark gegen all jene, die eine überzogene Besteuerung von Ra's al-Chaimas Geschäften anstreben.«

»Früher nannte man diese Geschäfte Schmuggel, Euer Hoheit«, provozierte ihn der Prinz.

»Heute nennt man es Reexport, Amir: Güter einkaufen und sie dann erneut ins Ausland exportieren, statt sie im Land zu halten. Gold und Hochtechnologie sind das Öl unseres Landes.« Der Scheich nippte an seinem Tee. »Im Übrigen«, fuhr er ruhig fort, »liefern unsere Ölquellen weniger als vier Prozent des Öls der Emirate. Eure in Abu Dhabi mehr als neunzig Prozent. Jeder nährt das Feuer, das ihn wärmt, Prinz.«

Hussayn führte die Kaffeetasse an die Lippen. Er genoss die Bohnenmischung, vor allem aber das Privileg, dem Duell zweier Männer dieses Ranges beizuwohnen.

»Ich fühle mich geehrt durch diese Einladung auf neutrales Terrain, Euer Hoheit …«, wechselte Amir Khan das Thema. »Ihr verlasst selten Eure Residenz in Ra's al-Chaima. Welchem Umstand haben wir dies zu verdanken?«

Der Scheich versuchte Zeit zu gewinnen, indem er auf die Oberfläche der dunklen Flüssigkeit blies. Nach zwei weiteren

Schlucken stellte er die Tasse auf dem Tischchen vor sich ab. Dann nahm er ein Seidentaschentuch und trocknete sich bedächtig die Lippen.

»Einer Sorge«, antwortete er lakonisch.

Der Gesichtsausdruck des Prinzen veränderte sich. »Sprecht«, forderte er ihn auf.

Der Scheich drehte den Stock zwischen seinen Fingern. Sein Atem ging schwer. Der Prinz folgte dem Beispiel seines Gastgebers und stellte die Tasse auf den Tisch.

»Die Welt hat sich rasend schnell verändert, Amir«, sagte schließlich der Scheich. »Und für uns wird es immer schwieriger, einem Fortschritt zu begegnen, der nicht der unsrige ist.«

Der Prinz hörte, in den Sessel gelehnt, schweigend zu.

»Ich habe Euch eingeladen, um Eure Stimme zu hören«, fuhr der Scheich fort, »um Euch über meine Sorgen ins Bild zu setzen betreffs gewisser Initiativen, die uns alle überrascht haben.«

Amir Khan beugte sich zu dem Scheich vor. »Was ist es, das Euch Sorge bereitet?«

»Ihr.«

Dieser Bemerkung folgte eisiges Schweigen. Hussayn stellte verlegen seine Tasse ab. Jetzt wäre er lieber woanders gewesen.

»Bezieht Euer Hoheit sich auf die Aussagen Dritter oder auf Ihre eigene Meinung?«, fragte der Prinz.

»Amir«, sagte der Alte, während er über die Krümmung des Stockes strich, »unser Land ist ein Halbwüchsiger von nicht einmal vierzig Jahren. Und doch hat es das höchste Einkommen in der Geschichte dieses Landstrichs. Ein Einkommen zudem, dessen unser Volk sich ohne kriegerische Auseinandersetzungen erfreuen darf.«

Der Prinz schien sich zu entspannen. Er nahm wieder seinen Tee und trank in aller Ruhe ein paar Schlucke.

»Amir«, fuhr der Scheich fort, »unser Gleichgewicht ist eine

Feder, deren Flug ganz davon abhängt, woher gerade der Wind weht. Und wir verstehen nicht mehr, in welche Richtung Ihr blast ...«

»Redet Ihr von der interreligiösen Konferenz?«, unterbrach der Prinz ihn, ohne auf die Etikette zu achten.

Der Scheich seufzte. »Dies scheint mir nur der Qualm zu sein. Ich suche nach der glimmenden Glut. Und man sagte mir, sie liege in Patagonien.«

Der Prinz fixierte ihn, als wolle er durch die dunklen Gläser dringen: »Euer Hoheit«, sagte er, »Ihr kennt mich gut. Ich würde niemals etwas unternehmen, was der arabischen Nation schaden könnte.«

»Genau das quält uns, Amir. Welches ist diese Nation, von der Ihr sprecht?«

Der Prinz war einen Moment sprachlos, dann redete er ruhig weiter, die Hände auf der Brust verschränkt wie beim Gebet. »Euer Hoheit, ich bin gläubiger Muslim. Keiner der sieben Emire, Euch eingeschlossen, ist den Gesetzen ergebener als ich.«

Der Scheich wollte ihn unterbrechen, aber Amir Khan stoppte ihn mit einer entschlossenen Handbewegung. »Ihr behauptet, Ihr glaubt an den Islam, aber Ihr lebt nach westlicher Art ...«

Der Scheich erhob zuerst den Stock und dann die Stimme: »Wir leben frei von dem Wahnsinn, der unsere Nachbarn tötet. Wir leben nach westlicher Art, aber wir haben uns nicht so weit erniedrigt, den Titel eines Prinzen von einem herabgekommenen Europäer zu kaufen, wie Ihr es getan habt. Wir spielen kein doppeltes Spiel, wir verkaufen keine Waffen an die Feinde des Westens, wir unterstützen keine Fundamentalisten. Wir machen Geschäfte, ohne in den Teller zu spucken, aus dem wir essen: Wir respektieren die westliche Welt ohne den Anspruch, sie zu unserem Glauben zu bekehren. Wenn Ihr,

Amir, einer der reichsten Männer des Landes geworden seid, dann habt Ihr das Euren Studien im Westen zu verdanken und den Leuten aus dem Westen, die Ihr, fern unserer Hemisphäre, ständig umgarnt …«

Amir Khan sprang erbost auf: »Ihr, Ihr habt ein Land ohne Antlitz errichtet, ohne ein Volk, das es als sein eigenes erkennen würde, ohne ein Volk, das es liebt. Ein Land ohne Identität, ohne Herz, aus Ungläubigen, aus Thais, Indern, Philippinern … Ihr lebt immer noch wie Beduinen, irrt hinter Euren Wanderfalken her, seid stolz auf Eure Schiebereien. Ohne zu verstehen, dass der Westen nur wegen unseres Öls hier ist, dass der Handel nur ein Almosen für uns ist und dass Ihr, wenn das Öl versiegt, wieder Kamele züchten werdet, so wie unsere Väter es taten …«

Auch der Scheich erhob sich, auf seinen Stock gestützt. Er zeigte mit dem Finger auf den anderen: »Dies ist ein Land, das sich weit über das Öl hinaus entwickelt. Seht Ihr nicht die Kräne? Die Hotels? Den Tourismus? Die Banken? Die Kraftwerke? Die Handelshäfen? Die Entsalzungsanlagen?«

»Ich sehe Einkaufszentren, künstliche Inseln, Skipisten in der Halle, ich sehe Geld, das in alle Richtungen investiert wird, außer in die richtige.«

»Ihr seid in den Vereinigten Staaten erzogen worden, Ihr wisst genau, wie das funktioniert.«

»Genau deshalb: Ich weiß, was das Herz des Westens ausmacht.«

»Und das heißt?«

Der Prinz hielt inne. Es war Zeit, wieder vernünftig zu reden, die ungehörige Aggressivität zu zügeln. Hussayn war wie vom Donner gerührt.

Amir Khan setzte sich wieder hin und schloss die Augen. Auch Scheich Mohammed setzte sich. Er war von dem Streit sichtlich mitgenommen. Sie schwiegen mindestens eine Minute lang, dann ergriff der Prinz wieder das Wort, mit ruhiger Stimme.

»Wir stehen heute vor einer großen Gelegenheit, Euer Hoheit. Wenn die Völker der Welt ein Gebirgszug wären, dann könnten wir sie in eine Hochebene verwandeln, die Unterschiede nivellieren. Wir sind stärker als sie, aber sie sind uns in der Entwicklung voraus. Wenn dieser Vorsprung allerdings annulliert werden könnte, dann wären wir die Sieger. Es ist wie bei diesem Autorennen, das wir gemeinsam in Bahrain sahen: der Formel 1. Wenn das Rennen im rechten Augenblick wegen eines schweren Unfalls unterbrochen wird, dann sind die Abstände getilgt, und wer Letzter war, kann um den Sieg mitkämpfen. Auf dieselbe Art würde heute eine große globale Katastrophe uns in die Hände spielen.«

Scheich Mohammed schwieg und begnügte sich damit, den Prinzen zu beobachten. Hussayn kam es wie eine Ewigkeit vor. Dann stand der Scheich auf und ging, ohne ein weiteres Wort zu sagen.

Der Matrose, der sie empfangen hatte, bat die Gäste kurz darauf, sich zu verabschieden. Er erklärte, seine Hoheit fühle sich sehr erschöpft.

Die beiden standen auf und folgten dem Mann bis auf den Kai. Der Chauffeur der Limousine öffnete die Tür, und die Leibwächter stiegen in die weißen Geländewagen. Wenige Minuten später war der Konvoi wieder in den Stadtverkehr eingetaucht und Richtung Abu Dhabi unterwegs.

Hussayn saß schweigend dem Prinzen gegenüber, der, versunken in dem komfortablen Ledersitz, unentwegt sein Kinn bearbeitete.

»Sie sind alle gegen mich«, sagte Amir Khan schließlich. »Ich werde aber trotzdem weitermachen.«

»Sie wissen von Patagonien«, war Hussayns einzige Bemerkung.

»Aber von dem Projekt können sie nichts wissen«, erwiderte der Prinz sofort. »Das können sie sich noch nicht einmal vorstellen.«

Hussayn schaltete das Handy an. Er wartete einige Sekunden und gab den PIN-Code ein. Dann kontrollierte er die entgangenen Anrufe im Menü.

»Bandar hat angerufen«, sagte er.

»Ruf ihn auf der verschlüsselten Leitung zurück und leg ihn auf die Freisprechanlage«, ordnete der Prinz an.

Hussayn gehorchte.

»Der Friede sei mit Euch«, sagte einige Sekunden später eine Stimme aus den Lautsprechern der Fahrgastzelle.

»Mit Euch sei der Friede«, antworteten die beiden Männer.

»Ich bin hier beim Prinzen«, sagte Hussayn sofort. »Warum habt Ihr angerufen?«

»Wir haben hier in Dublin ein Problem gehabt.«

Amir Khan runzelte die Brauen. »Was für ein Problem, Bandar?«

»Der Verräter, der Mann, den wir entführt haben.«

»Habt ihr ihn verhört?«, wollte der Prinz sofort wissen.

»Nur kurz, Hoheit.«

»Nur kurz?«

»Genau da liegt das Problem: Wir hatten keine Zeit, Hoheit. Ein Mann hat uns beobachtet, während wir ihn zum Versteck brachten.«

»Wie ist das möglich?«, fragte der Prinz aufgebracht.

»Er hat uns von oben gesehen, er flog mit einem Drachen.«

»Habt ihr ihn eliminiert?«

»Wir haben ihn abgeschossen, er ist jedoch verschwunden.«

»Und der Mathematiker?«

»Wir halten ihn in Dublin gefangen. Aber das Versteck ist nicht mehr sicher.«

Der Prinz machte wieder eine Pause.

»Organisiere sofort die Überführung per Flugzeug, Bandar. Ich will, dass zwei deiner Männer den Gefangenen begleiten. Ich will, dass sie ihn gründlich verhören und alles herausbringen, was er entdeckt hat. Ich will, dass du das Haus des Mannes überprüfst, ob er Spuren von dem hinterlassen hat, was er womöglich weiß, ob er Verwandte, Freunde hat, ob andere Leute irgendwie über das Projekt unterrichtet sein könnten.«

»Wird erledigt, Hoheit.«

»Dein Leben hängt davon ab, Bandar.«

»Es wird keine Fehler geben, Hoheit.«

»Der Friede sei mit Euch.«

»Mit Euch sei der Friede.«

Hussayn beendete die Verbindung.

»Ruf bei ZeroOne Code in Dublin an«, befahl der Prinz. »Ich will sofort mit dem Direktor sprechen.«

13

Ort: Rom
Weltzeit: Mittwoch, 24. Juni, 7.06 Uhr (GMT)
Ortszeit: 9.06 Uhr

Die Wände im Wartesaal des Kommissariats waren von einem verwaschenen Grün, das in dem grellen, durch ein kleines Fenster schräg einfallenden Morgenlicht ganz zu verblassen schien. Liam Brines geistesabwesender Blick war an einem Wandkalender hängengeblieben: ein Aquarell, das zwei Polizisten darstellte, einen Mann und eine Frau, in deren Rücken man einen Dienstwagen und den Schriftzug »Juni« erkennen konnte.

Liam hatte den Nachmittag im gerichtsmedizinischen Institut zugebracht, dann war er nach Hause gegangen. Er hatte nicht einen Bissen hinuntergebracht und, einmal im Bett, die ganze Nacht kein Auge zugetan. Die Gedanken, die ihn in all den Stunden verfolgten, ließen nur einen Schluss zu: Molteni war ermordet worden.

Es gab keine andere Erklärung. Am Vortag hatte der Professor nervös und verängstigt gewirkt, aber sicher nicht wie ein potentieller Selbstmörder. Es stimmte, er hatte Andeutungen gemacht, dass ihm etwas Sorgen bereite. Aber wahr war auch, dass er von einer »schweren Aufgabe« gesprochen hatte, bei der er Liams Hilfe benötige. Und dann dieses letzte Wort – *Buch* –, zu obskur, noch dazu aus dem Mund eines Sterbenden, um von ungefähr zu kommen.

Und schließlich der Ring.

Was hatte Molteni ihm mit diesem Wort und diesem Objekt mitteilen wollen? Er konnte nicht zufällig so gehandelt haben, da hatte Liam keinen Zweifel. Wahrscheinlich waren beides Indizien, die zum Mörder oder den Mördern führten. Und dann quälte Liam noch eine andere Frage: Ob er alles für sich behalten oder mit dem Vizeinspektor Pasolini darüber sprechen sollte, der am Vortag als Erster am Schauplatz der Tragödie eingetroffen war und ihn in ein paar Minuten erneut vernehmen würde. Das Geheimnis zu enthüllen hieß auch, der Polizei den Ring auszuhändigen, und Liam hatte nicht die Absicht, das zu tun, auch wenn er nicht recht wusste, warum.

Der junge Beamte, der ihn vor einer halben Stunde hatte Platz nehmen lassen, betrat den Raum. »Wenn Sie mir bitte folgen wollen, Professor Brine, Vizeinspektor Pasolini erwartet Sie in seinem Büro.«

Während sie durch den Korridor liefen, begegneten sie zwei älteren Damen in schrillen Kleidern. Ihr amerikanischer Akzent war unüberhörbar. Der Polizist klopfte an die Tür, aus der die beiden gekommen waren, und wartete.

»Herein«, sagte eine Stimme von drinnen.

Sein Begleiter öffnete die Tür, ließ ihn eintreten und schloss die Tür wieder hinter ihm.

Liam stand in einem Raum, der so aseptisch und aufgeräumt wirkte wie das Archiv einer Bank. Hinter einem fast leeren Schreibtisch saß ein gutaussehender Mann in Uniform, um die vierzig, dunkler Teint, perfekt rasiert und mit einem absolut makellosen Haarschnitt. Er tippte noch etwas in seinen Laptop, dann erhob er sich und beugte sich vor, um Liam die Hand zu geben.

»Danke, dass Sie gekommen sind, Professor Brine. Ich weiß, dass das ein sehr schwieriger Moment für Sie ist«, empfing der Vizeinspektor ihn höflich. Sie nahmen Platz.

»Eine reine Formsache«, redete Pasolini weiter. »Sie waren der Letzte, der Professor Molteni vor seinem Selbstmord gesehen hat.«

»Ich halte einen Selbstmord für ausgeschlossen«, erwiderte Liam ruhig.

Pasolini warf ihm einen sibyllinischen Blick zu.

»Möchten Sie darüber sprechen?«, fragte er.

Liam beschrieb ihm genau die Begegnung mit Molteni vom Vortag und den Ablauf der Ereignisse. Er gab in allen Einzelheiten wieder, wie beunruhigt der Freund im Antiquariat gewesen und was anschließend passiert war, ohne jedoch den Ring zu erwähnen und das letzte, rätselhafte Wort, das Molteni ausgesprochen hatte.

Als es so aussah, als hätte Liam nichts weiter zu sagen, setzte der Polizist wieder mit seinen Fragen ein:

»Seit wann kannten Sie den Professor?«

»Seit meiner Studienzeit. Ich war sein Schüler.«

»Vor wie vielen Jahren?«

»Ungefähr zwanzig. Ich war gerade aus Dublin gekommen, mit einem Stipendium des Trinity College, wo ich mein Studium in Geschichte der Religionen des Mittelmeerraums und des Mittleren Ostens abgeschlossen hatte.«

Pasolini schwieg.

»Hier in Rom, an der PUST, habe ich meinen Doktor in Theologie gemacht«, fühlte Liam sich verpflichtet anzufügen. »Der Professor war einer der brillantesten Theologen des Instituts.«

Der Polizist nahm die Augen vom Computermonitor.

»Er lebte aber seit Jahren in Turin.«

»Nach der Pensionierung war er dorthin gezogen.«

»Und warum nach Turin?«

»Er liebte das Piemont. Solange ich ihn kannte, hat er immer seine Weihnachtsferien dort verbracht ...«

»Ja, das wissen wir«, erklärte Pasolini. »Und hatten Sie weiterhin Kontakt?«

»Regelmäßig.«

Der Vizeinspektor sah ihn schweigend an.

»Ich bin Waise«, erklärte Liam, »und mein Bruder ist in Dublin geblieben. Seit ich nach Italien gekommen bin, war der Professor nicht nur ein Lehrmeister, sondern auch eine Art Vater für mich.«

Der Polizist schien für einen Moment nicht ganz da zu sein. »Gab es, soweit Sie wissen, finanzielle Probleme?«, fragte er dann.

»Unmöglich. In Turin besitzt er eine Bibliothek von ungeheurem Wert. Und außerdem arbeitete er immer noch als Berater für Antiquariate und Auktionshäuser.«

Pasolini tippte schweigend das Protokoll.

»Er war eine echte Autorität, was religiöse Texte betrifft«, fügte Liam hinzu.

»Wissen Sie etwas von einer Erkrankung?«

»Nein.«

»Könnten Sie es ausschließen?«

Liam schwieg einen Moment. »Es ist unmöglich, das auszuschließen. Aber er schien mir in blendender Verfassung.«

Sein Handy klingelte. Es war seit dem Vortag abgeschaltet gewesen, und ihm war erst im Wartesaal eingefallen, es wieder anzustellen. Er hatte zwei weitere Anrufe von seiner Schwägerin vorgefunden, wollte sie aber erst nach der Vernehmung zurückrufen. Auf dem Display erschien erneut Alannas Name. Er nahm das Gespräch an und sagte hastig: »Ich kann gerade nicht, Alanna, ich rufe dich zurück.« Dann unterbrach er die Verbindung, ohne ihr die Möglichkeit zu einer Erwiderung zu geben, schaltete das Handy ab und steckte es in die Innentasche des Jacketts.

»Entschuldigen Sie.«

»Warum schließen Sie aus, dass er sich umgebracht haben könnte?«, fragte Pasolini unvermittelt.

Liam dachte ein paar Sekunden nach. »Es gibt verschiedene Gründe. Zuerst einmal war er gläubiger Katholik …«

Der Vizeinspektor schien durch diese Antwort nicht sehr überzeugt.

»Und dann, na ja … Ich war dort, mit ihm, wir mussten etwas erledigen. Er hatte mich gebeten, auf ihn zu warten, und gesagt, er werde in wenigen Minuten wieder herunterkommen … Er hatte nicht den geringsten Grund, sich umzubringen.«

Für einen Moment schien sich in Pasolinis kalten, professionellen Blick so etwas wie Mitgefühl zu mischen. »Sehen Sie, Professor Brine, nehmen Sie es mir nicht übel, aber das ist immer so. Wenn sich jemand umbringt, dann können es alle, die ihm nahestanden, gar nicht fassen …«

»Er hat sich nicht umgebracht!«, stieß Liam hervor. »Das wiederhole ich schon seit gestern.«

Pasolini fixierte ihn stumm.

»Nicht so«, Liam schüttelte den Kopf. »Ohne wenigstens einen Abschiedsbrief zu …« Er brach den Satz ab, weil er merkte, wie pathetisch er klang. »Jemand hat ihn hinuntergestoßen«, schloss er mit Entschiedenheit.

Der Vizeinspektor erhob sich und ging im Zimmer auf und ab. Den Rücken an einen Aktenschrank gelehnt, fuhr er schließlich fort: »Hören Sie, Professor Brine, ich bin ein gewissenhafter Mensch. Und das hier ist ein Selbstmord, glauben Sie mir. Nach Ihren Worten von gestern haben wir den Rahmen für Untersuchungen, wie sie bei einem Fall wie diesem möglich sind, voll ausgeschöpft.« Er setzte sich wieder an den Rechner und fuhr mit der Maus über eine Graphik. Nun war es Liam, der zuhörte, ohne zu unterbrechen.

»Zuerst einmal: Aus den Vernehmungen der Angestellten

und Gäste des Hotels geht nicht hervor, dass irgendwer etwas Verdächtiges im Zimmer des Subjekts gehört oder gesehen hat«, fing er an. »Außerdem wurden auf der Glastür und dem Geländer des kleinen Balkons eindeutig die Abdrücke der vier Finger der rechten Hand des Subjekts sichergestellt. Es gibt auch keinerlei Einbruchspuren, die darauf hinweisen könnten, dass sich jemand in böswilliger Absicht Zugang zu seinem Zimmer verschafft hat ... Weiter scheint nichts zu fehlen: Der Tote trug eine Armbanduhr im Wert von zirka zweitausend Euro, und in seiner Brieftasche fand man rund tausend Euro in Fünfziger- und Zwanzigernoten ... Und zu guter Letzt: Die Koffer lagen auf dem Bett, vollständig gepackt und verschlossen. Wie die eines Menschen, der mit der Welt abgeschlossen hat.«

Liam wollte etwas sagen, aber Pasolini hieß ihn mit einer Handbewegung schweigen, um selbst fortzufahren: »Ich habe auch die Telefonverbindungen des Zimmeranschlusses überprüft. Sie selbst haben uns gestern bestätigt, dass Molteni kein Handy besaß.«

Der Vizeinspektor nahm ein Blatt aus der einzigen Akte, die auf seinem Schreibtisch lag, und überflog es: »Professor Molteni hat während seines gesamten Aufenthalts nur vier Anrufe entgegengenommen und keinen einzigen selbst getätigt. Zwei gingen von Ihrem Handy aus, Professor Brine. Ein weiterer von dem Antiquariat in der Nähe des Hotels. Und der letzte kam aus der Provinz Novara, wo, wie wir ermittelten und sie selbst uns soeben bestätigten, Molteni regelmäßig die Weihnachtsferien verbrachte.«

Pasolini machte eine Pause, dann fuhr er fort: »Kurz, es gibt nicht das geringste Anzeichen dafür, dass Molteni sich nicht selbst umgebracht haben sollte. Und auch Sie, Professor, haben uns kein relevantes Faktum geliefert, das uns vom Gegenteil überzeugen könnte.«

Liam stand auf. »Das ist wahr, ich habe kein relevantes Faktum geliefert«, äffte er den Polizisten boshaft nach. »Wenn es kein relevantes Faktum ist, dass man einen Menschen seit zwanzig Jahren kennt, ihn wie einen Vater betrachtet, ihn jede Woche spricht, jeden Abschnitt des eigenen Lebens mit ihm teilt ...« Er starrte den Vizeinspektor verächtlich an. »Ich weiß, das alles lässt sich schwer in Ihren Computer einspeisen ...«

»Setzen Sie sich, Professor Brine«, forderte Pasolini ihn ruhig auf. Er schien von dessen gereizter Bemerkung kein bisschen beeindruckt. »Da wäre noch eine letzte Sache.«

Liam ließ sich unwillig auf den Stuhl sinken.

»Wir haben zwei Augenzeugen. Die beiden Zimmernachbarinnen des Professors.«

Liam fuhr überrascht hoch.

»Die Schwestern Levine«, sagte der Polizist, indem er erneut mit der Maus über eine Computergraphik fuhr. »Barbra und Hillary Levine«, las er. »Achtundsechzig und siebzig Jahre alt, aus Phoenix, Arizona. Sie standen gerade auf dem Balkon ihres Hotelzimmers, direkt neben dem des Professors, als sich die Tragödie ereignete.«

»Und was haben sie gesehen?«, fragte Brine aufgeregt.

»Sie sahen einen alten, verstörten Mann, der das Fenster öffnete und sich ins Nichts stürzte. Aus freien Stücken.«

Liam ließ sich gegen die Stuhllehne sinken.

»Haben Sie Ihrer Aussage noch etwas hinzuzufügen?«, fragte der Vizeinspektor.

»Nein«, antwortete Liam. »Nein«, wiederholte er und betastete den Ring in seiner Tasche.

14

Ort: Abu Dhabi
Weltzeit: Mittwoch, 24. Juni, 7.09 Uhr (GMT)
Ortszeit: 11.09 Uhr

Wenn Prinz Amir Khan in seiner Residenz in Abu Dhabi weilte, erschien Hussayn jeden Morgen Punkt elf Uhr zur üblichen Lagebesprechung. An jenem Morgen war der Sekretär jedoch etwas zu spät, und deshalb beschleunigte er seinen Schritt durch den endlosen Vorraum vor dem Büro des Prinzen: einen Korridor von hundertfünfzig Fuß, der mit einem cremefarbenen Teppichboden mit tabakfarbenen Arabesken ausgelegt war. Auf den Wänden, deren hellblaue Tapete elfenbeinfarbene Dekors zierten, stach eine Sammlung impressionistischer Gemälde ins Auge, darunter eine Seelandschaft bei Argenteuil von Monet, die sich auch im Musée d'Orsay gut gemacht hätte. Hussayn erreichte die Tür, die zwei Leibwächter flankierten und wortlos öffneten.

Das Privatbüro des Prinzen war ein Raum, so groß wie ein Tennisplatz. Es herrschte darin eine besondere Atmosphäre, fast wie in einem Gotteshaus, ein Eindruck, der durch den weißen Marmorboden, die hohen Wände und die auf das absolut Notwendigste beschränkte Einrichtung noch verstärkt wurde. In der Mitte der Decke prangte eine riesige Halbkugel aus Perlmutt, die ein weiches und beruhigendes Licht abstrahlte. Die großflächigen, auf das Meer hinausgehenden Fenster wurden von schweren goldgelben Vorhängen abgeschirmt. Im Hintergrund thronte an seinem Schreibtisch mit Intarsien aus Ebenholz und Bronze der Prinz. Vor ihm stand Fareed, der junge Mann, der sich um die tägliche Presseschau kümmerte. Er war nach arabischer Manier gekleidet und las aus einem Papierstoß, den er in Händen hielt.

»... Industrieaufträge um 0,1 Prozent gestiegen. Deutschland: Produktionskosten im Mai unverändert. Japan, Zentralbank: keine Zinserhöhungen ...« Fareed unterbrach sich, um ein neues Blatt hervorzuholen, dann redete er weiter: »Was die Holding betrifft, einige Auftragsbestätigungen, die Euer Hoheit bereits kennen ... Argentinien: definitive Baugenehmigungen im Juli. Holland: Zustimmung durch die Aufsichtsbehörde zur Übernahme von BioMetric Instruments B.V. Londoner Börse, ZeroOne Code International: Gewinn je Aktie im letzten Quartal 2,08 Pfund Sterling ... Und schließlich:«, Fareed blätterte eine Seite um, »Rohöl bei plus 0,48 Prozent, und der Wechselkurs Dollar-Euro unverändert.«

Hussayn wartete an der Tür. Amir Khan hatte ihn noch keines Blickes gewürdigt.

»Gibt es sonst noch etwas, Fareed?«

»Auch heute verschiedene Artikel über die interreligiöse Konferenz«, sagte der junge Mann devot.

»Was besagen sie?«

»Die Aufmerksamkeit ist riesengroß: Euer Pressebüro hat gute Arbeit geleistet. Misstöne kommen nur vom *Independent*.«

»Lies vor.«

Fareed machte eine unfreiwillige Verbeugung und begann: »Die Religionen treffen sich in Dubai. Von John Gower.« Er räusperte sich: »Christen, Moslems und Juden an einem Tisch: Das ist das Ergebnis des Projekts ›Islam und die Welt‹, das morgen, am 25. Juni, seinen Höhepunkt finden wird in der Abschlusssitzung der ersten interreligiösen Konferenz, die jemals in den Vereinigten Arabischen Emiraten abgehalten wurde, und zwar unter dem Titel ›Konferenz für eine neue Doktrin universaler Brüderlichkeit‹. Den äußerst prestigeträchtigen Rahmen gibt das Dubai International Exhibition Center ab. Zu den geladenen Referenten zählen ...«

»Lies, was über mich geschrieben steht«, unterbrach ihn der Prinz.

»Sofort, Euer Hoheit«, antwortete Fareed. Er ließ den Blick über die Fotokopie des Artikels schweifen und las dann weiter: »Unbedingt gewollt und finanziert hat diese Konferenz Amir Khan Al Ammar, eine der umstrittensten Figuren des Mittleren Ostens. Der einflussreiche Geschäftsmann und Investor aus den Emiraten, der sich mit dem in Europa erstandenen Titel eines Prinzen schmückt ...«, Fareed hielt verlegen inne, aber der Prinz forderte ihn mit einer Handbewegung auf, weiterzulesen: »... ist 1956 in Riad, Saudi-Arabien, geboren. 1976 wird sein Vater Mohammed Arzt am Hof des Scheichs von Abu Dhabi und zieht mit der gesamten Familie dorthin. Amir Khan wird zum Studium nach Alexandrien in Ägypten geschickt und erwirbt danach an der Stanford University in Palo Alto, Kalifornien, seinen Abschluss. Amir Khan ist heute eine der Schlüsselfiguren auf dem internationalen Ölmarkt: Fast zwanzig Jahre lang war er, dank des anfänglichen Sponsorings der »sieben Schwestern« BP, Exxon, Mobil, Chevron, Texaco, Gulf und Shell, Ölminister unter Scheich Zayed Bin Sultan Al Nahyan, der 2004 verstarb. Auch nach Niederlegung dieses Amtes bleibt Amir Khan einer der wichtigsten Investoren der Emirate, mit Beteiligungen in Saudi-Arabien, Kuwait, Algerien und Katar. Seit einigen Jahren hat er sein Betätigungsfeld durch die Gründung von ZeroOne Code International diversifiziert. Die von ihm geleitete Holding befasst sich mit Zukunftstechnologie und kontrolliert einen Pool von europäischen und amerikanischen Firmen auf diesem Sektor.

Amir Khan Al Ammar ist schon häufig ins Visier des FBI, der CIA, der IRS und verschiedener anderer Geheimdienstorganisationen geraten.« Fareed unterbrach sich, um Atem zu schöpfen, aber der Prinz fordert ihn erneut mit einer herrischen Geste auf, weiterzulesen: »Er kam in die Schlagzeilen, als er durch die amerikanische Federal Reserve als Verantwortlicher des BCII-Skandals identifiziert wurde, außerdem wegen seiner zwielichtigen Rolle beim Enron-Bankrott. Noch ambivalenter war seine Beteiligung als Investor an der ebenso kurzen wie desaströsen Unternehmung Arbusto Energy von George W. Bush. Einige Monate nach dem 11. September erregte Amir Khan erneut die Aufmerksamkeit der internationalen Medien: Laut einem siebzig Seiten starken Untersuchungsbericht, den eine eigens eingerichtete parlamentarische Kommission im Oktober 2002 in Frankreich erarbeitete, steht der Geschäftsmann hinter einer Reihe von Transaktionen zugunsten eines al-Qaida unterstellten Netzwerks …«

»Das reicht, Fareed«, unterbrach ihn ein verstimmter Prinz. Er entließ ihn und gab Hussayn ein Zeichen, näher zu treten und sich zu setzen.

»Der Friede sei mit Euch«, sagte der Sekretär.

»Mit Euch sei der Friede«, antwortete der Prinz, ehe er ihn anstarrte und in wütendem Ton sagte: »Hast du die Schmähungen durch diesen englischen Hund gehört?«

»Ich könnte Informationen einholen, um an seine Quellen zu kommen, Euer Hoheit.«

Der Prinz schwieg eine Weile, wobei er ihn weiter grimmig anstarrte. »Hast du mit Bandar gesprochen?«, fragte er dann.

»Das Flugzeug verlässt Dublin heute Mittag um zwölf Uhr Ortszeit.«

15

Ort: Rom
Weltzeit: Mittwoch, 24. Juni, 9.25 Uhr (GMT)
Ortszeit: 11.25 Uhr

Liam rannte die vier Treppen hoch, aber ehe er den Absatz vor seinem Apartment erreichte, nahm er einen Schatten vor seiner Tür wahr. Er blieb sofort stehen, presste sich gegen das Metallgitter, das die Aufzugkabine abschirmte, und versuchte, seinen heftigen Atem zu kontrollieren. Sein Herz schlug wie wild.

Er schob ein klein wenig den Kopf vor, um den Mann zu beobachten, der ihm den Rücken zukehrte. Er war nicht besonders groß und trug einen anthrazitfarbenen Anzug sowie schwarze, spiegelblanke Slipper. Die Stellung seiner Arme verriet, dass er etwas in Händen hielt, das plötzlich ein metallisches Klicken von sich gab. Bei diesem Geräusch bewegte Liam versehentlich einen Fuß, und der Absatz schlug gegen das Gitter, dessen dumpfer Klang im ganzen Treppenhaus widerhallte. Der Mann fuhr blitzschnell herum.

Liam war erleichtert, als er den Verkäufer aus dem Antiquariat erkannte. Dieser hielt ein Päckchen in der einen Hand und in der anderen einen Kugelschreiber.

»Professor Brine«, grüßte der Buchhändler ihn lächelnd.

»Ach, Sie sind das«, sagte Liam und versuchte, seinen Schrecken zu überspielen.

»Ich dachte, es wäre niemand da, und wollte Ihnen eine Nachricht hinterlassen.«

Liam trat näher, er verstand nicht recht. »Eine Nachricht?«

»Genau, ich soll Ihnen das hier zustellen.«

»Mir?«, fragte er, immer noch verwirrt.

Der Mann händigte ihm das Päckchen aus und zog dann eine Quittung aus der Jacketttasche. »Sicher, eine Unterschrift, bitte.«

Liam nahm das Paket und den Stift und unterschrieb. Seine Hand zitterte deutlich.

»Alles in Ordnung mit Ihnen?«, fragte der Verkäufer besorgt.

»Ja, ja, keine Sorge ... Das ist nur, weil ich die Treppe hochgerannt bin«, antwortete er und gab Quittung und Stift zurück.

»Wenn das so ist, darf ich mich verabschieden«, sagte der Mann. Er gab ihm die Hand und stieg in den Aufzug. »Auf Wiedersehen, Professor Brine.«

Liam wartete, bis der Aufzug ein paar Stockwerke hinabgefahren war, ehe er sich entschloss, die Wohnung zu betreten. Erst nachdem er die Tür hinter sich geschlossen hatte, atmete er erleichtert auf.

Der Anrufbeantworter blinkte. Liam ignorierte ihn und setzte sich an den Schreibtisch, wobei er das Päckchen vor sich hinlegte. Er betrachtete es einige Sekunden und öffnete es schließlich ganz vorsichtig mit einem Brieföffner. Kurz darauf hielt er die Ausgabe der Apokalypse in Händen, die Molteni am Vortag gekauft hatte. Irgendetwas stimmte da nicht. Vielleicht lag eine Verwechslung vor.

Er wollte aufstehen und anrufen, um die Sache zu klären, als ihm aufging, dass es keine Verwechslung sein konnte: Der Buchhändler kannte seinen Namen und seine Adresse, obwohl Liam sie dem Geschäft niemals mitgeteilt hatte. Offensichtlich hatte Molteni genaue Anweisungen gegeben, damit das Buch Liam zugestellt würde. Eine Vermutung, die zur

Gewissheit wurde, als er das Buch aufschlug und auf dem Titelblatt eine Widmung in Moltenis unverwechselbarer Handschrift fand: »Liam, die Zeit ist gekommen: Das Wort Gottes ist in der Gegenwart.«

Dann war da noch etwas Merkwürdiges. Der Professor hatte nicht unterschrieben, sondern ein Symbol gezeichnet:

Das erinnerte ihn an etwas: weniger an christliche als vielmehr an esoterische Ikonographie. Es schien ihm, als habe er vor vielen Jahren einmal in Macerata davon gehört, auf einer Konferenz für konstantinische Studien, an der er gemeinsam mit Molteni teilgenommen hatte. Instinktiv zog er den Ring aus der Innentasche des Jacketts.

In der Nacht zuvor hatte er ihn stundenlang in den Händen gedreht. Auf seiner Platte war ebenfalls ein Symbol eingraviert, das er jedoch sehr gut kannte: Es war das Chrismon oder Monogramm Konstantins:

Eine Komposition der griechischen Großbuchstaben »X« und »P«, das heißt, Xi und Rho, der Initialen Christi. Am Querbalken hingen zwei weitere griechische Buchstaben, Alpha und Omega, was bedeutet, dass Christus Anfang und Ende ist, eben in Anspielung auf den Passus der Apokalypse des Johannes.

Nun war es klar: Molteni hatte ihm nicht einen, sondern

zwei Gegenstände hinterlassen. Beide hatten mit der Apokalypse zu tun, und beide waren durch ein Symbol charakterisiert.

Der Ring gab zwei weitere Rätsel auf. Zuerst einmal waren in dem Reifen zwei rautenförmige Löcher, die einmal etwas eingefasst zu haben schienen, was mit der Zeit verloren gegangen war. Außerdem war auf der Unterseite der Platte ein Schriftzug eingraviert:

DVIIIACALSEPAXLIADIOCIMP

Die Verwendung von Akronymen und Abkürzungen war in römischer Zeit sehr verbreitet, dachte Liam sofort: von SPQR bis zu den Zeichen der Legionen und dem INRI auf dem Kreuz Christi. Aber das hier, was sollte das bedeuten? Die Gravur erinnerte ihn entfernt an die auf den kaiserlichen Münzen, war für ihn aber nicht zu entschlüsseln.

Das Chrismon dagegen belegte mit Sicherheit das Entstehungsjahr des Ringes um 300 nach Christus herum. Wenn dieses Objekt ein Original war, hatte es gewiss einen unschätzbaren Wert.

Davon abgesehen, schienen Liam Ring und Buch wie der Ausdruck einer ganz konkreten Absicht: eine Art Amtsübertragung. Aber wozu? Und warum gerade an ihn? Sollte dies etwas mit der »schweren Aufgabe« zu tun haben, auf die Molteni angespielt hatte?

Liam war kein Spezialist für die Geschichte der Kaiserzeit, wusste aber, dass er auf eine absolute Vertrauensperson zählen konnte, jemanden, der keine Fragen nach der Herkunft des Ringes stellen, sondern die richtigen Antworten liefern würde. Deshalb tätigte er einen kurzen Anruf und verabredete sich zum Mittagessen, was ihm ein gewisses Gefühl der Erleichterung verschaffte.

Einer der ersten Lehrsätze Moltenis kam ihm in den Sinn: Die Seiten eines Buches können der gequälten Seele oft Trost spenden. Also schlug er wieder das Titelblatt der Apokalypse auf und studierte noch einmal das Symbol, mit dem der Professor unterzeichnet hatte.

Er trat an die Bibliothek und ließ den Blick über die Buchrücken auf seinem Lieblingsregal gleiten: die *Confessiones* von Augustinus, der gesamte Thomas von Aquin, der *Corpus Hermeticum* und die *Enzyklopädie der Religionen* von Mircea Eliade, *Interpretation in Architecture* von Adrian Snodgrass, die *Pensées* von Blaise Pascal und viele andere. Dann erstarrte er plötzlich und dachte an das Buch, das Molteni ihm zu seinem letzten Geburtstag geschickt hatte, vor gut einem Monat: *Symbole der Heiligen Wissenschaft* von René Guénon. Damals hatte er es nur zerstreut durchgeblättert und dann zur Seite gelegt, um es irgendwann in Ruhe zu lesen. Er fand fast augenblicklich das Kapitel über das Symbol, das er suchte: die umgedrehte Vier.

»Unter den altertümlichen Bruderschaftssymbolen«, las er, »gibt es eines mit besonders rätselhaftem Charakter: Es ist dasjenige, welches *Quatre de chiffre* genannt wird, weil es die Form der Zahl vier hat, an die oft noch einige zusätzliche Linien angehängt werden.«

Und ein bisschen weiter unten: »Dieses Zeichen war einer Vielzahl von Organisationen gemein, und wir wissen nicht, warum ein esoterischer Autor, der noch dazu den Ursprung völlig willkürlich den Katharern zuschreibt, in jüngster Vergangenheit behauptet hat, es gehöre ausschließlich einer Geheimgesellschaft von Druckern und Kopisten an.«

Drucker und Kopisten, hob Liam innerlich hervor. Auf etwas wirklich Interessantes stieß er allerdings noch weiter unten: »Der Gebrauch, der davon gemacht wird, lässt mit einiger Sicherheit darauf schließen, dass es im Wesentlichen den Rang eines Meisters bezeichnet.«

Dann las er: »Es ist anzumerken, dass man gleichermaßen zwei verschiedene Ausrichtungen der Quatre de chiffre antreffen kann. Wenn sie nach rechts gerichtet ist – statt wie die gewöhnliche Zahl vier nach links –, dann weist sie eine besonders augenfällige Ähnlichkeit zum P im Monogramm Konstantins auf.«

Erregt schlug er das Buch zu. Es gab eine Verbindung zwischen diesen symbolischen Elementen, dem Chrismon auf dem Ring und der Quatre de chiffre – Kaiser Konstantin und der Rolle des Meisters in einer Bruderschaft, die etwas mit Büchern zu tun hatte.

Diese Verbindung konnte nicht zufällig sein: Vieles deutete darauf hin, dass Molteni diese Funktion in irgendeiner religiösen Bruderschaft innegehabt hatte und dass er sein Amt auf Liam hatte übertragen wollen. Für all das gab es Indizien, aber nirgendwo eine wenn auch noch so geringe Gewissheit.

Liam fühlte sich wie ein winziges Zahnrad in einer Maschinerie, deren Struktur er nicht durchschauen konnte. Er blickte auf die Uhr: Zumindest würde er vielleicht bald eine Hilfestellung bekommen. Er fing an, unruhig im Zimmer umherzugehen, bis sein Blick auf das Lämpchen des Anrufbeantworters fiel, das er bisher ignoriert hatte.

Er drückte auf die Wiedergabetaste. Das Band wurde zurückgespult, und dann setzte die aufgeregte Stimme seiner Schwägerin Alanna ein: »Endlich habe ich deine Festnetznummer herausgefunden, Liam, ich versuche dich schon seit gestern über das Handy zu erreichen, aber du gehst nie ran, es ist etwas Schlimmes passiert, ruf mich sofort an, dein Bruder ist entführt worden.«

16

Ort: Patagonien, Region Chubut
Weltzeit: Mittwoch, 24. Juni, 11.03 Uhr (GMT)
Ortszeit: 8.03 Uhr

Die *estancia* Cristóbal lag in einem Talkessel am Lauf des Chubut-Flusses, mitten in einer grünen Ebene, auf der neben Kühen und Pferden Zehntausende Schafe weideten.

Michael Doornick hatte diese alte Ranch als Hauptquartier für sich und seine engsten Mitarbeiter gewählt. Wie fast überall in dieser Region erlaubte ihre abgelegene Position weder eine Anbindung an das Strom- noch an das Wassernetz, was jedoch durch einen Trinkwasserbrunnen und einen Dieselgenerator, der von Sonnenaufgang bis Mitternacht lief, wettgemacht wurde. Einen Telefonanschluss gab es auch nicht, aber Doornick besaß ein Satellitentelefon, und für alle Fälle hatte Coco, der Besitzer der Estancia, ein Funkgerät, mit dem er Kontakt zur nächsten Stadt, Las Plumas, aufnehmen konnte.

Jeden Abend aß man vom Grill das wirklich ausgezeichnete Fleisch der Tiere, die fast wild gehalten wurden. Nach dem Abendessen liebte Doornick es – falls der Wind des Winters auf der Südhalbkugel es gestattete –, draußen im Freien alleine und in aller Ruhe eine Zigarette zu rauchen. Die Nächte in Patagonien waren ein phantastisches Schauspiel, die Sterne leuchteten hell und klar am Himmel, und anstatt des Polarsterns bildete das Kreuz des Südens den wichtigsten Orientierungspunkt.

An diesem Morgen hatte Doornick das gesamte Team auf der Farm versammelt: Es kam Besuch aus Buenos Aires.

Gegen acht war, wie angekündigt, ein kurioses Trio eingetroffen, angeführt von einem Mann, dessen Bekanntschaft Doornick leider schon gemacht hatte: Horacio Lozano. Der Anwalt der Firma. Der zweite Gast war Jorge Díaz, der Provinzbeamte, der für das Gebiet zuständig war, während Doornick den dritten, aus dem Mittleren Osten, noch nicht kannte. Er stellte sich als Hasim Hafiz vor, der neue Verbindungsmann zu Prinz Amir Khan.

Doornick hatte gehofft, dass diese Visite den Auftakt zu einer Drosselung des Arbeitstempos bildete, nachdem er so lange schon Druck bei der Unternehmensführung gemacht hatte. Aber sofort wurde ihm klar, dass das Treffen genau auf das Gegenteil abzielte: Man wollte die Fortschritte auf den Baustellen kontrollieren. Lozano erklärte, flankiert von dem Beamten, dass alle ausstehenden Baugenehmigungen bis Juli eintreffen würden, folglich – und an diesem Punkt redete der Araber – werde keinerlei Verzögerung mehr hingenommen.

Doornick stand am Tisch mit den Bauplänen und hörte den drei Männern geduldig zu, obwohl er genau spürte, welchen Widerwillen seine Mitarbeiter gegenüber den Gästen empfanden. Als er schließlich an der Reihe war, suchte er nicht nach Entschuldigungen. Er begnügte sich damit, auf dem Tisch die Landkarte der Provinz Chubut auszubreiten – 224 000 Quadratkilometer –, in der die Besitzungen des Prinzen rot markiert waren. Ein Gebiet von neuntausend Quadratkilometern, mit dessen Einzäunung Doornicks Firma beauftragt worden war.

»Meine Herren, der Erste, der keine Verspätungen duldet, bin ich«, fing er an. »Hier geht es aber darum, ein Gebiet einzufassen, das so groß ist wie zwei Drittel Nordirlands.«

»Auf dem Papier«, beschwichtigte Lozano und strich sich

über den dunklen Schnurrbart. »Die eigentliche Mauer ist nicht länger als zweihundert Kilometer. Für den Rest werden wir uns auf natürliche Grenzen und bereits vorhandene Einzäunungen stützen.«

Doornick musterte ihn streng: »Wir reden trotzdem von einem gigantischen Bauvorhaben.«

»Die Firma hat in Mexiko und im Westjordanland weitaus mehr geschafft«, stellte Lozano klar, mehr an den Araber denn an den Ingenieur gewandt. Hasim Hafiz nickte mit Nachdruck.

»Hier erweisen die klimatischen Bedingungen sich aber als unberechenbar«, erklärte Doornick. »Nach jedem Gewitter müssen wir den Bau stoppen. Es gibt Erdrutsche, und die Arbeiter sind völlig ausgelaugt. Wir haben bereits drei Tote zu beklagen.«

»Sie verfügen über einen speziellen Fonds für derlei Zwischenfälle«, gab Lozano arrogant zurück.

»Und auf den muss ich leider zurückgreifen«, erwiderte der Ingenieur spitz, wobei er aufstand. »Aber die Männer verlieren allmählich die Geduld.«

»Mr. Doornick«, wandte Lozano sich kalt an ihn, »wenn Sie der Meinung sind, dass die Ihnen von der Firma übertragene Aufgabe Ihre Fähigkeiten übersteigt, dann sagen Sie das bitte klar und deutlich.«

Doornick starrte wie gelähmt auf die Landkarte. Er spürte den Blick seiner Mitarbeiter auf sich, ebenso wie den des Auftraggebers. Er wollte Lozano gerade etwas entgegnen, als die Tür des Raums aufging und eine wütende Mapuche-Frau eintrat. Gefolgt wurde sie von Teodoro, der vergebens versuchte, sie an einem Arm zurückzuhalten.

»Verzeiht, *señores*«, entschuldigte Teodoro sich, »ich konnte sie nicht aufhalten.«

»Wer ist *el señor* Doornick?«, schrie die Frau, während sie die Gruppe um den Tisch herum musterte.

Lozano und der Araber tauschten einen verwunderten Blick, während Díaz, der Provinzbeamte, die Frau wiederzuerkennen schien.

»Das bin ich«, sagte Doornick und betrachtete das hübsche Gesicht der Frau. »Ich habe jetzt aber keine Zeit für Sie. Ich bitte Sie, draußen zu warten. Teodoro, begleite die Señora …«

Teodoro fasste sie am Handgelenk, aber sie riss sich gewaltsam los, wobei ihr zierlicher Körper eine unglaubliche Kraft entfaltete. Der andere breitete die Arme aus, er gab sich geschlagen.

Die Frau ging schnurstracks auf Doornick zu. »Die Straße zum Fluss ist eine Gemeinschaftsstraße, sie kann nicht geschlossen werden«, schrie sie.

Der Araber schaute Lozano sprachlos an, welcher mit einem beschwichtigenden Blick antwortete. Dann lehnte er sich auf seinem Stuhl zurück und starrte Doornick an, neugierig, wie dieser sich aus der Affäre ziehen würde.

»Darf ich erfahren, wer Sie sind?«, fragte der Ingenieur die Frau mit ruhiger Stimme, um die Spannung abzubauen.

»Sie heißt Ana María Antieco«, schaltete Díaz sich zur allgemeinen Verwunderung ein. »Sie ist die Grundschullehrerin.«

»Wegen eurer Mauer kommt man nicht mehr hinunter an den Fluss«, brüllte die Frau. »Am Ende der Straße leben zwölf Familien, und die müssen jetzt zwanzig Kilometer gehen, nur um Wasser holen zu können.«

Ehe Doornick etwas erwidern konnte, schaltete sich wieder Díaz ein: »Señora Antieco, schon seit Monaten fordern wir Sie alle auf, das Gelände zu räumen. In Las Plumas warten neue Häuser auf Sie. Wir haben mit Hilfe von Staatskrediten für Land und Gebäude gesorgt. Da gibt es so viel Wasser, wie Sie wollen …«

»Aber wir haben schon immer hier gelebt«, donnerte sie und wandte sich dem Beamten zu. »Wir pfeifen auf Las Plumas.

Doña Candelaria ist zweiundachtzig. Wie wollt ihr die denn umsiedeln? Und *Don* Yanez? Mit seinen fast neunzig? Menschen, die immer hier langgegangen sind, die Felder bestellt, Vieh gezüchtet, gejagt und gefischt haben? Was, meinen Sie, werden die in Las Plumas wohl tun?«

»Bis zum nächsten Sommer müssen sie so oder so umziehen«, erklärte der Beamte diensteifrig.

»Natürlich«, schrie die Frau. »Wir sind ja sowieso nur nutzlose Mapuche. Zeug, das man rasch wegräumen kann.«

»Das Land ist aufgekauft worden, Señora«, schaltete Lozano sich honigsüß ein.

»Das weiß ich, Señor. Das weiß ich genau. Die Regierung verschleudert eine ganze Provinz an Ausländer, und was macht das schon, wenn man über zweihundert Leute dafür enteignen muss und meine Schule platt macht, die achtzehn Kinder unterrichtet und speist, von denen die Hälfte stark unterernährt ist?«

»In Las Plumas wird es …«, fing Díaz wieder an.

»Dann könnt ja ihr nach Las Plumas ziehen«, unterbrach Ana María ihn brüsk. »Ich bin hier, um euch zu sagen, dass das unser Land ist und wir von hier nicht fortgehen werden.«

Nachdem sie das gesagt hatte, warf sie allen Anwesenden einen herausfordernden Blick zu, dann drehte sie sich um und ging hinaus.

Lozano lehnte sich zu dem Araber hinüber und flüsterte ihm etwas ins Ohr. Der Mann lächelte.

Doornick dagegen tauschte mit Teodoro einen Blick und seufzte. Der Bogen war in jeder Hinsicht überspannt.

17

Ort: London
Weltzeit: Mittwoch, 24. Juni, 11.10 Uhr (GMT)
Ortszeit: 12.10 Uhr

Am Vortag war Alanna, kaum dass sie das Gespräch mit Inspector Goonan beendet hatte, ins Reisebüro gegangen und hatte ein Ticket für den ersten Flug nach Dublin am folgenden Morgen gekauft.

Sie hatte den Nachmittag damit zugebracht, dumpf und besorgt von einem Zimmer in das andere zu irren, wobei sie vergebens versuchte, Liam zu erreichen, und Kollegen und Bekannte anrief, um sie von ihrer unvorhergesehenen Abreise zu unterrichten. Zwischen den Telefonaten hatte sie einen kleinen Trolley gepackt und ein schnelles Abendessen zubereitet. Schließlich war sie bei einer Folge von *Desperate Housewives* eingeschlafen, die sie bereits gesehen hatte.

Nach einer unruhigen Nacht war sie früh aus dem Haus gegangen, hatte die Piccadilly Line bis zum Flughafen Heathrow genommen und die Zeit zum Abflug überbrückt, indem sie in den Duty-free-Shops herumgegeistert war.

Jetzt saß sie in einem Sessel am Gate 82. Inzwischen war es fast Zeit zum Boarding. Sie fragte sich nach wie vor verängstigt, wer zum Teufel David entführt haben konnte und warum. Nicht wegen des Geldes: Wenn auch wohlhabend, so stand ihr Exmann sicher nicht auf der Liste der größten Steuerzahler Dublins. Und dann war da noch diese Schießerei. Undenkbar, dass David in so eine Situation geriet. Er war ein Mann der Wissenschaft, zwar ein Ass, aber ein Schreibtischarbeiter mit strenger Moral. Es war schwer vorstellbar, dass er in unsaubere oder illegale Machenschaften verstrickt war.

Dann dachte sie daran, dass er sie genaugenommen schon einmal verblüfft hatte: als sie sein Doppelleben mit ihrer Freundin Sarah entdeckte – der wahre Grund für ihre Trennung. In dem Fall war allerdings sie es gewesen, die gewisse eindeutige Signale nicht sofort erkannt hatte: Davids Stimmungsschwankungen, seine unerklärliche Unruhe und seine langen Reisen. Alles klare Hinweise darauf, dass etwas nicht in Ordnung war. Sie war jedoch so in ihre linguistischen Studien vertieft, dass sie nichts gemerkt hatte, bis es zu spät war. In jener Phase, die sie jetzt zu vergessen suchte, steckte sie all ihre Energie in eine interdisziplinäre Arbeitsgruppe, die das sogenannte »mathematische Wunder des Korans« studierte. Die Kollegen an der Uni waren begeistert von ihren Beiträgen. David natürlich weitaus weniger.

Dann kam die Trennung, und sie hatte, ohne lang zu überlegen, ein Stellenangebot in London angenommen. Seitdem allerdings war David wieder zum Angriff übergegangen und hatte sie mit Aufmerksamkeiten verwöhnt. Er hatte von heute auf morgen mit Sarah Schluss gemacht und Alanna immer häufiger angerufen. Ein paar Wochenenden im Monat kam er nach London, um sie zu besuchen, und er benahm sich bestimmt nicht wie ein Exgatte, sondern eher wie ein Mann, der hoffnungslos verliebt war. Dann, plötzlich: Schweigen. Und jetzt diese unglaubliche Entführungsgeschichte, die sie nach Dublin zurückbrachte.

Während sie an dieses letzte Jahr zurückdachte, klingelte ihr Handy. Sie fuhr zusammen.

»Hallo?«, meldete sie sich aufgeregt.

»Hier ist Liam.«

Alanna atmete auf. »Ich habe dir überall hinterhertelefoniert ...«

»Was ist mit David passiert?«, unterbrach er sie. Er klang zutiefst besorgt.

Alanna seufzte erneut. Einen Moment lang schien es, als wolle sie nach dem passenden Tonfall suchen, aber die Worte sprudelten wie von selbst hervor: »Er ist verschwunden. Anscheinend ist er entführt worden ...«

»Von wem? Und warum?«

»Ich habe keine Ahnung«, murmelte sie, während ihr die Tränen in die Augen stiegen. »Ich habe keine Ahnung, ich begreife überhaupt nichts mehr. Ich bin in Heathrow und fliege gleich nach Dublin.«

Liam schwieg.

»Liam, bist du da?«

»Ja, ich bin da«, beruhigte er sie. »Wann hast du es erfahren?«

Alanna sah sich um. Ein Steward und eine Stewardess lachten. Eine Familie stand an einer Panoramascheibe und bestaunte die Flugzeuge, die auf dem Rollfeld rangierten.

»Wir telefonieren fast jeden Tag miteinander, und auf einmal war er verschwunden. Ich habe überall versucht, ihn zu erreichen, und am Ende habe ich die Polizei in Dublin verständigt.« Sie hielt inne. Sie hatte einen Kloß im Hals.

»Was hat man dir gesagt?«

»Nicht viel. Dass ein Mann eine Entführung beobachtet hat. Und dass das Opfer ein Feuermal auf der Stirn ha...«

Liam ließ sie nicht aussprechen. »Verflucht! Auch hier in Rom ist gerade etwas Schreckliches passiert.« Dann unterbrach er sich, als dächte er nach. »Das ist alles so ... unwirklich.«

»Was ist geschehen?«

»Das werde ich dir persönlich sagen. Ich nehme das erste Flugzeug und komme zu dir nach Dublin.«

Alanna war erleichtert. Sie spürte, wie die Anspannung wich und für einen Moment von ihr abfiel. »Danke, Liam. Hoffen wir, dass sich alles einrenken wird … baldmöglichst.«

»Hoffen wir es …«, wiederholte er, aber es klang nicht besonders überzeugt.

Eine Frauenstimme forderte die Passagiere des Flugs DI 827 nach Dublin höflich auf, sich am Gate einzufinden.

18

Ort: Rom
Weltzeit: Mittwoch, 24. Juni, 11.28 Uhr (GMT)
Ortszeit: 13.28 Uhr

Die römische Schwüle machte alles noch unerträglicher. Nach dem Telefongespräch mit Alanna hatte Liam sofort den ersten Flug nach Dublin gebucht: Alle Abflüge an diesem Tag waren bereits verpasst, und so blieb nur noch die Aerlingus um 8.40 Uhr am nächsten Morgen. Das gab ihm zumindest die Gelegenheit, ein klein wenig Zeit auf die Vorbereitungen zu verwenden: die Koffer zu packen, eine Vertretung für seinen Unterricht zu finden und vor allem die Verabredung mit Francesco Aldobrandi einzuhalten, vielleicht die einzige Hoffnung, irgendwo eine Antwort auf die vielen Fragen zu finden, die ihn quälten.

Er versuchte mit seinem roten Scooter zum Angelicum zu gelangen, indem er Schlangenlinien durch das übliche Verkehrschaos im Stadtzentrum fuhr. Es war noch nicht Mittag, und schon kam man um vor Hitze. Er steckte in seinem Helm, der Schweiß rann in Strömen, und seine Ohren glühten.

Zum Schmerz über den Verlust Moltenis war jetzt noch die Angst um den verschwundenen Bruder hinzugekommen: Um ganz sicherzugehen, hatte Liam noch einmal versucht, ihn unter allen ihm bekannten Telefonnummern zu erreichen, und am Ende gab es keinen Zweifel mehr. Jetzt versuchte er, die Panik zu verdrängen, indem er sich auf das Treffen mit seinem Freund

Aldobrandi konzentrierte. Der betagte Dominikanermönch, seit zwanzig Jahren Primas der Bibliothek der PUST, war eine unangefochtene Autorität: die Nummer zwei, nach dem Dekan – kein Mensch, sondern eine wandelnde Enzyklopädie.

Liam parkte den Scooter in dem weiten Innenhof, in dem Bereich, der dem Lehrkörper vorbehalten war, und während er den Helm unter den Sattel packte und die Lenkradsperre einrasten ließ, versuchte er, Empfindungen und Gefühle einmal außen vor lassend, die Fakten der letzten vierundzwanzig Stunden objektiv zu analysieren.

Andrea Molteni hatte ihn, nachdem er monatelang nicht in Rom gewesen war, am Sonntag angerufen und ihm eine sonderbare Verabredung in einem Antiquariat angetragen. Während des Treffens hatte der Freund, der besorgt und verängstigt wirkte, Liam eine antike Ausgabe der Apokalypse des Johannes gezeigt und gefragt, was er davon halte, obwohl er bereits beschlossen hatte, dass er sie kaufen würde. Dann hatte er auf eine schwere Aufgabe angespielt und versichert, er würde Liam alles erklären. Aber dazu war es nie gekommen. Selbstmord, hatte die Polizei nach Auswertung dezidierter Zeugenaussagen geurteilt. Sterbend hatte der Professor ihm seinen antiken Ring in die Faust gedrückt und mit dem letzten Atemzug das Wort »Buch« ins Ohr gehaucht. Ohne Artikel, nur das Wort »Buch«, da war Liam sicher. Aber welches Buch? Das verstand Liam erst am folgenden Morgen: Es handelte sich um den Band der Apokalypse, den sie gemeinsam im Antiquariat gesehen hatten. Molteni hatte ihm den Band geschickt, mit einer merkwürdigen Widmung und einer noch merkwürdigeren Unterschrift: dem Satz »Die Zeit ist gekommen: Das Wort Gottes ist in der Gegenwart« und dem Symbol der Quatre de chiffre, der Sigle des Meisters in einem Orden von Druckern und Kopisten.

Folglich, dachte er noch, während er die imposante Treppe fast im Laufschritt hinaufeilte, hütete Molteni ein Geheimnis und war gerade im Begriff gewesen, es Liam anzuvertrauen. Ein Geheimnis, das mit einem antiken Ring zusammenhing, mit der *Apokalypse* und einer jahrhundertealten Bruderschaft.

Außerdem: Je länger Liam darüber nachdachte, desto sicherer war er, dass Molteni sich niemals umgebracht hätte, folglich hatte jemand ihn gezwungen, es zu tun. Aber warum? Und wer? Wollten sie vielleicht etwas von ihm? Den Ring? Unmöglich zu sagen.

Zu all dem kam noch das merkwürdige Verschwinden des Bruders. Gab es vielleicht eine Verbindung zwischen den beiden? Das schien ihm unwahrscheinlich: Molteni und David hatten sich nie kennengelernt, sie arbeiteten in zwei völlig verschiedenen Sphären, und ihre Wohnorte lagen weit auseinander. Liam suchte weiter nach einem möglichen Zusammenhang zwischen den beiden Vorkommnissen, und am Ende konnte er nicht umhin, dieses verbindende Glied zu lokalisieren: Er selbst war es.

Die strengen Büsten Thomas von Aquins und Albert Magnus' schauten ihn schief an, als er das Eingangsportal passierte.

Er ging ins Treppenhaus und stieg hinab ins Untergeschoss, in die Bibliothek, wo die Angestellte ihm einen zerstreuten Gruß zuwarf, den er erwiderte. Er klopfte an die Panzertür, die den Freihandbereich vom Magazin trennte, und sofort wurde ihm geöffnet.

Jenseits der Türschwelle erwartete ihn ein imposanter Mönch. Er stand aufrecht da und starrte durch seine Brillengläser in ein riesiges Buch, das er auf seinen ausladenden Bauch gestützt hatte. Das Gesicht war zur Hälfte in den Buchseiten versteckt, aber Liam erkannte die unverwechselbare natürliche Tonsur seines Freundes Aldobrandi. Der Mönch hob den Blick, und ein Lächeln der Erleichterung teilte den dichten Bart. Er legte das Buch auf den Tresen.

»Ich habe mir Sorgen gemacht deinetwegen, Liam«, sagte er

betrübt. »Diese Hektik am Telefon ... und dann ausgerechnet heute, nach dem Unglück, das dem Professor widerfahren ist ... Ich weiß, wie sehr du an ihm gehangen hast.« Aldobrandi umarmte ihn fest. »Es tut mir leid«, murmelte er, »Es tut mir wirklich leid.«

Liam erwiderte die Umarmung ausgiebig und ohne ein Wort zu sagen. Dann rückte der alte Dominikaner von ihm ab und legte ihm die Hände auf die Schultern. »*Fiat voluntas Dei**«, lautete seine Sentenz.

»Also«, fuhr er dann in einem ganz anderen Tonfall fort, »womit kann ich dir weiterhelfen?«

Ehe er antwortete, schaute Liam sich um. Die Bibliothek würde gleich zur Mittagspause schließen, und im Lesesaal hielten sich nur noch zwei Leser auf: Ein Diplomkandidat, den er vom Sehen kannte, und ein ausgezehrter Priester, der hinter den Bücherstapeln, die er kreuz und quer auf seinem Pult verteilt hatte, fast verschwand.

»Das ist eine äußerst vertrauliche Angelegenheit«, flüsterte er Aldobrandi ins Ohr.

»In Ordnung«, nickte der Mönch, »gehen wir hoch zu mir.« Und er begab sich zu einer steilen Wendeltreppe, die er, ungeachtet seines Alters, behände hinaufkletterte. Ehe er im oberen Stockwerk verschwand, blieb Aldobrandi stehen und beugte sich über den Saal, der unter ihm lag.

»In drei Minuten wird die Tür verriegelt«, ermahnte er die beiden Leser, nachdem er einen Blick auf die Wanduhr geworfen hatte. »Ich bitte Sie, die Bücher auf den Pulten und die Leihscheine in der Schale am Eingang zu lassen.« Dann stieg er, mit geübtem Schritt, weiter hinauf.

Die Wendeltreppe führte direkt in das persönliche Arbeitszimmer des EMINENTISSIMUS PATER BIBLIOTECARIUS FRANCESCO ALDOBRANDI, wie man auf dem

* (lat.) Gottes Wille geschehe.

Messingschild lesen konnte, das an dem riesigen Pult in der Mitte des Raumes prangte. Außen herum an den Wänden nichts als Bücher. Nur das gewaltige Fenster, das sich auf den Kreuzgang öffnete, unterbrach die geordneten Buchreihen und ließ ein weiches, gedämpftes Licht herein. Auch gegen die Tür waren Bücherstapel geschichtet, die sich seit Jahrhunderten dort zu befinden schienen. In eine Ecke hatte man ein altes Feldbett gestellt, darauf ein durchgelegener Strohsack, eine zerknitterte Decke und ein Kopfkissen mit gräulichem Bezug.

Aldobrandi fing Liams verwunderten Blick auf und kam seiner Frage zuvor: »Weißt du, ein Mönch stirbt nicht gleich, wenn er mal eine Nacht nicht im Excelsior schläft. Das Studium geht allem vor!«

Dann begab er sich zu dem spartanischen Stuhl hinter dem Pult. »Setz dich«, forderte er Liam auf und zeigte auf ein winziges Stühlchen vor ihm. Liam nahm Platz und verursachte dabei ein unheilvolles Knarzen.

»Also, ich bin ganz Ohr …«, ermunterte der Mönch ihn, wobei er seine Ellbogen auf das abgewetzte Leder der Schreibfläche stützte und sein Gegenüber durch das wuchtige Brillengestell ansah.

Liam fasste die Geschehnisse so zusammen, wie er es im Stillen für sich kurz vorher getan hatte, und am Ende des kurzen Berichts legte er Ring und Buch auf das Schreibpult.

Aldobrandi nahm die Brille ab, holte ein Monokel aus der Schublade, klemmte es mit professioneller Geste ins Auge und unterzog zuerst das Buch und dann den Ring einer genauen Prüfung. Einige Minuten lang herrschte eine Stille, die nur durch das von Liams Bewegungen verursachte Knarzen unterbrochen wurde, der vergeblich nach einer bequemen Sitzposition suchte.

Endlich legte der Mönch das Monokel ab, setzte wieder die Brille auf und begann zu reden.

»Eine wunderschöne Ausgabe«, fing er an, den Band weiterhin in Händen drehend. »Feinste Wasserzeichen ... herausragende Druckkunst, originale Typen von Aldo Manuzio ... Bindung mit Seidenfaden und Titelblatt in heiß ziseliertem Wachs: aber trotzdem nichts Außergewöhnliches. Der Text scheint mir, auf den ersten Blick, der streng kanonische zu sein, noch dazu ohne Kommentare. Kurz, ein schönes Sammlerstück, aber auch nicht mehr ... Und dann sehe ich auch nicht, wie es ein Geheimnis bergen sollte: Es stand zum Verkauf in einem Antiquariat, jedermann zugänglich.«

Liam wartete einen Moment, ehe er zum Sprechen ansetzte, als ob er all diese Bemerkungen erst einmal überdenken würde.

»Warum also«, fragte er schließlich, »hat Andrea mir im Sterben ›Buch‹ zugeflüstert? Und was wollte er mir mit der merkwürdigen Widmung ›Die Zeit ist gekommen: Das Wort Gottes ist in der Gegenwart‹ sagen?«

Aldobrandi kratzte sich am Bart: »Nun, die *Apokalypse* ist eine Prophezeiung, und Professor Molteni wäre weder der Erste noch der Letzte, der sie vielleicht entschlüsselt zu haben meinte ... Er war Theologe, wie du, möglicherweise war er überzeugt, dass die Prophezeiung, das Wort Johannes', sich in unserer Gegenwart erfüllen würde ... Etwas Schokolade?« Der Mönch zog eine Schublade auf und holte eine prall gefüllte Schachtel Pralinen hervor.

»Nein, danke«, lehnte Liam zerstreut ab und drang weiter in ihn: »Aber der Ring, was gibt es zu dem Ring zu sagen?«

Aldobrandi wählte mit Bedacht ein Konfekt mit dreischichtiger Cremefüllung und ließ es wollüstig aus dem Papier direkt in den Mund gleiten, ohne die Schokolade mit den Fingern zu berühren. »Das ist mein ganzes Mittagessen«, sagte er wie zur Entschuldigung, vielleicht weil er sich an seine Rolle als asketischer Diener des Herrn erinnerte. Er warf das Stanniolpapier in den Abfalleimer, und nachdem er seine Hände an der Kutte abgewischt hatte, ergriff er den Ring.

»Nun, das hier dagegen ist ein Objekt von beachtlichem Wert«, erklärte er, während er ihn mit den Fingerspitzen berührte. »Siehst du: dunkles Gold, ein starker, durchgehender Reif, eine flache rechteckige Platte und diese Gravur in riesigen Lettern ... ganz ähnlich dem Ring von Trier, dem sogenannten Fidem Constantino ... Ich würde meinen, dass es zum höfischen Kunsthandwerk der konstantinischen Epoche gehört. Und dann lässt das Chrismon, das auf die Platte eingraviert ist, keinerlei Zweifel über die Epoche zu.«

»Und diese beiden Löcher, was bedeuten die? Wozu sind sie gut?«, fragte Liam ungeduldig.

Aldobrandi schaltete die Schreibtischlampe an und bog sie herunter, bis der Schirm direkt über dem Ring war. Dann griff er diesen mit einer Pinzette, nahm die Brille ab und ersetzte sie erneut durch das Monokel. Diesmal betrachtete er das Objekt länger und genauer, indem er es langsam unter der Linse rotieren ließ.

Schließlich schaltete er die Lampe aus, legte das Monokel ab und setzte wieder die Brille auf. »Schwer zu sagen ...«, schloss er. »Diese Löcher sind sauber und tief geschnitten, sie gehen fast durch den ganzen Reif, in rechtem Winkel. Sie verjüngen sich ganz regelmäßig und liegen einander genau gegenüber: das eine unter der Platte, das andere genau auf der anderen Seite des Reifs. Es gibt auch eine Art Führung, wie für eine Zapfenverbindung ... Ich würde es nicht beschwören, aber ich glaube, dass es noch ein anderes Stück gibt ... einen kleinen Stab oder einen Riegel vielleicht, mit zwei Holmen, die in die Löcher passen, sodass man ihn einhängen kann. Wenn dem so wäre, dann könnte der Ring dazu dienen, einen Stab zu halten, ihn zu bewegen. Zum Beispiel, um ihn um die Längsachse zu drehen, wie einen Schlüssel ...«

»Ein Schlüssel?«, fuhr Liam, äußerst erregt, hoch.

»Nun, jetzt gerate nicht gleich in Wallung, Liam«, beschwichtigte Aldobrandi ihn sofort. »Das ist nur eine Hypothese, eine Mutmaßung von meiner Seite … Was ich dir mit Sicherheit sagen kann, da ich mich lange mit solchen Objekten beschäftigt habe, ist, dass der Ring authentisch und aus konstantinischer Epoche ist. Siehst du das eingravierte Symbol? Wie ich bereits sagte, ist das Konstantins Monogramm, das berühmte Chrismon oder Christogramm, das die Merowinger dann benutzt und in die jüngere Quatre de chiffre umgeformt haben, ein im Mittelalter sehr verbreitetes Emblem – genau das, was dein guter Molteni in das Buch gezeichnet hat. Jedenfalls Glückwunsch, Liam: Dieser Ring ist ein Vermögen wert.«

»Das Geld interessiert mich nicht«, platzte er heraus. »Ich möchte wissen, was Molteni mir sagen wollte. Was meinst du, warum hat er ausgerechnet die Quatre de Chiffre als Unterschrift benutzt?«

Der Mönch breitete die Arme aus. Liam drang weiter in ihn: »Und der Schriftzug, der auf der Innenseite des Rings eingraviert ist? Lies!«

DVIIIACALSEPAXLIADIOCIMP

»Ganz ruhig, Liam …«, versuchte Aldobrandi ihn zu beschwichtigen. »Den habe ich gesehen … Die Gravur ist noch immer gestochen scharf. Und das teilt uns etwas Wichtiges mit: dass es sich nicht um ein Ausgrabungsstück, eine Grabbeigabe, handeln kann. Dieser Ring ist mit besonderer Sorgfalt gehütet worden, vom Tag seiner Entstehung bis heute.«

»Folglich«, überlegte Liam laut, »kann Molteni ihn mir gegeben haben, genauso wie ihn jemand vorher ihm übergeben hatte, und so weiter seit Jahrhunderten … eine ununterbrochene Kette von Übertragungen.«

Der Mönch brütete vor sich hin und sagte dann begeistert,

den professoralen und distanzierten Ton aufgebend, mit dem er bis dahin die Angelegenheit behandelt hatte: »Das ist möglich, ja, das ist möglich.«

»Was aber bedeutet nun dieser Schriftzug?«, insistierte Liam.

»Es ist die Abkürzung eines Datums«, antwortete Aldobrandi einfach. Dann setzte er wieder das Monokel ein und las im Stakkato: »D-VIII-A-CAL-SEP-A-XLI-A-DIOC-IMP. Oder: *Die octavo ante calendas septembres anno unquadragesimo a diocletiani imperio.**«

»Diokletian?«

»Es handelt sich um ein Datum, das im sogenannten koptischen Kalender ausgedrückt ist: In spätkaiserlicher Zeit«, erklärte der Dominikaner, während er das Monokel abnahm, »will sagen, ab dem vierten Jahrhundert nach Christus, kam der Brauch auf, die Jahre ab der Proklamation Diokletians zu zählen, statt, wie bisher, ab der Gründung Roms.« Aldobrandi stand auf, nahm einen Wälzer in dunklem Einband aus dem Bücherregal und legte ihn auf das Schreibpult.

Dann fing er an, darin zu blättern, bis er fand, was er suchte. »Hier bitte«, verkündete er nach einer Weile. »284 nach Christus: Proklamation Diokletians zum Kaiser. Folglich bezeichnet das Datum auf dem Ring den 25. August 325 nach Christus.«

»Das Konzil von Nicäa«, überlegte Liam.

»Genau. Nach der Mehrzahl der Quellen war dies der Tag, an dem es endete.«

»Klar, das erste Ökumenische Konzil«, grübelte Liam laut, »von Konstantin einberufen, um dem theologischen Gezänk ein Ende zu machen ...«

»Genau das, Liam«, redete Aldobrandi weiter, während sich

* (lat.) Achter Tag vor den Kalenden des September im einundvierzigsten Jahr nach der Proklamation Diokletians.

in seine Miene eine Spur Beunruhigung mischte. »Wie du genau weißt, wollte Konstantin dem Reich, das er gerade erst geeint hatte, den Frieden sichern, und all die Bischöfe, die sich über die Interpretation der Schriften in die Wolle kriegten, waren ein innerer Brandherd. So versammelte er sie alle in Nicäa, zahlte ihnen Reise und Unterkunft – eine Art Gipfeltreffen *ante litteram* – und forderte sie auf, sich ein für alle Mal zu einigen.«

»Das Konzil«, fügte Liam hinzu, »löste das Problem der unterschiedlichen Substanz von Vater und Sohn, indem es das Glaubensbekenntnis in der Form festlegte, wie wir es, mehr oder weniger, noch heute beten. Aber ich sehe keine Verbindung zur Apokalypse. Was hat die damit zu tun?«

»Soweit ich weiß, nichts«, antwortete der Mönch. »Das Konzil legte auch rund zwanzig Kanons fest: Handlungsnormen, wie zum Beispiel das Datum für Ostern, und andere, um Ordnung zu schaffen in der Führung des Klerus. Nichts jedoch, was sich auf Johannes oder seine Apokalypse beziehen würde …«

»Haben wir auch nichts übersehen?«, warf Liam ein.

»Nun, nichts Offizielles. Wenn man jedoch auf blasphemische Quellen hören will …«

»Worauf spielst du an?«

»Ich rede von Voltaire, Liam, den sogenannten Vater der Aufklärung …«

»Aber der hat sich doch mit der Kirchengeschichte nur befasst, um sie lächerlich zu machen«, bemerkte Liam.

»Eben«, seufzte der alte Dominikaner. »Unter dem Stichwort ›Conciles‹ seines berüchtigten *Dictionnaire Philosophique* unterzieht er die Konzile einer ätzenden Kritik, stellt sie als Machtinstrumente dar, die mit dem Glauben nichts zu tun hätten, und verhöhnt ihre vermeintliche Unfehlbarkeit.«

»Und was sagt Voltaire über Nicäa?«, unterbrach Liam ihn.

»Er behauptet, dort hätten die Väter des Konzils die Unterscheidung zwischen kanonischen Büchern und den apokryphen Schriften eingeführt. Und hier wird die Ironie des Aufklärers schneidend: Er behauptet, dass die Auswahl folgendermaßen vonstattenging: Man warf alle Texte wild durcheinander auf den Altar, um dann diejenigen als apokryph zu erklären und zu ächten, die zufällig auf den Boden rutschten.«

Liam konnte sich ein Lächeln nicht verkneifen, und Aldobrandi maßregelte ihn sofort: »Da gibt es nichts zu lachen: Ein Scherz, den sich dieser Priesterhasser schlichtweg ausgedacht hat, um die heilige römische Kirche in Misskredit zu bringen!«

»Also nur ein Scherz«, insistierte Liam, wobei er sein Gegenüber fixierte.

»Nun«, gab der Mönch zu, »Voltaire war sicher ein Teufelsbraten, aber kein blindes Huhn auf kulturellem Gebiet. Das Auswahlkriterium hat er sich in Wahrheit ausgedacht, aber was die Tatsache der Selektion an sich angeht, stützt Voltaire sich auf genaue Quellen zur Konzils- und Kirchengeschichte: die *Santissima Concilia* von Pierre Labbe, der sich seinerseits auf die *Annales Ecclesiasti* von Baronio beruft. Auch ich habe vor Jahren zu dem Thema gearbeitet und bin auf ein anonymes *Synodikon* gestoßen, das Baronio um sechs Jahrhunderte vorwegnimmt.«

»Also könnte Nicäa die ›editorische Leitlinie‹ für das Neue Testament diktiert haben, wie wir es heute kennen?«, fragte Liam.

Aldobrandi warf ihm den vernichtenden Blick eines Oberlehrers zu, dann fuhr er geduldig fort: »Die Authentizität des Ereignisses ist stark zu bezweifeln: Es geht aus einer anonymen, nicht kanonischen Quelle hervor. Die Sache erfreute sich eine Zeitlang wieder einer gewissen Popularität, als man die Nag-Hammadi-Bibliothek katalogisierte, die, wie der Zufall es will, auf das vierte nachchristliche Jahrhundert datiert und die allem Anschein nach unter Verschluss gehalten worden war, um gnostische und hermetische Texte vor dem Scheiterhaufen der Zensur zu retten. Dabei herausgekommen ist allerdings nichts.«

»Andererseits«, schloss Liam enttäuscht, »auch wenn die Konzilsväter Texte verbannt haben sollten, so hätte das sicher nicht die Apokalypse des Johannes betroffen, deren Kanonisierung nicht in Zweifel steht.«

»Eben«, bestätigte Aldobrandi, wobei er die Lampe wegrückte und das Monokel mit demonstrativer Sorgfalt wegpackte, um sich nach dieser unerwarteten Unterbrechung wieder seinen Beschäftigungen zuzuwenden.

Liam nahm Buch und Ring wieder an sich und steckte sie vorsichtig in die Innentasche des Jacketts, dann stand er auf, um sich zu verabschieden.

»Danke, Francesco. Auf jeden Fall danke für alles«, schloss er und wandte sich der Wendeltreppe zu.

Der Mönch folgte ihm mit einem zögerlichen Blick. Als Liams Kopf auf Höhe des Fußbodens zu verschwinden drohte, rief er ihn zurück: »Liam, da wäre noch eine Sache …«

19

Ort: Dublin
Weltzeit: Mittwoch, 24. Juni, 11.32 Uhr (GMT)
Ortszeit: 12.32 Uhr

Bandars gewaltige Silhouette zeichnete sich im Gegenlicht am Eingang des Hangars ab.

Eine Falcon 900 EX aus Prinz Amir Khans Flotte rollte langsam hinaus, Richtung Startbahn. Als der Jet in der Nähe von Bandar vorbeikam, winkte Hamed, einer seiner Männer an Bord der Maschine, zum Gruß an einem Seitenfenster. Der Gruß blieb ohne Erwiderung.

In Bandar brodelte es. Dieser Transfer war nämlich nicht geplant, sondern die Folge einer Kette von Ereignissen, die sich seiner Kontrolle entzogen hatten. Und ein Mann in seiner Position konnte sich so etwas nicht erlauben.

Bandar arbeitete seit über zehn Jahren für den Prinzen. Vom einfachen Leibwächter hatte er es, durch unverbrüchliche Treue und seine Leistungen an vorderster Front, zum Sicherheitschef seines Vertrauens gebracht. In letzter Zeit hatte die Situation sich allerdings verkompliziert. Es ging nicht mehr um Verteidigung, sondern um Angriff, mit jedweden Mitteln, ganz gleich, ob legal oder illegal.

Nicht dass ihm das gegen den Strich gegangen wäre: Bandar war ein Mann der Tat. Schon seit Armeezeiten liebte er es, Bewährungsproben zu bestehen und seine Fähigkeiten unter Beweis zu stellen. Aber all diese Auslandsmissionen hielten ihn fern vom Prinzen, und die Neider unter Bandars Kollegen machten sich das zunutze. Jetzt zum Beispiel war es jemand anderes, der an seiner Stelle den Sicherheitsdienst für die interreligiöse Konferenz in Abu Dhabi organisiert hatte. Jemand, der sich durch tagelange Arbeit in direktem Kontakt mit dem Prinzen und Hussayn deren Wertschätzung erwerben konnte – zu Bandars Nachteil.

Er dagegen hing in Dublin fest, wo er die Mission vollenden musste. Jetzt, da der Entführte auf dem Weg zu einem sichereren Versteck war, galt es noch zu überprüfen, ob keiner seiner Angehörigen von den Geheimnissen erfahren hatte, zu denen er Zugang gehabt hatte. Jüngsten Informationen zufolge trafen zwei weitere potentielle Problemquellen in der Stadt ein, die Ehefrau und der Bruder. Und dies waren die beiden nächsten Zielpersonen seines Teams.

Während er nachdachte, war er aus dem Hangar getreten.

Das vordere Fahrwerk der Falcon löste sich vom Asphalt der Startbahn, und einige Sekunden später hob der Jet vom Boden ab. Bandar war erleichtert. Eine Sorge weniger.

Er ging zu dem schwarzen Lieferwagen und bemerkte sofort einen schmächtigen Mann mit einem Mardergesicht, der daran lehnte und auf ihn wartete.

Es war O'Neil, der Zollbeamte, den er schon mehrmals hatte bestechen müssen. Ein schmieriger Kerl, dem Bandar gerne eine endgültige Lektion erteilt hätte, wenn er nicht eine zweifellos nützliche Funktion erfüllt hätte.

»Wie geht es, Herr Bandar? Haben Ihre Passagiere auch alle den Sicherheitsgurt angelegt?«, fragte der Mann in ironischem Ton, auf den Jet zeigend, der in den Wolken verschwand.

»Guten Tag, O'Neil«, antwortete Bandar trocken und näherte sich ihm.

Der Beamte lächelte merkwürdig. »Auf dem Flugplan sind

nur zwei Passagiere angegeben, scheint mir, nicht zwei Passagiere mit einem Freund.«

Der arabische Hüne schob seine rechte Hand unter die Jacke. Der andere wich instinktiv einen Schritt zurück. Bandar zog ein ziemlich dickes Papierkuvert hervor und legte es ihm in die Hand.

»Kein zusätzlicher Freund, stimmt's?«

20

Ort: Rom
Weltzeit: Mittwoch, 24. Juni, 12.03 Uhr (GMT)
Ortszeit: 14.03 Uhr

Bei dem Zuruf Aldobrandis blieb Liam schlagartig auf der Wendeltreppe stehen und drehte sich um, weil er umkehren wollte. Dabei wäre er fast gestolpert und in die Tiefe gestürzt. Einen Augenblick später wurde sein Hinterteil schon wieder von dem schmalen Stuhl gepeinigt.

»Und, Francesco?«

»Nun, Liam«, wiegelte der Mönch ab, »um ehrlich zu sein … dürfte ich wahrlich nicht …«

»Was dürftest du nicht?«

Aldobrandi fühlte sich sichtlich unwohl. Er setzte sich auf seinem Stuhl zurecht und fing an, mit dem Monokel herumzuspielen. »Weißt du, eine merkwürdige Geschichte über Nicäa taucht auch in der Mitschrift eines … sagen wir … unbedeutenden Prozesses auf. Ein Prozess, der vom Heiligen Offizium in Florenz geführt wurde, Sommer 1739, wenn ich mich recht entsinne. Heute würden wir das einen Nebenanklagepunkt nennen: Der Vorwurf der Hexerei gegen ein Medium.«

»Worum geht es dabei?«

»Wie gesagt, ich dürfte nicht … Das sind … die Dokumente sind geheim …«

Liam sprang auf und warf dabei den Stuhl um. Er stützte die

Fäuste auf den Schreibtisch und beugte sich zu seinem Gegenüber vor: »Francesco, versuch mich zu verstehen: Mein bester Freund, mein Meister, ist tot. Und die einzige Spur ist etwas, was mit Nicäa zu tun hat. Ich bitte dich ganz offen um Hilfe.«

Aldobrandi seufzte, noch verlegener. Andererseits hatte er selbst Liam zurückgerufen, und jetzt musste er die Sache durchziehen. Aber nun nagten die Gewissensbisse an ihm, weil er erstmals ein Schweigegelübde brechen würde, welches er vor vielen Jahren abgelegt hatte. Er beschloss, nur das absolut Notwendigste preiszugeben, und bat Liam, sich zu setzen.

»Schwörst du mir, dass du kein Wort von dem, was ich dir sagen werde, je einem anderen anvertrauen wirst?«, fragte er dann.

Liam hatte den Stuhl aufgehoben und sich gesetzt. Er nickte. »Sicher, Francesco«, sagte er. »Du musst meine Erregung verzeihen. Aber seit vierundzwanzig Stunden sehe ich mich in eine Affäre verwickelt, die eine Nummer zu groß für mich ist.«

»Also, hör gut zu«, fing der Dominikaner ernst an. »Zu jener Zeit war Papst Clemens XII. bereits alt und gebrechlich. Kurz vorher hatte er sich mit seiner Bulle ›In Eminenti Apostolatus Specula‹ gegen die aufkommenden Freimaurerlogen gestellt. Diese Verurteilung führte *ipso facto* zur Exkommunikation eines jeden, der sich mit diesen Gruppen und Zirkeln einließ. In Wahrheit wurde die Bulle vom äußerst einflussreichen Florentiner Kardinal Neri Corsini angeregt, wenn nicht sogar verfasst. Er war der Neffe des Papstes und der letzte große Fürsprecher der Heiligen Inquisition. Großherzog Gian Gastone war gerade erst gestorben, dahingerafft von seinen Ausschweifungen, und man sah der Krönung seines Nachfolgers entgegen, jenes Franz Stephan, der fürderhin dem Geschlecht der Habsburg-Lothringer vorstehen sollte.«

Er unterbrach sich, um Atem zu schöpfen, und fuhr fort: »In diesem vorübergehenden Machtvakuum konnte Corsini sein Glück gar nicht fassen, weil er den Gerichten des Heiligen Offiziums wieder ihren alten Glanz verleihen durfte. Er schwenkte die Bulle seines Onkels und blies regelrecht zur Jagd auf die Freimaurer. Das berühmteste Opfer war Tommaso Crudeli, ein impertinenter Aufklärer, der von der Schwindsucht dahingerafft wurde, während er in den großherzoglichen Bleikammern schmachtete, in Erwartung eines unausweichlichen Urteils. Dies ist es jedoch nicht, was uns interessiert, Liam …«

Der Mönch schwieg einen Moment, dann redete er weiter: »Wie ich bereits sagte, gibt es einige Geschichten, die mit diesem … Hauptstrang der Untersuchung in Verbindung stehen. Geschichten, die niemand kennt, weil, etwa ein Jahrhundert später, seine Heiligkeit Pius IX. umsichtig genug war, diese … zu begraben, und zwar in einem Privatarchiv des Vatikans, einige Jahre bevor die kaiserlichen Truppen an der Porta Pia eine Bresche in die Stadtmauer schossen und in die vom Papst besetzte Stadt drangen. Er hatte gemerkt, dass das Ansehen des Papsttums harten Zeiten entgegenging. Deshalb schien es ihm angezeigt, diese Dokumente unter Verschluss zu halten, denn wenn sie dem Falschen in die Hände geraten wären, dann hätte man die Sache an die große Glocke gehängt, nur um den Nachfolger Petri in Misskredit zu bringen. Das war ein alter Hut, weißt du, an den sich damals keiner mehr erinnerte. Und Pius IX. sollte recht behalten: 1872 ging unsere antike Biblioteca Casanatense an das Haus Savoyen, und ein paar Jahre später verloren wir auch den Prozess gegen das Bildungsministerium. Diese Dokumente wären mit Sicherheit ans Licht gekommen.«

»Und ich wette, dass die Protokolle jenes Prozesses jetzt unter deiner fürsorglichen Obhut stehen«, stichelte Liam, der endlich begriffen hatte, warum Aldobrando so wenig kooperativ gewesen war.

»Ich bitte dich, mich nicht zu unterbrechen, Liam«, brachte ihn der alte Mönch zum Schweigen. »Also, wo war ich? Ach, ja, bei Chiara Rucellai ...«

»Chiara Rucellai?«

»Ja, Chiara Rucellai: Eine Frau aus dem Volk, aus dem Viertel Boboli, die zahlreichen Aristokratinnen jener Zeit das Haar frisierte. Um es kurz zu machen: Selbige gab sich als Medium aus und verschaffte sich Zugang zu mehreren Salons, wo sie sehr gefragte spiritistische Sitzungen abhielt.«

Liam hörte aufmerksam zu, auch wenn er nicht verstand, worauf Aldobrandi hinaus wollte.

»Wenn man den Inquisitoren Glauben schenkt«, präzisierte Aldobrandi, »so war diese Popularität vor allem einer üppigen Brust und generösen Lenden geschuldet. Es muss auch gesagt werden, dass Freimaurer, Spiritisten, Schwarzkünstler, Alchimisten und so fort damals mehr oder weniger aus demselben Holz geschnitzt waren: neugierige und gelangweilte Leute, die nicht wussten, wie sie die Zeit totschlagen sollten. Kurz und gut: Corsinis Männer griffen sich auch diese Chiara Rucellai und gaben sie in die Hände des kirchlichen Gerichtes.«

»Was aber hat diese Frau mit Nicäa zu tun?«, unterbrach Liam ihn erneut.

»Willst du jetzt endlich still sein?«, sagte der Mönch verärgert. »Die Inquisitoren, die sie folterten, berichten in den Protokollen der Verhöre, dass die Ärmste vom ruhelosen Geist eines Eunuchen edlen Geblüts besessen sein wollte: Ein kaiserlicher Domestik des Bischofs Ossius von Cordoba, ein Gesandter Konstantins, der aufgrund seiner Neugierde, nach grausamer Verstümmelung, dem Tod anheimgegeben wurde.«

»Und was soll dieser Eunuch schon gesehen haben?«

»Das schriftliche Protokoll einer Geheimsitzung, die gerade

am letzten Tag des Konzils von Nicäa abgehalten worden war, genau zu jenem Datum, das auf deinem Ring eingraviert ist, Liam.«

Fast eine Minute lang herrschte Schweigen, das nur durch das Knarzen von Liams Stuhl unterbrochen wurde. Schließlich fragte er: »Und wer soll, nach Meinung der Frau, dieses Protokoll verfasst haben?«

»In diesem Punkt sind die Inquisitoren sehr genau. Und man stellt sich die Frage, wie eine Frau aus dem Volk von einem Ereignis wie dem in Nicäa hätte erfahren können.«

»Das heißt?«

»Das Protokoll wurde, nach Ansicht der Frau, von eben jenem Bischof Ossius von Cordoba verfasst. Er war Konstantins Vertrauensmann in kirchlichen Fragen und der Unterzeichner des Credos und der zwanzig Kanons für das Heilige Römische Reich. Ossius soll durch die Niederschrift des Protokolls allerdings gegen ein ausdrückliches Verbot Konstantins – unter Androhung der Todesstrafe – verstoßen haben. Das heißt, laut Medium, dass Ossius den neugierigen Eunuchen verstümmeln und abschlachten ließ, damit der Kaiser nichts von seinem Ungehorsam erfuhr. Und vom Geist jenes Eunuchen wollte die Frau nun besessen sein.«

Die beiden tauschten einen vielsagenden Blick.

»Aber entschuldige, Francesco«, sagte Liam in vertraulichem Ton. »Wenn du die Protokolle der Inquisitoren gelesen hast, wirst du auch das, zumindest teilweise, kennen, was Ossius über den letzten Tag des Konzils von Nicäa berichtet.«

»Nicht so hastig«, bremste Aldobrandi ihn ein weiteres Mal. »Ich verlasse mich nicht auf das Gerede einer Frau aus dem Volk: Um billig davonzukommen, hätte sie den Inquisitoren jeden Unsinn gestanden, den sie ihr auch immer in den Mund gelegt hätten.«

Liam sprang auf, stützte die Hände auf den Tisch und

beugte sich zu ihm vor. »Was haben die Inquisitoren geschrieben?«, bellte er ihn an.

»Nichts Glaubwürdiges«, versuchte der Mönch sich herauszuwinden.

»Was haben sie geschrieben?«, hakte Liam nach.

»Nichts, wie ich sagte«, wiederholte der Dominikaner, zurückweichend.

»Was haben sie geschrieben?«, schrie Liam, völlig außer sich.

Aldobrandi schluckte, und angesichts der Erregung seines Freundes gab er nach: »Die Rede ist von einer Version der Apokalypse des Johannes, die von der uns bekannten abweicht.«

21

Ort: Klausurkloster der Benediktinerinnen Mater Ecclesiae
Weltzeit: Mittwoch, 24. Juni, 16.04 Uhr (GMT)
Ortszeit: 18.04 Uhr

Ich flog über dem Reich der Rus, und es war Frühling.

Unvermittelt sah ich einen Stern über der Erde aufgehen, und der Name dieser Erde war Artemisia.

Dann stürzte der Stern sofort wieder herab und verglühte, auf dem dritten Teil der Flüsse, und auf den Quellen.

Die Pinien verfärbten sich rot unter der Bitterkeit des Sternes.

Ich kostete von dem verbrannten Wasser, aber es war kein Wasser mehr, sondern es war Wermut geworden.

Und ich sah jeden dritten Menschen von dem Wasser trinken und sterben, denn das Wasser war Wermut geworden.

Es war die siebzehnte Nacht des Mondes von Nishan, im 5746sten Jahr seit der Erschaffung der Welt.

Mutter Valeria schlug das Heft der Novizin zu. Ihre Hände zitterten.

Das Mädchen kannte also den Text der Prophezeiung, wortwörtlich, ohne ihn jemals gesehen oder davon gehört zu haben. Es gab keinen Zweifel mehr: Sie war vorherbestimmt.

Mutter Valeria sank vor Ergriffenheit auf die Knie. Sie ließ das Heft auf das Strohlager fallen, fast als wollte sie sich davon befreien, dann bekreuzigte sie sich und begann zu beten.

Es verging viel Zeit, ehe sie sich wieder erhob. Das Gebet

verschaffte ihr immer Erleichterung, gab ihr wieder Sicherheit. Ihre Hände hatten jetzt endlich aufgehört zu zittern. Sie hatte sich beruhigt und begann nachzudenken.

Sie erinnerte sich bestens an diesen Passus in der Rolle. Johannes erzählte darin, wie er über Tschernobyl flog, nach der Reaktorexplosion. Auch im offiziellen Text fand sich eine Spur dieser Prophezeiung. Apokalypse von Johannes, Kapitel 8, Vers 10 bis 11: »Und der dritte Engel blies seine Posaune; und es fiel ein großer Stern vom Himmel, der brannte wie eine Fackel und fiel auf den dritten Teil der Wasserströme und auf die Wasserquellen. Und der Name des Sterns heißt Wermut.« Sicher, die offizielle Version war gewollt kryptisch und führte auch das genaue Datum nicht an, aber das Wort »Wermut« tauchte dort ebenfalls auf. Und der Wermut wird aus der Artemisia gewonnen, besser bekannt als Beifuß, der in ukrainischer Sprache Tschernobyl heißt.

Mutter Valeria war entsetzt. Sie erinnerte sich noch an die Angst jener Zeit und an das Gefühl der Ohnmacht, während der Tag immer näher rückte. Sie hätte die Welt warnen wollen, oder zumindest die Russen, dass jenes Kraftwerk explodieren würde, dass die Hölle auf Erden losbrechen würde. Als es geschah, war sie seit wenigen Jahren Hüterin des Okzidents, und sie war erst einige wenige Male hinunter zum Schrein gegangen, aber das hatte genügt, um sich die ganze Prophezeiung genau einzuprägen.

Sie erinnerte sich noch, wie sie verzweifelt Molteni angerufen hatte, zwei Tage vor dem festgesetzten Tag, womit sie die Regel gebrochen hatte: »Meister, in zwei Tagen wird es eine Katastrophe geben!«

Die Stimme des Mannes hatte sie brüsk unterbrochen: »Ich will nichts weiter hören. Dem Meister steht es nicht zu, die Prophezeiung zu kennen, und den Hütern nicht, sie zu verbreiten, und das wisst Ihr ganz genau. Kommt zu Euch, Hüterin:

Eure Aufgabe ist es, zu wahren und zu beschützen, nicht jedoch zu retten, denn dies steht allein unserem Herrn zu, wenn es sein Wille ist. Gehet nun hin in Frieden.« Und dann hatte er aufgelegt, ohne ein weiteres Wort.

An den folgenden Tagen hatte Mutter Valeria, da sie keine Meldungen fand, gehofft, die Katastrophe sei ausgeblieben. Vielleicht hatte sie Johannes' Wort falsch interpretiert. Ein naiver Wunschtraum, der nicht lange vorhielt. Die Russen hatten die Katastrophe schlichtweg geheim gehalten, bis die Norweger darauf aufmerksam wurden, weil sie als Erste von der radioaktiven Wolke heimgesucht wurden.

Die Ermahnung des Meisters half ihr einige Jahre später, als sie begriff, dass die zweite Katastrophe bevorstand: Sie schaffte es, die Last dieses Wissens stumm zu ertragen, und rief ihn nicht an.

Nun war ein neues Zeichen eingetroffen: Die Novizin *sah*, wie Johannes, und sie *wusste*. Und *schrieb*.

Mutter Valeria setzte sich aufs Bett, nahm wieder das Heft zur Hand und las lange darin, wobei sie es vorsichtig, voller Ehrfurcht, durchblätterte. Es hatte einen schwarzen, festen Einband, das Papier war dünn, liniert, wie ein Heft für Schreibübungen. Es duftete nach alten Papierwarenläden, nach Kreide und Schiefer.

Sie hatte Mühe, ihre Nervosität zu zügeln. Der Meister hatte noch nicht angerufen, obwohl der am Vortag vereinbarte Termin schon mehr als sechs Stunden überfällig war. Das war noch nie vorgekommen. Ausgerechnet jetzt, da sie ihn hätte sprechen und informieren wollen, da sie Rat suchte.

Nervös fingerte sie an dem schnurlosen Telefon ihres Privatanschlusses herum, das in der Tasche ihrer Schwesterntracht steckte. Aber der Apparat schwieg unbarmherzig.

Während sie die Seiten umblätterte, dachte Mutter Valeria darüber nach, wie wenig sie die Durchsuchungen der Zelle der

Novizin mochte, die sie zur ihrer Nachfolgerin ausersehen hatte. Eine regelrechte Verletzung der Intimsphäre einer Person. Aber die Regel erlegte ihr das auf: die Rolle zu bewahren und zu schützen, um jeden Preis, auch um den Preis, sich heimlich Zugang zu den intimen Geheimnissen einer Mitschwester zu verschaffen. Der Zweck, wenn heilig, heiligt auch die Mittel, selbst die verwerflichsten.

Ein kleiner Käfer unterbrach ihre Grübelei. Er krabbelte hastig über den Boden der engen Zelle, wobei er mit Ach und Krach die Fugen zwischen den Tonfliesen überwand.

Er hat sich verirrt und sucht nun Unterschlupf, dachte sie. Wie ich, im Grunde. Und mein Leiden lässt mir nicht viel Zeit, ich muss mich sputen.

Sie erhob sich mit einem Ruck vom Bett der Novizin, gerade als das Insekt unter dem Nachtschrank verschwand. Zum x-ten Mal schloss sie das Heft und legte es peinlich genau wieder an die Stelle, an der sie es gefunden hatte, zwischen die Lagen der Winterdecke. Dann nahm sie erneut das Telefon hervor und kontrollierte zum soundsovielten Mal, ob es auch wirklich angestellt war. Warum rief der Meister nicht an?

Nun ging sie an die Inspektion der Nachttischschublade und fand zwischen den Kringeln des hölzernen Rosenkranzes, verknittert und zusammengeknüllt, das Blatt, das sie am Vorabend an den Chor verteilt hatte. Es war die vierstimmige Partitur des *Dies Irae, Dies Illa*, für die ersten Proben der Einzelstimmen. Neugierig geworden, entfaltete sie die Kugel. Diese Unordnung, diese Schlamperei passten nicht zu der Novizin.

Auf der Rückseite fand sie eine mit zittriger Hand geschriebene Notiz: »Ich sah den letzten irdischen Flug meines Erzengels.«

Mutter Valeria lief es eiskalt den Rücken hinunter. Diese Worte waren in dieser Nacht geschrieben worden, kein Zweifel.

Sie nahm das Telefon und tippte die Nummer des Hotels

ein, ihre Finger zitterten so stark, dass sie nur mit Mühe die richtigen Tasten traf.

Beim dritten Läuten antwortete die warme, freundliche Stimme eines Mannes, der fragte, womit er dienen könne.

»Guten Abend«, sagte sie aufgeregt. »Ich würde bitte gerne mit Herrn Professor Molteni sprechen.«

In der kurzen Pause, die folgte, spürte sie deutlich das Unbehagen ihres Gesprächspartners.

»Wer möchte ihn sprechen?«

Die Stimme war abweisender geworden, und sie versuchte schnell, diese Barriere des Misstrauens zu überwinden, die der Hotelportier errichtet hatte. »Ich bin die Hausmeisterin seines Ferienhauses. Ich muss dringend Kontakt zu ihm aufnehmen.«

Wieder herrschte ein äußerst verlegenes Schweigen. »Ich verstehe, Signora, aber der Herr Professor ist … nicht da.«

»Hat er das Hotel gewechselt?«, fragte sie erschrocken. Sie hörte, wie ihre Stimme bebte.

»Nein«, antwortete der Mann nach ein paar Sekunden. »Es ist ein furchtbares Unglück geschehen.«

»Was für ein Unglück?«

»Er hat sich das Leben genommen. Gestern. Hier in unserem Hotel.«

Das Telefon fiel zu Boden, der dumpfe Schlag zerriss für einen Augenblick die klösterliche Stille.

22

Ort: Dubai
Weltzeit: Donnerstag, 25. Juni, 12.44 Uhr (GMT)
Ortszeit: 16.22 Uhr

»… Ich beziehe mich auf die edlen Hassasi-Drusen und die Mönche des Templerordens: auf dem Schlachtfeld unerbittliche und tapfere Widersacher, aber Brüder in einem einzigen Glauben. Um dieses Glaubens an den einen einzigen Höchsten Vater willen verleugneten in ihren geheimen Zusammenkünften die einen den Halbmond, die anderen das Kreuz: Symbole, die aus Hab- und Machtgier von muslimischen Sultanen und christlichen Prinzen geschwenkt wurden, um Angst, Hunger und Tod zu verbreiten.«

Der Redner machte eine theatralische Pause und ließ den Blick über die Runde seiner Zuhörer schweifen, als wolle er die Wirkung seiner Worte prüfen. Diese Gesichter glaubten ihm.

»Aufgrund dieses Glaubens«, fuhr er fort, »wurden die Männer von ihren jeweiligen Herrschern verfolgt und getötet, hier im Orient wie dort im Okzident. Zu stark war das gemeinsame Interesse der Machthaber, unter dem Schutzschild der unterschiedlichen Namen des Allmächtigen auszubeuten und zu töten. Und das ist heute nicht anders als damals: Jahwe, Gott und Allah sind eine willfährige Fahne, die man zur Rechtfertigung feiger Attentate und schmutziger Kriege hochhält. Um Zivilisten und Soldaten abzuschlachten, in den

Wolkenkratzern von New York wie in den Moscheen Bagdads, auf den Märkten Jerusalems wie an den Ufern des Roten Meeres, in den Londoner Bussen wie in den Gassen Gazas. Aber heute, hier und jetzt, ist die Zeit gekommen. Unsere universale Umarmung begründet eine neue Ära, im Namen einer einzigen Brüderlichkeit, zum Ruhme eines einzigen Höchsten Vaters und zum Heil aller Menschen. Dies muss unsere neue Religion sein, Brüder, dies ist die Botschaft, die jeder von uns in sein Heimatland und in sein Haus tragen soll: Und in dieser Botschaft sind Moses, Christus und Mohammed Propheten eines einzigen Glaubens.«

Kaum hatte der Mann geendet, sprang die uferlose Menge, die das Halbrund des »Engelssalons« im Dubai International Exhibition Center füllte, wie auf Knopfdruck in die Höhe und spendete einen nicht enden wollenden Applaus. Jacketts, Kutten, hebräische Gebetsriemen und Thawb mischten sich in einer Woge hochgereckter Arme, die gar nicht mehr abebben wollte.

So gipfelte die Erste interreligiöse Konferenz für eine Doktrin der universalen Brüderlichkeit, im Blitzlichtgewitter der Fotografen und vor den Kameras der wichtigsten Fernsehsender der Welt, in einem persönlichen Triumph des Mannes, der sie initiiert, organisiert und gesponsert hatte: Prinz Amir Khan Al Ammar.

An den Tagen zuvor hatten die internationale Presse und die offiziellen diplomatischen Quellen es nicht versäumt, den übertriebenen Showcharakter und die triumphale Inszenierung der Veranstaltung zu betonen. Die offiziellen Führungsebenen der drei monotheistischen Religionen hatten sich distanziert, wenn auch in je unterschiedlichen Tonlagen und Akzentuierungen, die von dem wohlwollenden, aber neutralen Interesse eines Bischofs von Canterbury bis zur expliziten Verurteilung des orthodoxen Patriarchen reichten. Alle hatten jedoch herausgestrichen, dass die über zweitausendfünfhundert Gäste einen geringen repräsentativen Wert hatten, da sie mit äußerster Sorgfalt unter den Vertretern aus der zweiten Garde der verschiedenen Konfessionen ausgewählt worden waren, Vertreter, die aus unterschiedlichen Gründen nach Aufmerksamkeit und einer »Revanche« innerhalb ihrer jeweiligen Hierarchie strebten.

Zu den Gästen zählten sufistische Araber, extremistische orthodoxe Juden, Nostalgiker Lefèvres, führungslose Sunniten, vom neuen syrienfreundlichen Kurs ausgeschlossene Maroniten, heimatlose Waldenser, Überbleibsel der Neutestamentler, gerosolimitanische Splittergruppen und sogar Vertreter initiatischer, bis dahin fast unbekannter essenischer, neugnostischer und letzter versprengter katharischer Gemeinden. »Ein theologisches Allerlei«, hatte der oberste Rabbiner New Yorks lapidar geurteilt.

Jedenfalls hatte die Veranstaltung dank der von Prinz Amir Khan finanzierten massiven Werbekampagne auf allen internationalen Fernsehsendern die Aufmerksamkeit des Westens in Beschlag genommen, äußerst wirkungsvoll unterstützt von der Nachricht drohender geopolitischer Umbrüche in der sogenannten instabilen Zone von der Türkei bis Pakistan, die sein Pressebüro eifrig aufblies und in Umlauf brachte. Mit seiner neuen Doktrin einer universalen Brüderlichkeit, in der die drei großen Monotheismen sich aufheben und verschmelzen sollten, hatte der Prinz es verstanden, ein neues attraktives Produkt auf den nie gesättigten Markt des Glaubens zu werfen.

Am Ende seiner Rede empfing Amir Khan, flankiert von seinem allgegenwärtigen Sekretär Hussayn und vom Sicherheitsdienst diskret überwacht, der Reihe nach alle prominenten Gäste vor der Bühne, um sie kurz persönlich zu begrüßen.

Es hatte sich eine lange, zähe Prozession gebildet, die sich geordnet und feierlich durch die Gänge zwischen den verschiedenen Sektoren des Auditoriums schob, während die Ordner in ihrer roten Livree unbeeindruckt die Eingänge des Saales flankierten.

Jedem der Teilnehmer, der sich nach einem langen Gänsemarsch endlich vor ihm einfand, gönnte der Prinz ein Lächeln, eine Umarmung und einen kurzen Gruß im Idiom seines Gegenübers, seine sprachliche und kulturelle Beschlagenheit zur Schau stellend.

Auf einmal trat der Saalchef, der sich von den ihm unterstellten Saaldienern durch die auffälligen Goldtressen unterschied, diskret an Hussayn heran, welcher steif und ausdruckslos zur Rechten des Prinzen gestanden hatte, und händigte ihm ein Billet aus.

Hussayn überflog es mit beherrschtem Gestus und steckte es in die Tasche, dann nahm er wieder seine Gardepose ein. Schließlich nutzte er die kurze Pause zwischen zwei Besuchern, beugte unauffällig den Rumpf Richtung Prinz und flüsterte ihm zu: »Euer Hoheit, Mr. Diadem Kerr bittet um die Ehre, privat mit Euch konferieren zu dürfen.«

»Mr. Kerr?«, wiederholte der Prinz.

»Ja, Euer Hoheit. Ihr werdet Euch sicher an seinen Brief von vor etwa einem Jahr erinnern. Er ist auf seine Art ein geistiger Vater dieser Konferenz.«

Der Prinz nickte. »Ich erinnere mich gut. In einer Stunde im Blauen Salon. Ich gewähre ihm fünfzehn Minuten, nicht mehr.«

Während die Zeremonie mit einem langbärtigen Rabbiner ihre Fortsetzung fand, zitierte Hussayn mit einem Blick den Saalchef zu sich, der sich ergeben einige Schritte entfernt hatte, und flüsterte ihm etwas ins Ohr. Der Mann begab sich sofort in den gegenüberliegenden Flügel des Auditoriums und stieg in die oberste Sitzreihe, die inzwischen verlassen dalag, wenn man von einem Mann absah, der in vorbildlicher Haltung sitzen geblieben war.

Der Mann war mager, sonnengebräunt, um die sechzig. Über einem schlichten schwarzen Rollkragenpullover trug er einen Anzug von exzellentem Schnitt. Er hatte dichtes weißes Haar, und eine Narbe lief, auf der braunen Haut deutlich sichtbar, von einer Schläfe zur anderen quer über die ganze Stirn. Kaum hatte der Saalchef ihm die Antwort überbracht, erhob er sich und verschwand durch die Tür in seinem Rücken.

23

Ort: Dublin
Weltzeit: Donnerstag, 25. Juni, 12.58 Uhr (GMT)
Ortszeit: 13.58 Uhr

Mit lässiger Geste hob Liam seinen Koffer vom Band und wandte sich dem Ausgang zu. Er hatte während des Fluges ein wenig gedöst und so etwas von dem versäumten Nachtschlaf nachgeholt. Am Vorabend hatte er gepackt, sich eine Kleinigkeit zu essen gemacht und dann Alanna angerufen, um ihr die Ankunftszeit seines Fluges mitzuteilen. Später hatte er sich aufs Bett geworfen, aber keine halbe Stunde später war er wieder aufgestanden. Er war schnurstracks ins Wohnzimmer gelaufen und hatte sich vor die rund viertausend Bände seiner beeindruckenden Bibliothek gestellt. Schließlich hatte er die Nacht zwischen Bücherstapeln verbracht, hatte seine Guénon-Kenntnisse vertieft, Voltaire hervorgeholt und dessen sämtliche Kommentare zur Apokalypse wiedergelesen. Während Liam den bibliographischen Spuren von Aldobrandis Worten folgte, war Stunde um Stunde verstrichen. Um vier Uhr morgens hatte er sich geschlagen geben müssen. All diese Schriften hatten ihn zwar in der Überzeugung bestärkt, dass Molteni tatsächlich der Meister einer religiösen Bruderschaft gewesen war, die irgendwie mit dem Buch der Apokalypse in Verbindung stand, aber weiter kam er nicht. Er fand keinen Hinweis auf einen etwaigen Kopistenorden, der neben dem der Templer existiert hätte, und nicht einmal auf eine zweite

Version der Apokalypse, nichts über den konstantinischen Ring als Nachfolgesymbol, nicht einmal eine Anspielung auf Schlüssel oder geheime Orte. Rein gar nichts. Die einzig gesicherte Tatsache war, dass sein geistiger Vater unter mysteriösen Umständen ums Leben gekommen und dass sein Bruder unter ebenso verdächtigen Umständen verschwunden war. Und er spürte, dass diese beiden Rätsel miteinander in Verbindung standen.

Alanna wartete vor dem Gate der internationalen Flüge, inmitten einer bunten Menge. Sie hatte sich in einem Hotel einmieten müssen, da Davids Wohnung wegen der Ermittlungen versiegelt und ihre einzige Freundin hier in Dublin der Grund für ihre Trennung gewesen war. Nachdem sie, dank Beruhigungsmittel, eine Nacht tief und traumlos geschlafen hatte, war sie mit einem Gefühl der Entfremdung erwacht. Sie hatte den am Vorabend gemieteten italienischen Kleinwagen genommen, hatte sich, von den Psychopharmaka benebelt, zwei Mal verfahren und schließlich den Flughafen gefunden.

Sie hatte sich nicht einmal beruhigt, als die Monitore die absolut pünktliche Ankunft des Fluges aus Rom angekündigt hatten. Aber jetzt, kaum hatte sich die automatische Tür der internationalen *Arrivals* geöffnet und sie den unverwechselbaren Gang ihres Schwagers erkannt, spürte sie zum ersten Mal seit Tagen ein Gefühl der Erleichterung.

Liam trug einen dunklen Anzug und ein hellblaues Hemd. Im Vergleich zu ihrem letzten Zusammentreffen, einige Jahre zuvor an Weihnachten, sah er mitgenommen aus, aber zweifellos hatte er sich seine Ausstrahlung bewahrt. Das dichte dunkle Haar umrahmte ein ebenmäßiges Gesicht, und der Dreitagebart hob seine vollen Lippen hervor. Die dunklen Augen sprangen suchend in der Menge umher, bis sie ihren Blick auffingen.

Während sie aufeinander zu traten, tauschten sie ein nervöses Lächeln, das sich aber Schritt für Schritt entspannte. Sie umarmten sich lange und fest, ohne zu sprechen. Liam löste sich als Erster.

»Du siehst gut aus, trotz allem«, sagte er.

»Ich bin froh, dass du hier bist, Liam«, gestand sie leise. »Wirklich.«

Es herrschte einen Moment lang verlegenes Schweigen, dann nahm Liam seinen Koffer.

»Taxi?«

»Ich bin mit dem Auto da«, antwortete sie. »Und habe es katastrophal geparkt«, fügte sie lächelnd hinzu. Da erst erinnerte Liam sich wieder an das bezaubernde Lächeln seiner Schwägerin, ein Zauber, der ihn noch immer berührte.

»Inspector Goonan erwartet uns um drei«, informierte sie ihn.

»Warst du noch nicht bei ihm?«, wunderte Liam sich.

»Ich wollte ihn nicht alleine treffen, sondern lieber erst auf dich warten. Deshalb habe ich ihm gesagt, dass ich heute morgen ankomme.«

24

Ort: Dubai
Weltzeit: Donnerstag, 25. Juni, 14.02 Uhr (GMT)
Ortszeit: 18.02 Uhr

Der Blaue Salon, in perfektem maurischem Stil gehalten, verband Komfort mit Klasse: damastbezogene Polster, Perserteppiche und Brokatkissen, die mit vermeintlicher Zufälligkeit im Raum verstreut waren. Auf dem Couchtisch in der Mitte stand eine raffinierte Wasserpfeife mit zwei Mundstücken, aus Ebenholz und Hartzinn, bereit zum Gebrauch. Auf den beiden Sesseln daneben, die nach diplomatischem Usus des Mittleren Ostens halb einem imaginären Publikum zugewandt waren, saßen Prinz Amir Khan und sein Gast, Mr. Diadem Kerr, und nippten an dem zeremoniellen, jedes Gespräch einleitenden Tee.

Hussayn wartete schweigend, hinter dem Sessel des Prinzen stehend. Durch die Panoramascheibe konnten die Besucher hinaus auf den Golf blicken, wo die Windsurfer in den unberechenbaren Böen des Spätnachmittages Volten schlugen. Der Konvention entsprechend war es an Kerr, den ersten Schritt zu tun, da er um die Unterredung gebeten hatte.

Deshalb setzte er die Teetasse ab und begann zu sprechen: »Euer Hoheit, ich danke Euch noch einmal für die Ehre, die Ihr mir erweist.« Er stellte die Tasse mit gewollter Bedächtigkeit auf den Tisch und redete dann weiter: »Und ich muss Euch ein Kompliment aussprechen: eine schöne Rede, heute. Schön der historische und symbolische Verweis auf die Gemeinsamkeiten zwischen Hassasi-Drusen und dem Templerorden: Die nächste Zukunft schlägt den Bogen in die ferne Vergangenheit. Aber nur den Auserwählten wie Euch ist die Wahrnehmung dieser übergeordneten Perspektive vorbehalten.«

Der Prinz hatte mit einem, wenn auch perfekt überspielten, Widerwillen diese letzte rhetorische Wendung seines Gastes angehört. Er zog es vor, mit den Westlern eine knappe und deutliche Sprache zu sprechen, vor allem wenn es, wie in diesem Fall, auf Englisch war. Eine Sprache, die eigens dazu gemacht war, Missverständnisse zu vermeiden und sofort zum Punkt zu kommen.

»Ich danke Ihnen von Herzen, Mr. Kerr«, antwortete er, sich dennoch auf den Ton seines Gegenübers einlassend, »für Ihre freundlichen und tiefgründigen Worte, und ich bin glücklich, Sie endlich persönlich kennenzulernen. Mir ist bekannt, welchen Einfluss Sie in vielen Bereichen haben. Und ich schätze Ihr Engagement für die Wiederannäherung zwischen Christentum und Islam.«

Kerr nickte stumm.

»Allerdings ist mir nicht klar«, stichelte der Prinz, »wie ich Ihre Rolle bei der Formulierung der Europäischen Konstitution verstehen soll. Man hat mir berichtet, dass Ihre Haltung in diesem Zusammenhang fest im christlichen Bollwerk verankert war.«

Hussayns Augen wanderten vom Prinzen zu dessen Gast, der ein Lächeln aufsetzte.

»Das stimmt«, bestätigte Kerr. »Einige Staaten stellten sich gegen einen Verweis auf die christlichen Wurzeln im Text der entstehenden Verfassung. Ich war derjenige, der eine Lösung vorschlug, um aus der Sackgasse zu kommen, indem man diesen Verweis von der Verfassung auf die Flagge verlagerte. Die zwölf Sterne auf dem hellblauen Feld symbolisieren die Jungfrau Maria, wie sie im zwölften Kapitel der Apokalypse beschrieben wird: ›eine Frau, mit der Sonne bekleidet, und der Mond unter ihren Füßen und auf ihrem Haupt eine Krone von zwölf Sternen.‹« Er machte eine Pause und redete dann weiter, indem er den Prinzen unverwandt ansah: »Sehen Sie, Euer Hoheit, damit das Christentum dem Islam entgegenkommen kann, ist zuerst einmal notwendig, dass das Christentum wieder zu sich selbst kommt.«

Ohne den Blick von seinem Gegenüber zu lassen, trank Amir Khan einen Schluck Tee, dann stellte er die Tasse auf den Tisch, exakt gegenüber der von Kerr. Hussayn kam dies wie ein Zug auf dem Schachbrett vor.

»Mr. Kerr«, sagte der Prinz, »ich habe den Eindruck, dass Sie sich, verzeihen Sie den Ausdruck, ambivalent verhalten. Und dass Sie sich in jedem Fall sozusagen auf dem gegnerischen Feld befinden.«

»Hoheit«, erwiderte Kerr, kein bisschen irritiert, »ich hoffe, es handelt sich nicht um dieselbe Ambivalenz, die man Euch nachsagt: die eines Mannes von absolut integrem islamischen Glauben, der bestimmten Extremisten sehr nahesteht, welche von einer großen panarabischen Nation träumen. Der sich aber in den Medien aller Welt als der Mentor des interreligiösen Dialogs geriert.«

Auf diese Worte folgten einige Sekunden Schweigen. Hussayn schaute auf die Uhr und stellte fest, dass die anfänglich vom Prinzen gewährten fünfzehn Minuten um waren. Er wollte sich zu ihm vorbeugen, wurde jedoch durch eine entschiedene Geste Amir Khans gestoppt.

»Verraten Sie mir also, Mr. Kerr«, forderte der Prinz diesen auf, »den Grund, warum wir hier nebeneinander sitzen?«

Kerr blieb einen Moment in Gedanken versunken. Dann sprach er entschlossen weiter: »Der Grund ist, Hoheit, dass wir auf demselben Feld stehen, so wie Hassasi und Templer.

Und wir kämpfen beide gegen denselben Feind: die Moderne mit ihrer Verabsolutierung der Ratio, zum Schaden des Glaubens, mit ihrer Technologiebesessenheit, zum Schaden des Geistes. Unseren Kirchen gehen die Gläubigen aus und die Priester, die sie leiten könnten, und das wird bald auch in Euren Moscheen passieren, es ist nur eine Frage der Zeit. Kurz: Glauben und Theokratie gegen Markt und Technokratie, das ist unser gemeinsamer Kampf.«

Hussayn zuckte unmerklich zusammen. Der Prinz dagegen nickte Kerr zu, als wolle er dessen Worte abwägen. Schließlich fragte er, in ruhigem Ton: »Haben Sie nur deshalb um eine Unterredung gebeten, weil Sie mit mir philosophieren wollten?«

»Nein. In Wirklichkeit wollte ich mit Euch über ein Buch reden.«

»Ein Buch?«, fragte Amir Khan überrascht.

»Eine Prophezeiung, Euer Hoheit«, sagte Kerr bedeutungsvoll und betonte dabei jede Silbe, »die von einem christlichen Kirchenvater im ersten Jahrhundert nach Jesu Geburt geschrieben wurde.«

»Ich verstehe nicht, wieso mich das interessieren sollte«, unterbrach ihn der Prinz.

Kerr redete weiter, als ob nichts wäre: »Niemand kennt diesen altertümlichen Text, Euer Hoheit, es gibt nur zwei geheime Exemplare davon. Und eines davon ist kürzlich vernichtet worden. Ich glaube aus gutem Grund, dass es für Euch von höchstem Interesse ist, Euch, sagen wir, die Kontrolle über das andere zu sichern.«

»Ich muss gestehen, dass ich Ihnen nicht folgen kann, Mr. Kerr«, unterbrach der Prinz ihn erneut, ohne einen Anflug von Ungeduld zu verbergen.

»Dieses Buch prophezeit Euren Plan, Hoheit«, setzte Kerr nach.

»Es würde also helfen, die neue Doktrin der universalen Brüderlichkeit zu verbreiten?«

Kerr stand auf. In seinen Augen funkelte es.

»Ich rede nicht von diesen Ammenmärchen für die Medienlandschaft, Hoheit, sondern von Eurem wahren Plan, den Westen ins Mittelalter zurückzubefördern: der Operation ›Leeres Viertel‹.«

»Wer hat Ihnen einen derartigen Unsinn erzählt?«, erregte Amir Khan sich.

»Das Buch«, antwortete Kerr ruhig. Er schwieg und fixierte den Prinzen dabei mit starrem, durchdringendem Blick. Schließlich schloss er: »Wenn Ihr das Thema vertiefen möchtet – ich werde mich noch einige Tage in den Emiraten aufhalten.«

Schließlich überreichte er Hussayn eine Visitenkarte, verbeugte sich leicht vor dem Prinzen und verließ den Raum ohne weitere Höflichkeitsbezeugungen.

Amir Khan blieb lange unbeweglich sitzen und starrte die prachtvolle Mahagonitür an, durch die Kerr verschwunden war.

25

Ort: Dublin
Weltzeit: Donnerstag, 25. Juni, 14.08 Uhr (GMT)
Ortszeit: 15.08 Uhr

»Hat dieser Larry Bohan denn die Fotos von David gesehen, die ich Ihnen geschickt habe?«, fragte Alanna.

Inspector Goonan zündete eine neue Zigarette am Stummel der alten an. Liam, der neben Alanna vor dem Schreibtisch saß, konnte ein gewisses Missfallen nicht verbergen. »Ich erinnerte mich gar nicht daran, dass die irischen Polizeibüros *smoking areas* sind«, sagte er, wobei er versuchte, seinem Vorwurf einen ungezwungenen Ton zu geben.

»Sind sie auch nicht«, sagte Goonan knapp. Dann wandte er sich wieder der Frau zu: »Wie ich Ihnen sagte, Mrs. Hamdis, kenne ich den Zeugen leider seit meiner Kindheit. Wir reden von einem wahren Champion der Drachenfliegerei, aber leider auch von einem waschechten Säufer.« Er nahm einen tiefen Zug und redete dann weiter: »Am Tag seiner ersten Zeugenaussage war er nicht ganz bei sich, aber als ich ihn zur Inaugenscheinnahme der Fotos einbestellte, war er vollkommen nüchtern.«

»Das heißt?«, fragte Alanna besorgt.

»Larry Bohan behauptet, der Mann, der entführt wurde, sei tatsächlich Ihr Exmann.«

Die Frau schlug die Augen nieder, in denen Tränen standen.

»Jetzt hätte ich einige Fragen an Sie, meine Herrschaften«,

sagte der Inspector, während er eine Mappe aufschlug, auf deren Deckel mit schwarzem Filzstift zwei Namen geschrieben standen: LARRY BOHAN, durchgestrichen, und ein bisschen weiter unten durch DAVID BRINE ersetzt.

»Wir stehen zu Ihrer Verfügung«, erwiderte Liam ebenso höflich wie kalt.

Goonan fing an, in den Papieren herumzusuchen. »Also … nach unseren Informationen ist Herr David Brine ein ziemlich gefragter Mathematiker, der seit über einem Jahr in gehobener Position bei ZeroOne Code arbeitet, einer Informatikfirma.« Er unterbrach sich und sah Alanna an, als wolle er sie auffordern, weiterzureden. Der Trick funktionierte.

»Ja«, bestätigte sie. »Die Leute von ZeroOne Code haben ihn jahrelang umworben, ehe sie ihn für sich gewinnen konnten. David wurde als Projektleiter der Abteilung eingestellt, die sich mit Biometrie beschäftigt.«

»Das heißt?«, fragte Goonan.

»Biometrie«, wiederholte Alanna. »Von den griechischen Begriffen *biòs*, was Leben bedeutet, und *métron*, das heißt Maß …«

»Das bestätigt mir Ihre linguistische Kompetenz, Frau Hamdis«, unterbrach der Inspector sie, »hilft mir aber nicht weiter.«

»Praktisch ist das die Wissenschaft«, fuhr sie in weniger akademischem Ton fort, »die die Bestimmung der physiologischen Variablen des menschlichen Körpers untersucht. Die biometrischen Daten sind bei jedem Individuum verschieden, aber jeweils messbar.«

»Reden wir zum Beispiel von Fingerabdrücken?«, fragte Goonan.

»Nicht nur«, nickte die Frau, »sondern auch von den Schädelmaßen oder der Ausbildung des Knochengerüstes, der Netzhaut oder der Iris. David beschäftigte sich innerhalb von

ZeroOne Code gerade mit elektronischen Interfaces zur Erfassung der Fingerkuppen und der Iris.«

»Verdient man mit derlei Forschung gut?«, fragte der Inspector skeptisch.

»Bei ZeroOne Code schon: Heute ist der wichtigste Anwendungsbereich im Bankensektor, aber David sagte, dass es sich bald auf die Mehrzahl der Systeme ausweiten würde. Kennen Sie diese Geldautomaten, wo sie ohne EC-Karte abheben können, nur mit Ihrem Fingerabdruck oder einem Blick?«

»Ich habe davon gehört«, nickte Goonan. »Und ich möchte keine Aktien von Firmen besitzen, die Magnetstreifenkarten herstellen.«

»Es wird noch einige Jahre dauern, ehe diese Technologie flächendeckend eingesetzt wird«, erklärte Alanna.

»Gut«, schloss Goonan und schlug eine neue Seite der Akte auf. »Und womit beschäftigte sich Ihr Exmann vorher?«

Der Inspector ignorierte Liam und wandte sich weiterhin nur an Alanna.

»David hat viel in der ganzen Welt gearbeitet«, antwortete sie, »stets für Projekte, bei denen sein mathematisches Talent gefragt war. Ich habe ihn 1999 in Tel Aviv kennengelernt. Wir waren beide im interdisziplinären Team des Genesis-Projektes.«

Goonan schaute sie fragend an.

»Es ging um ein Studienprojekt zur Anwendung gematrischer Algorithmen zur ...«

»Okay, okay, ich habe verstanden«, stoppte er sie. »Hatte also absolut nichts zu tun mit, was weiß ich, militärischen Anwendungen, Kernwaffen ...«

»Absolut nicht«, verneinte Alanna.

»Mein Bruder kann in nichts dergleichen involviert sein«, fügte Liam hinzu.

»Wie wollen Sie das mit Bestimmtheit sagen?«, erwiderte Goonan genervt, wobei er die Zigarette ausdrückte.

»Vor Jahren hat die US Air Force ihn kontaktiert. Sie erprobten eine neue Waffe mit hochfrequenten Mikrowellen, die Radare, Computer und elektronische Komponenten lahmlegen sollten.«

»Und dann?«, drang Goonan in ihn.

»Und dann«, fuhr Liam geduldig fort, als hätte er ein Kleinkind vor sich, »hat David, nur weil er nichts mit Waffentechnik zu tun haben wollte, einen Job mit dreihunderttausend Dollar Jahresgehalt abgelehnt.«

Der Inspector schluckte. »Gut«, schloss er. Dann blätterte er zum x-ten Mal in der Akte.

Es entstand eine lange Pause.

»Hören Sie, Mrs. Hamdis«, setzte Goonan schließlich mit merkwürdiger Miene wieder an, »alles deutet darauf hin, dass Ihr Mann von einer Gruppe von Personen entführt wurde, die dem Augenschein nach aus dem Mittleren Osten stammen.«

»Ja und?«, fragte Alanna, als müsste sie sich verteidigen.

»Nun ja, da auch Sie zur Hälfte arabischer Abstammung sind, frage ich mich: Ist das reiner Zufall?«

»Sie machen wohl Witze?«, fragte sie fassungslos.

»Es war nur eine Frage«, rechtfertigte er sich. »Hier sehe ich eine Lebensversicherung über eine beachtliche Summe, und die beiden Begünstigten sind Mrs. Alanna Hamdis und Mr. Liam Brine.«

»Am Tag der Entführung war ich in Rom und Alanna in London«, platzte Liam heraus. »Was zum Teufel wollen Sie unterstellen?«

»Nichts, nichts. Regen Sie sich nicht auf«, antwortete der Inspector, ohne eine gewisse Befriedigung zu verbergen. »Ich tue nur meine Arbeit: alle denkbaren Hypothesen abzuwägen.«

»Haben Sie, von uns abgesehen, irgendeinen greifbaren Verdacht?«, fragte Liam feindselig und erhob sich.

»Wir ermitteln in verschiedene Richtungen.«

»Und gibt es konkrete Ergebnisse?«

»Falls ja, dann werden Sie es als Erste erfahren«, erwiderte Goonan kalt.

»Gut«, schloss Liam mit einem Seufzer. »Wenn es sonst nichts mehr gibt, gehen wir.« Und er wandte sich, gemeinsam mit der Schwägerin, in Richtung Tür.

»Noch etwas«, hielt der Polizist sie auf.

Die beiden drehten sich gleichzeitig um.

»Ich bitte Sie, seien Sie so freundlich, noch einige Tage hier in Dublin zu bleiben, zu unserer Verfügung.«

»Sie wissen, wo Sie uns finden, Inspector«, erwiderte Liam knapp.

Die beiden wanderten schweigend durch die Flure des Kommissariats von Blackrock. Am Tresen des Eingangsbereichs tauschten sie die Besucherpässe gegen ihre Ausweise, dann gingen sie zum Ausgang.

»Was für ein Kotzbrocken«, knurrte Liam durch die Zähne.

Alanna wollte gerade eine Bemerkung dazu machen, aber kaum hatten sie die Tür geöffnet, fiel sie eine Journalistin mit einem Mikro in der Hand an, im Schlepptau einen Kameramann: »Eine Frage für RTE, Mrs. Hamdis …«

Liam hakte sie unter und zog sie fort.

26

Ort: Dublin
Weltzeit: Donnerstag, 25. Juni, 17.14 Uhr (GMT)
Ortszeit: 18.14 Uhr

Der Lieferwagen in Metallicschwarz mit den getönten Scheiben hielt auf der Zufahrtsrampe. Bandar drückte auf den Knopf der Fernbedienung, und das Metallrollo der Garage glitt nach oben. Er stellte das Fahrzeug im Innern ab, wartete aber, ehe er ausstieg, bis das Tor wieder ganz geschlossen war. Erst dann öffnete er die Tür, stieg aus dem Van und betrat durch die Innentür, die die Garage mit dem Einfamilienhaus verband, das Gebäude. Er murmelte Imar, dem Wachtposten, eine Art Gruß zu, dann umrundete er vor der Treppe einige Kartons mit Lebensmitteln und stieg hinauf ins Obergeschoss.

Er betrat das erste Zimmer zur Linken, das größte des Hauses. Die Vorhänge waren geschlossen, das Licht brannte. Jaabir saß im Schneidersitz auf dem Ehebett: Er ölte eine Glock mit Schalldämpfer, die er in ihre Einzelteile zerlegt und vor sich auf einem Tuch ausgebreitet hatte. In einer Ecke des Raumes waren, auf einem Schreibtisch, einige elektronische Geräte übereinandergestapelt, die Verstärkern ähnelten und an einen Laptop angeschlossen waren. Der kleine Faris trug winzige Kopfhörer und tippte auf der Tastatur herum.

Als Bandars riesige Gestalt im Raum erschien, sprang Jaabir auf die Füße. Faris drehte sich zu seinem Chef um.

Bandar stellte sich vor das Bett und starrte Jaabir an. »Räum diese Kartons an der Treppe weg«, ordnete er in grobem Ton an. Jaabir deutete eine Verbeugung an und verließ wortlos den Raum. Bandar blickte ihm nach, trat dann auf Faris zu und setzte sich neben ihn.

»Was machen sie?«, fragte er.

»Es hat keine weiteren Telefonate gegeben, Chef. Weder haben sie nach draußen telefoniert, noch sind sie angerufen worden«, antwortete Faris.

»Auf keinem der beiden Handys?«

»Nichts.«

Bandar dachte einen Moment nach. »Haben wir immer noch ihre Position?«

Faris öffnete mit einem Mausklick ein neues Fenster auf dem Computermonitor. Es erschien ein Stadtplan. Das Programm fing an, einen immer kleineren Ausschnitt der Karte einzugrenzen. Nach ein paar Minuten zeichnete das Signal sich deutlich an einem bestimmten Punkt im Stadtzentrum ab: in der Gegend des Trinity College.

»Sie sind noch im Hotel«, bemerkte Faris.

»Wir müssen verhindern, dass sie noch einmal zur Polizei gehen«, überlegte Bandar.

Er stand auf und betrachtete Jaabir, der inzwischen wieder hereingekommen war und den Lauf der Pistole montierte.

»Wir treten heute Abend in Aktion.«

27

Ort: Dublin
Weltzeit: Donnerstag, 25. Juni, 17.21 (GMT)
Ortszeit: 18.21 Uhr

Liam hatte lange überlegt, wie viel er Alanna von Molteni und den jüngsten tragischen Ereignissen in Rom erzählen sollte. Auch wenn er die Geschichte des Meisters und seiner Bruderschaft immer noch kaum glauben konnte, so meinte er doch, dass er dieses Geheimnis sorgfältig hüten sollte und dass es womöglich sogar eine Gefahr darstellte für jeden, der davon wusste. Außerdem wollte er Alanna nicht noch mehr ängstigen. Als er allerdings, in einem Sessel in ihrem Zimmer sitzend, in der Hand ein Fläschchen Jameson aus der Minibar, zu reden anfing, konnte er sich nicht zügeln, gerade so, als könnte eine lückenlose Rekonstruktion der Ereignisse ihm helfen, die vielen dunklen Winkel dieser Affäre auszuleuchten. Er fühlte sich auch allmählich erdrückt von der Last dieser Geschehnisse und wollte sich, indem er sich jemandem mitteilte, irgendwie Erleichterung verschaffen.

Er erzählte detailgenau, wie ein Wasserfall, angefangen bei seinen Erinnerungen an die Unizeit mit Molteni bis zum letzten Treffen im Antiquariat und den Ereignissen im Anschluss, ohne eine Kleinigkeit auszulassen: vom Gespräch mit dem italienischen Vizeinspektor und Liams Zweifeln an der Suizidtheorie bis zu dem letzten Wort, das der Freund im Angesicht des Todes ausgesprochen hatte, von Aldobrandis historischen

Hypothesen, von Voltaire bis Nicäa und schließlich der kuriosen Geschichte mit dem Medium.

Alanna hörte ihm fast zwei Stunden lang zu, schweigend, ohne ihn jemals zu unterbrechen, nur hin und wieder ihre Sitzposition ändernd. Mal saß sie im Schneidersitz auf dem Bett, dann wieder legte sie sich auf die Seite. Liam war von ihrer Aufmerksamkeit so beeindruckt, spürte ihre Anteilnahme, ihre Betroffenheit so stark, dass er etwas völlig Unvorhergesehenes tat: Er zeigte ihr zuerst das kleine Buch und dann den Ring, den er, genau wie Molteni, am Halskettchen trug.

Alanna betrachtete den Band mit der Neugier einer Sprachwissenschaftlerin. Sie verfügte nur über ein wenig Schulitalienisch, das ihr mühsam von der Zunge ging, aber als Linguistin verstand sie diese Sprache ohne Probleme. Und was das Altgriechische anging, das war eines ihrer Spezialgebiete.

Ihre Kenntnisse der christlichen Bibeltexte, über die sie als nicht praktizierende Muslimin und Tochter einer protestantischen Mutter verfügte, hatte sie im Laufe des Genesis-Projektes vertieft, und die Apokalypse kannte sie auch deshalb, weil dieser Begriff in fast allen Sprachen in den allgemeinen Wortschatz Eingang gefunden hatte. Während sie das Buch durchblätterte, gab Alanna einige Kommentare ab. Sie wusste, dass das griechische Wort *apokalypse* »Offenbarung«, wörtlich: »das Lüften eines Schleiers«, bedeutete. Und sie wusste auch, dass das Thema vom Ende der Tage der christlichen, jüdischen und islamischen Tradition gemeinsam war, die allesamt an so etwas wie ein Jüngstes Gericht, ein Paradies und eine Hölle glaubten. In dem Ring konnte sie nur ein herausragendes Beispiel byzantinischer Kunst erkennen. Was die Bedeutung des eingravierten Symbols und des Datums anging, musste sie sich auf Liams Erklärungen verlassen.

Sie hörte ihm aufmerksam zu, und plötzlich verfinsterte sich ihre Miene.

»Ich sehe keine Verbindung«, seufzte sie niedergeschlagen. »Ich sehe keine einzige Verknüpfung zwischen deiner Geschichte und David.«

Sie starrte das Tapetenmuster an. Dann begann sie mit leiser Stimme wieder zu reden. »David war sicher nicht gläubig, das weißt du besser als ich. Ich kann mir einfach nicht vorstellen, dass er in so eine Tempelrittergeschichte verwickelt sein könnte. Er war Mathematiker, Wissenschaftler, und glaubte vor allem daran«, betonte sie. »Und meines Wissens kannte er Molteni nur aus deinen Erzählungen.«

»Aber eine Verbindung gibt es, Alanna.«

»Welche?«

»Mich«, antwortete er ernst.

Die Frau meinte, es könne sich auch um Zufall handeln, dann versuchte sie, die Stimmung ein wenig aufzulockern: »Hör mal, versuchen wir uns ein bisschen zu entspannen. Warum gehen wir nicht aus, etwas essen?«

Liams Handy klingelte. »Entschuldige mich nur einen Moment«, bat er.

»*Pronto*?«, sagte er, nach einem Blick auf das Display, auf Italienisch.

Alanna betrachtete ihn neugierig. Am anderen Ende gab jemand einen langen Sermon ab, ohne dass Liam auch nur einmal hätte einhaken können. Liam stand aus dem Sessel auf und begann im Zimmer herumzuwandern. Hin und wieder massierte er sich die Brust – das hellblaue Hemd war, nachdem er die Kette mit dem Ring abgenommen hatte, offen geblieben – und sah sie ratlos an.

»Es tut mir leid, wenn ich Sie unterbrechen muss«, konnte er endlich sagen, »aber ich befinde mich im Augenblick in Dublin. Ich weiß nicht, ob sie Zeitung gelesen haben: Der David Brine, von dem die Rede ist, ist mein Bruder …«

Die andere Stimme erwiderte etwas.

»Ich verstehe, aber ich weiß nicht, wann ich zu Ihnen nach Turin kommen kann«, redete er weiter. »Ich werde Ihnen morgen oder übermorgen Bescheid geben.«

Er verabschiedete sich und legte auf.

»Das war ein gewisser Alione, ein Notar«, erklärte er seiner Schwägerin. »Er rief aus Turin an, wo Molteni lebte, er ist sein Testamentsvollstrecker. Er möchte, dass ich so schnell wie möglich dort hinkomme.«

Alanna schaute ihn fragend an.

»Molteni hatte ihm etwas für mich anvertraut.«

28

Ort: Fürstentum Monaco
Weltzeit: Donnerstag, 25. Juni, 19.37 Uhr (GMT)
Ortszeit: 21.37 Uhr

Für Gérard Dumonceau war es die Regel, dass er bis spät im Büro blieb. Er arbeitete seit knapp vier Jahren für die Compagnie Financière Suisse, aber dank seines Riechers und seiner totalen Verachtung für jede Form der Moral hatte er eine kometenhafte Karriere hingelegt. Er war vom einfachen Trader zum Verantwortlichen für Offshore-Fonds auf den Cayman-Inseln aufgestiegen. Der wichtigste Fond, den Dumonceau verwaltete, war, dank ebenso verwegener wie glücklicher Spekulationen, in sechs Monaten von fünf auf fünfzehn Millionen Euro angewachsen. Der Direktor hatte ihn dafür mit einem großen Handlungsspielraum bei Vermittlungsgeschäften, einem eigenen Büro und einem 6er BMW Coupé bedacht.

Vor zirka drei Monaten hatte Dumonceau angefangen, nicht genehmigte Finanzoperationen durchzuführen, von denen die Aufsichtsorgane der Finanzmärkte aufgrund des extremen Risikos offiziell abrieten. Zu Beginn hatte er für seine Kunden satten Profit erwirtschaftet, aber im letzten Monat hatte es auch empfindliche Verluste gegeben, die er heimlich verbuchen konnte, ohne dass Direktor Ducasse darauf aufmerksam geworden wäre.

Aber jener 25. Juni war vermutlich der letzte Tag seiner Karriere.

Bei Eröffnung der französischen Börse hatte er, um die Verluste wieder hereinzuholen, auf die Stabilität des Marktes gesetzt, der jedoch völlig unerwartet eingebrochen war. Daraufhin hatte er alles riskiert und sich in immer kühnere Operationen gestürzt, bis hin zu den sogenannten faulen Eiern: Fondsanteile, die in Steuerparadiesen aufgelegt wurden, um in großem Stil die Einkünfte aus dem Drogengeschäft zu waschen. Doch das hatte sich zum Desaster ausgewachsen, weil die DEA in Kolumbien ausgerechnet an diesem Tag eine flächendeckende Razzia durchführte. Am Abend waren die Gesamtverluste auf knapp zehn Millionen hochgeschnellt, weil aufgrund der Kursrutsche die Finanzmärkte fast auf der ganzen Welt den Handel aussetzten.

Jedem anderen wären nur zwei Auswege geblieben: das Debakel dem Direktor zu beichten und die volle Verantwortung zu übernehmen, mit allen, auch strafrechtlichen Konsequenzen. Oder sich eine Pistole zu kaufen und an die Schläfe zu setzen.

Dumonceau dagegen hatte nicht einmal jetzt aufgesteckt, und mit Hilfe seines der Firmenspitze vorbehaltenen Passworts entweihte er die wertvollsten Geheimnisse der Compagnie Financière Suisse. Er war sich bewusst, dass das System so ausgelegt war, dass es jeden Zugang registrierte, auch die genehmigten, und dass man daher am nächsten Tag alle seine elektronischen Spuren nachverfolgen würde, aber er war sicher, dass er etwas höchst Kompromittierendes finden würde, womit er die Bank erpressen und dank irgendeines Kuhhandels seine Haut retten konnte.

Vier Monitore erleuchteten, im Halbkreis, seinen Schreibtisch. Dumonceau starrte auf die beiden mittleren. Seit ein paar Stunden analysierte er zielsicher die Buchungen auf privaten Nummernkonten, auf der Suche nach den Spitzenbeträgen. Auf einem Konto namens »Saalima« hatte er eine bemerkenswerte Zahlung an die argentinische Staatskasse ausgemacht, mit der der Kauf einer gewaltigen Besitzung in Patagonien beglichen wurde. Am interessantesten war die Herkunft des Kapitals von einer Reihe anderer Nummernkonten bei derselben Bank. Durch weitere Recherchen in der Datenbank konnte Dumonceau das gesamte Spinnennetz aus Transaktionen rekonstruieren. Er stellte fest, dass auf all diese Konten Gelder geflossen waren, die aus dem Verkauf einer beachtlichen Anzahl von Besitztümern im Westen stammten, allesamt in den letzten Monaten: Immobilien in London, New York und Paris, Land in Kanada, touristische Einrichtungen in Kalifornien und am Mittelmeer, Anteile an russischen Energiekonzernen und so weiter. Es sah so aus, als ob sich jemand, mit Hilfe eines Labyrinths anonymer Zwischenhändler, nach und nach aller Güter in Nordamerika und Europa entledigte, um sich in den Süden Argentiniens zurückzuziehen, als ob im Westen von heute auf morgen eine Epidemie katastrophalen Ausmaßes losbrechen würde. Aber was steckte dahinter? Indem er sich immer weiter vorarbeitete, konnte Dumonceau schließlich der Spinne, die dieses Netzwerk gesponnen hatte, einen Namen geben: Prinz Amir Khan Al Ammar, der sechstreichste Mann der Arabischen Emirate.

Zum ersten Mal an diesem Tag erschien ein Strahlen auf seinem Gesicht. »Danke, Prinz, du hast mir den Arsch gerettet«, sagte er für sich, mit einem Grinsen. Er holte in aller Ruhe einen externen DVD-Brenner aus seinem Aktenkoffer und schloss ihn an den Rechner an.

Auf dem Bildschirm öffnete sich ein Fenster und vermeldete: NEUE HARDWARE GEFUNDEN. PASSWORT EINGEBEN.

Er gab es ein.

29

Ort: Dublin
Weltzeit: Donnerstag, 25. Juni, 19.38 Uhr (GMT)
Ortszeit: 20.38 Uhr

Liam und Alanna gingen die Grafton Street hinunter bis College Green, den von Bäumen gesäumten Platz, der auf der einen Seite von der Bank of Ireland flankiert wurde, dem riesigen neoklassizistischen Gebäude, das einst auch das irische Parlament beherbergt hatte, auf der anderen Seite vom Trinity College, der ältesten Universität des Landes, an der auch Liam studiert hatte.

Liam war schon seit Jahren nicht mehr in Dublin gewesen, und das letzte Mal war er diesen Weg in Gesellschaft seines Bruders gegangen. Sie hatten in einem Pub ein paar Bier getrunken, David war aufgedreht gewesen: Er hatte gesagt, er habe die Frau seines Lebens kennengelernt. Sie hatten mit den Bierkrügen angestoßen, sich scheckig gelacht und sich bis zum Ende des Abends ziemlich betrunken.

Jetzt herrschte auf College Green dichter Verkehr: Fußgänger, Busse und Straßenbahnen; Stimmen und Geschrei mischten sich mit Autohupen, Sirenen und den akustischen Ampelsignalen zu einer eigenwilligen Symphonie.

»Wusstest du, dass das von eurer Königin Elisabeth gegründet wurde?«, fragte Liam und zeigte auf den Bau des Trinity College, während er jedoch komischerweise mit dem Blick auf der Straße verharrte.

Die Frage kam ihr merkwürdig vor. »Na klar«, antwortete sie, »weißt du nicht mehr, dass ich hier zwei Jahre lang gelebt habe?« Dann lächelte sie ihn an und hakte sich unter.

Liam verkrampfte sich.

»Was ist denn?«, fragte sie. »Ist es dir unangenehm, wenn wir untergehakt gehen?«

»Mir ist es unangenehm, beschattet zu werden«, antwortete er mit ernster Stimme. »Dreh dich nicht um«, fügte er sofort hinzu, um ihrer Reaktion zuvorzukommen.

Er presste sie an sich, und sie gingen Richtung Dame Street, der breiten Straße, die nach Westen verläuft, parallel zum Liffey-Fluss.

»Da ist ein schwarzer Lieferwagen, der uns folgt«, erklärte er dann. »Getönte Scheiben, den habe ich schon vor dem Hotel bemerkt.«

»Und wie konnte er uns in der Grafton Street folgen?«

»Keine Ahnung. Vielleicht ist jemand ausgestiegen, ist zu Fuß an uns drangeblieben und dann hier wieder zugestiegen.«

Alanna biss sich auf die Lippe. »Was machen wir?«

»Wir versuchen sie in Temple Bar abzuhängen«, entschied Liam.

Sofort schlugen sie sich rechts, Richtung Fluss, in das Gewirr aus Läden, Restaurants, Cafés und Pubs des Temple-Bar-Viertels.

Nachdem sie eingebogen waren, blieb Liam abrupt stehen und linste um die Ecke, suchte den Weg ab, den sie gekommen waren.

»Sieh selbst«, sagte er zu Alanna. Sie guckte vorsichtig hervor und sah, in zirka hundert Meter Entfernung, einen schwarzen Lieferwagen, der am Straßenrand parkte. Zwei Männer waren gerade ausgestiegen und redeten mit einem dritten, der auf dem Beifahrersitz saß. Alle drei schienen Araber zu sein.

»Nichts wie weg«, sagte sie sofort.

In Temple Bar herrschte Hochbetrieb. Menschengruppen zogen von einem Pub zum nächsten und quetschten sich für ein Guinness und eine halbe Stunde Live-Musik wie Sardinen zusammen. In dem Chaos aus Stimmen, Trinksprüchen, Gesang und Suff achtete niemand auf das Pärchen, das, Hand in Hand, atemlos durch die Straßen rannte.

Nachdem sie drei Blocks gelaufen waren, blieben sie keuchend vor einem halb leeren Pub stehen. Sie verständigten sich mit einem Blick und steuerten einen abgelegenen Tisch ganz hinten im Lokal an. Ein Quartett spielte die Coverversion eines Songs von den Pogues, rund zwanzig Leute bildeten das Publikum.

»Ich rufe Goonan an«, sagte Alanna, kaum dass sie saßen, und holte das Handy aus der Tasche. Sie tippte die Nummer des Inspectors ein, aber eine Stimme sagte ihr, er sei bereits weg. Sie stellte sich vor und versuchte in hektischem Ton ihrer Gesprächspartnerin Sergeant Bridget Walsh die Lage zu erklären: »Wir sind in Gefahr. Drei Männer, Araber, verfolgen uns, seit wir das Hotel verlassen haben.«

»Wo befinden Sie sich?«

»In Temple Bar, im Saint John Pub.«

»Bleiben Sie, wo Sie sind, ich schicke Ihnen sofort einen Wagen.«

»Okay«, sagte Alanna und beendete das Gespräch. Dann, zu Liam gewandt: »Goonan war nicht da, aber sie schicken sofort eine Streife.«

Er atmete auf und erhob sich. »Ich hole uns was zu trinken. Für dich?«

»Ein Tonic Water.«

Liam umrundete die Musiker und erreichte den Tresen. Er bestellte beim Barmann einen Jameson, diesmal einen doppelten, und das Tonic Water für Alanna. Während er wartete, trat er an die Glasscheibe und warf einen verstohlenen Blick auf die Straße. Alles schien in Ordnung zu sein.

Er ging wieder an den Tresen, zahlte und bedeutete dann dem Wirt, ehe er mit den Getränken wegging, er möge sich nähern.

»Hören Sie«, flüsterte er, »sehen Sie die Frau, die da hinten sitzt?«

»Hmm«, brummte der Barkeeper, während er sich über den Tresen lehnte.

»Sie hat einen eifersüchtigen Freund, der Paul heißt.«

Der andere schaute ihn fragend an.

»Und das Wort ›eifersüchtig‹«, fügte Liam mit einem schelmischen Grinsen hinzu, »gehört nicht zu meinen Favoriten.«

»Schon klar«, nickte der Mann, »für alle Fälle, neben dem Damenklo gibt es einen Hinterausgang.«

Liam steckte den abschätzigen Tonfall weg, ohne mit der Wimper zu zucken, und ging zurück an den Tisch.

Alanna trank von ihrem Tonic Water und schaute auf die Uhr. »Ob das dieselben Männer sind wie bei David?«, fragte sie unvermittelt.

»Vielleicht«, antwortete Liam. »Es könnten aber auch die sein, die Molteni umgebracht haben.«

Alanna überlegte einen Moment. »Wieso glaubst du, dass der Professor umgebracht worden ist? Du hast mir erzählt, zwei Zeugen hätten ihn springen sehen.«

»Ich bin überzeugt, falls er selbst gesprungen ist, dann hat ihn jemand dazu gezwungen«, stellte Liam fest und nippte an seinem Whiskey. »Aber was ich mich tatsächlich frage, ist: Was kann wichtiger sein als das eigene Leben?«

»Ein Ideal?«, mutmaßte sie.

»Oder ein Geheimnis, das seit Jahrhunderten tradiert wird«, murmelte er. Er trank einen weiteren Schluck. »Wir müssen es herausfinden.«

»*Wir* müssen?«, wiederholte Alanna.

»Wir suchen nach denselben Antworten.«

Plötzlich riss sie erschrocken die Augen auf. Liam verstand sofort. Er drehte sich um und sah zwei der Araber, die durch die Scheibe in den Pub spähten. Sie suchten das Publikum der Musikband ab, das den Blick auf ihren Tisch verstellte.

»Runter«, befahl Liam und duckte sich selbst unter den Tisch. Er schob seinen Kopf Richtung Scheibe vor. Einer der beiden Araber sprach in sein Handy.

»Folge mir«, flüsterte er und nahm sie an der Hand. Sie schlichen geduckt zur Damentoilette, die wenige Schritte von ihrem Tisch entfernt war. Liam öffnete die Tür daneben, die der Barkeeper ihm beschrieben hatte, und dann richteten sie sich auf.

»Lass uns abhauen«, forderte er sie auf, während er in eine verlassene Gasse blickte.

»Und die Polizei?«

»Denk mal nach«, sagte er und drückte ihr fest die Hand. »Wie haben sie uns gefunden? Entweder haben sie unsere Telefone abgehört, oder die Polizei selbst hat ihnen den Tipp gegeben. Jedenfalls können wir niemandem mehr trauen.«

Alanna schien verstört, ließ sich aber überzeugen: »Du hast recht, lass uns gehen.«

Sie rannten hinaus in die Gasse, durchquerten noch einen Block und tauchten wieder in die Dame Street ein, wo sie im Zickzack durch die Menge liefen.

Als Liam merkte, dass Alanna nicht mehr konnte, blieb er stehen. Sie warfen einen Kontrollblick zurück. Auch diesmal schien es, als hätten sie die Verfolger abhängen können.

Sie lehnten sich an eine Mauer, um Atem zu schöpfen.

»Wir müssen zurück ins Hotel«, sagte Alanna keuchend.

»Nein. Das ist der absolut gefährlichste Ort!«

»Und was machen wir dann?«, fragte sie erschrocken.

»Keine Ahnung, aber lass uns hier verschwinden.«

Sie gingen eilig weiter die Dame Street hinab, als sie, etwa fünfzig Meter vor sich, den schwarzen Lieferwagen stehen sahen. Auf dem Gehsteig stand, zwischen den Passanten, ein riesiger Araber, der in ein Handy brüllte. Bevor er sie bemerkte, tauchten sie in den Verkehr ein und überquerten in tollkühnem Slalom die Fahrbahn. Sie fielen wieder in Trab, Richtung Grafton Street, und als Liam sich umdrehte, bemerkte er, dass der Araber nicht mehr auf dem Gehweg stand und der Lieferwagen versuchte, mitten im Verkehrsstrom zu wenden. Sie hatten sie geortet. Und in wenigen Sekunden würden sie da sein.

Sie bogen in die Grafton Street ein und verschwanden aus dem Sichtfeld der Verfolger. Plötzlich tat sich vor ihnen ein unverhoffter Fluchtweg auf: Der Aircoach-Bus, der den Flughafen mit der Innenstadt verband, war eben im Begriff abzufahren. Der Motor lief, aber die Türen standen noch offen. Mit letzter Kraft sprinteten sie die paar Meter bis zu dem Gefährt und sprangen hinein. Hinter ihnen schlossen sich die Türen. Liam zahlte die Tickets – noch nie in seinem Leben hatte er vierundzwanzig Euro so sinnvoll angelegt –, dann gingen sie bis in den Fond des Busses und ließen sich in die hinterste Sitzreihe fallen. Alanna zog den Vorhang zu und stieß einen Seufzer der Erleichterung aus.

30

Ort: Dublin
Weltzeit: Donnerstag, 20.10 Uhr (GMT)
Ortszeit: 21.20 Uhr

Während der halbstündigen Fahrt vom Stadtzentrum bis zum Flughafen kontrollierte Liam mehrfach, dass der schwarze Lieferwagen ihnen nicht folgte. Irgendwann holte er das Handy aus der Tasche, schaltete es ab und nahm die Batterie heraus.

»Mach das ebenso«, forderte er Alanna auf, die ihn mit einer gewissen Verwunderung beobachtet hatte. »Die wussten genau, wo wir waren, und die einzig denkbare Erklärung ist, dass sie unser Handysignal orten.«

»Es genügt also nicht, es auszuschalten?«

»Das ist ein Irrglaube, der die Gefängnisse auf der ganzen Welt füllt. Solange du die Batterie nicht herausnimmst, bleibt das Signal aktiv.«

Alanna holte das Handy aus der Tasche, schaltete es ab und baute ebenfalls die Batterie aus. »Gut, Spezialagent Brine«, sagte sie schließlich mit einem etwas entspannteren Ausdruck, »und was machen wir jetzt?«

»Tja …«, überlegte Liam, »auf jeden Fall müssen wir aus Dublin verschwinden.«

»Und Goonan?«

»Zum Teufel mit Goonan, hast du den Eindruck, dass er uns beschützen könnte?«

»Wohin sollen wir also gehen?«, fragte sie erneut.

»Molteni hat mir etwas bei einem Notar in Turin hinterlegt. Das ist die einzige Option, die wir haben. Oder nicht?«

»Wenn wir einen Flug nach Turin nehmen, müssen wir unsere Namen angeben«, protestierte sie. »Eine deutliche Spur für unsere Verfolger, wer auch immer es ist.«

»Wir haben keine Alternative.«

»Doch! Wir fliegen nach Paris oder Frankfurt, von dort geht es weiter nach Turin, und wir verschwinden aus den Computern.«

»Wie denn?«

»Ganz einfach, mit dem Zug.«

Liam brummte anerkennend. »Auf nach Paris, Spezialagent Hamdis.«

Zum ersten Mal nach all diesen Stunden konnten sie sich ein Lächeln abringen.

Der Bus hielt vor dem Abflug-Terminal. Die beiden stiegen aus und mischten sich sofort in den Strom der Passagiere, die diesen Bereich bevölkerten. Sie kauften die Tickets. Der erste Flug nach Paris startete eine Stunde später. Bevor sie zum Gate gingen, ließ Liam sich Alannas Handy geben und betrat die Herrentoilette. Er holte auch sein eigenes hervor und warf beide, zerlegt, wie sie waren, in einen Mülleimer.

Dann kehrte er zu ihr zurück.

»Wir müssen noch eine letzte Sache erledigen«, sagte er zu ihr.

»Und die wäre?«

»So viel Geld wie möglich abheben. Wir werden dadurch zwar noch eine Spur hinterlassen, aber es wird für lange Zeit die letzte sein.«

»Okay.«

Sie begaben sich zu den Geldautomaten, und jeder stellte sich an ein Terminal. Liam schob seine Karte hinein, und während er mit den Fingern auf den Rahmen neben der Tastatur trommelte und auf den Beginn der Operation wartete, bemerkte er auf dem Gehäuse des Automaten ein vertrautes Logo: die sieben stilisierten Türme von ZeroOne Code, der Firma, für die sein Bruder David arbeitete.

31

Ort: Abu Dhabi
Weltzeit: Freitag, 26. Juni, 6.29 Uhr (GMT)
Ortszeit: 10.29 Uhr

An der Tür zu Amir Khans Büro stieß Hussayn auf Saalima, des Prinzen Lieblingsfrau, die gerade herauskam. Anders als sonst trug sie ein Kleid in westlichem Schnitt, wassergrün, dazu ein Seidentuch in derselben Farbe, das das Gesicht und eine Strähne pechschwarzen Haares frei ließ. Hussayns Blick blieb an der Konstellation kleiner Muttermale hängen, die ihre linke Wange sprenkelten, ein »Makel«, der ihre Schönheit noch einzigartiger machte. Dann wanderte sein Blick zu ihren Augen, zwei anthrazitfarbene Kristalle, deren Strahlen durch einen Kajalstrich noch verstärkt wurde.

Saalima warf ihm einen impertinenten Blick zu. Hussayn verwünschte sich, weil ihm die Röte ins Gesicht schoss, es war, als hätte Saalima mit einem einzigen Blick in seiner Seele den Sturm der Leidenschaften erkannt, diese mit Hass gemischte Begierde. Mit übertrieben höflicher Geste ließ er ihr den Vortritt, dann wandte er sich ab, um die Tür zu schließen und seine Contenance wiederzuerlangen.

Mit eiligen Schritten ging er auf den Prinzen zu, wobei er Saalimas Parfümwolke einsog, die noch in der Luft hing.

Amir Khan kehrte ihm den Rücken zu. Er stand am Fenster, umrahmt von dem Licht, das durch die riesigen Scheiben fiel, und betrachtete das Meer. Hussayn trat vorsichtig näher, und als er neben ihm stand, merkte er, dass der Prinz mit den Gedanken weit weg war. Als Amir Khan seiner gewahr wurde, verschwand dieser Gesichtsausdruck schlagartig, um dem gewohnt scharfen Blick Platz zu machen. Mit einer entschlossenen Geste zog er den Vorhang zu, und ohne ein Wort zu sagen, setzte er sich an den Schreibtisch.

Hussayn folgte ihm stumm und setzte sich, auf seine Aufforderung hin, ihm gegenüber. Der Prinz begann, die umfängliche Presseschau über die interreligiöse Konferenz, die Fareed erarbeitet hatte, durchzublättern: ein dicker Stapel von DIN-A4-Kopien, auf denen die Schlagzeilen leuchtend gelb markiert waren.

»Ich stehe zu Eurer Verfügung, Hoheit«, sagte Hussayn nach einigen Sekunden.

Der Prinz hob die Augen von den Blättern und musterte ihn kalt, als ob er ihm irgendeine Verfehlung vorzuwerfen hätte.

»Kümmern Sie sich nicht um die lokale Presse, Hoheit. Eure Botschaft ist in der westlichen Welt klar vernommen worden. Und dies war der Hauptzweck.«

Der Prinz legte den Stapel auf den Schreibtisch und schob ihn zur Seite, wie ein unappetitliches Essen. Dann nahm er den schweren Briefbeschwerer von der Schreibfläche und fing an, damit herumzuspielen. Es war ein durchsichtiger Kristallwürfel, der einen schwarzen Tropfen in seinem Innern einschloss, ein Geschenk des Vaters zu seiner ersten Ölquelle. Er drehte ihn in den Händen und betrachtete diesen winzigen Spritzer, für den die Zeit stehengeblieben war. Dann legte er ihn plötzlich auf den Stapel, stützte die Ellbogen auf den Schreibtisch und lehnte sich zu seinem Sekretär vor.

»Sag mir eins, Hussayn«, bat er in neutralem Ton. »Glaubst du an das, was ich tue?«

»Natürlich, Hoheit«, nickte der Sekretär ohne Zögern.

Aber die Entschiedenheit seiner Antwort passte nicht zu dem Beben in seiner Stimme. Hussayn konnte nämlich nicht verhehlen, dass diese merkwürdige Frage ihn beunruhigte: War Saalima es gewesen, die einen heimlichen Zweifel in den Gedanken des Prinzen gesät hatte?

»Was gibt es Neues von unserem Gefangenen?«, wechselte Amir Khan das Thema.

»Die Überführung ist erfolgreich abgeschlossen. Und Bandar geht weiter vor wie besprochen«, antwortete Hussayn unbeschwert, er war erleichtert, dass das Gespräch sich wieder um praktische Fragen drehte.

»Zu viele Fehler«, der Prinz schüttelte den Kopf.

»Verzeiht, Euer Hoheit, aber es handelte sich um einen einzigen, nicht vorhersehbaren Zwischenfall.«

Amir Khan schlug mit der Faust auf den Tisch. »Die Operation ›Leeres Viertel‹ kann keinen einzigen Zwischenfall tolerieren«, donnerte er los.

Hussayn neigte das Haupt. »Absolut, Hoheit. Und mein Leben steht im Dienst des ›Leeren Viertels‹.«

Der Prinz nickte und wählte seine Worte mit Bedacht. Dann öffnete er, als wäre ihm durch das Gespräch wieder etwas eingefallen, eine Schublade und holte eine Visitenkarte heraus, die er Hussayn hinwarf. »Was hast du herausgefunden?«

Der Sekretär brauchte die Visitenkarte nicht anzuschauen, um zu verstehen, was der Prinz wollte. Er fing zu reden an, als würde er von einem Blatt ablesen, wobei er sein phänomenales Gedächtnis zur Schau stellte, das der Prinz mehr als jede andere Qualität an ihm schätzte.

»Mr. Diadem Kerr«, fing er an, »1948 in London geboren, Mutter Engländerin, Vater Libanese, maronitischer Christ, betreibt seine politische Karriere in der Labourpartei. Sehr wohlhabende Familie mit weitverzweigten politischen Verbindungen. Studium in den USA, zwei Abschlüsse: einer in

Wirtschaft, der andere in Theologie. An der Columbia ist er Vorzugsschüler des Investment-Gurus Benjamin Graham. Mit fünfunddreißig verwaltet er bereits ein Vermögen, das vor allem im Versicherungs- und Bankensektor konzentriert ist. Von da an wächst sein Reichtum – man munkelt, auch dank der exzellenten Beziehungen zum Vatikan – in schwindelerregendem Tempo.«

Hussayn unterbrach sich, um Luft zu schöpfen. Dann fuhr er fort: »1999 gibt Diadem Kerr jede offizielle Funktion auf und verschwindet aus der internationalen Wirtschaftsszene. Niemand kann sich den Grund erklären. Erst fünf Jahre später taucht er wieder auf. Nun sind seine Interessen ausschließlich philanthropischer und religiöser Natur. Die Stiftung, die nach ihm benannt ist, hat ein geschätztes Vermögen von knapp einer halben Milliarde Pfund. Diadem Kerr ist ein glühender Verfechter des interreligiösen Dialogs, auch wenn er in einigen Kreisen als katholischer Integralist gilt.«

»Ruf ihn an«, befahl Amir Khan trocken und zeigte auf das Telefon auf dem Schreibtisch.

Hussayn nahm die Visitenkarte, wählte die Nummer und schaltete die Freisprechanlage an. Als man ihm antwortete, stellte er sich höflich vor.

»Ich habe auf Ihren Anruf gewartet«, erwiderte Kerr sofort.

32

Ort: Turin
Weltzeit: Freitag, 26. Juni, 9.53 Uhr (GMT)
Ortszeit: 11.53 Uhr

Die Wände im Wartezimmer des Notars Alione waren mit rund zwanzig historischen Stichen gepflastert, die alle einem einzigen Sujet galten: Giuseppe Garibaldi. Da war Garibaldi in rotem Hemd, Garibaldi mit gezücktem Schwert in der rechten und der italienischen Flagge in der linken Hand, Garibaldi in der Uniform eines Generals, Garibaldi in Teano mit dem König, Garibaldi in Waffenrock und Schärpe, Garibaldi zu Pferd und so weiter. Unter all diesen Garibaldis standen zwei Sofas und ein Ledersessel um einen Couchtisch, auf dessen Glasplatte Wirtschaftsmagazine und -zeitungen lagen. Eine elegant gekleidete Dame um die fünfzig blätterte gelangweilt in *Il Sole 24 Ore*, dessen fette Schlagzeile auf der ersten Seite den starken Kursverlusten an den europäischen Börsen vom Vortag gewidmet war.

Jedes Mal wenn sie eine Seite umblätterte, warf die Dame einen verstohlenen Blick auf das Pärchen, das ihr gegenüber auf dem Sofa saß, leicht angewidert von deren zerknitterter Kleidung und ungepflegtem Äußeren. Die beiden sahen aus, als hätten sie sich am Morgen nicht gewaschen. Und dem war auch so.

In Paris waren Liam und Alanna, kaum gelandet, mit dem Taxi zur Gare du Nord gerast und hatten gerade noch den letzten Zug nach Turin erwischt, leider keinen TGV. Die Liegeplätze waren alle vergeben, und so hatten sie mit zwei Sesseln in der Ersten Klasse vorliebnehmen müssen, wo sie die zwölf Stunden Fahrt über ziemlich erfolglos versuchten, sich einigermaßen auszuruhen. Sie waren mit geringer Verspätung am Zielort angekommen und mit dem nächsten Taxi zu Notar Aliones Kanzlei gerast, die zwanzig Minuten vom Bahnhof Porta Susa entfernt lag.

Nachdem Liam sich bei der Sekretärin vorgestellt und diese dem Notar den Besuch gemeldet hatte, war Alione aus dem Büro gekommen, um Liam persönlich zu begrüßen. Er war ein jovialer Mann, etwa in Moltenis Alter, mit dem Auftreten und der Ausstrahlung eines in die Jahre gekommenen amerikanischen Schauspielers. Er machte keinen Hehl daraus, wie überrascht er war, plötzlich Liam vor sich zu sehen, der noch am Vortag am Telefon so gewirkt hatte, als wäre er an einem Treffen wenig interessiert. Alione hatte erklärt, dass er ein enger persönlicher Freund Professor Moltenis gewesen sei, und sich nicht beschwert, weil die beiden einfach so, ohne Termin, bei ihm aufgekreuzt waren. Er hatte sie im Wartezimmer Platz nehmen lassen und versprochen, dass er sie in wenigen Minuten empfangen würde.

Doch die Warterei war zermürbend. Erst nach einer Stunde brachte die Sekretärin sie in das Arbeitszimmer des Notars, der jedoch nicht da war.

Durch die Tür drang aus dem Vorzimmer das gedämpfte Klingeln des Telefons. Liam und Alanna saßen in zwei bequemen Sesseln vor dem Schreibtisch, schauten sich um und tauschten erwartungsvolle Blicke. Er begann mit dem Gummi einer grünen Klemmmappe herumzuspielen, die auf einem Aktenstapel lag, während sie sich mit verschränkten Armen in den Sessel eingrub. Die Sonne fiel durch ein großes Fenster herein, das von einem sienafarbenen Leinenvorhang beschirmt wurde, ein Lichtstrahl teilte die Schreibtischplatte und zeichnete eine blendende geometrische Figur. Durch die Spalten des Vorhangs sah man über den Fluss bis hin zur Silhouette der Hügel.

Endlich ging die Tür des Arbeitszimmers auf und Notar Alione nahm ihnen gegenüber Platz. In Händen hielt er ein Schmucketui aus blauem Samt. Er legte es behutsam auf den Tisch, wodurch deutlich zu sehen war, dass der Verschluss mit Lack versiegelt war, dann holte er aus einer Schublade eine Mappe aus weinrotem Leder.

»Darf ich Sie um einen Ausweis bitten, Herr Brine?«, fragte der Notar in akademischem Englisch mit einem leichten französischen Akzent, den Liam schon beim ersten Telefonat bemerkt hatte.

»Sie können Italienisch sprechen«, sagte Liam. »Ich lebe seit vielen Jahren in Rom.«

Alione lächelte höflich und neigte den Kopf leicht Richtung Alanna.

»Frau Doktor Hamdis ist eine ausgewiesene Sprachwissenschaftlerin«, klärte Liam ihn geschwind auf. »Sie wird Ihnen bestens folgen können.«

Der Notar schlug nun einen geschäftsmäßigen Ton an. »Herr Brine, was ich Ihnen jetzt mitteilen werde, ist vertraulich und hat für Professor Molteni persönlichen Charakter, es ist ausschließlich an Sie gerichtet. Stimmen Sie der Anwesenheit eines Dritten zu?«

Alanna wollte aufstehen, aber Liam bedeutete ihr, dass sie bleiben solle. »Ich wünsche, dass auch Frau Hamdis hört, was Sie mir zu sagen haben.«

»Ich bin sicher, dass Professor Molteni das nicht gutheißen würde«, brummte Alione.

»Ich dagegen bin vom Gegenteil überzeugt«, erwiderte Liam entschieden. »Fahren wir fort.«

Er reichte seinen Pass Alione, der die Mappe aufschlug und die Personalien mit dem obersten Blatt verglich. Als er fertig war, rief er die Sekretärin auf der internen Leitung an und bat sie wegen einer Fotokopie herein. Die Frau erledigte das in einer halben Minute, gab Liam den Pass zurück und die Kopie an den Notar.

Alione entließ sie dankend und legte dann die Hände auf die Schatulle. Sein Gesichtsausdruck veränderte sich radikal. Die Miene des höflichen, gutmütigen amerikanischen Schauspielers wurde ernst und finster.

»Professor Molteni und ich waren seit Jahren befreundet«, wiederholte er leise. »Seit Ende der siebziger Jahre, damit wir uns recht verstehen. Ich war äußerst überrascht, als er vergangenen Montag plötzlich unangekündigt vor mir stand. Er hatte es eilig, sein Testament zu machen. Offensichtlich hatte er bereits entschieden, dass er sich umbringen würde …«

Liam und Alanna sahen ihn schweigend an.

Alione redete weiter, wobei er seine Betroffenheit zu verbergen suchte. »Ich bedaure das sehr«, sagte er und zog ein zweites Blatt aus dem Dossier.

Dann räusperte er sich und schlug wieder einen fast übertrieben förmlichen Ton an. »Jetzt aber werde ich, entsprechend den testamentarischen Verfügungen des *de cuius*, den Nachlass und die Niederschrift des Testaments von Professor Andrea Molteni verlesen. Was den Totenschein und die anderen notwendigen Unterlagen betrifft, so habe ich selbst für die Erfüllung der gesetzlichen Vorschriften gesorgt. Das ist zwar nicht meine Praxis, aber hier handelt es sich um einen teuren Freund.«

»Danke«, konnte Liam nur sagen, wobei er auf die Tischplatte starrte. Seine Augen füllten sich mit Tränen, als ob erst in diesem Moment der Tod des Freundes Wirklichkeit werden würde.

Der Notar begann das Testament vorzulesen, Liam aber nahm nicht ein Wort davon wahr. Alione merkte es und hielt inne.

»Wir können warten, wenn Sie das wünschen.«

Liam bedeutete ihm fortzufahren. Alannas Hand legte sich tröstend auf die seine.

»Vor mir, Doktor Giangiacomo Alione, Notar in Turin, Mitglied der Notariatskammer der vereinten Distrikte Turin und Pinerolo, haben sich eingefunden …«

Liam war nicht mehr im Raum. Er sah vor sich Moltenis Leiche, zerschmettert auf dem Pflaster, und sein letztes Wort hallte in seinem Schädel. Er drückte fest Alannas Hand.

»… der Erschienene, dessen Identität ich mich versichert habe …«

Das dumpfe Sirren, das Moltenis Körper beim Fallen aus dem Hotelzimmer verursacht hatte, nahm sein Bewusstsein in Beschlag. Er sah Alione, wie in Zeitlupe, der aus der Mappe einen Totenschein hervorholte und fein säuberlich neben die anderen Schriftstücke auf den Schreibtisch legte.

Der Notar sprach monoton weiter: »… befindet sich das Testament des genannten Verstorbenen in meinem Besitz, auf dass ich zur Bekanntgabe desselben schreiten möge.«

»Willst du, dass wir einen Moment Pause machen?«, fragte Alanna Liam besorgt. Er schüttelte wieder den Kopf.

»Von diesen Seiten«, fuhr der Notar fort, »ist die erste von mir, dem Notar, von Hand beschrieben, mit Füllfederhalter und schwarzer Tinte, und zwar die ersten zwölf linierten Zeilen. Die restlichen Zeilen genannter Seite sind frei von Schrift, die anderen drei Seiten des Bogens vollkommen leer.«

Liam spürte, wie die Angst ihm die Kehle zuschnürte. Was geschah nur um ihn herum? Wer oder was hatte Moltenis Tod ausgelöst? Warum hatten sie seinen Bruder entführt? Was hatte das Buch der Apokalypse damit zu tun? Und der Ring?

Und war es richtig, Alanna in die Geschichte mit hineinzuziehen? Hieß das nicht, sie in Gefahr zu bringen? Wer waren die Verfolger in Dublin gewesen? Lauter Fragen, auf die er nicht eine einzige Antwort fand.

»... das folgendermaßen lautet.« Alione hielt inne.

Liam hob den Kopf, sein Gesicht war tränenüberströmt, aber das war ihm inzwischen egal. Er schluchzte nicht, er weinte. Still. Mit einem traurigen Lächeln ließ er Alannas Hand los, und nach einem langen Seufzer trocknete er sich die Wangen mit einem Taschentuch.

»Entschuldigt.«

»Machen Sie sich keine Sorgen«, beruhigte der Notar ihn in aufrichtigem Ton. »Es ist auch für mich schmerzlich, bestimmte Termini tecnici bei einem Freund zu gebrauchen. Wir sind fast fertig. Ich werde jetzt Andreas Testament verlesen.«

Er nahm das Blatt wieder zur Hand und fing an: »Ich habe vordem nie ein Testament geschrieben. Deshalb treffe ich in aller Klarheit, im Vollbesitz meiner geistigen Kräfte, folgende Verfügungen: Da ich weder Kinder noch andere Blutsverwandte habe, hinterlasse ich all meinen Besitz Herrn Professor Liam Brine, den ich als meinen Universalerben einsetze. Ihm hinterlasse ich die flüssigen Geldmittel auf zwei Bankkonten, eines geführt bei der Micheloud & Cie, mit Sitz in Lausanne, Schweiz, das andere beim Istituto Bancario Intesa di San Paolo in Turin, deren Daten dem Notar Giangiacomo Alione mitgeteilt wurden. Meinem Erben hinterlasse ich das Eigentum an meiner Wohnung in Turin mit allem, was sie enthält. Weiterhin hinterlasse ich meinem Erben meine wertvollsten Güter, die bei Notar Doktor Giangiacomo Alione hinterlegt sind und sich in einem blauen, mit Siegellack verschlossenen Etui befinden. In der Hoffnung, dass alles, was ich im Leben getan habe, zum erwünschten Nutzen gereicht habe, fordere ich meinen Universalerben auf, meinen Weg weiterzugehen, um jenes Gleichgewicht aufrechtzuerhalten, für das ich mich immer eingesetzt habe.«

Das Dokument endete mit einigen Kürzeln einer lesbaren Unterschrift Moltenis und dem staatlichen Siegel des Notars, das von dessen Unterschrift beglaubigt wurde.

Alione reichte Liam ein Blatt zur Unterschrift, das dieser fast mechanisch gegenzeichnete.

»Hier sind die Unterlagen der beiden Bankkonten. Ich werde so bald wie möglich dafür sorgen, dass bei den Banken die Eigentumsübertragung abgewickelt wird. Sie müssen nur noch diese beiden Formulare unterschreiben.«

Liam führte auch dies aus. Alanna schaute ihn besorgt an.

»Was die Wohnung betrifft«, fügte Alione hinzu, »da habe ich bereits die Umschreibung im Grundbuch beantragt, die demnächst vermerkt wird. Sobald diese Umschreibung erfolgt ist, sind Sie endgültiger Eigentümer der Immobilie.«

Liam seufzte und unterschrieb ein weiteres Mal.

»Leider habe ich keine Kopie der Schlüssel«, erklärte der Notar. »Aber ich habe bereits bei der römischen Polizei beantragt, dass man mir die persönlichen Gegenstände Moltenis überstellt. Sie müssten mir baldmöglichst zugehen. Zudem habe ich auch die Überführung der Leiche von Rom nach Turin, mittels einer Bestattungsfirma, in die Wege geleitet. Die Beisetzung ist für Montagmorgen, neun Uhr, festgesetzt, in der Chiesa dei Santi Angeli Custodi, entsprechend dem Willen des Verstorbenen.«

»Die Auslagen würde ich gerne übernehmen«, sagte Liam.

»Wenn Sie nichts dagegen haben«, antwortete der Notar in einem Ton, der keine Widerrede duldete, »es ist bereits für alles gesorgt.«

Es folgte ein langes Schweigen.

Dann richteten alle drei, wie auf Kommando, die Augen auf das blaue Samtetui mit dem roten Lacksiegel.

Alione löste die Erstarrung, indem er es Liam hinschob, der es in die Hand nahm und vor sich hinlegte, unentschlossen, was er tun solle.

»Dieses Etui bewahre ich seit über dreißig Jahren auf«, erklärte der Notar. »Jedes Jahr kam der Professor pünktlich Mitte Juni, um es abzuholen, und dann einige Tage vor Weihnachten. Das letzte Mal war vor ein paar Wochen. Als er aus der Türkei zurückkam, brachte er es mir zurück.«

Liam saß reglos und achtete nicht auf die Schatulle, als ob sie ihn nicht interessierte.

»Willst du … es nicht öffnen?«, fragte Alanna ihn vorsichtig.

Da sprang er plötzlich auf, nahm das Etui und die Ledermappe und gab dem Notar die Hand, um sich zu verabschieden. Dann antwortete er Alanna, nachdem er die Entschlossenheit in Blick und Stimme wiedererlangt hatte: »Jetzt nicht.«

33

Ort: Patagonien, Region Chubut
Weltzeit: Freitag, 26. Juni, 11.31 Uhr (GMT)
Ortszeit: 8.31 Uhr

Seit elf Stunden regnete es ununterbrochen. Es regnete ohne Unterlass, ein Dauerzustand, der weder Steigerungen noch Unterbrechungen kannte, ein unnachgiebiger Rhythmus, der nie langsamer oder schneller wurde: ein geduldiger Regen, der sich ewig gleich blieb.

Als sich der Morgen mit den ersten Lichtstrahlen ankündigte, hatte sich der Vorplatz der Estancia Cristóbal in einen Sumpf verwandelt. Von seinem Schaukelstuhl unter dem Dach der Veranda aus betrachtete Ingenieur Doornick die Konstellation aus Pfützen, die die Fläche aus gestampfter Erde überzog. Jenseits des Palisadenzauns, der zu einer alten Wild-West-Ranch gepasst hätte, sah man ein Stück dessen, was vor elf Stunden noch ein Feldweg gewesen war und jetzt einem Morast glich.

Neben Doornick stand Teodoro, den Rücken gegen die Hauswand gelehnt. Aus einer Holztasse schlürfte er seinen Mate, den er mit der *bombilla* aufsog, dem typischen Metalltrinkhalm, der einem langen hohlen Löffelchen gleicht. Der Ausdruck seiner Augen, dieser beiden in eine Ledermaske geschnittenen Schlitze, war undurchdringlich wie immer. In Wirklichkeit genoss er das Trommeln der Tropfen auf dem Verandadach und dem Vorplatz der Estancia mit derselben

Hingabe wie ein Klassikfan ein Konzert aus der ersten Reihe verfolgt hätte.

Zum x-ten Mal waren die Bauarbeiten an der Mauer zum Erliegen gekommen, aber diesmal schien Doornick sich keine Sorgen zu machen. Als Teodoro, sich über den Schnurrbart streichend, gefragt hatte, ob er die Leute in Buenos Aires verständigt habe, hatte er mit südamerikanischer Gelassenheit geantwortet, der Wetterbericht stehe allen zur Verfügung.

Teodoro fand allmählich Gefallen an dem Gringo. Er fand Gefallen an seiner geräuschlosen Nähe, an der Art, wie er auf dem Schaukelstuhl saß, fast unbeweglich, als respektiere er die Faszination des Regens mit dem ruhigen Gewissen eines Mannes, der dazugelernt hatte. Und dann gefiel ihm noch etwas an Doornick: das Gefühl, dass dieser Mann etwas im Schilde führte, etwas Gutes.

Plötzlich sah Teodoro in der Ferne die Silhouette zweier schwerer Gefährte, die sich näherten. Doornick stand auf und lehnte sich an das Geländer der Veranda, er versuchte, mit dem Blick den Regenschleier zu durchdringen.

Es waren zwei große geländegängige Lastwagen, die Ladefläche mit starken militärgrünen Planen überspannt. Sie kamen über die überschwemmte Straße, Wasserfontänen zur Seite spritzend.

»Gehören die zu uns?«, fragte Doornick und drehte sich zu Teodoro um.

Der Vorarbeiter schaute weiter auf die beiden Fahrzeuge. »Das sehen wir gleich«, antwortete er.

Die beiden LKW fuhren durch das Tor im Palisadenzaun, rollten auf den Vorplatz der Estancia und hielten wenige Meter vor der Veranda. Aus dem ersten stieg ein Glatzkopf, der eine zerknitterte Landkarte in der Hand hielt. Er versuchte diese gegen den Regen zu schützen und kam zur Veranda gerannt. Er stieg die drei Holzstufen hoch und begrüßte die zwei Männer.

»Wir suchen Baustelle Sechs, die müsste in dieser Richtung liegen«, sagte er und faltete dabei die feuchte Karte auseinander.

»Baustelle Sechs?«, fragte Doornick. »Wer hat euch denn geschickt?«

Der Mann zog ein Dokument aus der Brieftasche und reichte es ihm. Es war ein Zugangspass der Firma, genau so einer, wie Doornick und Teodoro ihn hatten.

»Was transportiert ihr zur Baustelle Sechs?«, fragte der Ingenieur herablassend.

»Verschiedene Materialien«, antwortete der Mann mit derselben Herablassung.

Doornick verständigte sich mit Teodoro durch einen unauffälligen Blick, Teodoro verschwand in der Estancia.

»Gut«, sagte Doornick zu dem Neuankömmling. »Kann ich euch einen Mate anbieten?«

»Danke, aber wir haben es eilig. Der Regen hat uns schon genug aufgehalten«, sagte der Glatzkopf mit einem Kopfschütteln.

»Dann zeigen Sie mir Ihre Landkarte, ich werde Ihnen den Weg weisen«, forderte der Ingenieur ihn entgegenkommend auf.

Der Mann breitete den Plan auf dem Tisch neben dem Schaukelstuhl aus, und Doornick fing langsam an, ihm die verschiedenen Wegvarianten zu erklären, wodurch er eine wohlkalkulierte Verwirrung bei ihm stiftete.

Teodoro hatte inzwischen ein Regencape übergezogen, das Haus umrundet und war hinter den zweiten LKW geschlichen.

»… bei diesem Regen«, erklärte unterdessen der Ingenieur, »ist es vielleicht besser, wenn ihr über Baustelle Zwölf und auf dieser Piste Richtung Norden fahrt. Der Abschnitt ist geschottert, und da müsstet ihr mit den LKW besser vorankommen. Oder … oder nein …«

»Aber vorher haben Sie uns die darunter empfohlen«, protestierte der Mann.

»Das ist eine Alternative«, Doornick zuckte mit den Achseln und tat beleidigt.

Das Gespräch ging noch einige Minuten weiter, bis Teodoro, nachdem er das tropfnasse Cape abgelegt hatte, in der Tür der Estancia erschien.

Doornick gab ihm ein Zeichen, dass er näher treten solle, und fragte ihn, welchen Weg er zur Baustelle Sechs empfehlen würde.

Teodoro nahm den Plan und zeigte dem Glatzkopf die kürzeste Verbindung, der Mann war mit dieser jüngsten Erklärung zufrieden, verabschiedete sich und ging zu seinem LKW.

Während die zwei Fahrzeuge den Vorplatz verließen, wandte Doornick sich Teodoro zu: »Und?«

»Kisten mit Waffen, Jefe.«

»Waffen?«

»Ja, Waffen, die solche Dinger verschießen«, antwortete Teodoro und zeigte ihm ein fingergroßes Projektil.

»Aber woran zum Geier arbeiten wir denn hier?«, fragte Doornick sich laut.

34

Ort: Turin
Weltzeit: Freitag, 26. Juni, 11.34 Uhr (GMT)
Ortszeit: 13.34 Uhr

Liam war völlig geistesabwesend, versunken in Gedanken, die Alanna nur erraten konnte. Seit sie bei der Kellnerin bestellt hatten, hatte er sich in ein demonstratives Schweigen gehüllt, und sie hatte beschlossen, ihn nicht zu stören.

Sie saßen im Freien vor einem kleinen Restaurant im Zentrum Turins. Die Atmosphäre war entspannt, und im Schatten der Bäume war die Wärme auf der Piazza mehr als erträglich. Die Tische waren mit Angestellten und Studenten besetzt, die Mittagspause machten und ein gleichmäßig-zurückhaltendes Murmeln verbreiteten, wenn man von dem Trio absah, das neben ihnen saß und lautstark mit reichlich Rotwein auf den glücklichen Ausgang eines Geschäftes anstieß. Einer der drei, ein Typ mit weißem Haar, warf Alanna immer wieder verstohlene Blicke zu, bis er schließlich die Flasche in die Hand nahm und an ihren Tisch kam: »Darf ich eine wunderschöne Frau auf ein Glas Wein einladen?«

Ein eiskalter Blick Alannas genügte, und der Mann entschuldigte sich sofort und trat den Rückzug an. Seine beiden Freunde bogen sich vor Lachen.

Alanna rang sich endlich dazu durch, etwas zu sagen: »Was machen wir jetzt?«

»Essen«, war Liams lakonische Antwort.

»Und danach?«

»Ich weiß nicht.«

»Also, dann müssen wir einen Ort finden, wo wir unterkommen«, insistierte sie.

Endlich hob er den Blick. »Ins Hotel können wir nicht. In Italien musst du sofort deinen Ausweis vorlegen.«

»Moltenis Wohnung können wir auch ausschließen. Wir haben die Schlüssel noch nicht.«

Die Kellnerin bediente sie, und sie fingen an, mit Appetit zu essen. Liam hielt mitten in einem Bissen inne und dachte nach: »In Moltenis Wohnung kommen wir schon irgendwie rein, wenn wir wollen. Ich bin der rechtmäßige Eigentümer, ich müsste nur einen Schlosser rufen. Und seine Sachen würde ich mir auch gerne einmal näher ansehen. Ich bin sicher, wir würden so manche Antwort auf unsere Fragen finden.«

»Worauf warten wir dann?«

»Das wäre der erste Ort, an dem sie uns suchen würden.«

Alanna gab ihm widerwillig recht. »Also was machen wir? Rufen wir Goonan an?«

»Ich weiß nicht«, überlegte er.

»Wir könnten die italienische Polizei um Hilfe bitten. Oder den Notar«, schlug sie vor.

Liam schüttelte den Kopf. »Wer sagt uns, dass wir denen trauen können?«

»Zu Alione hatte Molteni Vertrauen.«

»Molteni ist tot. Vielleicht setzte er sein Vertrauen in die falsche Person.«

»Kennst du niemanden in Turin?«

Liam dachte nach. »Es gäbe da jemanden …«

Alanna wartete schweigend, dass er weiterredete.

»Ein ehemaliger Studenten von mir, Giuseppe … Giuseppe Russo, mit dem ich immer in Kontakt geblieben bin. Er lebt hier und schreibt an seiner Doktorarbeit.«

»Hast du eine Telefonnummer?«

»Ja, im Adressbuch meines Handys«, schnaubte er mit einem Achselzucken. Dann wischte er sich den Mund mit der Serviette ab und ging in das Lokal. Kurz darauf kam er mit dem Telefonbuch wieder. Er fing an, die Seiten durchzublättern, und gleich darauf entfuhr ihm ein Fluch: »Verdammt, es gibt rund vierzig Giuseppe Russos hier.«

»Dann versuch ihn über die Universität zu finden«, schlug sie vor. »An welcher Fakultät ist er eingeschrieben?«

»Geschichte, glaube ich.«

Liam fand die Nummer des Instituts im Telefonbuch und schrieb sie auf eine tabakbraune Papierserviette. Dann wollte er aufstehen. Rund zehn Meter entfernt hatte er, halb hinter einem Kiosk versteckt, drei Telefonzellen ausgemacht.

»Warte!«, hielt Alanna ihn auf, »überlass das mir.« Sie ging zielstrebig auf den Nachbartisch zu, lieh sich mit einem strahlenden Lächeln das Handy ihres weißhaarigen Verehrers, und im Handumdrehen hatte sie das Telefonat erledigt und eine Adresse auf die Serviette geschrieben. Schließlich gab sie das Handy seinem Besitzer zurück und ließ sich das Glas Wein einschenken, das er ihr angeboten hatte.

Eine halbe Stunde später waren Liam und Alanna in der parallel zum Po verlaufenden Via Napione, in der Gegend der eleganten Piazza Vittorio. Sie standen vor einer Klingelleiste mit mindestens dreißig Namen – ein Giuseppe Russo war nicht dabei.

»Bist du sicher, dass es hier ist?«, fragte Liam nervös.

»Klar«, versicherte Alanna erstaunt, »das ist die Adresse, die er mir selbst gegeben hat. Er hat mir gesagt, er würde sofort nach Hause fahren und dort auf dich warten.«

»Hat er dich nicht gefragt, warum ich ihn nicht selbst angerufen habe?«

»Ich habe mich als deine Assistentin ausgegeben.«

Er lächelte. »Und was machen wir jetzt, Frau Assistentin? Probieren wir alle Klingeln durch?«

Da kam ein Mädchen mit kurzen, violett gefärbten Haaren auf die Haustür zu, in der Hand ein Schlüsselbund.

»Entschuldigen Sie«, fragte Liam sie, »wohnt hier Giuseppe Russo?«

»Wer sind Sie?«, fragte sie misstrauisch.

»Freunde«, antwortete Alanna höflich.

Das Mädchen musterte sie von Kopf bis Fuß und steckte dann den Schlüssel ins Schloss. »Kommt mit, ich wohne mit ihm zusammen.«

Sie gingen durch das Vorderhaus und kamen in einen geräumigen Innenhof. Das Mädchen steuerte eine Glastür an, die ein Schild mit der Aufschrift »Treppe B« zierte. Sie stiegen drei Stockwerke hoch und blieben vor einer massiven dunklen Holztür stehen. Liam bemerkte, dass auch hier jeglicher Hinweis auf den Namen des Bewohners fehlte. Umso besser: das schien ein ideales Versteck zu sein.

»Giuseppe«, schrie das Mädchen, nachdem sie aufgeschlossen hatte, »hier sind zwei, die dich sprechen wollen.«

Sie traten ein. Liam und Alanna waren beeindruckt von der prachtvollen Diele: ein großer, rechteckiger Raum mit einer mindestens vier Meter hohen Kassettendecke. Das Parkett hatte zwar im Laufe der Jahre gelitten, zeigte aber wunderschöne geometrische Muster, während die Möbel, wenn auch nicht wertvoll, so doch antik zu sein schienen. Alles sah gewollt unordentlich aus: Fotos und Zeichnungen, die mit Tesafilm an die Wand geklebt waren, Bücherstapel auf dem Fußboden, hier und da lagen Klamotten und Schuhe herum, in einer Ecke lehnten ein Mountainbike und ein Paar Skier, eine Garderobe war unter Hemden und Pullovern begraben. Es sah aus wie in einer Art Hippiekommune.

Aus einer Tür trat ein baumlanger Bursche zwischen fünfundzwanzig und dreißig, er trug einen tadellosen Nadelstreifenanzug und eine Regimental-Krawatte, in schreiendem Kontrast zu der ganzen Umgebung und dem Mädchen mit den lila Haaren. »Liam«, rief er aus und ging auf den Professor zu, um ihn zu umarmen. »Was für eine schöne Überraschung!«

»Wenn deine Mitbewohnerin nicht gewesen wäre«, antwortete Liam lächelnd, »hätten wir den ganzen Tag da unten stehen können.«

»Du hast recht: An der Klingel steht Alfieri, das ist mir erst hinterher eingefallen. Aber ich habe dir eine SMS geschickt, hast du die nicht gesehen?«

»Ich hatte ein Problem mit meinem Handy«, überging Liam schnell das Thema. »Aber darf ich dir meine ... Assistentin vorstellen, Frau Doktor Alanna Hamdis.«

»Wir haben schon am Telefon miteinander geredet. Sie sprechen exzellent Italienisch ...«, sagte Russo mit einem galanten Lächeln und gab ihr die Hand. »Kommt, setzen wir uns ins Wohnzimmer«, fügte er dann hinzu und forderte sie auf, ihm zu folgen. Der Raum nebenan war noch beeindruckender als die Diele: fast dreimal so groß, der Fußboden mit Teppichen ausgelegt, darauf vier unterschiedliche alte Ledersofas, die ein Quadrat bildeten. Auf dem niedrigen Couchtisch in der Mitte waren mindestens vier Konsolen von Playstations zu großen Knäueln verheddert. Zwischen zwei Sofas thronte ein großer Plasma-Fernseher. Das Mädchen mit den lila Haaren winkte zum Abschied und verschwand seitwärts in einem Zimmer.

»Du lässt es dir gutgehen, wie?«, bemerkte Liam, nachdem sie sich gesetzt hatten, mit einem Blick in die Runde.

»Im Gegenteil«, lächelte Russo, »die Wohnung ist traumhaft, aber um die Miete zu bezahlen, wohnen wir hier zu fünft.«

»Und wo sind die anderen?«

»Nun, Alessandra habt ihr gerade kennengelernt. Luca und

Stefano sind im Polytechnikum, die sehen wir nur zum Abendessen, wenn überhaupt. Und dann gibt es noch Anna, die gerade ihren Facharzt macht und mehr im Krankenhaus als zu Hause ist.«

»Du leidest sicher nicht unter Einsamkeit«, scherzte Liam.

»Bis letzte Woche waren wir sogar zu sechst. Da war noch eine saublöde Französin ... vergessen wir's. Die haben wir schließlich auf die Straße gesetzt, aber sie schuldet uns noch drei Monatsmieten.« Russo machte eine Pause. »Wollt ihr einen Kaffee?«

Liam und Alanna schüttelten den Kopf. »Nein danke, wir haben eben erst einen getrunken.«

Ein verlegenes Schweigen machte sich breit.

»Was treibst du hier in der Gegend?«, fragte Russo schließlich, ohne eine gewisse Beunruhigung zu verbergen.

Liam wartete einen Moment, ehe er antwortete. »Das ist wirklich eine außergewöhnliche Situation, Giuseppe«, sagte er todernst. »Ich weiß, dass dir das komisch vorkommen wird, aber ich brauche deine Hilfe.«

»Ich stehe ganz zu deiner Verfügung«, antwortete der Student alarmiert. »Was brauchst du?«

»Eine Unterkunft für mich und Alanna, für ein paar Tage.«

Russo schaute ihn ungläubig an. Dann fixierte er Alanna. Irgendetwas passte da nicht zusammen. Wie war es möglich, dass sein ehemaliger Theologie-Professor von der PUST unangekündigt nach Turin geschneit kam und wie ein Flüchtling um Asyl bat? Und welche Rolle spielte diese bildschöne Frau mit den orientalischen Zügen, die sich als seine Assistentin ausgab? Was zum Teufel lief da eigentlich? Hatten sie ein Verhältnis? Und wenn dem so war, warum gingen sie nicht ins Hotel?

Liam schien seine Gedanken zu lesen. »Bevor du dich zu irgendwelchen Schlussfolgerungen versteigst, warte mal. Die Situation ist unglaublich. Und ich kann dir im Augenblick nichts erzählen. Ich bitte dich nur, mir zu vertrauen und mir keine Fragen zu stellen. Ich erkläre dir alles, sobald es möglich ist.«

Russo stand auf und strich die Falten an seinem Anzug glatt. »Das Zimmer der Französin ist frei, kommt mit.«

Vom Korridor ging eine lange Reihe Türen ab. Vor der vorletzten hielten sie an. Der junge Mann öffnete, und sie betraten ein großes Zimmer mit zwei Betten, einem riesigen Kleiderschrank und einem kleinen Schreibtisch, auf dem ein alter Computer stand.

»Ganz für euch«, sagte Russo.

Liam umarmte ihn voller Dankbarkeit, sein Kopf reichte ihm gerade bis zum Kinn. »Du weißt nicht, wie sehr du mir hilfst.«

»Und ich will es auch gar nicht wissen«, erwiderte Russo. »Ich gehe jetzt wieder zur Uni. Wir sehen uns zum Abendessen.«

»Danke, wirklich«, sagte Liam noch einmal erleichtert.

Kaum war der Student verschwunden, schloss Alanna die Tür ab und warf sich auf eines der Betten. »Ich könnte vierundzwanzig Stunden schlafen.«

Liam gab keinen Kommentar ab. Er setzte sich an den Schreibtisch, wandte ihr den Rücken zu und holte das Etui hervor.

Alanna erriet, was er vorhatte. »Willst du jetzt nachschauen, was darin ist?«

Er schwieg.

»Ich weiß nicht, ob es richtig ist, dich da mit reinzuziehen«, antwortete er schließlich.

Sie sprang auf. »Du weißt nicht, ob es richtig ist, mich da mit reinzuziehen?«, schrie sie fast. »Und dass wir zusammen aus Dublin abgehauen sind, wie nennst du das? Dass wir unsere Handys weggeworfen haben und per Flugzeug und Zug halb Europa durchquert haben, um uns hier zu verstecken? Ach, tut mir leid, dass ich mich da mit reingezogen fühle!«

Er senkte den Blick.

»Und warum hast du dann gewollt, dass ich bei der Testamentseröffnung dabei bin?«, insistierte sie.

»Ich hätte nicht gedacht, dass die Sache sich so entwickelt.«

»Jetzt ist es zu spät.«

Liam war beschämt und bat sie, näher zu kommen.

Sie stützte sich mit den Händen auf die Stuhllehne. Liam brach das Siegel und ließ den Verschluss aufschnappen. Er öffnete langsam die Samtschatulle und holte zwei Gegenstände hervor.

Der erste war aus handgeschmiedetem Eisen: eine Art antiker Schlüssel in der Form des Chrismons. Liams Herzschlag schien einen Moment auszusetzen. Dann zog er den zweiten Gegenstand hervor. Dieser war ebenfalls länglich, mit einer Metallspitze, aber modern: ein USB-Stick, mit dem man digitale Daten speichern konnte.

Sie saßen schweigend da und blieben – wie es schien, für eine Ewigkeit – versunken in die Betrachtung der beiden Objekte.

Dann nahm Liam den antiken Schlüssel und fing an, ihn in den Fingern zu drehen. Er dachte an das Gespräch mit Aldobrandi zurück, nahm das Kettchen vom Hals und zog Moltenis Ring ab, um ihn auf den Schlüssel zu stecken. Dazu waren nur wenige Handgriffe nötig.

»Unglaublich!«, rief Alanna aus. »Zusammen bilden sie einen richtigen Schlüssel.«

»Ja, aber was schließt er auf?«

»Die Antwort gibt uns wahrscheinlich der USB-Stick.«

»Schauen wir mal, ob das Ding hier geht«, sagte Liam und schaltete den alten Rechner an.

Es dauerte eine Weile, bis das Betriebssystem hochgefahren war, aber trotz seiner Langsamkeit schien das alte Gerät perfekt zu funktionieren.

Liam steckte den Datenträger in die passende Buchse und wartete. Nach einigen Sekunden erschien die Meldung, dass eine neue Hardware erkannt worden sei.

»Es ist soweit«, flüsterte Alanna aufgeregt.

Er klickte zur Bestätigung, und sofort öffnete sich ein zweites, kleineres Fenster mit zwei Wörtern und einem Feld, das man auszufüllen hatte: PASSWORT EINGEBEN

35

Ort: Fürstentum Monaco
Weltzeit: Freitag, 26. Juni, 12.32 Uhr (GMT)
Ortszeit: 14.32 Uhr

Trotz der schallisolierten Wände hörte man das Brüllen, das aus dem Büro des Generaldirektors kam, bis in den Korridor. Yvonne, Ducasses Sekretärin, schloss die Tür ihres Vorzimmers: Allmählich kamen ein bisschen viele Leute ganz zufällig draußen vorbei.

»Verficktes Arschloch!«, schrie Ducasse. »Aufgeblasenes verficktes Arschloch. Du bist draußen! Du hast hier und anderswo für immer ausgeschissen. Und ich Idiot habe dir auch noch vertraut. Aber ich mach dich fertig, ich räum dich aus dem Weg!«

Gérard Dumonceau wartete stumm, dass sein Chef sich abreagierte. Er saß ihm gegenüber in einem Sessel und hörte sich die auf ihn einprasselnden Beleidigungen an, ohne mit der Wimper zu zucken. Generaldirektor Lucien Ducasse dagegen stand, und er war außer Rand und Band. Seine stets sonnengebräunte Haut hatte einen Violettton angenommen, die stets gescheitelten weißen Haare waren zerzaust und die Venen am Hals dermaßen geschwollen, dass er die Krawatte hatte lockern und den Hemdkragen aufknöpfen müssen. Auf seinem Schreibtisch lagen verschiedene Papiere verstreut, aus denen ein Histogramm im DIN-A3-Format hervorstach, dessen Balken steil nach unten zeigten: in konkreten Zahlen ein Nettoverlust von zehn Millionen Euro. So viel hatte Dumonceau am Vortag verzockt.

»Ich habe in meinem ganzen Leben noch niemanden gesehen, der an einem einzigen Tag so viel Bockmist gebaut hätte!«, fuhr Ducasse fort. »Und noch dazu ohne jede Genehmigung! Du dämliches Arschloch!«

Der Direktor schien sich für einen Moment zu beruhigen und ließ sich, als wäre sein Ausbruch vorbei, in den Sessel fallen.

Auch in der darauffolgenden Pause blieb Dumonceau stumm.

Ducasse nahm das Histogramm und wedelte damit vor dem Gesicht seines Angestellten herum. »Hier kommst du nur auf zwei Arten wieder heraus, Dumonceau«, sagte er ernst. »Entweder findest du einen Weg, die Verluste wieder hereinzuholen und zu verschwinden, oder du wanderst auf direktem Weg in den Knast.«

Sein Gegenüber wartete einen Augenblick, ehe er antwortete.

»Es gibt noch einen Weg«, erwiderte er dann ruhig. »Wir könnten zu einer Schlichtung gelangen.«

»Eine Schlichtung«, wiederholte Ducasse ungläubig. »Wie kommst du auf die Idee, dass die Compagnie Financière Suisse sich auf eine Schlichtung mit einem Dilettanten einlassen sollte, der all diesen Scheiß gebaut hat?« Er warf ihm einen verächtlichen Blick zu. »Wir werden nicht einen Euro aufbringen, Dumonceau, das kannst du vergessen. Und du hast hier drinnen absolut keinen Handlungsspielraum mehr. Wir haben dein Kunden-Portefeuille geschlossen. In diesem Moment bist du genau so viel wert, wie du draufhast: nichts.«

»Ich weiß, dass ich ungeschoren hier rauskomme«, sagte Dumonceau arrogant.

»Und wie? Hast du im Kasino zehn Millionen Euro gewonnen?«, fragte Ducasse sarkastisch.

»Besser«, erwiderte Dumonceau eiskalt. »Heute Nacht habe ich Saalima kennengelernt.«

Der Direktor schaute ihn fassungslos an. »Hast du … hast du die Nummernkonten geknackt?«

Der Angestellte schob den Sessel zurück und stand seelenruhig auf. »Für die Presse wird es ein gefundenes Fressen sein, wenn man feststellt, dass Prinz Amir Khan Al Ammar all seine Besitztümer in den westlichen Industrieländern losschlägt, um halb Argentinien aufzukaufen. Und vielleicht werden sie mit Vergnügen erfahren, wie undurchsichtig die Transaktionen sind. Ich glaube, dass diese Meldung die Börsen auf der ganzen Welt ordentlich durchrütteln würde. Abgesehen von einem gewissen Interesse, das verschiedene Geheimdienste entwickeln dürften. Was meinst du dazu, Ducasse?«

Der Direktor erstarrte. Er dachte schweigend nach. Sein Blick wanderte zwischen Dumonceaus selbstsicherem Gesichtsausdruck und den Papieren vor sich hin und her. Dann nahm er in aller Ruhe das Histogramm und steckte es in den Papierkorb für den Reißwolf. »Setz dich, Gérard, lass uns wie zivilisierte Menschen miteinander reden.«

Dumonceau blieb stehen. »Ich will eine Tilgung der Schulden und eine Million in bar. Eine angemessene Abfindung. Dann werdet ihr nie wieder von mir hören.«

36

Ort: Turin
Weltzeit: Freitag, 26. Juni, 12.56 Uhr (GMT)
Ortszeit: 14.56 Uhr

APOKALYPSE. JOHANNES. HEILIGER JOHANNES. OFFENBARUNG. PROPHEZEIUNG. 666. KONSTANTIN. NICÄA. MEISTER. ANDREA. ANDREAMOLTENI. MOLTENI. LIAM. LIAMBRINE. BRINE.

Nach jedem Versuch starrten Liam und Alanna auf den Monitor. Der Cursor blinkte einen Moment lang, aber dann erschien jedes Mal die unvermeidliche Meldung: FALSCHES PASSWORT.

»Es muss doch ein System geben, um diese Sperre zu umgehen!«, platzte Alanna irgendwann der Kragen.

»Für einen Hacker wäre das wahrscheinlich ein Kinderspiel«, bemerkte Liam. »Aber ich habe von so etwas keine Ahnung.«

»Wir können uns von irgendjemandem helfen lassen«, schlug sie vor.

»Nein«, sagte er kategorisch.

Alanna schaute ihn verblüfft an.

»Molteni muss sicher gewesen sein, dass ich da allein draufkommen würde«, erklärte er.

»Vielleicht konnte er dir nicht mehr rechtzeitig …«

Bei diesen Worten ging Liam ein Licht auf. Warum war ihm das nicht schon viel früher eingefallen? Er zog die Tastatur zu sich heran und gab das Wort ein, das Molteni mit seinem letzten Atemzug ausgehaucht hatte:

BUCH

Der Cursor blinkte einige Augenblicke, dann verschwand das Fenster und ein neues öffnete sich, mit zwei Symbolen: dem einer Textdatei mit dem Titel »Protokoll von Ossius« und dem einer Excel-Datei mit dem Titel »Buchstaben, Zahlen, Götter«.

»Du hast es geschafft!«, rief Alanna begeistert und schlang die Arme um ihn. Liam machte sich einigermaßen unbeholfen los. Ihr wurde klar, dass sie ihn in Verlegenheit gebracht hatte, schließlich war er ihr Schwager.

»Lass uns fortfahren«, sagte er.

Er wählte zuerst den Datensatz aus, und folgende Graphik erschien:

»Was soll das denn?«, fragte Alanna, nachdem sie sie eine Weile betrachtet hatte.

»Ein Gewirr aus Feldern verschiedener Grautöne.«

»Und die Zahlen, die hie und da auftauchen?«

Liam klickte eine der Zahlen an und merkte, dass es sich dabei um die Summe von damit verbundenen anderen Feldern handelte. Er probierte eine weitere aus: Auch in diesem Fall handelte es sich um eine mathematische Formel, die eine Reihe von Feldern zueinander in Beziehung setzte. Schließlich scrollte er mit dem Cursor durch das Dokument. Es waren mehrere hundert Seiten, die alle eine ähnliche Graphik aufwiesen wie die erste, ein Gewirr aus weißen, grauen und schwarzen Feldern, hin und wieder Zahlenreihen, die auf den ersten Blick nichts besagen wollten.

»Ich verstehe nur Bahnhof«, sagte Alanna.

»Komisch ...«, sagte Liam und scrollte weiter durch die Seiten. »Von Molteni hätte ich mir ein Pergament erwartet, das mit Tintenfass und Feder beschrieben wurde.«

»Warum?«

»Er stand mit der Technologie immer auf Kriegsfuß – er besaß nicht einmal ein Handy –, von der Mathematik ganz zu schweigen. Die einzigen Zahlen, mit denen er etwas anfangen konnte, waren Geschichtsdaten.«

»Vielleicht kanntest du ihn doch nicht so gut.«

»Tja«, seufzte er. »Lass uns mal die Textdatei anschauen.« Er schloss den Datensatz und klickte das »Protokoll von Ossius« an.

Es öffnete sich ein Dokument von rund zehn Textseiten, ohne Zugangssperre. Es gab keinen Titel, aber rechts oben erschien eine Datumsangabe.

»Nicäa, achter Tag vor den Kalenden des September im einundvierzigsten Jahr nach der Proklamation Kaiser Diokletians«, las Liam.

»Da hast du dein Pergament«, kommentierte Alanna lächelnd.

»Dasselbe Datum wie auf meinem Ring!«

Sie schaute ihn fragend an. Also zeigte er ihr die Gravur unter der Platte und erklärte ihr kurz die kaiserliche Zeitzählung, wie Aldobrandi sie ihm erläutert hatte.

»Ich habe verstanden. Los, lies«, forderte Alanna ihn aufgeregt auf. Liam zögerte einen Moment, ehe er anfing:

»Die Sonne hatte ihren Weg gen Okzident eingeschlagen, sie färbte die Wasser des Askania-Sees rot und tauchte die Silhouette der von Olivenbäumen bestandenen Hügel in Dunkelheit. Das kaiserliche Forum vor dem See wimmelte von Händlern, Domestiken und Eunuchen, die in der Vorbereitung der prunkvollen Gaumenfreuden des Abschlussmahles begriffen waren, das in Kürze das Konzil von Nicäa beschließen sollte.

Im Herzen des Kaiserpalastes, im Saal der Bittgesuche, legte Kaiser Konstantin mit Hilfe seiner Dienerschaft getreu dem Ritual sein Purpurgewand und sein Edelsteindiadem an und setzte sich auf den erhöhten Thron inmitten der Apsis, unter dem Zeichen der niemals untergehenden Sonne und Christi Monogramm. Die Eunuchen, denen der Hofdienst oblag, hoben den Heiligen Schleier, der während der Zeremonie den Saal vom Thron schied und des Kaisers Antlitz dem Blick der Untertanen entzog: Durch den dünnen Hanf konnte man nur sein strenges stumpfes Profil, das hochgereckte Haupt und den zum südlichen Himmel, gen Palästina gerichteten Blick, erkennen.

Unglaublich, das hört sich wirklich an wie die offizielle Chronik des Abschlusstages des Konzils«, bemerkte Liam.

»Ja, aber was ist denn da so Außergewöhnliches passiert?«

»Lass uns weiterlesen.

Zur Rechten von Kaiser Konstantin stand reglos, in gebührlichem Abstand, der Quästor des Heiligen Palastes, der kaiserlichen Befehle harrend und laut die Worte wiederholend, die der Gebieter flüsterte, um das göttliche Schweigen zu wahren. Keines Untertanen Ohr war es nämlich gegeben, die Stimme des Göttlichen direkt zu vernehmen.

Auf ein fast unmerkliches Zeichen hin kamen, von ihrer jeweiligen Dienerschaft begleitet und in der ihnen vom Palastprotokoll zugedachten Reihenfolge, die Geladenen herein. Nach der rituellen Ehrenbezeugung zogen sie in einer Prozession, die peinlich genau darauf achtete, den dem Göttlichen vorbehaltenen Fußboden aus Porphyr nicht zu betreten, zu den ihnen bestimmten Bänken in den Seitenflügeln der Apsis.

Das ist eindeutig Moltenis Übersetzungsstil«, bemerkte Liam. »Er war jahrelang mein Lehrer, ich kann mich nicht täuschen.

Entlang des Säulengangs zum Orient hin«, las Liam laut weiter, »*setzten sich nacheinander Ossius von Cordoba, Athanasius von Alexandria und Markus von Kalabrien; entlang des Säulengangs nach Okzident Arius, der Erzketzer, Eusebius von Nikomedia und Eusebius von Caesarea. Alle trugen den Zeremonienmantel, der die flach an den Oberschenkeln anliegenden Hände verdeckte, wie es die Haltung der Pharaonen vorsah, und die Insignien und Zeichen ihrer Amtswürde. Niemand sonst war anwesend, außer den Domestiken und diensthabenden Eunuchen. Mit einem Krachen wurden die Türen des Atriums von Hopliten der kaiserlichen Hofgarde geschlossen, denen oblag, bis zum Ende der Sitzung draußen Wache zu halten.*

Der Quästor trat einige Schritte vor, bis in die Mitte des Querschiffes, und verkündete feierlich: ›Geachteter Presbyter Arius, der Göttliche Augustus ist deiner Einladung, diese geheime

Sitzung einzuberufen, nachgekommen und gibt dir nun Gelegenheit zu sprechen: Das Wort ist dir erteilt.‹

Arius erhob sich, warf sich, gemäß der Sitte, zum Zeichen der Demut auf den Boden und begann zu sprechen: ›Göttlicher Augustus, dies ist der Tag, an dem das große, heilige Konzil seine Arbeiten abgeschlossen und meine Lehre über die andersartige leibliche Substanz von Christus, unserem Herrn, verworfen hat: Ich weiß, dass man mich zur Strafe ins Exil, fern meiner Kirche, verbannt, dass man meine Predigten ächten, meine Bischöfe, meine Presbyter und meine Priester verunglimpfen wird. Zahlreich sind die körperlichen und geistigen Demütigungen, die ich erduldete und erdulden werde, weit über die Schläge eines Nikolaus von Myra hinaus. Doch bin ich ein Märtyrer Christi und seiner Heiligen Kirche, und mein Gottesgehorsam gebietet mir daher, Dich, mein Göttlicher, und euch, meine Brüder, über einen Umstand zu unterrichten, der dem christlichen Erdkreis zu schwerem Schaden gereichen könnte, wenn Ihr nicht rasch und mit Umsicht für Abhilfe sorgt.‹«

Wer weiß, was Aldobrandi dafür geben würde, dachte Liam, ein solches Schriftstück in die Finger zu bekommen.

»Arius?«, fragte Alanna, die Pause nutzend.

»Das Konzil von Nicäa erklärte seine Thesen zur Häresie und schickte ihn ins Exil«, erklärte er knapp und fing wieder zu lesen an.

»Arius schwieg, zog langsam die rechte Hand aus dem Mantel hervor, und um dem, was er sich zu sagen anschickte, größeres Gewicht zu verleihen, hob er sie bis auf die Höhe der Schulter. Die offene Hand war gegen den Kaiser gerichtet, der Daumen lag über dem kleinen Finger, die anderen drei Finger waren ausgestreckt und lagen aneinander, wie beim Predigen, wenn diese Geste auf die Dreifaltigkeit verweist. Fast unmerklich kam auch

die Linke aus dem Mantel hervor: zur Faust geballt, zwei steife Hanfzylinder umschließend, wie sie zum Schutz von Papyrusrollen dienen. Athanasius zuckte unwillig und sein langer Priesterbart bebte. Er war als Triumphator aus dem Konzil hervorgegangen und fürchtete nun, dass irgendeine Wendung die Diskussionen zu seinem Nachteil neu entfachen könnte.

Die Anspannung im Atrium war mit Händen zu greifen. Arius, der erfahrene Prediger, wartete noch einige Augenblicke wie erstarrt und fing dann wieder zu sprechen an, wobei er jedes einzelne Wort betonte: ›Mein Göttlicher, gerade am heutigen Morgen hat die Weisheit des Konzils, erleuchtet durch den Heiligen Geist, die Liste der häretischen Schriften gefertigt, die die Christenheit verpesten, hat Stillschweigen über diese Liste befohlen und hat sie Deinem bischöflichen Gesandten Ossius übergeben, auf dass alle frevelhaften Rollen und Kodizes in allen Provinzen der heiligen katholischen Gemeinschaft kraft Deiner Autorität zerstört werden und er Sorge trage, dass Dein Befehl überall ausgeführt und geachtet werde, von nun an bis in alle Ewigkeit, mit eiserner Hand und unter absoluter Verschwiegenheit.‹

Also hatte Voltaire recht«, entfuhr es Liam.

»Was hat Voltaire damit zu tun?«

Liam setzte sie über die Thesen Voltaires ins Bild, von denen Aldobrandi erzählt hatte, dann wandte er sich wieder dem Text zu.

»*›Aber eine Schrift ist bedauerlicherweise dieser christlichen Umsicht entgangen, mein Göttlicher: von dieser Schrift existieren lediglich zwei Exemplare, die sich auf zwei Schriftrollen in diesen beiden versiegelten Zylindern befinden, welche ich jetzt in meiner unwürdigen Faust halte.‹ Arius hielt inne, hob die beiden Zylinder und kam zum Schluss: ›Der Text, von dem ich spreche, ist die Apokalypse des heiligen Johannes.‹*

Ein tiefes, drückendes Schweigen senkte sich hernieder; in den Blicken der Geladenen konnte man Überraschung, Verwirrung und Empörung erkennen. Alle warteten auf die Maßregelung durch den Kaiser. Auf ein Zeichen Konstantins hin begab der Quästor sich hinter den Schleier. Im Gegenlicht sah man, wie er niederkniete, sich mit dem Ohr Konstantins Mund näherte und dessen Verkündung lauschte. Dann tauchte er wieder vor der Apsis auf und sagte: ›Der Göttliche Augustus ist empört über deine jüngste Häresie, Presbyter Arius, und befiehlt dir, davon augenblicklich abzuschwören, um deine ohnedies prekäre Situation nicht weiter zu verschlimmern. Die Apokalypse des Johannes ist nämlich ein kanonischer Text, der ganzen Christenheit teuer, weil reich an heiligen Prophezeiungen und göttlichen Mahnungen, die dem heiligen Evangelisten in einer direkten Vision auf der Insel Patmos mitgeteilt wurden, am Ende seiner irdischen Lebtage.‹

Arius war von dieser indignierten Erwiderung nicht überrascht. Er zögerte nicht einen Augenblick, den rechten Arm zu senken und die Hand zu dem bronzenen Kohlebecken auszustrecken, das in der Mitte des Atriums stand, wobei er Zeige- und Mittelfinger reckte, um nach alter Sitte um die Erteilung des Wortes zu bitten. Die anderen rührten sich nicht, da sie nicht den geringsten Hinweis auf ihr eigenes Urteil geben wollten, das sich womöglich als voreilig hätte entpuppen können: Nur Athanasius war sichtlich ergötzt, da er das Debakel seines ewigen Widersachers vorausahnte.«

»Dieser Athanasius scheint ein richtiger Fiesling zu sein«, meinte Alanna.

»Er konnte es sich leisten«, sagte Liam hastig, ganz gebannt von der Lektüre, dann fuhr er fort:

»›Das Wort sei dir noch einmal erteilt, Presbyter Arius, zum Zeichen des erhabenen Großmutes des Göttlichen‹, erklärte der

Quästor und fügte hinzu: ›Aber dies wird das letzte Mal sein: Wenn es dir nicht gelingt, auf den vom Konzil geebneten katholischen Grund zurückzukehren, und wenn du in deiner Richtigstellung nicht überzeugend wirkst, wirst du in Ketten aus diesem Saal geführt und dein Andenken getilgt werden. Der Göttliche Kaiser, der dir sein Ohr leiht, hat mir aufgetragen, dir das zu sagen.‹

›Göttlicher Augustus‹, setzte Arius wieder an, ›meine Brüder, es gibt Tatsachen, die in der apostolischen Mission nicht offenbart worden sind, nach dem Willen des heiligen Apostels und Evangelisten Johannes: Die Erinnerung an diese Wunder und die Beweise derselben sind bis zum heutigen Tag durch die Kette der bischöflichen Nachfolge peinlich genau gehütet worden, und zwar in unserer Kirche in Ephesus, wo die sterblichen Überreste des Evangelisten Johannes ruhen, der ebenda die letzten Jahre seines Amtes zubrachte.‹

Ephesus ...«, überlegte Liam. »Genau dahin ist Molteni jeden Sommer geflogen.«

»Lies weiter«, forderte Alanna ihn auf, die inzwischen ebenfalls von der Geschichte gefesselt war.

»Arius hielt einen Moment inne, bis sich der ganze Saal in gespannter Neugier befand, dann sprach er weiter: ›Nun, wie alle guten Christen wissen, bemächtigte sich der Geist mit seiner Stimme des Johannes auf der Insel Patmos, wohin ihn Kaiser Domitian wegen seines Glaubens und seiner Predigten verbannt hatte. Dortselbst machte er, da er bereits ein Greis und von böser Krankheit befallen war, Gebrauch von einem Gebräu wilder Kräuter, das ihm lange Zeit vorher ein chaldäischer Magier verordnet hatte. Der Trank linderte seine körperlichen Leiden und gestattete ihm, die Stimme der Erzengel zu vernehmen und das Ende der irdischen Reiche und das Heraufziehen des himmlischen Jerusalems zu sehen. Diese Visionen schrieb Johannes sogleich

nieder, auf dass nichts verloren ginge ob seines schwächlichen, greisen Gedächtnisses. Bereits zu jener Zeit assistierte ihm ein anderer Johannes, sein Namensvetter und bevorzugter Diakon, in Ephesus geboren. Deshalb erwählte Johannes nach seiner Rückkunft aus dem Exil diesen Ort zur Wohnstatt, und der treue Johannes assistierte ihm. Und ebendort erhob man bald den Diakon Johannes, unterstützt von der heiligen Autorität des hinfälligen Greises, in den Rang des Presbyters und zum Erzbischof der Provinz Asien. Die Tradition überliefert ihn uns unter dem Namen Johannes der Täufer, und noch heute ruhen seine Überreste neben seinem Lehrer, Johannes dem Evangelisten, und werden in der Kirche von Ephesus verehrt, die auf dem östlichen Hügel sich erhebt.‹«

»Bitte, lies ein bisschen langsamer, Liam«, sagte Alanna. »Ich komme nicht mehr ganz mit.«

»Ich dachte, du würdest schon längst nicht mehr mitkommen. Wenn es hier um deine Religion, den Islam ginge, würde ich dich mit Fragen nur so bombardieren.«

»Denk daran, mein Vater war Moslem, aber meine Mutter war protestantische Christin und ist nie konvertiert. Du ahnst nicht, welche Probleme diese Mischehe in die jeweiligen Familien gebracht hat. Das Ganze liegt immerhin über dreißig Jahre zurück.«

»Ich habe immer noch nicht begriffen, wie gut du die Bibel kennst.«

»Das Alte Testament kenne ich gut, wegen des Genesis-Projektes. Was die Apokalypse angeht … Alle wissen, was das ist«, antwortete sie. »Bestimmte Details kenne ich natürlich nicht, wie zum Beispiel diesen Johannes den Täufer, der, soweit ich verstanden habe, der Lieblingsschüler von Johannes dem Evangelisten war.«

»Genau, machen wir mit Arius weiter.

›Auf dem Sterbebett übergab der Evangelist dem Täufer seine Manuskripte, die ich euch heute darbringe, und bat ihn, sie über die Jahrhunderte zu bewahren und geheim zu halten. Er trug ihm auch auf, eine Version zu fertigen, in der die prophetischen Vorhersagen hinter Allegorien verborgen seien, ohne jedoch die Mahnungen zur Verbreitung der christlichen Lehre und zur universalen Predigt zu beschneiden. Und es ist gerade diese Version, ebenso heilig wie apokryph, die uns als das Buch der Apokalypse von Apostel Johannes dem Evangelisten offenbart und überliefert wurde.‹

Soll das heißen, die offizielle Apokalypse ist nicht der Originaltext? Wie ist das denn möglich?«, fragte sich Liam ungläubig. Aldobrandis Geschichte nahm allmählich immer konkretere Züge an, und er konnte seine Erregung kaum noch zügeln.

»Nachdem er so gesprochen, schwieg Arius. Nach einigen Augenblicken der Stille bat Eusebius von Caesarea um das Wort, was man ihm zubilligte. ›Von der Existenz und dem Wirken eines zweiten Johannes in Ephesus bin auch ich überzeugt, und ich habe davon Kenntnis in einigen meiner doktrinären Schriften gegeben, in denen ich fromme Vorbehalte erhoben habe, was die Zuschreibung des Buches der Apokalypse an den Apostel Johannes angeht, da es mir angebrachter, wenn auch ebenso heilig und kanonisch, schien, es Johannes dem Täufer zuzuschreiben, dem Lieblingsschüler des Evangelisten. Übrigens stimmt dies gänzlich überein mit der Lehre, die uns Policarp, Bischof von Smirne, und Papia, Bischof von Gerapolis, überliefern, die ihrerseits gleichwohl Schüler des Evangelisten Johannes waren, der beiden die Hände aufs Haupt gelegt hatte. Und schlussendlich ist es Irenäus, Bischof von Lugduno, der unbeugsame Verfolger der Gnosis-Anhänger, der jeden Zweifel ausräumt, überliefert er doch, dass das Buch der Apokalypse seiner eigenen Generation entstammt, die der des Evangelisten Johannes nachfolgt.‹

Auf ein Zeichen Konstantins hin unterbrach der Quästor des heiligen Palastes Eusebius mit einem dreifachen rhythmischen Klatschen: ›Einmal angenommen, deine Worte, Presbyter Arius, bekundeten die Wahrheit, was durch die Zeugenschaft von Bischof Eusebius gestützt zu werden scheint, so ist der Göttliche Augustus begierig zu erfahren, aus welchem Grund, wenn auch, wie du sagst, nach dem Willen des Evangelisten selbst, eine heilige apostolische kanonische Prophezeiung für alle Ewigkeiten der Unterweisung und Belehrung der Christenheit hätte entzogen und unter Verschluss gehalten werden sollen, um sie durch eine postume apokryphe Prophezeiung zu ersetzen, die sich die apostolische Provenienz unbotmäßig erschlich, um Verwirrung und Angst im Volk Christi, unseres Herrn, zu stiften.‹

Ja, das wüsste ich auch gerne«, kommentierte Liam. Dann setzte er die Lektüre fort.

»Arius ergriff erneut das Wort: ›Göttlicher, der Originaltext von Johannes, der in diesen Rollen ruht, ist nicht von einigendem theologischen Geist beseelt, wie er zu den besonnenen Predigten der kirchlichen Sendboten passt. Vielmehr hat er die Gestalt einer Reisechronik, ist fragmentarisch und obskur, voll erhabener Reize und grauenhafter Visionen. Wunder und Katastrophen werden darin direkt dargestellt, ohne bildhafte Vermittlung, und zudem sind sie mit absoluter Präzision in die Zukunft der Christenheit datiert, wenn auch nach dem jüdischen Kalender, entsprechend der Herkunft des Evangelisten. Wenn daher das Siegel der Rollen gebrochen würde, würde die Christenheit in selbigem Moment Kenntnis erlangen vom Zeitpunkt ihrer letzten Stunde, ohne diesen jedoch begreifen zu können, während dagegen die furchtbaren Geschehnisse in der Erzählung, die gewiss den gesamten Erdkreis verwüsten werden, unserem schwachen Geist, wenn auch mit der Detailgenauigkeit des Augenzeugen beschrieben,

unbegreiflich erscheinen. Es war der Evangelist selbst, der, wie ich erwähnte, die Geheimhaltung für alle Ewigkeiten anordnete, weil er fürchtete, dass die Kenntnis der zukünftigen grausamen Geschehnisse das Volk Gottes mit Grauen und Furcht erfüllen würde. Dies hätte Verwirrung gestiftet, hätte die Gläubigen in Verzweiflung gestürzt und damit zu Frevelhaftigkeit und Ruchlosigkeit verleitet, es hätte die Harmonie der Kirchengemeinden zerrüttet und die geordnete und gehorsame Erfüllung der weltlichen Pflichten verhindert. Deshalb übergab der Evangelist Johannes am Ende seiner Tage die beiden Schriftrollen seinem Diakon Johannes mit dem Auftrag, für eine verschleiernde Umschreibung zu sorgen, auf dass die Offenbarung dem ganzen Gottesvolk zuteil werden könne, im Einklang mit den Traditionen der Zeit, ohne die Gefahr geistiger und gesellschaftlicher Unruhen heraufzubeschwören, während die Lektüre der ursprünglichen Offenbarung den wenigen vom Geist Erleuchteten vorbehalten bleiben sollte, die mit scharfem Verstand und weiser Vernunft die Rätsel zu interpretieren wüssten. Nach dem Gedanken Johannes' hätte ihnen, den durch die göttliche Vorsehung Erleuchteten, eben dieser inspirierte Geist nahegelegt, die Entdeckung für sich zu behalten.‹«

Liam war sprachlos, er starrte Alanna an.

»Habe ich das richtig verstanden?«, fragte sie verwirrt.

»Wenn das, was hier steht, wahr ist«, murmelte er, »dann gibt es eine Originalhandschrift von Johannes, die echte Apokalypse, ungekürzt und unverblümt, in der keine Allegorien bemüht, sondern konkrete Ereignisse exakt beschrieben und vor allem Daten genannt werden.«

»Willst du behaupten, dass es irgendwo ein Dokument geben könnte, das das genaue Datum des Weltuntergangs verrät?«

»Ja. Und vielleicht sind von denen, die das wissen, nur noch wir übrig geblieben.«

37

Ort: Abu Dhabi
Weltzeit: Freitag, 26. Juni, 15.26 Uhr (GMT)
Ortszeit: 19.26 Uhr

Das Taxi hielt einige Minuten vor halb acht vor dem großen Tor. Kerr legte großen Wert auf Pünktlichkeit. Er gab dem pakistanischen Taxifahrer fünfzig Dollar Trinkgeld, was dieser mit einem ekstatischen Lächeln quittierte.

Als Kerr – wie gewohnt im dunklen Anzug über schwarzem Rollkragenpullover, fast als wolle er die Hitze herausfordern –, an das gepanzerte Kristallglas trat, das neben dem Tor in die weiße Mauer eingelassen war, hatte der Mercedes sich schon zwischen den Dünen verloren.

Kerr beugte sich hinab, um seinen englischen Pass in die Drehschale zu legen. Der Wachmann, der ihn durch die Scheibe um seinen Ausweis gebeten hatte, konnte nicht umhin, die kuriose Narbe, die quer über seine Stirn lief, zu bemerken.

Nach einigen Augenblicken öffneten sich die eisernen Türflügel gerade so weit, dass eine einzelne Person hindurchpasste. Kerr trat ein paar Schritte vor, und sofort schloss sich das Tor wieder in seinem Rücken. Er war beeindruckt von dem plötzlichen Wechsel der Landschaft. Vor der Umfassungsmauer lag nur eine unbefestigte Piste, die sich in Sanddünen und Gestrüpp verlor; im Innern dagegen englischer Rasen, soweit das Auge reichte, hie und da kleine Palmenoasen. Das penibel getrimmte Gras bedeckte gleichförmig ein weitläufiges natürliches Amphitheater, das sanft anstieg bis auf die höchste Klippe der Uferfelsen. Nach links und rechts schienen sich Grenzmauer und Rasen bis in unendliche Ferne zu erstrecken, während man vor sich, gleich hinter dem Horizont, das Meer erahnte. Denn an der Grenze des Sichtfeldes kreischten die Möwen, einen Kontrapunkt zum Singen der Zikaden setzend.

Kerr schloss einen Moment die Augen und sog den starken Salzgeruch ein, dann öffnete er sie wieder, wie berauscht. Hie und da zeichneten sich zwischen den sanften Wellen des Geländes kleine Flächen ab; sie waren kreisförmig und absolut eben. Der Rasen war dort dunkler, der Mittelpunkt wurde von dreieckigen Fähnchen markiert. Ein Golfplatz mit neun Löchern, dachte Kerr und ließ den Blick schweifen. Ein hübscher Garten mitten in der Wüste.

Zwei diensteifrige Sicherheitsmänner mit asiatischen Gesichtszügen nahmen ihn in Empfang und begleiteten ihn in die kleine Wachstation. Die Leibesvisite war diskret, aber gründlich. Am Ende wurde Kerr gebeten, einen Metallbogen hinten im Zimmer zu passieren, wo ihn ein großer stattlicher Mann erwartete. Dieser trug westliche Kleidung, lächelte und hielt Kerrs Pass in der Hand. Es war der Sekretär des Prinzen, den Kerr sofort wiedererkannte.

»Willkommen in der Residenz des Prinzen Amir Khan Al Ammar, Mr. Kerr«, sagte Hussayn und streckte ihm die rechte Hand hin.

»Guten Abend, Mr. Hussayn«, grüßte Kerr und erwiderte den Händedruck. Dann zeigte er in die Runde und fügte hinzu: »Eine lückenlose Mauer von fünfzehn Fuß Höhe, Privatpolizei, Leibesvisite, Metalldetektor … Ihr traut den Menschen nicht über den Weg, will mir scheinen.«

»Heutzutage, Mr. Kerr, kann man nie vollkommen sicher sein«, antwortete Hussayn mit einem undurchdringlichen Blick, »so viele Vorsichtsmaßnahmen man auch treffen mag.«

Er gab ihm den Pass zurück. Kerr ließ ihn sofort in der Innentasche des Jacketts verschwinden.

Hussayn bedeutete ihm vorauszugehen. Sie verließen die Wachstation durch den Hinterausgang und gelangten direkt auf das Grün von Loch Sieben.

Kerr hielt erneut inne, um die prachtvolle Umgebung zu bewundern. Die Sonne ging gerade unter und umgab die maurische Villa, die sich auf dem Hügelkamm abzeichnete, mit einer flammenden Aureole.

Hussayn nahm den gebannten Blick des Besuchers wahr. »Uns steht ein Buggy zur Verfügung, um schnell hinauf zur Residenz zu gelangen, aber wenn Sie es vorziehen, können wir auch zu Fuß gehen, Mr. Kerr. Der Prinz wird Ihnen jedenfalls den ganzen Abend widmen.«

»Eile ist immer nutzlos, Mr. Hussayn, und häufig sogar schädlich: Egal was wir auch tun, die Zeit wartet auf uns. Deshalb wäre ich glücklich, wenn ich an diesem wunderbaren Ort ein wenig spazieren gehen könnte.«

Hussayn setzte sich in Bewegung. Er bog rechts ab und ging an der Mauer der Wachstation entlang, hinter dem eine mit Porphyr gepflasterte Straße begann. Gesäumt wurde sie von zwei Reihen niedriger Palmen. Die Kronen überragten kaum Mannshöhe und bildeten so eine Art natürlichen Sichtschutz. Die Abendbrise strich rauschend durch das Blattwerk. Die optische Wirkung war die eines grünen, löchrigen Schleiers, in dem der Wind spielte und durch den die Landschaft wie eine Vision erschien.

Der Weg schlängelte sich, sanft ansteigend, in weiten Kurven durch das hügelige Terrain. Hussayn ging mit festem Schritt, aber gemächlich, um den deutlich älteren Gast nicht zu ermüden. Kerr folgte in geringem Abstand, kein bisschen außer Atem. In stillschweigendem Einverständnis gingen sie, ohne ein Wort zu sagen.

Auf einmal bemerkte Kerr, wie der Sekretär den Kopf nach rechts wandte und den Schritt verzögerte, als ob plötzlich etwas seine Aufmerksamkeit auf sich gezogen hätte; Hussayn riss sich aber gleich wieder von dem Anblick los und blickte vor sich hin. Neugierig geworden, schaute auch Kerr an der Stelle, an der Hussayn abgelenkt worden war, nach rechts. Die Blattkronen der Palmen waren dort etwas lichter. Etwa fünfzig Meter entfernt lag, in einer natürlichen Senke, eine kleine Oase mit einem See in der Mitte, der wie Perlmutt glänzte. Das Wasser fiel durch eine kleine Felsschlucht herab in den Teich und rollte in sanften konzentrischen Kreisen Richtung Ufer, wo es in glitzernden Wellen den Rasen benetzte.

Kerr sah eine Frau von atemberaubender Schönheit nackt aus dem silbrigen Wasser steigen. Einen Schritt später war das Blattwerk wieder so dicht, dass die Sicht verdeckt war. Inzwischen zeichnete sich vor ihnen, am Ende des Weges, die klare, wuchtige Silhouette der Villa ab.

Prinz Amir Khan erwartete sie in der Loggia, die weiß gekalkt und mit hellblauen Keramikfliesen dekoriert war. Eine Reihe halbkugelförmiger Kuppeln, ihrerseits von Mosaiken geziert, bedeckte das Gebäude. Den Ostflügel überragte ein schlanker Turm, auf dessen First ein Halbmond die letzten Sonnenstrahlen reflektierte. Privatmoschee, sagte sich Kerr, während er die sieben Stufen zur Veranda hinaufstieg.

»Ich bin glücklich, Sie wiederzusehen, Mr. Kerr«, begrüßte ihn der Prinz und streckte ihm die Hand hin. »Gestern gestattete die Zeit uns nicht, unsere Reflexionen zu Ende zu führen.« Er war sehr geschmackvoll nach westlicher Manier gekleidet, und wären da nicht die Kufiya und der dunkle Teint gewesen, hätte man ihn für einen Londoner Geschäftsmann halten müssen.

»Ich bin es, der sich durch die Einladung geehrt fühlt, Euer Hoheit«, sagte Kerr respektvoll, ehe er ihm die Hand reichte und ihn umarmte, um ihn nach orientalischer Art auf beide Wangen zu küssen.

»Wenn Sie mir folgen wollen, Mr. Kerr. Ich habe auf der Terrasse ein leichtes Abendessen anrichten lassen, so können wir uns stärken, ehe wir unsere Unterhaltung fortführen«, sagte der Prinz und ging durch den Arkadengang voraus, in die Richtung, wo Kerr den natürlichen Gipfel der Klippen vermutete. Hussayn folgte in gebührendem Abstand.

Die Veranda umschloss das gesamte Gebäude, und als sie die äußerste Ecke erreichten, stockte Kerr für einen Augenblick der Atem: Schlagartig brach der sanfte Wiesenhang unter dem Säulengang ab und gab den Blick auf eine Steilklippe frei, die aus schwindelerregender Höhe senkrecht zum Meer hin abfiel. Eine Brüstung aus stabilen Mauerbögen schützte die gesamte Nordseite. In dieser Perspektive schien das Gebäude über dem Abgrund zu schweben, und fünfzig Meter tiefer schlugen die langen Wellen gegen die Felswand, weiße Gischt gen Himmel schleudernd.

»Erschrecken Sie nicht, Mr. Kerr: Der Ausblick ist beeindruckend, aber es ist völlig ungefährlich«, beruhigte der Prinz ihn lächelnd. Er war sichtlich befriedigt von der Wirkung dieser grandiosen Architektur.

Die drei setzten sich an einen ausladenden runden Tisch, der im Zentrum einer Terrasse stand, welche den Arkadengang in der Mitte unterbrach und buchstäblich über dem Meer hing. Der Tisch war nicht prunkvoll, aber mit stilvoller Eleganz gedeckt: Tafelsilber und Kristall waren von exzellenter Qualität, ebenso wie die Leinentischdecke mit den Lochstickereien. Ein Ober, ein Sommelier und zwei Kellner standen vor der Panoramascheibe, die ins Gebäude führte.

Der Prinz gab dem Sommelier einen Wink, und während dieser herbeieilte, wandte er sich an Kerr: »Der Koran gestattet mir nicht, Alkohol zu mir zu nehmen, Mr. Kerr, aber wir verfügen über einen ausgezeichneten Weinkeller. Claude wird Sie bestens beraten.«

»Euer Hoheit«, erwiderte der andere höflich, »seit der Operation ist auch mir der Genuss von Alkohol untersagt. Ich werde zum Essen Wasser und Karkadeh trinken, wie es bei Euch Sitte ist.«

Auf ein Zeichen des Obers hin stellten die beiden Kellner behutsam neben jeden Tischgast drei Silberschalen mit dampfendem Zweikorn-Couscous. Dann verschwanden sie in der Villa, kamen aber sofort wieder mit einem schweren Grill heraus, den sie vorsichtig auf den Ständer in der Tischmitte stellten. Auf dem Rost zischten Lamm- und Hammelfleischstücke, während schwere Fetttropfen duftend in die Glut fielen. Schließlich brachten sie jedem einen Silberspieß, mit dem sich die drei Männer die Stücke ihrer Wahl jeweils selbst vom Rost nehmen konnten.

»Die Gewürze und Kräuter sind in den Schüsseln zu Ihrer Rechten, Mr. Kerr«, wies der Prinz seinen Gast ein.

Die drei bedienten sich mit einer gewissen Zurückhaltung, jeder wählte nur wenige Happen. Dann begannen sie schweigend zu essen.

Gegen Ende des Mahls nahm Amir Khan die Konversation an dem Punkt wieder auf, wo sie abgebrochen war: »Sie spielten vorhin auf einen chirurgischen Eingriff an, nehme ich an«, begann er.

»Genau. Das war 1999.«

»Tatsächlich haben wir, Mr. Kerr, nach unserem Gespräch Ihre … atemberaubende … Biographie studiert, wie Sie sich vorstellen können. Und für fünf Jahre verliert sich jede Spur von Ihnen, genau ab ’99 … ein Unfall?«

»Ein Tumor, Euer Hoheit. Im Gehirn.«

»Für gewöhnlich eine unheilbare Erkrankung …«

»Ich hatte Glück, Euer Hoheit, großes Glück. Mir blieb nur

noch wenig Zeit zu leben, als ein Team aus Houston mir einen chirurgischen Eingriff vorschlug, ein Experiment, das bis dato noch nie erprobt worden war: eine doppelseitige Lobotomie.«

Der Prinz betrachtete ihn mit einem gewissen Erstaunen. »Und Sie haben zugestimmt?«

»Ich hatte keine Alternative. Ich habe mich Gott anvertraut, und Gott wollte, dass ich gesund werde.« Kerr nahm einen weiteren Bissen vom Grill und legte ihn sich auf den Teller. »Ich habe fünf lange Jahre in der Rehabilitation verbracht. Und wie Ihr seht, trage ich noch immer die Spuren jener Krankheit.« Während er dies sagte, ließ er den Zeigefinger über die dünne weiße Furche fahren, die von einer Schläfe zur anderen über die Stirn lief.

»Ich freue mich für Sie, Mr. Kerr. Und ich nehme an, Ihr Mut hat bewirkt, dass weitere Menschenleben gerettet werden konnten.«

Kerr sah dem Prinzen direkt in die Augen: »Leider nicht, Euer Hoheit. Dieser Eingriff wurde danach noch an vielen Patienten ausprobiert. Aber keiner von ihnen, nicht einer, hat überlebt.«

Eine Weile herrschte Stille, die nur vom Brutzeln der Fleischstücke und dem fernen Rollen der Dünung unterbrochen wurde. Amir Khan wurde Kerrs magnetischer Blick langsam unbehaglich, und so versuchte er, sich mit einer witzigen Bemerkung zu befreien: »Das heißt, Sie sind ein wandelndes Wunder!«

Kerr erlöste ihn nicht von seinem starren Blick und erwiderte, mit einer provokanten Note: »Wenn Ihr es so sehen wollt, Euer Hoheit!«

Hussayn schaltete sich ein, um die Stimmung ein wenig aufzulockern: »Hat Ihnen gestern Abend unser Fest zum Abschluss der Konferenz in Dubai gefallen?«

»Ein außerordentliches Spektakel, Mr. Hussayn, ich habe selten ein derart phantastisches Feuerwerk gesehen.«

»Wir haben über ein Jahr an der Vorbereitung gearbeitet«, schaltete der Prinz sich wieder ein. Erleichtert kehrte er auf das ihm kongeniale Terrain zurück: das der Selbstbeweihräucherung. »Stellen Sie sich vor: Zwanzig Minuten lang hat das Feuerwerk den Himmel über dem gesamten Territorium der Emirate erleuchtet, flächendeckend, fast bis an die Grenze zum ›Leeren Viertel‹, der Wüste Rub al-Khali, die uns von Saudi-Arabien trennt … Was für ein Erfolg: Alle Sender waren zugeschaltet, und jeder, wirklich jeder hat nach oben gesehen, in den überstrahlten Sternenhimmel. Man hat mir von Kranführern erzählt, die nach Schichtende in ihren Kabinen geblieben sind, um sich das Schauspiel anzusehen.«

Endlich ließ Kerr ihn mit dem Blick aus und betrachtete den Horizont. Er kniff die Augen zusammen, um den letzten Lichtschimmer einzufangen, ehe die Nacht hereinbrach und Meer und Himmel verschmelzen ließ.

Er sprach langsam, und seine Stimme schien von weit her zu kommen: »*Cai poièi semèia megàla, ina cai pur poié ek tu uranù catabàinein eis ten ghen enòpion ton anthròpon.*«

Der Prinz betrachtete ihn verwundert.

»Das ist Altgriechisch, Euer Hoheit. Ich habe es nach der Art des Erasmus ausgesprochen, etaisierend.«

Amir Khan erwiderte knapp, von diesem Kabinettstück der klassischen Bildung sichtlich gereizt: »Und was bedeutet das in einer der Sprachen der lebenden Menschheit?«

Kerr lächelte väterlich: »*Und es tut große Zeichen, sodass es auch Feuer vom Himmel auf die Erde fallen lässt vor den Augen der Menschen* … Das beschreibt Euer pyrotechnisches Spektakel gut, findet Ihr nicht?«

»Wer hat diesen Satz ausgesprochen? Und wo? Und wann?«, drang der Prinz in ihn, eher beunruhigt als interessiert.

Kerr war zufrieden: Das Duell entwickelte sich wie gewünscht. »Es ist ein Passus aus dem Buch, von dem ich Euch gestern erzählte. Der christliche Prophet Johannes hat es geschrieben, vor etwa zweitausend Jahren.«

Amir Khan wischte sich den Mund mit seiner Leinenserviette ab und warf sie mit theatralischer Geste auf den Tisch. »Ich verstehe nicht, wieso mich das interessieren sollte, das sagte ich bereits.«

Der andere lächelte zweideutig und fing wieder an, ihn zu fixieren: »Weil dasselbe Buch, Euer Hoheit, auch perfekt die digitale Katastrophe beschreibt, an der Ihr arbeitet: Euer ›Leeres Viertel‹.«

Der Prinz sprang auf, sein Sekretär tat es ihm gleich.

»Das Dinner ist beendet, Mr. Kerr«, sagte er brüsk. »Aber wir können in mein Arbeitszimmer gehen und anfangen, über Geschäftliches zu reden.«

38

Ort: Turin
Weltzeit: Freitag, 26. Juni, 15.32 Uhr (GMT)
Ortszeit: 17.32 Uhr

»Ich verstehe immer noch nicht so recht, was wir da vor uns haben«, sagte Alanna, auf den Monitor starrend.

»Mir dagegen wird die Sache allmählich glasklar«, erklärte ihr Liam. »Dieses Dokument, das nicht von ungefähr ›Protokoll‹ heißt, ist eine genaue Mitschrift der Versammlung, die am letzten Tag des Konzils von Nicäa abgehalten wurde. Der Stil ist, wie ich vorhin schon sagte, Moltenis Übersetzungen aus dem Lateinischen erstaunlich ähnlich, während die Detailgenauigkeit darauf hindeutet, dass dieser Text ein direktes Zeugnis liefert, womöglich in mündlicher Überlieferung durch die Jahrhunderte. Oder es handelt sich um die – ziemlich freie – Übersetzung eines antiken Textes … Ich weiß es nicht. Der Inhalt jedenfalls ist erschütternd.«

»Allerdings«, stimmte Alanna zu. »Irgendwo auf der Welt gibt es eine Version der wahren Apokalypse, die das genaue Datum des Weltendes offenbart.«

»Und das könnte einiges erklären. Zum Beispiel würde es bestätigen, dass Molteni tatsächlich der Meister eines Geheimbundes mit einer ganz konkreten Aufgabe war: den wahren Text der Apokalypse zu hüten.« Liam unterbrach sich einen Moment, dann holte er das Buch, das der Professor ihm geschenkt hatte, aus der Tasche hervor und zeigte Alanna

Moltenis Widmung und das Symbol, mit dem er unterschrieben hatte. »Hier, siehst du dieses Symbol, die sogenannte Quatre de chiffre? Wie ich dir schon in Dublin angedeutet habe, hat es eine präzise Bedeutung. Es verweist auf den Meister einer Geheimgesellschaft.«

Sie drehte das Buch ungläubig in den Händen. »Diese ganze Geschichte kommt mir aberwitzig vor, Liam. Soll das heißen, dass du der nächste Meister bist?«

»Ich fürchte ja«, gab er zu. »Aber ich fürchte auch, dass Molteni nicht mehr die Zeit hatte, die Nachfolge in aller Form an mich zu übergeben. Dazu gibt es einfach noch zu viele ungeklärte Fragen.«

»Lies doch weiter, vielleicht verstehen wir dann etwas mehr.«

»Wieder unterbrach der Quästor Arius mit dem dreifachen Händeklatschen, zum Zeichen, dass der Kaiser in die Diskussion eingreifen wolle: ›Presbyter Arius, der Göttliche Augustus bittet mich, dir mitzuteilen, dass er zum Wohl deines Geistes deine Worte für wahr hält. Ist ihm doch bestens bekannt, dass das Buch der Apokalypse, wie die Christenheit es heute kennt, obskure Passagen enthält, die nicht einmal die erhabensten Doktoren der heiligen Exegese zu deuten vermochten, und dies erscheint ihm in seinem königlichen Urteil wie der einleuchtendste Beweis dafür, dass du die Wahrheit sprichst. Der Göttliche Augustus hat nicht die Absicht, dir zu befehlen, das Schweigegebot zu brechen, das dir, in der Kette der bischöflichen Nachfolge, durch den testamentarischen Willen des Apostels Johannes auferlegt wurde. Er fordert dich jedoch auf, ihm genauer auseinanderzusetzen, wenn auch unter Beachtung der dir auferlegten Geheimhaltungspflichten, warum die ohne bildhafte Umschreibung und in direktem Zeugnis dargestellten Geschehnisse obskur und unverständlich wirken sollten und in welchem Zeitraum sich diese Ereignisse

zutragen werden und was schließlich seiner umsichtigen Weisheit garantieren könne, dass nicht andere Abschriften der Texte existieren, die du uns bringst. Denn immerhin stellst du zwei Rollen zur Schau, was zu dem Schluss führt, dass eine Abschrift bereits gefertigt wurde.‹«

Liam hielt inne, von der Tragweite dieser Enthüllungen verstört. Er schien nicht in der Lage weiterzulesen. Instinktiv legte Alanna ihre Hand auf die seine. Diese Geste brachte ihn wieder auf den Boden der Tatsachen zurück. Er lächelte sie dankbar an, ehe er mit lauter Stimme fortfuhr.

»Die Atmosphäre schlug spürbar um. Die Kundgebung des kaiserlichen Vertrauens, wie sie eben formuliert worden, verlieh Arius neuen Mut, wohingegen Athanasius bebte, während die anderen keine Miene verzogen. Die Sonne versank endgültig im Okzident, und für einen Moment war das Atrium in Finsternis getaucht. Arius begann zu antworten, während die Eunuchen das Feuer in den Kohlebecken entfachten und die Wandfackeln nach dem Lauf der Sonne, wie es der Ritus der Begrüßung des Neumonds vorsah, entzündeten. ›O Göttlicher, Johannes berichtet in direkter Anschauung von magischen Substanzen und der Christenheit unbekannten grauenhaften Maschinen, von glühenden Sternen, die herabstürzen, Städte zerstören und das Wasser der Flüsse und Meere vergiften, von großen Seen schwarzen, brennenden Wassers und kleinen leuchtenden und surrenden Götzen, die sich mit teuflischem Zauber ganze Völker unterjochen. Furchtbare, wundersame Geschehnisse, die das Heraufziehen der großen Not des Gottesvolkes einleiten, düstere und unverständliche Geschehnisse, die den einfachen und demütigen Geist von Christi Herde in Verzweiflung stürzen. Diese Ereignisse werden zudem in einer Zeit geschehen, die uns bestens bekannt ist, aber von der unsrigen weit entfernt. Ungefähr siebzehn Jahrhunderte

von unserer Ära an gerechnet, das heißt, eine weitaus größere Zeitspanne, als von der Gründung Roms bis zum heutigen Tag vergangen ist.‹

Siebzehn Jahrhunderte plus dreihundert Jahre …«, murmelte Liam und wurde blass. »Das heißt, viel fehlt nicht mehr …«

Auch Alanna erbleichte. Das Ganze schien über ihre Kraft zu gehen.

Liam wandte sich wieder dem Text zu.

»›Also‹, fuhr Arius fort, ›gab der Heilige Geist Johannes ein, den Inhalt der ihm offenbarten Prophezeiung geheim zu halten: Denn es ist gut, dass die Christen aller zukünftigen Zeiten, auf dass in ihnen die Gottesfurcht wach bleibe, Angst hegen, der Jüngste Tag könnte nahen, und nicht so unbestimmt weit weg sein von ihrer irdischen Zeit, und noch weiser ist es, die Christen, die kurz vor der Erfüllung der Prophezeiung leben, im Unwissen zu lassen, um sie nicht in Panik und Verzweiflung zu stürzen. Schließlich, o Göttlicher, kann ich Dir versichern, dass andere Abschriften nicht existieren. Die Rollen sind ihrer zwei, da der Evangelist in seiner Umsicht Sorge trug, seine Visionen in zweifacher Ausfertigung niederzuschreiben: eine in seiner Muttersprache, dem Hebräischen, und die andere in der weitverbreiteten Sprache des großen Griechen Alexander. Johannes tat dies, da er fürchtete, dass der kaiserliche Adler, nach Zerstörung des Tempels und der Verfolgung der Juden, jede Spur von Davids Stamm tilgen wolle, so auch die Sprache seiner Propheten. Wie ich bereits sagte, übergab Johannes die Rollen auf dem Sterbebett dem Presbyter, der dafür sorgte, dass die Aufbewahrung durch die Kette der bischöflichen Nachfolge garantiert sei, in einer geheimen Nische der Kuppel in der Apsis der Heiligen Kirche in Ephesus, genau über der Grabstätte der beiden Johannes. Zur Zeit der Verfolgungen durch Kaiser Diokletian wurden die Rollen, aus

Angst, das heidnische Schwert könnte die Kultstätten zerstören und die heiligen Zeugnisse verbrennen, in der zum Gedenken an den Prokonsul Asiens, Celsus Polemeanus, errichteten Bibliothek versteckt. Der Einfall war trefflich, denn niemals hätten die Frevler christliche Ikonen in den von ihnen selbst errichteten öffentlichen Gebäuden vermutet. Und dort blieben sie, bis Deine Weisheit, mein Augustus, Dir durch göttliche Erleuchtung vor dem Triumph bei der Milvischen Brücke, das Edikt von Mediolanum eingab, das unseren Kirchen das bürgerliche Recht einräumte, unseren christlichen Glauben ohne Angst vor Verfolgung in allen Provinzen des Reichs zu praktizieren. Ich selbst war es, der in jener Zeit die Schriftrollen aus ihrem geheimen Schrein holte, und seitdem trage ich sie bei mir, ohne mich je von ihnen zu trennen. Heute überantworte ich sie, o Göttlicher, Deinem Schutz. Die Unbill, die mich erwartet aufgrund meiner Lehre von der andersartigen Substanz des Gottessohnes, wie sie von diesem heiligen Konzil verworfen, würde mich hindern, fürderhin die Aufgabe ihrer Verwahrung zu erfüllen. So könnten sie in die Hände von Gottlosen fallen oder verloren gehen, aufgrund meines Unglücks. Dir überbringe ich sie, oberster Herrscher über Wasser und Land des Erdkreises, zum Zeichen des Gehorsams und des Glaubens, auf dass deine Machtfülle die Kette der Überlieferung garantiere, von jetzt an bis in Ewigkeit, und den ursprünglichen apostolischen Befehl erfülle.‹

Also gibt es zwei Schriftrollen …«, überlegte Liam.

»Immer vorausgesetzt, dass sie bis heute erhalten sind«, bemerkte Alanna.

39

Ort: Abu Dhabi
Weltzeit: Freitag, 26. Juni, 17.21 Uhr (GMT)
Ortszeit: 21.21 Uhr

»Erzählen Sie mir von diesem Buch, Mr. Kerr: Keine Frage, Sie haben mich schließlich doch neugierig gemacht«, fing der Prinz an. Er schien sich wieder wohl in seiner Haut zu fühlen, jetzt, da er bequem hinter seinem riesigen Schreibtisch saß und mit dem durchsichtigen Würfel herumspielte, der seinen ersten Tropfen schwarzen Goldes einschloss.

Kerr und Hussayn saßen Amir Khan gegenüber, in die hohen Ledersessel versunken.

»Die Offenbarung oder Apokalypse des Johannes, Euer Hoheit. Ich denke, Ihr habt davon gehört.«

»Die Apokalypse ... eine Prophezeiung über den Untergang der Welt. Sie gehört zu den Schriften, aus denen sich Ihre Bibel zusammensetzt, wenn ich nicht irre.«

»Ja, die apokryphe Version.«

»Die apokryphe Version? Was meinen Sie damit?«

»Dass der allgemein bekannte Text eine postume, überarbeitete Version ist.«

»Ihre Kirche hat das Original manipuliert?«

»In gewisser Weise ja, wenn auch zu einem guten Zweck ... Das geschah vor langer, langer Zeit.«

»Und das Original?«

»Fast niemand weiß, dass es eine Originalversion gibt.«

»Wer weiß es?«

»Ich natürlich.«

»Und wer noch?«

»Eine Gruppe, sagen wir, eingeschworener Freunde, mit denen ich die jahrhundertealte Überzeugung teile, dass die Prophezeiung definitiv ... unter Verschluss bleiben sollte.« Kerr hatte diese letzten Worte mit Nachdruck gesprochen, dann fuhr er in unterwürfigem Ton fort: »Aber das scheint Euch gleichgültig zu sein, wenn ich recht verstanden habe.«

»Zusammengefasst unterstellen Sie mir einen Vernichtungsplan. Das ›Leere Viertel‹, wie Sie es nannten ... Und die Quelle dafür soll angeblich dieses Buch sein? Sie, der Sie so gut unterrichtet sind, Mr. Kerr, was gedenken Sie zu tun? Warum sind Sie zu mir gekommen? Um meinen angeblichen Plan zu enthüllen? Oder um vielleicht Geld zu erpressen im Tausch gegen Ihr Stillschweigen?«

Kerr lehnte sich in dem Sessel vor und stützte die Ellbogen auf den Schreibtisch, wobei er den Prinzen wieder mit seinem magnetischen Blick durchbohrte. »Im Gegenteil, Euer Hoheit, ich bin hier, um Euch bei der Verwirklichung zu unterstützen.«

Der Prinz konnte seine Verblüffung nicht verbergen.

»In dieser Phase sind wir natürliche Verbündete, Hoheit«, fuhr Kerr fort. »Sobald dann unser gemeinsamer Feind, die Moderne, vernichtet ist, können wir uns wieder die Gläubigen streitig machen, jeder nach seiner Religion, jeder mit den ihm zu Gebote stehenden Mitteln. Wenn die ganze Welt ins Mittelalter zurückkehrt, dann wird eine neue Phase beginnen, Prinz, und dann wird zwischen uns wieder Krieg herrschen. Aber heute sind wir Verbündete. Das wisst Ihr genau. Und dies ist der Grund für Eure Einladung.«

Hussayn setzte sich im Sessel zurecht.

»Meine Einladung ist schlichtweg Frucht meiner angeborenen Neugierde, Mr. Kerr«, erwiderte der Prinz. »Und sie impliziert gar nichts … Wie dem auch sei, erzählen Sie mir Ihre Geschichte. Mag sein, dass sie Ihnen den Kopf rettet, wie Scheherazade.«

Kerr machte es sich im Sessel bequem. Alles lief, wie er es vorausgesehen hatte. »Von der Originalprophezeiung des Johannes gibt es inzwischen auf der ganzen Welt nur noch ein Exemplar. An einem streng geheimen Ort.«

»Gab es noch mehr?«

»Ein zweites, ja, das sagte ich bereits, ebenfalls in einem Geheimversteck. Aber es wurde kürzlich zerstört.«

»Sind Sie sich dessen sicher?«

»Mehr als sicher«, antwortete Kerr mit einem Lächeln, das keinen Raum für Zweifel ließ.

»Sie und Ihre Freunde, nehme ich an«, bemerkte Amir Khan. »Und weiter? Kommen wir zum Punkt: Wo befindet sich das letzte Exemplar?«

»Das ist die Gretchenfrage, Hoheit. Wir wissen, dass es existiert, wissen aber nicht, wo es sich befindet.«

Der Prinz breitete die Arme aus: »Ich weiß nicht, wie ich Ihnen helfen könnte. Und selbst wenn ich es könnte: Sie haben mir noch nicht erklärt, aus welchem Grund ich das tun sollte.«

Kerr nickte gewichtig: »Weil die Prophezeiung, wenn sie bekannt würde, Eurem Plan äußerst abträglich wäre. Sie würde ihn behindern und damit auch die Heimkehr der Menschen in die Hand Gottes und seiner Diener behindern. Und dies ist, wie ich Euch bereits sagte, ein Ziel, das uns eint, ob es Euch gefällt oder nicht.«

Amir Khan legte den Würfel hin und beugte sich über den Schreibtisch. Offensichtlich interessierte ihn das Thema jetzt. »Was steht denn nun in diesem Buch?«, fragte er drängend. »Hören Sie auf, den Quizmaster zu spielen, und reden bitte eine deutliche Sprache!«

Kerr warf einen beredten Blick in Richtung Hussayn und antwortete nicht.

Der Prinz verstand sofort: »Hussayn, lass uns bitte allein.«

»Aber, Euer Hoheit …«, protestierte er.

Der Prinz erdolchte ihn fast mit seinen Blicken ob dieser Dreistigkeit. Hussayn erhob sich und ging schweren Herzens. Auf der Schwelle drehte er sich um und verabschiedete sich mit einer Verbeugung, nur mit Mühe seine Enttäuschung überspielend.

»Jetzt können Sie sprechen, Mr. Kerr«, ermunterte ihn der Prinz.

Kerr entspannte sich in seinem Sessel und legte die Hände auf die geschlossenen Knie. »Am besten, ich fange ganz von vorne an, Euer Hoheit. Also, der Originaltext der Prophezeiung wurde vor langer, langer Zeit in zwei Exemplaren niedergeschrieben. Zwei Papyrusrollen, um genau zu sein, wie damals üblich. Drei Jahrhunderte vor der Geburt des Propheten Mohammed gerieten diese Rollen in die Hände des Römischen Kaisers Konstantin des Großen. Ich weiß nicht, ob Ihr je von ihm gehört habt …«

»Mr. Kerr«, unterbrach ihn der Prinz arrogant, »ich erinnere Sie daran, dass ich im Westen studiert habe, mit besten Ergebnissen. Und dann war Konstantin der Letzte, der ernsthaft versucht hat, in seinem unermesslichen Reich Orient und Okzident zu einen. Deshalb habe ich im Vorfeld der Konferenz sein Denken und Wirken gründlich analysiert.«

»Gut, das hilft uns«, erwiderte Kerr ruhig. Dann fuhr er fort: »Konstantin beschloss damals, die Prophezeiung geheim zu halten, damit sie erst zur rechten Zeit enthüllt werde.«

»Und warum das? Er war nicht einmal echter Christ: Er machte sich die neue Doktrin nur zu eigen, weil sie ihm äußerst nützlich dabei war, Ordnung in seinem Reich zu schaffen.«

»Ich stimme mit Euch überein, Euer Hoheit. Er verhielt

sich aus rein politischen Gründen so. Das kommt auch heute noch vor …«

Amir Khan überhörte diese Anspielung.

»Wahrscheinlich«, sprach Kerr weiter, »kam Konstantin zu dem Schluss, dass die Prophezeiung, da sie tragische Ereignisse ankündigte, die jedoch in weiter Ferne lagen, für die damalige Zeit keinen konkreten Nutzen haben konnte. Im Gegenteil, sie hätte in den Völkern die Gottesfurcht geschwächt und die Angst vor dem Ende der Tage, wodurch die Menschen zu Ungehorsam und Sünde verleitet worden wären, was wiederum nicht im Interesse eines Herrschers liegen konnte, der ein gewaltiges und turbulentes Reich zu regieren hatte.«

»Woher wusste er, dass man von Ereignissen in ferner Zukunft sprach?«

In Kerrs Augen tauchte ein Funkeln auf: »Weil die Prophezeiung des Johannes klar das Datum der Apokalypse nennt.«

Der Prinz zuckte zusammen, was er nicht überspielen konnte: »Das heißt, wer den Text kennt, weiß mit Sicherheit, wann die prophezeiten Ereignisse eintreten werden.«

Kerr nickte.

»Fahren Sie fort, Mr. Kerr: Wann soll sich Ihre Prophezeiung bewahrheiten?«

Der Mann tat, als hätte er die Frage nicht gehört, und sprach weiter: »Auf Befehl Konstantins wurde eine der beiden Rollen im Orient versteckt, in der heutigen Türkei, um genau zu sein, und die andere im Okzident, an einem uns leider unbekannten Ort. Um den Schutz der beiden Rollen zu garantieren, ordnete Konstantin ein Aufbewahrungsritual an, das über siebzehn Jahrhunderte tradiert wurde.«

»Das heißt, bis in unsere Zeit«, unterbrach der Prinz ihn erneut, nachdem er stumm gerechnet hatte.

»Genau.«

»Und Sie, wie haben Sie all das erfahren?«

»Um die Rolle des Orients vor den Wirren zu schützen, die folgten – ich beziehe mich auf die arabische Expansion und die Raubzüge der Ottomanen, Euer Hoheit –, gründete der für den Schutz der Rolle im Orient Verantwortliche einen Geheimorden, die Bruderschaft, die ich … sehr gut kenne.«

»Ich verstehe, Mr. Kerr, ihr Westler habt eine Schwäche für Geheimbünde, aber was ich nicht verstehe ist, warum Sie die Rolle vernichten wollen, da doch Ihre Aufgabe zu sein scheint, sie zu schützen.«

»Wie gewöhnlich habt Ihr, Euer Hoheit, ins Schwarze getroffen. Man könnte sagen, dass sich ab einem gewissen Zeitpunkt innerhalb der Bruderschaft die Idee durchsetzte, dass es der Menschheit zum Wohle gereichen würde, wenn man die Rolle vernichtete. Der Grund? Dafür zu sorgen, dass sich zu dem Schmerz über das unvermeidliche Ende der Welt nicht auch noch die vermeidliche Pein seiner Vorahnung gesellt. Diese … Sichtweise hat innerhalb der Bruderschaft eine latente Spaltung bewirkt: auf der einen Seite die sogenannten ›Offenbarer‹, die der ursprünglichen Mission treu sind, auf der anderen die ›Vernichter‹, die, so wie ich, dafür kämpfen, dass die Prophezeiung ausgelöscht wird.«

Amir Khan hatte seinen Gleichmut verloren. Auf der einen Seite hätte er sich gerne eingeredet, dass er es hier schlichtweg mit einer christlichen Legende zu tun hatte, kurios, sicher, aber für seine Pläne vollkommen irrelevant; auf der anderen Seite spürte er, dass er der Sache auf den Grund gehen sollte: Zwischen Zufall und Zusammenhang verlief nur eine hauchdünne Trennlinie, und er musste mehr darüber erfahren.

Deshalb sprach er in umgänglichem Ton weiter: »Mr. Kerr, jetzt verstehe ich. Es handelt sich um den üblichen theologischen Disput zwischen Ungläubigen. Wie viele Kriege habt ihr erdulden müssen wegen dieser nichtigen Streitigkeiten …

Aber sagen Sie mir doch: Für wann ist das Ende der Welt vorhergesehen?«

Kerr lächelte: »Für die Zeit, da die Operation ›Leeres Viertel‹ abgeschlossen sein wird.«

Das hatte gesessen. Der Prinz griff sich wieder den Kristallwürfel von der Schreibtischplatte und hüllte sich lange in Schweigen. Kerr wartete geduldig.

»Es gibt einige Aspekte, die sich mir wirklich nicht erschließen«, sagte endlich Amir Khan.

»Sprecht.«

»Zuerst einmal: Wie sind Sie auf mich gekommen? Zweitens: Was wollen Sie von mir? Drittens: Warum glauben Sie, dass ich Ihnen helfen könnte?«

Kerr nickte, als verstünde er die Wichtigkeit der aufgeworfenen Fragen, aber sofort darauf erhob er sich völlig überraschend aus dem Sessel.

»Auf jede dieser Fragen habe ich eine präzise Antwort, Euer Hoheit. Aber es ist schon sehr spät, und ich würde gerne ruhen. Morgen früh fahren wir mit unserer Konversation an genau dieser Stelle fort.«

Amir Khan seufzte. Dieser Mann verstand sein Handwerk wirklich. »Erlauben Sie mir wenigstens, Sie die Nacht über zu beherbergen«, schlug er vor, während er ebenfalls aufstand.

40

Ort: Turin
Weltzeit: Freitag, 26. Juni, 17.36 Uhr (GMT)
Ortszeit: 19.36 Uhr

Liam las weiter vor:

»Athanasius bat um das Wort, um endlich seinem Dissens Ausdruck zu verleihen. Als ihm das, dem Ritual gemäß, gestattet wurde, sagte er: ›Göttlicher Augustus und zumindest die unter euch, die heilige und orthodoxe Brüder sind, schenkt mir Gehör, ich flehe euch an: Wieder hört sich in meinen Ohren das Wort des Häretikers Arius, des Denunzianten und Scharfrichters der Völker, heidnisch und betrügerisch an. Denn wenn seine Schriftrollen der Verdammnis nur das Geschwätz von Kaufleuten enthielten, wie ich vermute, dann lohnte es die Mühe nicht, sie geheim zu halten, denn die Exegeten an der Spitze unserer Kirchen würden sie, wenn sie sie studierten, sofort ganz einfach als Infamie brandmarken. Und wenn sie doch das bis heute unbekannte Wort des Evangelisten enthielten, so gibt es, da jeglicher Beweis fehlt, dass derselbe sie habe unter Verschluss halten wollen, bis auf das Zeugnis des lügnerischen Arius und seiner häretischen Anhänger, keinen Grund, diese Rollen der Verehrung durch die Christenheit zu entziehen, umso mehr, als die furchtbaren Prophezeiungen, die darin enthüllt werden, der gesamten Kirche als Warnung dienen und in den heutigen und künftigen Generationen die Gottesfurcht stärken würden, und nicht nur in den weit

entfernten, welche Zeugen vom Heraufkommen der Feinde Christi sein werden. Folglich halte ich es in beiden Fällen für angezeigt, sowohl aus Gründen des Glaubens wie der Logik, die Schriften, die der Häretiker Arius uns soeben zeigte, öffentlich zu machen.‹

Der Zuhörerschaft schien dies der soundsovielte Disput, und niemand wagte mehr das Wort zu ergreifen, aus Furcht, die Position zu beziehen, die dann vom kaiserlichen Verdikt verworfen werden könnte. Konstantin wandte sich einen Augenblick ab, vielleicht vom ersten Lichtstrahl des Mondes getroffen, der in diesem Moment im Osten aufging. Sofort nahm er jedoch wieder die zeremonielle Haltung ein und bedeutete dem Quästor, sich zu nähern.

Dieser verschwand, um ihn anzuhören, trat nach einiger Zeit wieder vor den Schleier und verkündete: ›Hochgeachtete Patriarchen, die Aufgabe von Kaiser Augustus Konstantin ist es, die Blüte des Heiligen Römischen Reiches zu befördern, dem Friede und Eintracht seiner Völker zum Nutzen gereichen, in Erfüllung der weltlichen Gesetze und Achtung der Dekrete, auf dass ein harmonisches irdisches Dasein allen der Vorbote der Himmelspforte sei, im Glück eines einzigen orthodoxen Glaubens und einer einzigen katholischen Kirche, die eint und stärkt. Diese heilige Pflicht veranlasst den Göttlichen heute in seiner Unparteilichkeit dem Argument des Arius zu folgen und die Gabe, die dieser ihm reicht, anzunehmen, um sich das Gebot des Evangelisten zu eigen zu machen, diese Rollen zum Ruhme des Himmels und der Erde von nun an bis in Ewigkeit zu hüten: Der Göttliche Augustus urteilt nämlich, dass die Offenbarung der Schriften des Johannes Zwietracht und Unruhe sähen und damit den Frieden der christlichen Völker gefährden könnte. Er bittet mich zudem, dir, Presbyter Arius, mitzuteilen, dass deine edle Geste und deine Treuebekundung für dein zukünftiges Los in Rechnung gestellt werden und befiehlt dir, die Schriftrollen, die du besitzt, in seine Hände zu geben.‹

Ein Eunuch trat daraufhin an Arius heran, in den Händen eine Schatulle aus Ebenholz mit Kristallintarsien. Als er vor ihm stand, öffnete er das Behältnis, und während er es offen in beiden Händen hielt, gab er ihm ehrerbietig das Zeichen, die beiden Rollen hineinzulegen. So tat Arius, dann schloss er devot die Schatulle und setzte sich. Der Eunuch ging, getreu dem Ritus, zurück in die Apsis und legte die Schatulle in die Hände des Quästors, der seinerseits hinter den Schleier trat, niederkniete und sie feierlich auf das Schreibpult neben dem kaiserlichen Thron legte. Nachdem dies geschehen, begab er sich wieder ins Querschiff und schloss seine Rede: ›Der Göttliche Augustus erklärt nunmehr die Konferenz für beendet und befiehlt, dass jeder der Gäste in Erwartung des Banketts, das in Bälde in den kaiserlichen Salons eröffnet wird, unverzüglich zu seinen Amtsgeschäften zurückkehre. Über das Gesagte wird allen, unter Androhung der Todesstrafe durch körperliche Peinigung, ein unbedingtes Schweigegebot auferlegt. So hat der Göttliche Augustus gesprochen.‹ Er klatschte sieben Mal in die Hände, und auf dieses Zeichen hin öffneten die Wachhopliten die Türen des Atriums.«

Deshalb also hat Ossius den neugierigen Eunuchen meucheln lassen, dachte Liam. Jetzt bekam jedes Detail in Aldobrandis Erzählung seinen Sinn: das Medium, der Eunuch, Ossius, die Apokalypse …

»Athanasius sprang auf, ohne auf die Dienste des ihn begleitenden Eunuchen zu warten, und verließ die Kirche. Gleichzeitig näherte sich der Quästor dem Ossius und flüsterte ihm ins Ohr, er möge auf seinem Platz verweilen und weiterer Befehle harren.

Die übrigen Teilnehmer verließen das Atrium in der umgekehrten Reihenfolge, in der sie eingetreten waren, peinlich genau das Zeremoniell beachtend. Als alle bis auf Ossius hinausgegangen waren, wandte sich der Quästor an ihn: ›Verehrungswürdiger

Ossius von Cordoba, bischöflicher Gesandter des Reiches, der Göttliche Augustus hat dich zu einer Privataudienz bestellt.‹ Nachdem er dies gesagt, ging auch er, gefolgt von den Eunuchen und Domestiken, nach draußen. Die Türen wurden wieder geschlossen. Niemand blieb im Atrium, außer Ossius und Konstantin, der in der Zwischenzeit sein Zeremoniengewand abgelegt und durch eine leichte Tunika ersetzt hatte. Das einzige Zeichen seines Ranges war die kaiserliche Spange auf der rechten Schulter. Ossius näherte sich dem Schreibpult und blieb stehen, weitere Befehle erwartend.

Der Göttliche sprach wie folgt: ›Verehrungswürdiger Ossius, der du mir teuer bist wie ein Waffenbruder, so wie ich dir als Zeichen kaiserlicher Würde die Aufgabe übertrug, das Credo von Nicäa und die zwanzig Kanons zu unterschreiben, so übertrage ich dir nun in mündlicher Form den kaiserlichen Auftrag, für die Befolgung des Gebotes von Johannes dem Evangelisten zu sorgen, und ich vertraue dir die Schatulle an. Hiermit ernenne ich dich zum Meister des Buches …‹«

Liam und Alanna schauten einander verblüfft an.

»›*… mit dem Recht und der Pflicht, von jetzt an und in alle Ewigkeit für die Nachfolge in diesem Rang zu sorgen, indem du ihn einem von dir bestimmten geheimen Erben überträgst, auf dass von diesem Dienst niemand je erfahren möge, ausgenommen diejenigen, die im Laufe der Jahrhunderte ebendiesen Rang bekleiden werden. Du wirst gut verstehen, dass die Vorsicht mir verbietet, von diesem meinem Akt schriftlich Zeugnis abzulegen. Verwahre deshalb an deinem Leib dieses kaiserliche Siegel, auf welches das Datum des heutigen Tages eingeprägt ist zum Beweis der Kompetenz, die dir übertragen.‹ Während er diese Worte sprach, reichte Konstantin Ossius einen goldenen Ring, auf dessen Platte sich das kaiserliche Monogramm befand. Ossius nahm* *ihn ehrfürchtig entgegen und ließ ihn sofort im Faltenwurf des Umhangs verschwinden.«*

Liam hielt plötzlich inne. Er griff sich den Ring, der über den Schlüssel gesteckt war, wog ihn in der Hand und flüsterte: »Ich kann es einfach nicht glauben …« Er schien wie hypnotisiert zu sein. Es war Alanna, die, von Neugier getrieben, weiterlas:

»›Ich ordne dir an, ihn, zusammen mit deiner Aufgabe, an deine Nachfolger weiterzugeben, und ich befehle dir, ihn nur im Falle allergrößter Not zu gebrauchen, falls du oder einer deiner Nachfolger zu dem Schluss kämet, dass nicht dein oder sein Leben – ein minderes Gut, das sich der übertragenen Aufgabe stets unterzuordnen hat –, sondern Fortbestand oder Geheimhaltung der Schriftrollen in Gefahr sind, das oberste Gut von Kaiserreich und Christenheit.‹«

Alanna unterbrach sich, als wollte sie Liam weiterlesen lassen, aber dieser starrte nur wie gelähmt den Ring an.

Daher setzte sie selbst die Lektüre fort.

»›Die beiden Rollen sollen an verschiedenen und weit voneinander entfernt liegenden Orten aufbewahrt werden, die in Hebräisch verfasste im Orient und die auf Hellenisch verfasste im Okzident, zum Schutz im Falle unheilvoller Spaltungen und barbarischer Entweihungen unserer heiligen Grenzen, wie sie mir furchtbare Vorahnungen in der Einsamkeit schlafloser Stunden oft eingeben. Ich befehle dir, die Schriftrolle des Orients in der heiligen Kirche von Ephesus aufzubewahren, der Verdienst und Ehre zukommt, bis zum heutigen Tage diese schwere Aufgabe erfüllt zu haben, während ich es dir überlasse, den geheimen Ort im Okzident auszuwählen.‹«

»Endlich ist es soweit!«, entfuhr es Liam, und er riss die Lektüre wieder an sich.

»›Heiliger Augustus‹, erwiderte Ossius, ›Bischof Maternus von Mediolanum berichtete mir, in einem herzlichen Zwiegespräch während der Synode in der heiligen Kirche der Stadt Rom, von einem See, der am äußersten Zipfel seiner Diözese liegt, eingekeilt zwischen kargen, schroffen Felsen. In der Mitte dieses Sees befindet sich eine kleine Insel, die von jedermann gemieden wird, weil sie laut örtlicher Überlieferung verseucht sei von Schlangen und Drachen. Dies will mir der rechte Ort für die Bewahrung des Geheimnisses scheinen.‹

Mediolanum ist der lateinische Name für Mailand«, bemerkte Liam. »Wenn die Schriftrolle des Okzidents an ihrem Ort geblieben ist, dann befindet sie sich nicht weit von hier.«

»Ja, aber die Beschreibung ist ziemlich vage.«

»Wir dürfen nicht vergessen, diese Seite auszudrucken, wir kümmern uns später darum. Jetzt lesen wir erst einmal weiter. Vielleicht wird es unten genauer erklärt.

›So soll es also geschehen‹, ordnete Konstantin an und fuhr fort: ›Ich will zudem die größte Umsicht walten lassen, auf dass die Rollen sicher und geheim von jetzt an und in alle Ewigkeit verwahrt werden. Deshalb wirst du heimlich zwei Hüter, für jeden Ort einen, erwählen, die nur dir bekannt sind. Und du wirst den einen von der Existenz des anderen unterrichten, auf dass ihnen ihre Bürde weniger schwer erscheine, aber keiner der beiden darf je erfahren, wer der andere sei, noch wo der andere Ort liege, auf dass der etwaige Verrat eines Hüters nicht die Aufgabe des anderen kompromittiere. Du wirst jedem der beiden die Regel auferlegen, die ich soeben festgesetzt: Die Orte mögen heilige Stätten der Christenheit sein und daher bewacht von der Verehrung aller,

aber verschlossen dem Zutritt der Frevler. Die Schriftrollen seien sodann in unbekannten Krypten im Innern der Stätten verwahrt, in versiegelten Truhen. Und der Zutritt sei allein den Hütern aufgetragen, dann, wenn Sol Invictus, der Sonnengott, in seinem Lauf verweilt, aber an keinem anderen Tag des Jahres: im Okzident am kürzesten und im Orient am längsten Tag des Jahres.‹«

»Er redet von der Sonnenwende«, bemerkte Alanna.

»Moltenis Urlaub …«, erwiderte Liam.

»›*An beiden Stätten geschehe dies mittels einer raffinierten Maschine, die den Eingang der Krypta hütet, und es sei allein dem Meister gegeben, die vorgesehenen Tage zu kennen und den Schlüssel mitzubringen, dergestalt, dass er sich nicht von der Tür wegbewegen könne, solange der Hüter Zugang zur Krypta habe und die Schriftrolle in direkten Augenschein nehme, was ihm aufgetragen, damit er sich des Erhaltungszustandes der Rolle versichere; und die Maschine sei so geschaffen, dass sie der menschlichen Kraft an Tagen, die nicht der Vorschrift entsprechen, den Zugang versperre, an den vorgesehenen Tagen dagegen soll sie dem Meister beim Offenhalten reichlich Anstrengung abverlangen, so dass die Begrenztheit der menschlichen Kräfte auch die Zeitspanne der Öffnung kurz bemesse, nach Ablauf derselben die Tür sich aus eigenem Antrieb zu schließen und sich bis zum nächsten Jahr nicht mehr zu öffnen habe. Und der Meister möge Sorge tragen, dass der Hüter die Krypta nackt betrete, um zu verhindern, dass er unter seinen Kleidern die Schriftrolle oder eine heimlich gefertigte Kopie verberge. Und dem Hüter sei möglich, falls er eine plötzliche Gefahr erkenne, die Rolle sofort der heiligen geheimen Flamme zu übergeben. Und der Schrein möge fern der Pforte zur Krypta stehen, damit es dem Meister nie gestattet werde, die Prophezeiung kennenzulernen, da diesem obliegt, am Eingang zu verharren, während der Hüter nur an den vorgesehenen Tagen und mit direkter Zustimmung und Anwesenheit des Meisters Zugang habe. Schließlich wache über die Einhaltung der Regel, unbeugsam und unsichtbar, die schwarze Seele des heiligen Feuers, das ein mächtiger strahlender Gott mir im Traum eingegeben hat. Sogleich erhebe sich die heilige Flamme und äschere ein die Prophezeiung, sobald frevlerische Hand die Stätten außerhalb des Sonnwendritus entweihe, oder wenn auch der Meister seiner Aufgabe von jetzt an und in Ewigkeit abtrünnig wird.‹ – ›Göttlicher Augustus‹, sagte daraufhin Ossius, ›göttliche Weisheit hat Dich geleitet in der Ersinnung der Regel: So wird die Schriftrolle vor einem etwaigen Verrat des Meisters bewahrt, da der Hüter, falls er dessen gewahr wird, die Schriftrolle sofort vernichten kann; und geschützt wird sie auch vor einem etwaigen Verrat des Hüters, denn es liegt in der Macht des Meisters, den Hüter beim allergeringsten Verdacht lebendig zu begraben, indem er das Rad loslässt. Andererseits ist es weise, dass der Hüter direkte Kenntnis des Textes, aber niemals eine Abschrift habe, damit das Gedächtnis der universalen Christenheit sicher sei vor Unbill, die womöglich zur Zerstörung der Stätten führen könnte. Am Ende bleibt mir nur ein Zweifel: Wie kann ich eine derart erfindungsreiche Maschine beschaffen, die den Lauf der Sterne und der Jahreszeiten kennt und die Öffnung nur an den von dir bestimmten Jahrestagen gestattet, und die außerdem den Meister zwingt, während der gesamten kurzen Zeitspanne der Inaugenscheinnahme am Rad zu verharren?‹«*

»Guter Einwand«, sagte Alanna.

»Sehen wir, was passiert«, antwortete Liam.

»›Treuer Ossius, mach dich auf ins balkanische Syrmien, und dort bittest du um Audienz bei Caius Servius Vitruvianus, dem ich noch morgen eine Reiterdepesche schicken werde, um ihm

dein Kommen anzukündigen. Er ist der Präfekt der Waffenkonstrukteure des kaiserlichen Heeres: Der einzige römische Bürger, dem ich das Geheimnis vom heiligen Feuer zur Verteidigung des Reiches und der Unversehrtheit der römischen Völker anvertraut habe. Außerordentlich ist sein Wissen in der Entwicklung genialer Mechanismen, von wundersamen, gewaltigen Artefakten, die ihre Dienste in Krieg und Frieden leisten; Artefakte, die seine Handwerker und Schmiede dann mit unübertrefflicher Meisterschaft fertigen. Er verstand es, Wasser in die trockensten Landstriche des Reiches zu leiten, und derzeit ist er, auf mein direktes Geheiß, damit befasst, die am heftigsten umkämpften Grenzen zu sichern, wodurch den Grenzlegionen Entlastung und Schutz zuteilwerden sollen. Er ist kein Christ, aber treuer Diener des Sol Invictus und des Kaisers, und er wird aufs Beste deine Anweisungen auszuführen wissen. Und sobald die Maschinen in seinen Werkstätten fertig sein werden, lass sie an die Stätten bringen, und zwar von deinen zuverlässigsten Sklaven, denen du, wie ich dir befehle, die Zunge abschneiden sollst, kaum dass sie ihr Werk verrichtet. Da sie des geschriebenen Worts nicht kundig sind, werden sie niemandem das ihnen anvertraute Werk verraten und niemandem Zeugnis davon geben können.‹«

»Ein wirksames System, um ein Geheimnis zu hüten«, bemerkte Alanna.

Liam achtete nicht auf sie: Er war vollkommen gefesselt von dem, was er am Monitor las.

»›Jetzt geh, Ossius, und komme der Aufgabe nach, die ich dir übertragen‹, und während Konstantin diese Worte sprach, klatschte er in die Hände, die Öffnung der Türen befehlend. Ossius stand stramm, machte seine Ehrenbezeugung und entfernte sich geschwinden Schrittes, wobei er mit der vom Mantel verborgenen Hand den kaiserlichen Ring umklammerte. Er hatte fast

die Tür erreicht, als die Stimme des Kaisers ihn aufhielt: ›Noch eine Anweisung, Ossius: Sorge dafür, dass du und deine Nachfolger heimliche und verschwiegene Teilnehmer der heiligen Synoden seien, die von jetzt an und in Ewigkeit die orthodoxe Doktrin des christlichen Glaubens hüten werden: Dies wird nützlich sein, wenn neuer Disput entsteht, um fatalen Risiken zuvorzukommen. Ave atque vale.*‹

›Ave atque vale, o Göttlicher Augustus.‹«

* (lat.) Sei gegrüßt und lebe wohl.

41

Ort: Dublin
Weltzeit: Freitag, 26. Juni, 17.44 Uhr (GMT)
Ortszeit: 18.44 Uhr

»Auch dabei ist nichts Besonderes herausgekommen, Paul«, antwortete Bridget, in ihren Papieren herumstöbernd. »ZeroOne Code Irland gehört zu einem internationalen Großkonzern: ZeroOne Code International. Die Kernfirma ist Marktführer im Bereich biometrischer Erkennungssysteme, während die Niederlassung in Dublin, bei der David Brine angestellt ist, sich vor allem mit Forschung und Entwicklung befasst.«

»Das wusste ich bereits«, sagte Goonan und zündete sich die x-te Zigarette an. »Sonst hast du nichts?«

»Ich habe für dich einen Termin mit dem Direktor und einen Besuch im Firmensitz ausgehandelt.«

»Für wann?«

»Morgen Nachmittag, um vier.«

»Am Samstag?«

»Sieht aus, als ob die nie 'ne Pause machen.«

»Okay, ich gehe hin«, sagte der Inspector, wenig erfreut. Das Telefon auf seinem Schreibtisch fing an zu klingeln. Goonan legte die Zigarette in den Aschenbecher und nahm den Hörer ab. Bridget konnte vom anderen Ende der Leitung nur ein aufgeregtes Wispern hören.

»Was?«, rief der Inspector und riss die Augen auf.

Die Stimme wisperte noch etwas.

»Ich will so schnell wie möglich einen Bericht: Fundstelle, Fingerabdrücke, die letzten Anrufe, die er getätigt und bekommen hat, den genauen Zeitpunkt, zu dem die Batterien herausgenommen wurden … einfach alles. Und beeilt euch.«

Goonan knallte den Hörer auf die Gabel und tauschte einen Blick mit Bridget, die ihre Neugier nicht verbergen konnte.

»Man hat die Handys von Liam Brine und Alanna Hamdis gefunden.«

»Ebenfalls entführt?«, fragte sie, nachdem sie vor Verwirrung kurz geschwiegen hatte.

»Ach was! Die Handys waren am Flughafen, in einem Mülleimer.«

»Am Flughafen?«

»Wir müssen sofort alle Flüge der letzten Tage überprüfen lassen. Wir müssen herauskriegen, wo zum Teufel die beiden stecken.«

Bridget machte sich eine Notiz: »Komisch. Gestern Abend haben sie noch angerufen und um Hilfe gebeten. Du hast den Mitschnitt gehört, oder? Sie sagten, sie würden von Arabern verfolgt werden. Aber als unsere Leute hinkamen, war niemand mehr da. Wo stecken sie nur?«

Goonan nahm die Zigarette aus dem Aschenbecher, sie war praktisch heruntergebrannt. Gierig zog er ein letztes Mal, dann drückte er sie aus.

»Ich weiß nicht. Vielleicht sind sie vor denselben Leuten abgehauen, die Liam Brine gekascht haben …«

»Oder?«

»Oder sie sind vor uns abgehauen. Und der Anruf war ganz einfach ein Ablenkungsmanöver.«

»Und warum?«

»Weil sie selbst in die Entführung verwickelt sind.«

Bridget machte aus ihrer Verblüffung keinen Hehl. »Verwickelt? Und aus welchem Grund?«

»Nun«, zuckte er mit den Achseln, »reicht dir eine Versicherungspolice über drei Millionen Pfund als Motiv?«

42

Ort: Turin
Weltzeit: Freitag, 26. Juni, 18.40 Uhr (GMT)
Ortszeit: 20.40 Uhr

Liam begann allmählich, ein bisschen klarer zu sehen.

Er hatte erfahren, dass eine Version der Apokalypse existierte, die von der allgemein verbreiteten abwich. Eine Version in zwei Abschriften, von denen eine im Orient versteckt war, in der Gegend des antiken Ephesus, die andere im Okzident, im Westen der antiken Diözese von Mediolanum, will sagen: des heutigen Mailand. Er wusste, dass eine Art Geheimbruderschaft seit Jahrhunderten die beiden Schriftrollen hütete und dass Molteni deren letzter Meister gewesen war, wie auch seine regelmäßigen Reisen an genau jene Stätten bestätigten. Schließlich wusste Liam auch, dass allem Anschein nach er selbst von seinem Freund als Nachfolger auserwählt worden war. Aber diese Offenbarungen waren nicht gerade dazu angetan, seine Nerven zu beruhigen. All das war derart unglaublich, dass Liam darüber schier verrückt wurde. Er hatte das Gefühl, dass man ihm eine Aufgabe übertragen hatte, der er nicht gewachsen war, und noch dazu war er sicher, dass er in etwas Gefährliches hineingeraten war, etwas, wofür Leute ihr Leben ließen. Und dann gab es weitere Fragen, allzu viele davon ohne Antwort.

»Ich verstehe nur nicht«, murmelte er vor sich hin, »was zum Geier David mit all dem zu schaffen hat?«

Alanna schüttelte den Kopf: »Ich habe nicht die geringste

Ahnung. Er war überzeugter Atheist, hatte sich völlig der Wissenschaft verschrieben. Ich kann ihn beim besten Willen nicht mit einer Affäre um religiöse Dispute und christliche Mysterien in Verbindung bringen. Und dann gibt es noch eine andere Hypothese.«

»Die wäre?

»Dass dein Freund Molteni nicht alle Tassen im Schrank hatte.«

»Was redest du da?«, fuhr Liam hoch.

»Versuch einmal, das Ganze objektiv zu betrachten. Da ist ein Mann in vorgerücktem Alter, der sich umbringt, allein deshalb ist er schon ein Grenzfall ...«

»Man hat ihn gezwungen, sich umzubringen«, unterbrach Liam sie brüsk.

»Auf jeden Fall«, fuhr Alanna geduldig fort, »hinterlässt dieser Mann einige, vorsichtig formuliert, extravagante Dokumente. Ich weiß nicht, wie ich es ausdrücken soll, Liam, aber so etwas bekommst du nicht unbedingt in der Sonntagsausgabe der *Sun* zu lesen ... Kurz und gut, das alles könnten auch einfach die Hirngespinste eines Verrückten sein.«

Liam erhob sich, ohne ein Wort zu sagen, dann nahm er sein Jackett, als wollte er gehen.

»Ich wollte dich nicht beleidigen«, entschuldigte sie sich sofort. »Ich glaube es selbst nicht, aber wir sollten besser alle Hypothesen durchspielen.«

Liam holte etwas aus der Tasche und setzte sich wieder neben sie vor den Computer.

Er öffnete die Hand und zeigte ihr noch einmal Konstantins Ring und das eiserne Chrismon. Mit einer flinken Bewegung verband er die beiden Gegenstände, so dass wieder der Schlüssel entstand.

»Das scheint dir das Werk eines Übergeschnappten zu sein?«, fragte er sie und reichte ihr den Schlüssel.

Alanna drehte ihn einen Moment lang in den Händen. »Wenn alles, was wir gelesen haben, wahr ist, dann verschafft dieser Schlüssel uns vielleicht Zugang zu den Schriftrollen.«

»Wir haben eine Möglichkeit, das herauszufinden.«

»Die Excel-Datei?«

»Strengen wir uns an.«

Liam klickte erneut auf das Symbol »Buchstaben, Zahlen, Götter«, und der Bildschirm füllte sich mit den grauen Feldern, die sie schon einige Stunden zuvor erfolglos zu entschlüsseln versucht hatten.

»Ich habe dich das vorhin nicht gefragt: Sagt dir der Titel irgendetwas?«, fragte Alanna.

»Pfff«, überlegte Liam. »Mir fällt höchstens der Titel eines Buches von Guy Trévoux ein …«

»Worum geht es darin?«

»Um den Ursprung der Zahlen- und Buchstabensymbole … Ich erkenne da aber keinen Zusammenhang. Schau dir lieber mal das Datum der Datei an.«

Alanna verschob den Cursor und öffnete das Fenster mit den Eigenschaften des Files. »Erstellt am Sonntag, den 21. Juni um 23 Uhr 12. Geändert am Montag, den 22. Juni, um 5 Uhr 15. Er hat die ganze Nacht daran gearbeitet ...«

Liam überlegte einige Sekunden: »Nur eine Nacht«, schloss er. Dann klickte er aufs Geratewohl ein paar Zahlen an, die hie und da zwischen den Feldern standen. Es handelte sich um mathematische Formeln, die augenscheinlich zufällige Serien von Feldern miteinander korrelierten. Wie vorher scrollte er wieder mit dem Cursor durch die Seiten: Es waren Hunderte, alle hatten eine ähnliche Graphik wie die erste, ein Gewirr aus weißen, schwarzen und grauen Feldern, mit Tausenden von Zahlen, die völlig chaotisch verstreut waren.

Eine gute halbe Stunde lang versuchten sie, die Formeln zu analysieren: Es gab Summen, Substraktionen, Mittelwerte und auch einige Logarithmen.

»Ich gebe es auf«, sagte sie schließlich. »Wir bräuchten einen Zahlensequenzanalysator.«

»Einen was?«

»Ein Programm, das wiederkehrende Muster in Zahlenfolgen erkennt.«

»Ich wusste nicht, dass du dich mit Mathematik befasst.«

»Erinnerst du dich, dass ich David bei der Arbeit am Genesis-Projekt kennengelernt habe?«, betonte sie. »Da ging es um linguistisch-mathematische Korrelationen.«

»Trévoux kennst du aber nicht«, neckte Liam sie, um für ein wenig Auflockerung zu sorgen.

»Ist anscheinend kein wissenschaftlicher Autor«, antwortete sie.

Liam lächelte sie an, dann scrollte er wieder durch die Seiten. »Das passt für mich einfach nicht. Molteni war kein Typ für Zahlensequenzanalysatoren. Er hatte zu Computern ein fast kindliches Verhältnis.«

»Auf mich wirkt das hier überhaupt nicht wie Kinderkram«, erwiderte sie.

Liam stand auf und ging im Zimmer hin und her, während Alanna weiter in den Seiten der Datei herumscrollte.

Plötzlich, er warf gerade aus einigem Abstand einen Blick auf den Monitor, erstarrte er: »Halt, Alanna! Geh mal vom Bildschirm weg.«

Sie drehte sich um und starrte ihn verständnislos an: »Was?«

»Geh zur Seite! Zur Seite!«

Alanna gehorchte und rutschte mit dem Stuhl zur Seite, so dass er freien Blick auf den Monitor hatte.

Er kam nicht näher, sondern ging noch einige Schritte zurück, bis er mit dem Rücken gegen die Wand stieß. Dann kniff er die Augen zusammen, als wollte er das Bild auf dem Monitor scharf stellen. »Verkleinere die Seite mal auf zehn Prozent.«

Sie führte es aus, ohne Fragen zu stellen.

»Jetzt steh auf und komm bitte hierher«, bat er sie.

Als Alanna neben ihm stand, fragte er ganz aufgeregt:

»Was siehst du?«

»Ein C«, antwortete sie mit zufriedenem Grinsen.

»Genial«, murmelte Liam und strahlte sie an. »Er hat einfach die grauen Kästchen wie Pixel verwendet: Jede Seite entspricht einem Buchstaben des Alphabets. Dann hat er nach einem Zufallsprinzip Zahlen und schwarze Kästchen eingestreut.«

»Ein völlig simpler Code.«

»Jetzt schon«, foppte Liam sie amüsiert. »Aber jemand, der Molteni nicht kannte, hätte darüber bis ans Ende seiner Tage grübeln können. Vielleicht sogar mit einem Zahlensequenzanalysator.«

Alanna steckte diese Spitze weg und knuffte ihn dafür freundschaftlich. Dann kam ihr ein Zweifel: »Wie aber hat er es geschafft, Hunderte solcher Seiten in einer Nacht zu produzieren?«

»Ganz einfach«, antwortete Liam. »In Wirklichkeit brauchte er nur wenige: für jeden Buchstaben des Alphabets eine. Danach musste er sie nur noch kopieren.«

Alanna nickte. Dann senkte sie eine Weile den Blick, in Gedanken versunken.

»Los, bist du nicht neugierig?«

»Ich weiß nicht, Liam. Wir haben vorhin schon darüber gesprochen: Molteni hat das alles getan, um ein Geheimnis zu hüten, das für dich bestimmt war. Ich habe damit nichts zu schaffen.«

»Das ist wahr. Aber wir sind übereingekommen, dass wir sowieso schon beide bis zum Hals da drinstecken. Und in gewisser Weise steckt auch David mit drin. Wir sind alle involviert, und dir steht genauso wie mir zu, die Wahrheit zu erfahren.«

Er machte eine Pause und redete dann in flehendem Ton weiter, wie jemand, der auf Hilfe baut: »Alanna, ich brauche dich jetzt. Eine ganze Welt stürzt für mich ein, und allein komme ich damit nicht klar. Hilf mir, ich bitte dich.«

Sie nickte und bewegte sich langsam auf den Schreibtisch zu.

»Such Papier und einen Stift«, sagte er. »Ich diktiere dir nach und nach die Buchstaben, während du die Seiten durchscrollst.«

Sie holte ein Notizbuch und einen kleinen Füllfederhalter aus ihrer Handtasche und setzte sich neben den Monitor.

Liam fing zu buchstabieren an: »Ein L, ein I, ein E, ein B, ein E und ein R. Dann ein L, ein I, ein A und ein M.«

»Lieber Liam!«, rief sie aus, indem sie die Buchstaben nacheinander las. Begeistert drehte sie sich nach ihm um.

Er lächelte sie an: »Buchstaben, Zahlen ... und jetzt suchen wir die Götter.«

43

Ort: Klausurkloster der Benediktinerinnen Mater Ecclesiae
Weltzeit: Freitag, 26. Juni, 22.27 Uhr (GMT)
Ortszeit: Samstag, 27. Juni, 00.27 Uhr

Durch das weit aufgerissene Fenster über dem Ostufer des Sees strich nicht der leiseste Windhauch herein. Die Schwüle ließ nicht nach, und hier, im Flügel der Zellen, stieg die Luftfeuchtigkeit dank der Hitze, die das Dach nach unten in den Bau abstrahlte, noch weiter an. Draußen verdunkelte eine dicke Wolkenwand die Sterne.

Mutter Valeria schloss hinter sich die Tür zum Arbeitszimmer und drehte den Schlüssel zwei Mal um. Sie setzte sich an den kleinen Schreibtisch, wischte sich die schweißnassen Hände an der Schwesterntracht ab, dann holte sie einen weißen verschlossenen Umschlag aus der Schublade. Es war ein Brief der Novizin an ihre Mutter, den die Oberin aus der Kiste mit der Ausgangspost genommen hatte. Ihre Rolle schrieb ihr leider auch das vor.

Mit einem Seufzer nahm sie aus dem Wandschrank die elektrische Kochplatte und schloss sie an die Steckdose an. Dann stand sie auf, füllte in dem kleinen Bad ein Töpfchen mit Leitungswasser und stellte es auf die Heizspirale, die bereits glühte. Sie wartete einige Minuten, bis das Wasser kochte, dann hielt sie den Umschlag mit der Seite des Klebefalzes über den Dampf. Als der Rand aufgeweicht war und sich langsam zu wellen begann, schob sie vorsichtig den Brieföffner darunter und fuhr den gesamten Klebestreifen entlang. Sie legte den Umschlag hin und ließ ihn einen Moment abkühlen, dann zog sie den Brief heraus, wobei sie sorgsam darauf achtete, ihn nicht zu zerknittern. Sie breitete das Blatt auf der Schreibfläche aus, setzte die Lesebrille auf und rückte die Öllampe heran.

Ihre Augen arbeiteten sich durch die kleine, ordentliche Handschrift der Novizin:

Liebe Mama,

ich mache mir Sorgen. Die Alpträume hören nicht auf.

Seit dem Tag der Vision erscheint mir jede Nacht der Apostel Johannes im Traum. Er trägt ein weißes Gewand und hat das Antlitz der Jungfrau Maria. Er lächelt, spricht aber kein Wort, und er nimmt mich mit hinauf in die Wolken, bis in die Höhle der Sanduhren. Und ich sehe wieder den Drachen. Nackt steigt er hinab, und im Traum folge ich ihm Schritt für Schritt, er aber sieht mich nicht. Er öffnet die Truhe, greift nach der Schriftrolle und liest die Prophezeiung. Dann legt er sie wieder zurück und entnimmt der Truhe eine kleine Ampulle voll schwarzen Pulvers. Diese zerschlägt er auf der hölzernen Kante, und sofort steigt eine Stichflamme auf. Die Schriftrolle verbrennt im Nu und zerfällt zu Asche, aber die auflodernde Flamme kommt nicht dazu, auf das Holz überzugreifen. Also schließt der Drache die Truhe, und mit satanischem Grinsen steigt er wieder die Stufen hoch, zum Erzengel. Dann bringt der Apostel mich fort, und ich erwache zitternd.

Es ist ein merkwürdiger Traum, und ich weiß nicht, ob es sich um ein göttliches Zeichen oder eine Botschaft des Satans handelt. Manchmal frage ich mich, ob es nicht nur ein Fieberdelirium ist, wegen dieser Schwüle, in der wir ersticken. Ich würde mich gerne der Mutter Oberin öffnen, aber sie kommt mir derzeit so besorgt und leidend vor. Ich fürchte sie mit meinen Phantasien zu be-

unruhigen, und dann könnte sie denken, dass ich mir etwas zusammenspinne, und mich, zu meinem Wohl, bestrafen. Diese Visionen sind jedoch belastend, eine Qual. Ich schütte dem lieben Gott und dir mein Herz aus: Gib mir einen Rat, Mama, ich bitte dich.

Ich warte auf Deine Antwort. Bitte, schreib mir sofort, lass mich nicht allein.

Das lag nicht am Fieber, dachte Mutter Valeria erschaudernd. Der theologische Verweis auf die Affinität zwischen Maria und dem Apostel ließ keinen Zweifel. Dies war ein Mysterium des Glaubens, von dem ihr ein alter Franziskaner gesprochen hatte, und allein Leonardo hatte eine Spur davon in die profane Sphäre getragen: mit seinem Gemälde *Das letzte Abendmahl*, wo man das zarte Gesicht der *Felsgrottenmadonna* in den Zügen des Johannes, der zu Jesu Rechten sitzt, erkennt.

Folglich hatte es wirklich den Anschein, als sei die Schriftrolle des Orients für immer vernichtet. Auch ihre letzte Hoffnung, die Vorahnungen der Novizin könnten reiner Zufall sein, war jetzt, angesichts des Briefes, zunichte. Nur noch sie, der nur mehr wenige Monate zu leben blieben, war übrig, um die Prophezeiung zu schützen, und sie konnte nichts tun, nur abwarten.

Sie fragte sich, ob der Meister die Zeit gehabt habe, für einen Nachfolger zu sorgen. Wenn sein Nachfolger mit dem Schlüssel nicht bis zur nächsten Sonnenwende bei ihr einträfe, dann würde auch die Schriftrolle des Okzidents vernichtet. Es blieben weniger als sechs Monate, dann könnte nichts den gnadenlosen Mechanismus des Vetruvianus mehr aufhalten. Trotz der drückenden Schwüle befiel sie eine Art Schüttelfrost. Sie schob den Brief sorgfältig in den Umschlag zurück, dann überlegte sie einen Moment, ob sie ihn vernichten sollte oder nicht. Sie dachte jedoch, dass er harmlos sei. Niemand wäre in der Lage, ihn zu interpretieren. Sie nahm den Kleber und verschloss das Kuvert wieder, dann ging sie vorsichtig hinaus in den Flur, um den Brief zurück in den Postausgang zu legen.

Schließlich kehrte sie in ihre Zelle zurück und löschte die Öllampe. All diese Aufregung verstärkte noch die Last der Krankheit, und nun fühlte sie sich vollkommen ausgelaugt. Nur ein fahler Lichtschein, der durch das Fenster drang, geleitete sie zu der Betbank. Sie stürzte fast darauf und begann mit allerletzter Kraft zu beten.

44

Ort: Turin
Weltzeit: Samstag, 27. Juni, 00.53 Uhr (GMT)
Ortszeit: 2.53 Uhr

Es hatte über fünf Stunden gedauert, die fast achttausend Buchstaben zu transkribieren, aus denen Moltenis Brief bestand. Erschöpft reichte Alanna Liam das Notizbuch.

»Mach's dir bequem, ich lese ihn dir vor«, sagte er sanft.

Alanna setzte sich auf eines der beiden Betten, Liam genau gegenüber, welcher mit der Lektüre begann.

»Lieber Liam,

wenn Du diese Zeilen liest – und das wird bald sein, fürchte ich –, werde ich nicht mehr unter den Lebenden weilen.

Ich habe Dir, gemeinsam mit meinem Testament, das eiserne Chrismon und die beiden Dokumente anvertraut. Aus dem Protokoll des Ossius, des ersten Meisters des Buches, wirst du ersehen haben, dass ich der letzte Meister bin und Dich als meinen Nachfolger erwählt habe. Folglich bist Du jetzt gerüstet, den Rest zu erfahren. Entschuldige mich für den Hokuspokus, den ich habe veranstalten müssen, aber am Ende der Lektüre wirst du verstehen, dass diese Geheimnisse eine zusätzliche Absicherung verdienten, wozu ich, wie ich fürchte, die ganze Nacht brauchen werde. Die Zeit drängt.

Rekapitulieren wir«, überlegte Liam laut. »Am Sonntag war er in der Türkei … Er hat das Flugzeug nach Turin genommen, dann hat er die Nacht vor dem Computer verbracht. Montagmorgen war er beim Notar und am Dienstag mit mir in Rom. In seinem Alter eine echte Ochsentour.«

»Er hatte vor irgendetwas Angst«, überlegte Alanna. »Es gibt keine andere Erklärung. Und das könnte die endgültige Bestätigung sein, dass man ihn gezwungen hat, sich umzubringen.«

Liam nickte traurig, dann las er weiter.

»Was du nicht wissen kannst, das sind die Gründe für meinen Tod, falls er plötzlich und auf gewaltsame Weise eingetreten sein sollte. Viele Jahrhunderte nach der Zeit des Ossius sind Dinge geschehen, die die Kette der Nachfolge und den Schutz der Prophezeiung nun in ernsthafte Gefahr bringen.

Kurz: Konstantin ordnete an, dass die Schriftrollen bewahrt, aber absolut geheim gehalten werden sollten. Nach der Regel kennt der Meister den Text der Prophezeiung nicht. Dieses Privileg ist den Hütern vorbehalten, den Einzigen, die Zugang zu den beiden Truhen haben. Vor langer Zeit jedoch vertraute ein Hüter des Orients, vielleicht weil er der Last seiner Verantwortung nicht mehr gewachsen war, vielleicht aus Leichtfertigkeit, seinem damaligen Meister das Datum des Weltuntergangs an, wie es unverschlüsselt in der Prophezeiung steht. Dieses Datum ist seither in der Kette der Nachfolger mündlich tradiert worden: eine ›undichte Stelle‹, die als göttlicher Wille angesehen wurde, in Abweichung vom irdischen Willen Konstantins. Deshalb weiß ich, hier und jetzt, dass die ›Tiere‹ vor der Tür stehen und die Tage der Welt gezählt sind.

Aber springen wir noch einmal um siebzehn Jahrhunderte zurück. Konstantin vernichtete die Rollen also nicht. Er nahm sie schlichtweg unter Verschluss und legte das Verwahrungsprotokoll fest, das du kennst. All jene, die einander in dieser Aufgabe bis heute abgelöst haben, waren immer der Meinung, dass Konstan-

tin damit den Menschen vieler Jahrhunderte Probleme ersparen – die Harmonie des Reiches geht allem vor – und dafür sorgen wollte, dass die Prophezeiung zur passenden, für ihn in weiter Ferne liegenden Zeit enthüllt werde, um kurz vor der Apokalypse eine möglichst große Zahl an Christen zu retten. Wenn Konstantin etwas anderes im Sinn gehabt hätte, hätte er die beiden Schriftrollen ganz einfach vernichtet.

Lange Zeit später, im neunten Jahrhundert, breitete sich der arabische Herrschaftsbereich auch auf die heutige Türkei aus, und die Horden der Kalifen drangen bis in das Territorium vor, wo die Schriftrolle des Orients versteckt war. Der damalige Hüter, der voraussah, dass die maurische Woge bald auch Ephesus überspülen würde, war umsichtig genug, den Ort zu verbergen, indem er ihn der christlichen Symbole entkleidete und ihn für die Invasoren unsichtbar und unzugänglich machte. Um dies durchzuführen, war er aber natürlich auf Beistand angewiesen. Deshalb wählte er vor Ort Persönlichkeiten aus, deren christlicher Glaube verbürgt war: Priester, Kopisten, Beamte, Ritter, Rektoren und andere Würdenträger der örtlichen Gemeinde, mit denen er die Bruderschaft gründete, einen richtigen Geheimbund, der natürlich einem guten Zweck dienen sollte: In den Kreisen der neuen Machthaber und Militärs sollten sie die Ohren offenhalten und jeglicher Schnüffelei oder Einmischung, die das Geheimnis der Stätte gefährden könnten, zuvorkommen. Es war nicht zu umgehen, dass die durch ein umsichtiges Anwerbungsverfahren initiierten Brüder nach und nach von ihrer Aufgabe erfuhren, während sie Schritt für Schritt die drei Initiationsstufen der Bruderschaft durchliefen. Zwar erfuhr außer dem ›Gran Cofto‹, das heißt dem Hüter des Orients, niemand von ihnen je den Inhalt der Prophezeiung, alle Brüder wussten jedoch immer, dass sie für die Erhaltung von etwas äußerst Wertvollem sorgten. Und dies gebar Neugier und Habsucht.

Im Okzident dagegen geschah nie Vergleichbares: Die Stätte, an der die zweite Rolle verwahrt wird, war immer fest in christlicher Hand, und es war nie nötig, ein verzweigtes Schutzsystem zu schaffen. So ist das Geheimnis stets in den Händen von nur zwei Personen geblieben: dem Meister und dem Hüter.«

Liam und Alanna schauten einander besorgt an.

»Mehr noch: Kein Meister vor mir hat je von der Existenz der Bruderschaft erfahren. Die Hüter des Orients haben ihre Existenz immer absolut geheim gehalten. Es war der letzte Hüter, der mir, zum ersten Mal in der langen Traditionslinie, von dieser Geschichte erzählt hat, als er sein Ende nahen sah. Letzten Februar flehte er mich an, ich solle ihn, außerhalb der von der Regel vorgesehenen Sonnwendzeit, besuchen. Zuerst war ich verwundert, dann erkannte ich jedoch seine Verzweiflung. Ich traf die größten Sicherheitsvorkehrungen, hielt meine Reise und meine Identität geheim, und er setzte mich über eine schlimme Gefahr ins Bild.

Und das ist der Grund, warum ich heute in größter Sorge bin und sogar um mein Leben fürchte. Der alte Hüter erzählte mir, dass einige Jahrhunderte nach der Gründung der Bruderschaft in deren Reihen ein Streit entbrannte, in dessen Folge sich die traditionellen ›Offenbarer‹ plötzlich einer neuen Strömung der ›Vernichter‹ gegenübersahen. Kurz: Die ›Offenbarer‹, die man vor langer Zeit nach dem Überbringer der Rollen, Arius, auch als ›Arische Bewahrer‹ bezeichnete, sind treue Hüter von Konstantins Willen, die Prophezeiung heimlich aufzubewahren, um sie zur rechten Zeit publik zu machen. Die ›Vernichter‹ dagegen, die man auch ›Chiliasten‹ nennt, meinen, die Prophezeiung sei unausweichlich, und daher müsse man die Schriftrollen vernichten, damit nichts der Vollendung der Apokalypse nach dem göttlichen Willen im Wege stehe – im Widerspruch zu Konstantins Verfügung.

Der alte Hüter verriet mir auch, im Angesicht des Todes, dass die Vernichter seit Jahrhunderten intrigieren, um einen ihrer Männer als ›Gran Cofto‹ des Orients einzusetzen, mit dem Ziel, an die Schriftrolle zu gelangen und sie zu vernichten. Bedenke, dass niemand, mit Ausnahme derjenigen, die einander in der Funktion des Hüters abgelöst haben – bis heute natürlich allesamt ›Offenbarer‹ – je von der Existenz einer Stätte im Okzident und einer zweiten Schriftrolle erfahren hat.

Der alte Hüter gestand mir unter Tränen, dass der von ihm selbst ausgewählte Nachfolger in Wahrheit ein ›Vernichter‹ sei, der sich im Laufe der Jahre geschickt eingeschlichen habe. Er weinte lange, erschüttert über den Fehler, den er fürchtete, begangen zu haben. Ich versuchte ihn zu trösten, hatte aber, als ich ging, einen Stein auf dem Herzen: Ich konnte nichts mehr tun, um die Gefahr abzuwenden, denn die Nachfolge war bereits vollzogen, die Regel mitgeteilt.

Der Hüter starb wenige Tage später. Voller Beklemmung erwartete ich die Sommersonnenwende, um die Einsetzung des Nachfolgers vorzunehmen und ihm erstmals Zugang zur Krypta zu verschaffen. Ich hoffte brennend, dass der alte Hüter sich getäuscht haben mochte, und als ich aufbrach, war ich völlig außer mir, von Zweifeln zerfressen.

Vom Augenblick des rituellen Erkennungsgrußes an, als der neue Hüter auf mein ›Tempus venturum, Custos‹ *korrekt mit* ›Volumen servandum, Magister‹ *antwortete, missfiel mir der Mann. Ich dachte, dass dieser negative Eindruck von meinem bösen Verdacht diktiert werde. Gemäß der Regel stiegen wir zur Krypta der sechshundertsechsundsechzig Sanduhren hinab, und abgesehen von dem Weihrauch, den der Hüter als Neuerung in das Zeremoniell hatte einführen wollen, verlief alles nach der Tradition. Ich spürte eine gewisse Erleichterung, als ich ihn, gemäß der Regel, über die Existenz des Hüters des Okzidents und der zweiten Schriftrolle aufklärte.*

Nun, genau in jenem Augenblick wurde mir klar, dass sich der alte Hüter nicht getäuscht hatte: Das Antlitz seines Nachfolgers wurde schlagartig fahl, seine Miene hart und feindselig, seine Lippen fingen leicht zu beben an, was er nicht überspielen konnte. Es war offensichtlich, dass ihn diese Nachricht aus der Fassung gebracht hatte. Er fing an, mich mit Fragen zu bestürmen, auf die ich natürlich, in Erfüllung meiner Rolle, keine Antwort gab. Er insistierte, sein Blick schien mir zu drohen. Ich fürchtete um meine Unversehrtheit. Als wir uns verabschiedeten und wieder unter freien Himmel traten, atmete ich tief durch: Es kam mir wie eine Befreiung vor.

Liam, Du weißt jetzt, was für eine gewaltige Gefahr droht: Begib Dich schnellstmöglich zur Hüterin des Okzidents, und bringt gemeinsam die Rolle in Sicherheit. Gott sei mit Euch.

Zum letzten Mal Dein

Andrea

Turin, den 22. Juni

PS: Zur zusätzlichen Absicherung wirst du die wesentlichen Informationen, die ich auslasse – die genaue Lage der Stätten, das Zugangsritual und das Datum der Apokalypse –, erst finden, indem du unseren alten römischen Gepflogenheiten folgst.«

Alanna hob den Blick, erstaunt: »Der Hüter des Okzidents ist eine Frau!«

»Ja, aber wie finde ich die?«

»Molteni redet von euren ›alten römischen Gepflogenheiten‹. Was meint er damit?«

Liam brauchte einige Sekunden, ehe er antworten konnte. »Wir müssen nach Rom fahren«, sagte er lapidar. »Koste es, was es wolle.«

45

Ort: Abu Dhabi
Weltzeit: Samstag, 27. Juni, 5.09 Uhr (GMT)
Ortszeit: 9.09 Uhr

Prinz Amir Khan und Diadem Kerr saßen bei Tisch auf der Terrasse, die auf der Steilklippe über dem Meer schwebte, wo sie auch am Abend vorher gespeist hatten. Ein kleines Zelt war aufgebaut worden, um sie gegen Sonne und Wind zu schützen, und die Tafel war reich gedeckt: ein perfektes englisches Frühstück mit geröstetem Toast, Butter, Marmelade, Honig, Cornflakes, Käse und Rührei. Kerr bemerkte, dass, in Einhaltung des religiösen Brauchtums seines Gastgeberlandes, der gebratene Speck fehlte. Halb so wild. Er schüttete die Cornflakes in eine kunstvoll bemalte Porzellanschale, ohne Milch hinzuzufügen.

»Nun, Mr. Kerr«, informierte sich der Prinz, »wie haben Sie geschlafen?«

»Ausgezeichnet, Hoheit. Mit Eurer Gastfreundschaft kann sich niemand messen.«

»Und haben Sie im Traum einen Fingerzeig erhalten? Können Sie mir jetzt auseinandersetzen, was ich mit Ihrer Apokalypse zu schaffen habe?«

Kerr holte tief Luft, ehe er antwortete. Es war der Moment gekommen, die Karten auf den Tisch zu legen. »Was Euch betrifft, Prinz, so ist es der Text, der die Verbindung schafft.«

»Werden Sie deutlicher, Mr. Kerr, darum bat ich bereits.«

Kerr legte den Löffel hin und sah ihn an. »Euer Hoheit, in der Prophezeiung beschreibt der Evangelist Johannes die Ankunft der Feinde Christi und die Leiden, die sie der Christenheit auferlegen werden.«

Amir Khan lächelte: »Sicher bin nicht ich ein Feind Christi …«

Kerr ignorierte ihn. »Johannes berichtet, dass der Drache, das heißt Satan, das Böse, seinen Diener in Form eines Tieres auf die Erde senden wird.«

»Das sind merkwürdige Worte zum Frühstück«, sagte der Prinz, immer noch lächelnd.

Kerr tat erneut, als hätte er ihn nicht gehört. »… und dass dieses Tier die Macht haben wird, all jene hungern zu lassen, die Gott nicht abschwören und nicht ›ein Zeichen machen an ihre rechte Hand oder an ihre Stirn‹. Diejenigen, die sich verweigern, werden von jedwedem Handel ausgeschlossen werden.«

»Entschuldigen Sie, aber ich verstehe wirklich nicht, wie das möglich sein sollte«, erwiderte der Prinz, in fast höhnischem Ton. »Wir reden von Milliarden Menschen, die auf fünf Kontinente verteilt sind.«

»Spielt keine Spielchen mit mir«, unterbrach Kerr ihn schroff.

Die beiden taxierten einander eine Weile, dann redete Kerr weiter: »Die Digitaltechnik, Euer Hoheit: Ihr kennt ihre Macht und ihre Reichweite genau. Der Prophet spricht von ›leuchtenden und surrenden Götzen‹, derer das Tier sich bedient, um der Menschheit den Zugang zu lebenswichtigen Ressourcen zu verweigern. Er prophezeit auch, dass das Tier die Fähigkeit haben wird, diesem Heer von devoten Automaten Atem und Seele einzuhauchen, was …«

»Wovon reden wir denn hier, Mr. Kerr?«, unterbrach der Prinz ihn verächtlich, der jedoch genau verstanden hatte, worauf sein Gegenüber hinauswollte.

Kerr suchte eine bequeme Position an der Rattanlehne, legte die Hände an den Rand seiner Tasse und starrte dem Prinzen direkt in die Augen. »Ich sagte es Euch bereits: Spielt keine Spielchen mit mir, Amir Khan«, schoss er zurück, wobei er ihn erstmals mit Namen anredete. »Eure Firma ZeroOne Code ist weltweit Marktführer im Bereich der Bankomaten und der Netzwerke zum Geldtransfer. Außerdem verfügt die Firma über die fortgeschrittenste Technologie zur biometrischen Erkennung … Iris und Fingerkuppe, um deutlich zu sein, und das heißt: die ›Stirn‹ und die ›Hand‹, von denen der Prophet spricht.«

Der Prinz antwortete nicht, sondern verschränkte die Arme in einer instinktiven Abwehrhaltung. Kerr verschärfte seinen Angriff: »Ich kenne das Projekt ›Leeres Viertel‹: Die Welt mit Eurer Technologie zu überziehen, ›leuchtenden und surrenden‹ Götzen, denen Ihr, siehe da, Atem und Seele eingehaucht habt!«

Amir Khan unternahm einen letzten Abwehrversuch. Er stand auf und sagte in aggressivem Ton: »Hören Sie mir gut zu: Ich weiß nicht, wer Ihnen diesen Unsinn in den Kopf gesetzt hat, aber Sie sind auf dem Holzweg. Ich verfüge über das sechstgrößte Vermögen hier in den Emiraten und gehöre zu den tausend reichsten Männern der Welt. Ich habe überall in bewegliche und unbewegliche Güter investiert, ich besitze Latifundien, Einkaufszentren, Sportstätten und vor allem Unternehmen. Zu diesen, die äußerst zahlreich sind, gehört auch ZeroOne Code, wie jedermann weiß. Das ist für niemanden ein Geheimnis, und es gibt Ihnen keinerlei Recht, mir eine versponnene Weltverschwörung zu unterstellen, allein auf der Grundlage eines Buches, das zweitausend Jahre alt ist. Mäßigen Sie Ihre Unverschämtheit, Kerr.«

Sein Gegenüber zuckte nicht mit der Wimper, sondern beschränkte sich darauf, ebenfalls aufzustehen, die Jacke mit elegantem Gestus zuzuknöpfen und sich leicht zu verbeugen: »Wenn Ihr es so wünscht, Euer Hoheit, so sei es. Danke für das exquisite Frühstück und auf Wiedersehen.« Er schob die blütenweiße Zeltbahn zur Seite und nahm Kurs auf die Panoramascheibe der Villa.

Er hatte fast die Tür erreicht, als der Prinz ihn zurückrief: »Kehren Sie um und setzen Sie sich, Mr. Kerr. Ich gestatte nicht vielen, sich ohne meine Zustimmung zu verabschieden, und bei Ihnen wäre es das zweite Mal in zwei Tagen.«

Kerr gehorchte und nahm wieder eine fügsame und respektvolle Haltung ein. Er setzte sich in den Rattansessel, knöpfte das Jackett wieder auf und wartete auf den nächsten Schachzug des Prinzen. Jetzt war es an diesem, die Karten auf den Tisch zu legen.

»Was wollen Sie von mir?«, fragte Amir Khan entschlossen.

»Dass Ihr uns helft, die Schriftrolle des Orients zu finden.«

»Und warum sollte ich das tun?«

»Das habe ich Euch bereits erklärt. Wenn der Inhalt der Prophezeiung publik würde, könnte das die Verwirklichung Eures Planes gefährden. Wir wollen aber nicht, dass sie gefährdet wird. Wenn der Westen ins Mittelalter zurückfällt, dann werden sich die Menschen erneut mit dem Wichtigsten überhaupt beschäftigen: ihrer Seele. Dann werden unsere Kirchen wieder Zulauf haben wie früher ...«

»Und Ihre Macht wird aufs Neue absolut sein«, unterbrach ihn der Prinz.

»Es ist eine spirituelle Frage, Euer Hoheit. Und wir sind sicher, Ihr versteht, dass der uns beseelende Glaube das Spiegelbild des Euren ist.«

Amir Khan schwieg eine Weile und musterte sein Gegenüber. »Wo ist die letzte Abschrift, Mr. Kerr?«, fragte er leise, wobei er sich zu ihm hinüberlehnte.

»Im Westen, das habe ich Euch schon gesagt.«

»Das ist ein bisschen vage, meinen Sie nicht?«

»Näheres weiß ich nicht, und das sagte ich ebenfalls.«

»Wer könnte es dann wissen?«

»Nur der Meister.«

»Der Meister? … Der von der … Bruderschaft?«

»Nein: Wie ich Euch gestern Abend erklärte, wurde die Bruderschaft im Orient gegründet, als Bollwerk gegen den Islam. Der Okzident war immer fest in christlicher Hand, und ohne Feinde gab es keinen Bedarf an einer derart verzweigten Organisation. Allerdings gibt es eine Verbindung zwischen Orient und Okzident: Das ist der Meister. Nach den Vorschriften Konstantins ist er der Einzige, der beide Stätten kennt, an denen die Rollen aufbewahrt werden.«

»Und die beiden Hüter?«

»Keiner der beiden Hüter weiß, wo die jeweils andere Stätte ist.«

»Langsam verstehe ich … Ihr Vernichter habt euch endlich Zugang zur Rolle des Orients verschafft und sie ausgelöscht. Jetzt haben Sie allerdings noch das Problem der westlichen Rolle.«

Kerr verzog keine Miene.

»Also finden Sie diesen Meister und bringen Sie ihn zum Sprechen«, schloss der Prinz.

»Unmöglich, er ist gestorben.«

Amir Khan lächelte vielsagend: »Keines natürlichen Todes, nehme ich an.«

»Selbstmord«, wich Kerr aus.

»Wo?«

»In Rom.«

»Vielleicht hat er mit jemandem gesprochen, ehe er Ihnen, sagen wir, zuvorkommen konnte.«

»Ja, mit einem Freund. Er hat lange mit ihm geredet, sogar noch im Moment seines Ablebens.«

»Kennen Sie seinen Namen?«

Kerr holte eine Visitenkarte aus seiner Brieftasche und reichte sie ihm.

»Mr. Liam Brine, Applied Professor at Pontificia Università San Tommaso d'Aquino, Largo dell'Angelicum 1, 00184 Rome, Italy«, las der Prinz. Dann merkte er an: »Kein Telefon, keine Mail … Ein diskreter Mann.«

»Ein Ire, Lieblingsschüler des verstorbenen Meisters. Er lehrt Theologie in Rom. Die Karte haben wir in seiner Wohnung gefunden«, erklärte Kerr.

»Aber ich wette, ihn haben Sie nicht gefunden«, sagt Amir Khan ironisch.

»Nun, nicht wirklich. Wir haben ihn, sagen wir so, genau observiert, um zu sehen, wo er uns hinführt.«

»Und wo hat er Sie hingeführt?«

»Anfangs nach Irland.«

»Und jetzt?«

»Wir wissen es nicht. Er hat uns in Dublin abgehängt.«

»Und warum sollte es mir eher gelingen, ihn zu finden, als Ihnen?«

Kerr dachte einen Moment nach. Es war der Augenblick zu erklären, dass Liam Brine derselbe Mann war, den die Männer des Prinzen seit Tagen jagten, aber er konnte sich nicht gleich dazu durchringen. War es möglich, dass Amir Khan die Verbindung nicht erkannt hatte? Oder stellte er sich nur dumm? Und falls ja, warum? Diesmal war der andere schlauer gewesen, hatte seine Karten besser verdeckt, und da Kerr verunsichert war, wollte er sich nicht noch weiter vorwagen.

»Also?«, drang der Prinz in ihn.

»Wir wenden uns im Namen eines gemeinsamen Interesses an Euch, Euer Hoheit: Wir haben stille und diskrete Ohren, und wir können uns sicher nicht an eine Detektei wenden, während Ihr … Ihr habt überall einen starken, äußerst zuverlässigen Arm, soweit wir wissen.«

Amir Khan nickte. »Sie werden meine Unterstützung bekommen«, sagte er gönnerhaft. »Aber nur, wenn Sie eine weitere Frage beantworten.«

»Sprecht, Hoheit.«

Der Prinz nippte an seinem Tee und fragte dann ohne Umschweife: »Wie sind Sie auf mich gekommen?«

Kerr runzelte die Augenbrauen. »Ich habe Euch gegenüber bereits eine Andeutung gemacht, Hoheit, aber ich verstehe, dass es Euch wirklich schwerfällt, das zu glauben.«

»Nun?«

»Wir sind auf Euch gekommen, weil Euer Name in der Prophezeiung steht. Ihr seid die Apokalypse, Amir Khan.«

46

Ort: Turin
Weltzeit: Samstag, 27. Juni, 8.43 Uhr (GMT)
Ortszeit: 10.43 Uhr

»Bist du sicher, dass es hier ist?«, fragte Bandar.

Es war das dritte Mal innerhalb weniger Minuten, dass er diese Frage stellte. Faris saß auf dem Beifahrersitz, auf den Knien einen Palm. Zum dritten Mal wandte er sich geduldig zu seinem Chef und nickte. Auf dem Monitor des kleinen Computers leuchtete ein Stadtplan von Turin, und das Signal war in einem Radius von wenigen Metern geortet, genau in Via Napione, in dem Gebäude auf der anderen Straßenseite.

»Es gibt keinen Zweifel«, antwortete Faris. »Von hier aus ist gestern die SMS an das Handy von Liam Brine geschickt worden.«

Das war eine objektive Tatsache, Bandar wusste das, und trotzdem gefiel ihm die Sache nicht recht. Nachdem sie Brine und die Hamdis in Dublin verloren hatten, hatten sie weiterhin deren Handys überwacht, aber schnell begriffen, dass sie es nicht mit Naivlingen zu tun hatten: Die beiden mussten die Batterien entfernt haben, denn das Signal war verschwunden. Da hatte Bandar jede Hoffnung aufgegeben, die beiden wiederzufinden.

Er überlegte schon, wie er sich gegenüber dem Prinzen rechtfertigen sollte und mit welcher Strafe er zu rechnen hatte, als ihm Faris' Kompetenz zu Hilfe kam. Der schmächtige Techniker hatte darauf gedrungen, die Nummern direkt auf dem RAC des Anbieters zu überwachen. Auch wenn Liam und Alanna ihre Handys nicht mehr benutzen würden, so würde diese Schaltstelle trotzdem die eingehenden Anrufe registrieren. Das Glück war ihnen hold: Neben einigen Anrufen der Dubliner Polizei aus dem Distrikt Blackrock ging unter Brines Nummer eine SMS aus Turin ein, die genaue Instruktionen zu einem Namen auf einem Klingelschild gab. Die Adresse des Absenders zurückzuverfolgen war einfach, ebenso wie in das erste Flugzeug Richtung Italien zu steigen und dann in die Voralpenstadt zu fahren.

Hier mieteten sie einen Lieferwagen, einen schwarzen Fiat Scudo mit getönten Scheiben, und bezogen Stellung vor dem Gebäude, in dem Giuseppe Russo wohnte. Auf seinen Namen lief der Vertrag des Handys, mit dem die SMS an Brine geschickt worden war.

Jetzt standen sie seit ungefähr einer Stunde da, und Bandar hatte seine Frage schon drei Mal wiederholt, als ob er fürchtete, diese glückliche Fügung könnte sich von einem Moment auf den nächsten als Ente erweisen.

Jaabir saß hinten und kontrollierte den Inhalt eines offenen Koffers auf dem Nebensitz: Chloroform, Kabelbinder und zwei Glock, Kaliber 9 mm. Der italienische Kontaktmann der Organisation des Prinzen, Rachid, hatte sich als absolut effizientes Element erwiesen. Rachid hatte Bandar und seinen Leuten neben dem Koffer bereits ein »Nest« zur Verfügung gestellt, wo sie abtauchen konnten: eine unverdächtige Villa in einem der elegantesten Viertel im Stadtzentrum. Im Moment war Imar in der Villa und traf alle notwendigen Sicherheitsvorkehrungen.

»Jemand öffnet gerade die Haustür«, raunte Bandar, und alle blickten wie gebannt auf das Portal.

Doch auch diesmal handelte es sich nicht um Brine und die

Hamdis. Stattdessen kam eine junge Frau mit einem kleinen Hund heraus.

Eine Blondine um die zwanzig, in einem enganliegenden, pastellgrünen Kleidchen, aus dem zwei lange braune Beine ragten. Kaum war sie in die Sonne getreten, fing sie an, in ihrer Handtasche zu kramen, ohne sich um das Hündchen zu scheren, das an der Leine zerrte. Sie holte eine Sonnenbrille mit riesigen Gläsern heraus, die sie mit theatralischer Geste aufsetzte, indem sie mit einer gekonnten Drehung des Kopfes ihr Haar zur Seite schwingen ließ. Dann ging sie mit schwingendem Becken Richtung Piazza Vittorio.

Faris und Jaabir ließen sich nicht eine Bewegung entgehen, enthielten sich jedoch jeglichen Kommentars, weil sie wussten, dass Bandar das nicht geduldet hätte.

Dann war es lange still, bis auf das Röhren der Autos, die an dem Lieferwagen vorbeirauschten. Wenn sie besonders dicht vorbeikamen, schwankte das Fahrzeug leicht.

Nach einer Weile fasste Faris sich ein Herz: »Was sollen wir tun, Bandar?«

Der Hüne brummte, dann kratzte er sich am Kopf, weil er offensichtlich auch keine Antwort wusste. Am Ende sagte er: »Wir warten bis heute Nacht, und dann brechen wir in die Wohnung ein.«

Jaabir verriet durch einen Seufzer sein Missfallen. Bis zur Abenddämmerung waren es noch mindestens zehn Stunden, und er hatte jetzt schon die Nase voll von dieser Observierung. »Und wenn wir stattdessen warten, bis das blonde Mädchen zurückkommt?«, schlug er vor. »Dann schnappen wir sie uns und verschaffen uns mit ihrer Hilfe Zutritt zum Haus.«

Bandar stützte den Ellbogen auf die Rückenlehne, drehte sich um und taxierte seinen Mann. »Schweig, Jaabir«, wies er ihn scharf zurecht. »Schweig still.« Dann drehte er sich wieder nach vorne und legte die Hände aufs Lenkrad. »Wir müssen herausbekommen, ob Brine und die Hamdis sich wirklich da drin verstecken«, sagte er in versöhnlicherem Ton. »Und um das herauszufinden, müssen wir warten. Und beim Warten müssen wir unsichtbar bleiben.«

Bandar drehte sich wieder nach Jaabir um: »Wir können uns keine Fehler mehr erlauben. Die Hektik war schuld, dass uns das eine Mal ein Drachenflieger in die Quere gekommen ist und wir das andere Mal in Temple Bar abgehängt wurden. Diesmal warten wir.«

Faris starrte auf den Monitor des Palms, aber sein Blick war leer. Er dachte an den Moment zurück, als sie mit David Brine vor den Toren Dublins von dem Drachenflieger überrascht wurden und in höchste Gefahr geraten waren. Aber ihn beruhigte, wie zuverlässig das Netzwerk des Prinzen funktionierte. Der Gefangene war jetzt in Sicherheit, und wenn alles lief wie geplant, würden sie in Kürze auch seine Frau und seinen Bruder in ihrer Gewalt haben. Der Prinz würde zufrieden sein und sich erkenntlich zeigen.

»Es kommt jemand heraus«, meldete Jaabir und zeigte auf die Haustüre, die sich einen Spaltbreit öffnete.

Die Augen von Bandar und Faris waren auf das dunkle Holz des Türflügels geheftet.

47

Ort: Turin
Weltzeit: Samstag, 27. Juni, 9.52 Uhr (GMT)
Ortszeit: 11.52 Uhr

Liam und Alanna waren gegen zehn erwacht, aus einem tiefen Schlaf, der schließlich doch über die Anspannung der letzten Stunden gesiegt hatte. Sie hatten die beiden Bäder in der Wohnung genutzt, um sich mit einer Dusche zu erfrischen, aber als sie sich wieder anziehen mussten, wurde ihnen bewusst, dass die Kleider, die sie auf der zweitägigen Flucht getragen hatten, nicht gerade taufrisch waren. Liam war, im Bademantel, in Giuseppe Russos Zimmer gegangen, um wenigstens nach einem Paar Boxershorts zu suchen.

Der Student schlief noch, wie alle anderen Mitbewohner. Er lag diagonal auf dem schmalen Ehebett, in das er kaum hineinpasste. Als Liam vorsichtig fragte, drehte Russo sich um, ohne jedoch die Augen zu öffnen, murmelte etwas Unverständliches und deutete auf eine Kommode neben der Tür. Liam nahm zwei hellblaue Boxershorts, und als er ins Bad zurückkehrte, um sich anzuziehen, stieß er auf Alanna, ebenfalls im Bademantel, die gerade einen Fön suchte.

»Ich habe nichts anderes gefunden, sie sind aber sauber«, hatte er gesagt und ihr ein Paar Shorts hingehalten.

»Hellblau ist nicht gerade meine Lieblingsfarbe«, antwortete sie mit einem nicht zu enträtselnden Gesichtsausdruck. Er blieb sprachlos stehen, die Shorts vor sich hinhaltend. »Aber diesmal mache ich eine Ausnahme«, fügte sie lächelnd hinzu, nahm sie ihm aus der Hand und ging den Korridor hinunter.

Rund zwanzig Minuten später hatten sie sich in der Küche eingefunden, jeder wieder in seinen zerknautschten Klamotten. Sie gönnten sich ein schnelles Frühstück mit dem, was ihnen gerade in die Finger kam. Liam schrieb noch rasch einen Zettel für Giuseppe, dankte ihm für die Gastfreundschaft und versprach, dass er sich bald melden würde.

»Ich bin nicht sicher«, sagte sie unvermittelt.

»Weswegen?«

»Wegen Rom.«

»Wir haben keine Alternative.« Liam unterschrieb die Nachricht und legte sie, gut sichtbar, mitten auf den Tisch.

»Sie werden dir dort garantiert auflauern«, sagte sie schnaubend.

»Aber ich habe dort auch die meisten Anlaufstellen. Und Freunde«, versuchte er sie zu überzeugen, während er sich ihr näherte. »Mach dir keine Sorgen. Sie werden uns nicht finden«, fügte er hinzu und ergriff ihre Hände.

Alanna machte sich los: »Molteni haben sie aber gefunden, und zwar in Rom.«

»Und genau seinetwegen müssen wir hinfahren, Alanna«, sagte Liam überzeugt. »Sobald ich habe, was er mir hinterlegt hat, wird es auf jede Frage eine Antwort geben: Rom ist der letzte Mosaikstein.«

Sie schauten einander lange an, und ihr blieb nichts anderes übrig, als stumm zu nicken.

Sie gingen zurück aufs Zimmer, wo Liam die Oktavausgabe der Apokalypse holte und die Schatulle aus blauem Samt, die er in seine Jacketttasche steckte. Dann überlegte er es sich anders: Er holte den antiken Schlüssel und den USB-Stick heraus, stülpte das Futter aus der rechten Jacketttasche und riss die Naht an der Ecke ein Stück weit auf. Dann schob er die

Sachen hindurch. Schließlich stopfte er das Futter wieder in die Tasche und strich den Stoff glatt. Die beiden Objekte waren im Innern des Jackettfutters nach unten gerutscht.

Kurz darauf verließen sie die Wohnung und zogen leise die Tür hinter sich zu. Sie gingen die drei Stockwerke hinunter und durchquerten den Innenhof, bis sie vor der schweren Holztür standen. Es war sehr warm und völlig still. Das ganze Haus schien noch zu schlafen. Liam drückte auf den Türöffner, und der Türflügel sprang einen Spaltbreit auf.

Die Gehwege draußen waren verlassen, und auf der Straße kam nur ein einziges Auto vorbei.

»Lass uns da lang gehen«, sagte Liam und deutete Richtung Piazza Vittorio. »Da ist ein Taxistand.«

Sie waren wenige Schritte gegangen, als sie von hinten eine Stimme ansprach: »*Excuse me …*«

Liam und Alanna drehten sich um. Dann wurden ihre Sinne durch das Chloroform betäubt.

Einige Sekunden später löste sich der Lieferwagen vom Bürgersteig und verschwand rasch in den fast ausgestorbenen Straßen der Stadt.

48

Ort: Patagonien, Region Chubut
Weltzeit: Samstag, 27. Juni, 13.58 Uhr (GMT)
Ortszeit: 10.58 Uhr

Sie hatten die Estancia Cristóbal vor fast drei Stunden verlassen und versuchten, unter einem regelrechten Wolkenbruch, die Baustelle Sechs zu erreichen. Der Land Rover, den Ricardo steuerte, war nur einmal in der dichten Vegetation steckengeblieben. Doornick und Teodoro waren, in den roten Regenmänteln der Firma, ausgestiegen und hatten das Fahrzeug mit Hilfe von Schaufeln und zwei starken Holzstangen wieder frei bekommen. Erneut hatte die Bescheidenheit des Gringo Teodoro beeindruckt. Jeder andere an seiner Stelle wäre seelenruhig im Trockenen sitzen geblieben und hätte darauf gewartet, dass die anderen das Problem lösten. Er dagegen war als Erster aus dem Wagen gesprungen, und als er nach getaner Arbeit wieder auf den Beifahrersitz kletterte, war er ebenso zugerichtet wie Teodoro selbst: Sein Gesicht sah aus wie nach einer Schlammschlacht.

»Hey, ihr macht mir die Sitze dreckig«, hatte Ricardo sie geneckt.

»Achte lieber auf die Piste«, hatte Doornick kalt geantwortet. »Wenn wir noch mal steckenbleiben, steigst du aus, und zwar alleine.«

Niemand hatte mehr ein Wort gesagt, bis der Geländewagen eine halbe Stunde später das Tor im Palisadenzaun von

Baustelle Sechs erreicht hatte. Zwei Männer der Firma waren aus einem provisorischen Wachhäuschen in den Regen getreten. Über das rote Regencape der Dienstkleidung zeichneten die Trageriemen der Maschinengewehre eine diagonale Linie.

»Bei diesem *salón de tango* gibt es eine Gesichtskontrolle«, flachste Ricardo, ehe er das Seitenfenster herunterließ und den Kopf hinausstreckte. Aber sein ironisches Lächeln erstarb sofort, als sich der Lauf einer AK-47 auf ihn richtete.

»*A dónde van?*«, fragte der ältere der beiden Wachposten streng.

Doornick antwortete ihm auf Englisch: »Ich bin Ingenieur Michael Doornick, ich bin verantwortlich für die Bauarbeiten an der Mauer.«

»Den Passierschein, bitte«, befahl die Wache, ohne die Waffe herunterzunehmen. »Und stellt den Motor ab.« Der Kollege hatte sich vor dem Wagen postiert und zielte auf die Fahrgastzelle.

Doornick schob vorsichtig die Hand unter das Regencape, zog langsam den plastifizierten Pass der Firma heraus und reichte ihn Ricardo, der ihn wedelnd aus dem Fenster hielt. Der ältere Wachmann senkte die Waffe, prüfte sorgfältig den Ausweis und gab ihn schließlich Ricardo zurück.

»Tut mir leid, Herr Ingenieur«, sagte er in weniger feindseligem, aber gleichermaßen kategorischem Ton, »der ist für Baustelle Sechs nicht gültig.«

»Seit wann denn das?«

»Schon immer.«

»Wer ist hier weisungsbefugt?«

»Es tut mir leid, Herr Ingenieur«, wiederholte der Mann. »Dieser Passierschein ist hier nicht gültig. Sie müssen umkehren.«

Ricardo schaute Doornick an, als warte er auf etwas.

Dieser nickte: »Okay, wir wenden und fahren zurück.«

Der Fahrer startete den Motor und schloss das Seitenfenster. Der Land Rover beschrieb einen weiten Kreis durch die Pfützen.

»Schauen Sie mal dorthin, Jefe«, sagte Teodoro und wies in Richtung des umzäunten Geländes.

Unter einem Wellblechdach standen die beiden großen LKW mit den militärgrünen Planen, die am Vortag an der Estancia Cristóbal vorbeigekommen waren. Ein dritter LKW reihte sich im Rückwärtsgang neben den beiden anderen ein. Etwa ein Dutzend Männer, allesamt im roten Regencape der Firma, liefen außen herum.

Während Ricardo sein Wendemanöver beendete, betrachtete Doornick eingehend die Baustelle. Er versuchte sich möglichst viele Einzelheiten einzuprägen – soweit dies durch die dichten Regenschleier möglich war.

Der Land Rover passierte den Wachposten, und während der Ingenieur sich per Handzeichen verabschiedete, bog der Fahrer in die Piste ein, die sich in einen Sumpf verwandelt hatte und an dem langen Palisadenzaun von Baustelle Sechs entlangführte. Von seinem Beifahrersitz aus fiel Doornick eine Anomalie auf, die ihm auf dem Hinweg entgangen war: Die Umfriedung war mit Stacheldraht gesichert, genau wie bei einer Militäranlage.

»Haben wir einen Plan B, Jefe?«, fragte Teodoro nach einiger Zeit vom Rücksitz aus.

»Der hat mir mit dem Gewehr direkt ins Gesicht gezielt«, schaltete sich Ricardo ein. »Sag mir, dass wir zurückfahren, und ich ramme ihm die Nase in den Schlamm.«

Doornick drehte sich nach hinten um. Sie waren keine zweihundert Meter gefahren, und das Wachhäuschen war hinter der Regenwand verschwunden. »Ricardo, sobald du kannst, fährst du mitten ins Dickicht. An einer Stelle, wo du den Wagen versteck…«

Er hatte den Satz noch nicht beendet, als Ricardo schon das Steuer herumriss und in eine holprige Schneise zwischen den Bäumen rauschte. Er fuhr dreißig, vierzig Meter und schaltete den Motor aus. Die Piste war nicht mehr zu sehen.

Der Fahrer holte sein Gewehr heraus.

»Lass das stecken, Ricardo: Du bleibst hier«, befahl Doornick sofort. »Ich gehe mit Teodoro.«

»Aber ...«, versuchte der Mann zu protestieren.

»Wende schon einmal den Wagen und halte dich für eine schnelle Flucht bereit.«

Doornick stieg, gefolgt von Teodoro, aus dem Land Rover, und sie bewegten sich im Halbdunkel der üppigen Vegetation Richtung Schotterpiste. Der Boden war von einem weichen Blätterteppich bedeckt, der an dieser Stelle relativ trocken war, denn die dichten Baumkronen schirmten den Regen ab.

Am äußersten Rand des Unterholzes blieben sie stehen und schauten sich vorsichtig um. Nichts war zu sehen. Man erkannte nur jenseits der Straße eine hölzerne Wand hinter der Regenwand.

Doornick schien unentschlossen, was er tun sollte. Da spürte er, wie Teodoro ihn am Arm zog. »Komm mit, Jefe«, forderte er ihn auf und hüpfte über das Rinnsal, das die Straße flankierte. Sie rannten über die Piste, sprangen über einen weiteren, noch tieferen Abzugskanal und standen vor dem Zaun.

»Und jetzt?«, fragte der Ingenieur und rückte die Kapuze des Regencapes zurecht.

»Da hinten ist ein Durchlass, Jefe«, sagte Teodoro, ins Nichts deutend.

»Woher willst du das wissen?«

»Vertrau mir, Jefe.«

Sie fingen an, in besagter Richtung am Zaun entlang zu gehen. Der schmale Erdstreifen zwischen Zaun und Kanal war vollkommen aufgeweicht, und sie versanken bei jedem Schritt. Zwei Mal wäre Doornick fast in den Kanal gefallen, aber beide Male erwischte Teodoro ihn noch rechtzeitig. Nach einigen Minuten kamen sie an eine Stelle, wo das Erdreich fortgeschwemmt worden war und fünf oder sechs Stämme aus der Palisadenreihe gerissen hatte. Teodoro setzte einen Fuß darauf und ging vorsichtig, als würde er über eine wacklige Brücke balancieren, auf die andere Seite, wobei er das letzte Hindernis, den Stacheldraht, mit einem Sprung überwand. Doornick tat es ihm nach, wenn auch weniger elegant. Dann duckten sie sich auf den Boden und studierten die Lage.

»Wer hat dir von diesem Eingang erzählt?«, fragte der Ingenieur.

»Meine Augen. Auf der Hinfahrt«, antwortete Teodoro. »Was machen wir jetzt?«

»Ich will nachsehen, was in den Lagern bei dem Unterstand ist. Das müsste da drüben sein«, sagte Doornick und deutete schräg vor sich in den Regen. Dann richtete er sich auf und ging in die besagte Richtung.

»Was machst du denn, Jefe?«, fragte sein Begleiter besorgt.

»Man sieht die Hand vor Augen nicht, Teodoro, wir tragen das Regencape der Firma, und es ist fast Zeit für die Mittagspause. Niemand wird sich um uns scheren. Diesmal musst du mir vertrauen.«

»*Espera* nur einen Moment. Ich habe etwas gesehen, was uns von Nutzen sein kann«, hielt der andere ihn auf. Teodoro kehrte zum Zaun zurück. Er verschwand für einen schier endlosen Moment aus Doornicks Gesichtsfeld und kam dann mit zwei tropfnassen Schaufeln zurück. Er warf eine in Richtung Doornick, der sie im Flug auffing. »*Vámonos*.«

Sie waren keine zwanzig Schritte gegangen, als sie eine schemenhafte rote Gestalt bemerkten, die sich näherte.

»Und jetzt, Jefe?«

»Jetzt werden wir sehen, ob ich recht hatte. Geh einfach weiter, als ob nichts wäre.«

Die rote Gestalt kam schnurgerade auf sie zu, als sie plötzlich, fünfzig Meter entfernt, von der Erde verschluckt zu werden schien.

»*Madre de Dios*«, murmelte Teodoro. »Wo ist er abgeblieben?«

Doornick bedeutete ihm zu schweigen und fing dann an, die Umgebung eingehend zu studieren, wobei er die Regenschleier zu durchdringen suchte. »Ich habe den Eindruck, als ob das, was wir suchen, nicht hier oben ist, Teodoro«, schloss er und pochte leicht mit der Schaufel auf den Boden. »Sondern da unten.«

49

Ort: Turin
Weltzeit: Samstag, 27. Juni, 14.02 Uhr
Ortszeit: 16.02 Uhr

»Aber … was ist denn passiert?«, fragte Alanna benommen und rieb sich die Augen. Die Worte gingen ihr nur schwer von der Zunge.

Sie lag auf einer Ledercouch, halb betäubt, umgeben von Hunderten, ja Tausenden Buchrücken, die in Reih und Glied standen.

Tatsächlich schien der Raum eine reich bestückte Bibliothek zu sein. Alle vier Wände waren von wuchtigen Bücherregalen bedeckt, die fast bis hinauf an die Kassettendecke reichten. Mitten im Zimmer stand ein antiker rechteckiger Tisch, außen herum ein Dutzend Stühle, darüber schwebte ein grell leuchtender Kristalllüster.

Alanna schloss die Augen wieder, denn das Licht schmerzte sie, doch sofort begann sich alles um sie zu drehen. Sie schlug die Augen wieder auf, atmete tief ein und bemühte sich, der drückenden Schwüle in diesem geschlossenen, offenkundig unbelüfteten Raum zu trotzen.

Mit Mühe setzte sie sich auf, und da sah sie Liam. Er stand am anderen Ende des Raumes und war gerade dabei, die Holzwände der Bücherregale abzutasten.

»Wo zum Teufel sind wir hier?«, wollte sie fragen, aber aus ihrem Mund drang nur ein heiseres Flüstern.

Liam drehte sich um und versuchte sich ein Lächeln abzuringen, was ihm nicht gelang. Die Besorgnis in seiner Miene war nicht zu übersehen.

»Die haben uns betäubt und hierhergebracht, Alanna. Das ist alles, was ich weiß.«

»Und wo sind wir?«, fragte sie wieder, ungläubig um sich her sehend. »Wo ist die Tür?«

»Wir sind in eine Bibliothek eingeschlossen. Und die Tür ist irgendwo hinter dieser Bücherwand versteckt. Aber sie ist von außen verriegelt, es gibt keine Möglichkeit, hier herauszukommen.«

Alanna ließ sich auf das Sofa fallen. »Es ist, als würde jemand in meinem Schädel Trommel spielen.«

»Das ist die Wirkung des Chloroforms. Bald wird es dir besser gehen.«

In der Zwischenzeit zog Liam ein paar Bücher aus dem Regal und legte sie auf den Tisch. Er wiederholte diese Operation einige Male, bis, einige Minuten später, der Umriss der versteckten Tür erschien. Dann untersuchte er eingehend die Holzoberfläche jeder Ebene, er strich mit den Fingerkuppen über jeden freigelegten Winkel – ohne Ergebnis. Es gab weder Knöpfe noch Hebel.

Er gab auf und drehte sich zu Alanna um. Sie hatte sich erhoben und stand jetzt direkt hinter ihm, die Arme verschränkt. »Du hattest recht, allmählich geht es mir besser.« Langsam trat sie auf eines der Regale zu und strich mit ihren feingliedrigen Fingern darüber. »Nichts zu machen?«

»Nein. Sie haben uns in ihrer Gewalt.«

Alanna schien einen Moment nachzudenken, ehe sie antwortete. »Wer ›sie‹? « Dieselben wie in Dublin?«

Liam musterte schweigend die Rücken der Bände, die auf den Regalbrettern aufgereiht waren.

»Die Vernichter?«, insistierte sie.

»Ich weiß nicht«, antwortete er zögernd. »Es ist komisch, sie haben uns weder gefesselt noch verhört. Nicht einmal durchsucht haben sie uns.«

Er holte die Apokalypse aus der Tasche und zeigte ihr die Ausbuchtung in seinem Jackettsaum, in dem er die beiden Gegenstände versteckt hatte.

»Der Ring?«, fragte Alanna.

Als einzige Erwiderung deutete Liam auf die Kette, an dem er hing.

»Das ergibt einfach keinen Sinn«, überlegte sie. »Sie jagen dich durch halb Europa, und dann machen sie sich noch nicht einmal die Mühe, dir die Taschen zu leeren?«

Eine lange Pause entstand.

»Vielleicht haben sie es getan«, mutmaßte er. »Haben aber nichts gefunden, was für sie von Interesse wäre.«

Alanna zog einen Stuhl unter dem Tisch hervor und setzte sich. »Und wenn wir in eine völlig falsche Richtung denken?«

»Inwiefern?«, fragte Liam und setzte sich vor sie hin.

»Ich habe es dir gesagt: Wir sind auf diese Geschichte mit Molteni fixiert. Aber vielleicht haben die hier gar nichts damit zu tun.«

»Wie kommst du darauf?«

»Weil sie deine Sachen nicht an sich genommen haben.«

»Vielleicht haben sie etwas anderes im Sinn, aber es sind auf jeden Fall Vernichter. Schau dich doch mal um: Wir sind von lauter antiken Büchern umgeben, auf Italienisch und Latein.«

Alanna starrte das Regal vor sich an. »Ich sehe vor allem juristische Publikationen, Jahrbücher und Gesetzestexte. Das sieht aus wie das Besprechungszimmer einer Anwaltskanzlei oder einer Geschäftsbank.«

»Und das heißt?«

»Keine Ahnung. Aber ich habe ein andere Frage.« Sie legte

die Ellbogen auf den Tisch und lehnte sich zu Liam hinüber. »Warum bin ich hier bei dir? Lebendig?«

»Warum nicht?«

»Weil die Vernichter einen Meister suchen«, sagte sie resolut. »Nicht zwei Personen.«

Liam machte es sich auf dem Stuhl bequem. »Okay. Nehmen wir einmal an, es sind keine Vernichter«, stimmte er zu. »Wer zum Teufel sind sie dann?«

Alanna sah ihn starr an. »Was ist die einzige Sache, die uns verbindet, Liam? Ich meine uns beide.«

Er schwieg einige Sekunden.

»Mein Bruder«, sagte er.

»Genau: David.«

Wieder wurde lange geschwiegen.

Alanna redete zuerst: »David hatte eine Spitzenposition bei ZeroOne Code. Vielleicht hatte er etwas entdeckt, was er nicht hätte sehen dürfen. Und wir zwei sind seine nächsten Angehörigen. Wahrscheinlich denken sie, er hätte uns rechtzeitig mitgeteilt, was er herausgefunden hatte. Überleg mal, Liam: Seit Dublin haben wir sie am Hals. Da hat alles angefangen, und Molteni hat nichts damit zu tun.«

Liam nickte. »David ...«, war alles, was er sagte.

50

Ort: Westküste des Roten Meeres
Weltzeit: Samstag, 27. Juni, 14.19 Uhr
Ortszeit: 17.19 Uhr

»Es war gut, dass wir uns von den anderen abgesetzt haben. Hier ist es traumhaft«, sagte Kelvin Curtis mit typischem Manchesterakzent zu seinem Freund.

Die beiden jungen Burschen – in weißen T-Shirts und kurzen Khakihosen – streunten seit fast einer halben Stunde in dem Gewirr aus Gassen und Marktständen des Suqs herum. Stuart Adamson, Kelvins schottischer Reisegefährte, wäre fast von einer Kolonne Jungs mit Tabletts voller Brotlaibe auf dem Kopf überrollt worden, die eine Schneise in die Menge schlugen. Aber er wich nicht einen Millimeter zur Seite, wie berauscht von dieser frenetischen Atmosphäre, dieser Vitalität.

Die Suqs waren um diese Zeit ein unbeschreibliches Schauspiel, das sämtliche Sinne betörte. Die intensiven Aromen der Gewürze und Salben drangen durch die Nasenlöcher bis an den Gaumen, wie in einer Verschmelzung von Geruchs- und Geschmackssinn, wobei sie sich mit dem angenehmen Duft des Brotes, aber auch mit den penetranten Schwaden aus den Ledergeschäften mischten, wo es wie in einem Auto roch, das zu lange in der Sonne gestanden hatte.

Die Ohren waren angefüllt mit dem Geschrei der Händler, die feilschten oder mit ihren schmeichlerischen Stimmen

Kunden einfangen wollten, sie rannten diesen nach und raunten ihnen Offerten zu für ein Geschäft bei einem Glas Pfefferminztee. Die Augen schwelgten in den leuchtenden Farben der ausgestellten Waren, verloren sich zwischen von der Sonne verbrannten Gewürzen und Früchten, deren Schalen so sehr glänzten, dass sie wie gemalt wirkten, um schließlich verblüfft an einem für einen Westler gänzlich ungewohnten Anblick hängenzubleiben – dressierten Affen, Musikern und Tänzern, oder Kindern mit listigem Blick und ungewaschenem Hals, die alles Erdenkliche feilboten.

Kelvin und Stuart gehörten zu einer etwa vierzigköpfigen Reisegruppe aus Großbritannien, aber sie hatten es geschafft, aus dem klassischen organisierten Rundgang durch die Suqs auszuscheren, wo man sie nur in einige wenige ausgewählte Läden gelassen und ihnen irgendwelchen Tand aufgeschwatzt hätte.

Während der Busfahrt, der längsten in der Urlaubswoche, hatte der Führer den anstrengenden Transfer so begründet: Im Gegensatz zu Moscheen und Palästen lagen die Suqs nie im Zentrum der muslimischen Städte. Gerüche, Geräusche und Geschrei hätten das beschauliche Leben gestört.

Stuart, der diese Gegend schon zum dritten Mal bereiste, spielte jetzt den kundigen Führer für seinen Freund: »Dieses Chaos ist nur ein oberflächlicher Eindruck, Kelvin«, erklärte er ihm und ignorierte dabei einen Händler, der versuchte, ihn wild gestikulierend an seinen Stand zu locken. »Aber achte mal drauf: Der Suq ist eine Spirale. Wir haben uns über den äußersten Ring Zutritt verschafft, den mit den Frischwaren: Fleisch, Fisch, Obst … und jetzt, Richtung Mittelpunkt, werden wir Waren wie Gewürze, Stoffe und Schuhe finden.«

»Danke, Herr Professor. Und was liegt im Zentrum? Ein Puff?«, alberte Kelvin herum.

»Nein: Teppiche, Gold, Schmuck und Parfums.«

»Aber das führt dazu, dass jeder Händler Seite an Seite mit seinem Konkurrenten arbeitet.«

»Für den Kunden ist das ein Vorteil. Schau mal hier«, sagte Stuart und deutete auf die Stände voller bunter Stoffe um sie her: »Jeder Händler stellt seine Ware neben anderen aus, die ähnliche Artikel führen. Deshalb hat der Kunde eine größere Auswahl und kann versuchen, den besten Preis herauszuschlagen.«

»In Manchester ist das anders«, lächelte Kelvin.

»Vergiss nicht, dass Jesus Tischler, Mohammed aber Händler war.« Stuart warf seinem Freund einen Blick zu, um die Wirkung seiner Worte zu prüfen, aber dieser schaute wie gebannt auf etwas hinter Stuarts Rücken.

»Der gehört nicht zu unserer Gruppe«, sagte Kelvin schließlich, indem er auf einen Weißen mit einem großen Feuermal à la Gorbatschow auf der Stirn deutete, der sich einen Weg durch die Menge bahnte, während vier Araber in westlicher Kleidung hinter ihm her rannten.

»Scheiße, was ist hier los?«, war alles, was Stuart ausrufen konnte, ehe es zu der Explosion kam.

51

Ort: Patagonien, Region Chubut
Weltzeit: Samstag, 27. Juni, 14.51 Uhr (GMT)
Ortszeit: 11.51 Uhr

Der Regen prasselte weiter auf die roten Regencapes von Doornick und Teodoro. Die beiden Männer bewegten sich vorsichtig in die Richtung, in der die rote Silhouette verschwunden war, wie vom Erdboden verschluckt. Der heftige Regen erschwerte die Sicht, und es wirkte, als ob keine Menschenseele unterwegs wäre. Wahrscheinlich hatten sich alle Arbeiter in die Baracken geflüchtet und warteten darauf, dass der höllische Regen nachließ.

Plötzlich streckte Teodoro, der einen Schritt vor Doornick ging, seinen Arm zur Seite, stoppte seinen Chef und zeigte auf den Boden. Ein Stück weiter sah man ein dunkles Quadrat von etwa zehn Meter Kantenlänge, das aus dem schlammigen Boden ragte.

Sie näherten sich dem Rand, und als Doornick vorsichtig einen Fuß daraufsetzte, verschlug es ihm die Sprache: Er stand auf einer riesigen Stahlplatte, in deren Mitte sich eine Luke befand, die, ungeachtet des Regens, offen stand. Teodoro neben ihm war genauso überrascht. Er schaute ihn fragend an, und statt einer Antwort deutete der Ingenieur nur auf das Loch. Sie beugten sich darüber und schauten hinunter. Seitlich war eine Eisenleiter befestigt, die hinunter in die Finsternis führte. Ohne lange zu fackeln, warf Doornick seine Schaufel hin und machte sich an den Abstieg. Sein Begleiter tat es ihm nach.

Sie kletterten fünf oder sechs Meter tief in den quadratischen Schacht hinab. Am Fuß der Leiter sammelte sich das Wasser auf dem Betonboden und floss in einen Metallgully. Zur Rechten ging ein breiter, von Neonröhren erleuchteter Tunnel ab. Auf der gegenüberliegenden Seite sah man einen schummrig beleuchteten zweiten Gang. Er war etwa zwanzig Meter lang und endete an einer Tür, die einen Spaltbreit offen stand und wie in grelles Licht gerahmt schien. Mehrere Stimmen plauderten dahinter in kameradschaftlichem Ton. Doornick zog die Kapuze ab und bog rechts ein, gefolgt von Teodoro. Sie bewegten sich vorsichtig vorwärts. Nachdem ihre Augen sich an das Zwielicht gewöhnt hatten, konnten sie in dem Tunnel Sandsäcke, Holzpfähle, Kabeltrommeln, Fässer und Kanister in verschiedenen Größen erkennen. Sie kamen an einem leeren Schubkarren vorbei und blieben vor einer Eisentür stehen. Der Ingenieur schien zum ersten Mal unsicher, was zu tun sei. Teodoro legte das Ohr an die Metalltür und lauschte einige Sekunden, dann drückte er, ohne zu zögern, die Klinke herunter. Drinnen war es stockfinster.

Er erkannte an der Wand sofort eine LED-Leuchte, die einen Schalter markierte. Er drückte darauf: Eine Reihe schwacher Glühbirnen flammten nacheinander auf und beleuchteten eine Betontreppe, die in die Tiefe führte.

Teodoro wandte sich der obersten Treppenstufe zu, aber Doornick hielt ihn auf: »Da lang«, flüsterte er und deutete auf eine Öffnung neben dem Treppenabsatz. Dahinter lag ein kleiner Raum, in dem die Beleuchtung gleichzeitig mit jener der Treppe angegangen war. Der Ingenieur schloss leise dic Metalltür hinter sich, dann betraten die beiden einen Raum, der aussah wie ein Büro.

Auf einem grobgezimmerten Holztisch lagen große hellblaue

Blätter mit der Bezeichnung »NOVA JANNA«. Doornick erkannte sofort, worum es sich handelte: Es waren die Konstruktionszeichnungen des Ortes, an dem sie sich befanden. Er prüfte sie schnell. Detailgenaue Pläne eines waschechten unterirdischen Bunkers, der sechs Stockwerke tief in die Erde führte, ausgestattet mit Belüftungsanlage, Stromaggregaten, Kühlzellen, Küchen, Bädern und mindestens fünfzig Zimmern verschiedener Größe. Ein Unterschlupf, in dem man über Monate völlig von der Außenwelt abgeschlossen überleben konnte.

Er fragte sich, wie lange schon daran gearbeitet wurde. Das war nicht sein Spezialgebiet, aber über den Daumen gepeilt, musste die Firma vor mindestens drei oder vier Jahren damit angefangen haben, als er selbst noch in Mexiko und Texas zu tun hatte.

»Wusstest du etwas davon?«, fragte er Teodoro.

»Nein, Jefe. An der Sechs haben immer nur Ausländer gearbeitet.«

Die beiden sahen einander einen Moment lang an, dann wandte Doornick sich dem Ausgang zu: »Lass uns zurück zum Wagen gehen. Wir haben genug gesehen.«

Aber als sie wieder an die Leiter kamen, merkten sie, dass der Regen plötzlich abgerissen war. Sie schauten nach oben: Ein Arbeiter kletterte herab und blockierte den Schacht.

Sie tauschten einen Blick. Es blieb keine Zeit, ein Versteck zu suchen: Sie mussten sich dem Mann stellen. Der Ingenieur sah sich nach etwas um, das als Waffe taugen konnte, Teodoro hatte bereits ein robustes Brett entdeckt.

Der Arbeiter war schon auf der drittletzten Sprosse, als der Knall einer Explosion von draußen in den Bunker drang. Der Mann machte sofort kehrt und kletterte wieder hoch, um nachzusehen, was passiert war. Doornick und Teodoro erwarteten, dass auch die anderen Arbeiter, aufgeschreckt von der Explosion, jeden Moment aus dem Raum am Ende des Tunnels kommen würden. Aber nichts geschah. Sie mussten in eine tiefere Ebene hinuntergestiegen sein. Ohne weiter Zeit zu verlieren, kletterten die beiden hinauf.

Kaum waren sie im Freien, bot sich ihren Augen ein unglaubliches Szenario dar: Die drei Militärlaster, die unter dem Dach standen, brannten lichterloh. Rundherum wuselten Dutzende roter Regencapes in offensichtlichem Chaos.

»Lass uns abhauen«, sagte Teodoro, nachdem er seine Verwirrung überwunden hatte.

Sie rannten so schnell sie konnten durch den Regen bis zu dem Loch im Zaun, überwanden die Straße und die Kanäle und schlugen sich in das dichte Unterholz.

Als sie den Land Rover erreichten, rissen sie gleichzeitig beide Türen auf und sprangen hinein.

»Nichts wie weg hier, Ricardo!«, befahl Doornick.

»Was zum Henker habt ihr denn angestellt? Was war das für eine Explosion?«

»Fahr los, verflucht, das wissen wir selber nicht.«

Ricardo startete den Motor und legte den ersten Gang ein. Der Geländewagen schob sich durch die Bäume, holperte über den Abzugskanal und gelangte auf die Schotterpiste.

Sie waren nur ein paar hundert Meter gefahren, als der Chauffeur in die Bremsen steigen musste: Mitten auf der Fahrbahn lag, vom Regen durchweicht, ein Mensch, der ein zerfetztes rotes Cape der Firma trug.

Ricardo legte den Rückwärtsgang ein, schaltete dann wieder in den ersten und fuhr an dem Körper vorbei. Aber während sie ihn passierten, zog Doornick die Handbremse an: »Warte!«

Er sprang aus dem Land Rover und näherte sich der Person. Es war eine Frau. Unter dem Regencape trug sie die traditionelle Kleidung der Mapuche, die hier und da versengt war. Während Doornick sie auf die Seite drehte, kam Teodoro dazu. Trotz ihres schlammverschmierten Gesichtes erkannten sie sie sofort: Es war Ana María Antieco, Grundschullehrerin und unerschrockene Kämpferin für die Rechte der Mapuche, die sich vor wenigen Tagen Zutritt zur Estancia verschafft hatte. Sie konnte kaum atmen.

»Und jetzt, Jefe?«, fragte Teodoro.

»Wir laden sie auf und hauen ab.«

52

Ort: Dublin
Weltzeit: Samstag, 27. Juni, 15.25 Uhr (GMT)
Ortszeit: 16.25 Uhr

Auf beiden Seiten des Korridors befanden sich Dutzende gleichförmiger Räume, über denen das Logo der sieben Türme prangte. Steril wirkende, makellos weiße Zimmer, in denen Grüppchen von zwei, maximal drei Technikern in weißen Kitteln hantierten. Sie standen um offene Computer herum, um demontierte Motherboards oder Tastaturen, die Interfaces für komplizierte Gerätschaften bedienten. Obwohl Samstag war, herrschte fieberhaftes Treiben. Einige löteten an Mikrochipsätzen herum, andere notierten Daten und Messergebnisse, wiederum andere diskutierten, aber so leise, dass sie durch die Trennwände nicht zu verstehen waren. Jegliche Aktivität wurde von einer Reihe winziger Überwachungskameras aufgezeichnet, die sich in jedem Winkel der Hightech-Werkstatt befanden.

Diese Abteilung von ZeroOne Code erinnerte Inspector Goonan an den Korridor des Raumschiffs von *2001 – Odyssee im Weltraum*. Verstärkt wurde dieser Eindruck noch durch die monotone Stimme des Mannes, der sie führte: Rodney Fludd, der spindeldürre Direktor der irischen Niederlassung des Informatik-Riesen ZeroOne Code International.

»Die nächste Tür zur Rechten führt in Mr. Brines Büro«, sagte Fludd mechanisch. »Wir haben uns an Ihre Anweisungen gehalten: Niemand hatte mehr Zutritt zu diesem Büro.«

Fludd näherte sich der Tür und presste seinen Zeigefinger auf ein optisches Lesegerät neben der Klinke. Sofort flammte ein grünes Lämpchen auf.

David Brines Arbeitsplatz war noch karger als die anderen eingerichtet. Ein blitzblanker Schreibtisch, ein Stuhl und ein Computerterminal mit hochauflösendem Bildschirm.

»Hier liegt ja nicht mal ein Zettel herum«, bemerkte Goonan überrascht. »Machte Mr. Brine sich keine Notizen?«

»Im Gegenteil«, erwiderte Fludd ausdruckslos, »seine Aufgabe war die Endkontrolle aller Tests in dieser Abteilung. Er hatte Tausende Seiten von Notizen.«

»Und wo sind die?«

»Da drin«, antwortete Fludd und deutete auf den Rechner.

»Ist es möglich, eine Kopie der Festplatte zu bekommen?«

»Sicher, wenn Sie mir eine richterliche Anordnung vorlegen.«

Der Inspector quetschte das Zigarettenpäckchen, das er seit gut einer halben Stunde in der rechten Hand hielt. »Ich nehme an, hier drinnen darf man auch nicht rauchen.«

Fludd zeigte nur auf die Rauchmelder, die an der Decke hingen.

»Warum war David Brine für Sie so wichtig?«, wechselte Goonan das Thema. »Soweit ich weiß, haben Sie ihn jahrelang umworben, ehe Sie ihn verpflichten konnten.«

»Mr. Brine war sehr fähig.«

»War?«

»Ich korrigiere mich: ist.«

»Worin genau? Radikaler Reinhaltung seines Büros?«, stichelte der Inspector, wobei er sich auf den leeren Schreibtisch setzte.

Fludd hob nur eine Augenbraue. »Mr. Brine ist einer der weltweit führenden Fachleute im Bereich der Biometrie.«

»Biometrie, klar. Vom griechischen *bi*, das heißt Leben, und *ometron*, also Maß«, sagte Goonan, in dem Versuch, die von Alanna Hamdis gelernte Lektion aufzusagen.

»Ja, mehr oder weniger. Das ist es, sinngemäß«, nickte Fludd und überging den bösen Schnitzer. »Die Biometrie befasst sich mit der Messung aller physiologischen Variablen des menschlichen Körpers. Hier drinnen interessieren wir uns aber nur für elektronische Interfaces zur Bestimmung von Fingerkuppe und Iris.«

»Und wie viel verdiente Mr. Brine?«

»Sehr viel.«

»Wie viel?«

»Sagen wir, um die dreihunderttausend Euro im Jahr.«

»Wenn ich bedenke, dass ich mich auch jeden Tag mit Fingerabdrücken herumschlage …«, seufzte Goonan.

»Aber Sie arbeiten nicht für die Banken …«

»Soll heißen?«

»Das Hauptanwendungsgebiet unserer Forschung ist der Bankensektor. Folgen Sie mir.«

Sie verließen den Raum, und Fludd führte ihn durch den Korridor, bis er vor der x-ten Sicherheitstür stehen blieb. Er presste den Zeigefinger auf das Lesegerät. Dieser Raum hob sich deutlich von den vorherigen ab. In die Wände waren rund ein Dutzend Geldautomaten verschiedener Bauart und Größe eingelassen. In der Mitte standen, auf einem langen Tisch, verschiedene Terminals mit ungewöhnlichen feuerroten Tastaturen.

Fludd trat an eines der Geräte an der Wand heran. »Kennen Sie den?«, fragte er Goonan und bedeutete ihm, näher zu treten.

»Natürlich«, antwortete der Inspector. »Die Dinger stehen doch überall rum.«

»Sind Sie da sicher?«

Goonan schaute ihn genauer an. »Wo steckt man die EC-Karte hinein?«

»Es gibt keine Karte. Man muss nur den Zeigefinger auflegen«, erklärte Fludd und führte die Bewegung vor, »dann wird man automatisch identifiziert.«

»Hmm …«, brummte der Inspector verblüfft. »Ich nehme an, das Verbrechen der Zukunft wird die Amputation der Fingerkuppe sein.«

»Unmöglich. Unser Lesegerät bestimmt auch Körpertemperatur und Pulsschlag, wenn diese fehlen, verweigert es den Zugang.«

Goonan zog eine skeptische Grimasse und zeigte auf eine der roten Tastaturen. »Und die hier?«

»Funktionieren nach demselben Prinzip. Um Zugang zu dem angeschlossenen Computer zu gewähren, verlangen sie statt des Passwortes die Daten der Iris oder den Fingerabdruck.«

»Und wer interessiert sich dafür?«

»Wer auch immer sensible Daten verwaltet: Banken, Fondsgesellschaften, Börsenmakler, um in unserer Branche zu bleiben. Aber in Zukunft wird die biometrische Wiedererkennung von allen großen EDV-Systemen verwendet werden. Wir haben bereits Kontakte zu den Verteidigungsministerien verschiedener Länder, zu Fluggesellschaften, Fernsehsendern, Einkaufszentren, Telefongesellschaften … Die Liste ist lang.«

»Ist dieses Zeug schon auf dem Markt?«

»In einigen Ländern werden biometrische Geldautomaten bereits benutzt, in der Testphase. Was die Tastaturen angeht, das ist eine Frage weniger Monate, und dann …«

Der Satz wurde durch das Klingeln von Goonans Handy unterbrochen. Er schaute auf das Display: Es war Bridget Walsh.

»Entschuldigen Sie mich einen Augenblick«, sagte er zu Fludd und ging Richtung Tür. Als er auf dem Flur stand, drückte er auf die grüne Taste, um das Gespräch anzunehmen.

»Was ist los?«, fragte er.

»Wir haben alle Daten zu dem Flug.«

»Wurde auch Zeit. Wo sind sie hin?«

»Nach Paris. Mit dem letzten Air-France-Flug am Donnerstag Abend.«

Goonan steckte sich instinktiv eine Zigarette in den Mund.

»Wir haben sauviel Zeit verloren«, sagte er verärgert.

»Bist du fertig in dem Laden?«

»Ja, scheint alles in Ordnung zu sein. Und ich habe die Bestätigung bekommen, dass David Brine für seine Exfrau als Toter wertvoller sein könnte, denn als Lebender.«

»Auch dazu gibt es Neuigkeiten. Wir haben etwas Interessantes auf David Brines privatem Computer gefunden.«

»War der nicht bereits überprüft worden?«

»Doch, aber wir haben festgestellt, dass Brine sich selbst vergangenen Samstag, in der Nacht vor der Entführung, eine verzögerte Nachricht geschickt hat.«

»Was soll das sein?«

»Eine Methode, mit der man vorübergehend Dateien verschwinden lassen kann. Man schickt sie an einen sogenannten verzögerbaren Postserver und dann vernichtet man sie komplett. Nach einer Weile kommen sie zurück, ohne in der Zeit ihres ›Abtauchens‹ irgendwelche Spuren zu hinterlassen.«

»Davon habe ich noch nie gehört.«

»Damit muss man sich natürlich auskennen, das ist nichts für Durchschnitts-User. Aber Brine war ein aufgewecktes Kerlchen. Der Kriminaltechnik ist es gelungen, die schlafende Mail wiederherzustellen, während sie den Server von Brines Provider checkte.«

»Hätte er sich nicht einfach einen Brief schicken können?«, fragte Goonan skeptisch.

»Wenn dich jemand aus dem Verkehr ziehen will, dann wird er wahrscheinlich deinen Briefkasten kontrollieren. Gegen dieses System dagegen kann er nichts ausrichten.«

»Hast du die Mail gelesen?«

»Hab sie überflogen. Es ist eine ziemlich lange und verworrene Abhandlung mit einem furchterregenden Titel.«

»Nämlich?«

»Digitale Apokalypse.«

»Digitale Apokalypse?«

53

Ort: Patagonien
Weltzeit: Samstag, 27. Juni, 15.32 Uhr (GMT)
Ortszeit: 12.32 Uhr

Der Geruch der Explosion hing noch in den Kleidern der Frau. Er stach in die Nasenhöhlen, brenzlig und ätzend, als ob gerade eine Stange Dynamit in der Fahrgastzelle detoniert wäre.

Während der Jeep buchstäblich auf dem Wasser dahinschlitterte, brach Teodoro, der auf der Rückbank saß und den Kopf der Frau auf den Knien hielt, das Schweigen: »Sieht aus, als würde sie zu sich kommen.«

Doornick war in Gedanken versunken. Als ihnen der Körper der Mapuche-Lehrerin den Weg versperrte, war es für ihn ganz selbstverständlich gewesen, ihn in den Jeep zu laden. Jetzt wusste er nicht mehr, ob das so eine gute Idee gewesen war. Wie sollte er die Anwesenheit der Frau erklären? Noch dazu in ihrem Zustand?

Ricardo, der während ihrer Erkundungstour die ganze Zeit im Jeep gewartet hatte, als würde er bei einem Bankraub Schmiere stehen, verstand immer noch nichts.

»Was zum Henker waren das denn für Explosionen? Was ist da für eine Scheiße passiert?«

»Drei LKW sind in die Luft geflogen«, war alles, was der Ingenieur zur Erklärung sagte. »Damit haben wir aber nichts zu schaffen.«

»Klar«, schaltete Teodoro sich ein und zeigte auf die Frau, »aber sie hier bestimmt.«

Der Regen fiel weiterhin ohne Unterlass. Die Windschutzscheibe war von einer dicken Wasserschicht überzogen, gegen die die Scheibenwischer kaum ankamen.

»Verfluchte Mapuche«, schimpfte Ricardo und kniff die Augen zusammen, damit er nicht von der Straße abkam. »Jetzt fangen die auch noch an, Terroristen zu spielen.«

Doornick hatte gute Lust, ihm zu sagen, dass das hier im Grunde ihr Land war, aber der Satz klang banal und hätte Ricardo ohnehin kaum beeindruckt. Und was brachte ihnen in ihrer Lage ein Streit?

Ana María begann unterdessen zu stöhnen und allmählich die Augen aufzuschlagen. Als sie Teodoros stechendem Blick begegnete, versuchte sie sich instinktiv aufzurichten und den Türgriff zu fassen, um sich aus dem Wagen zu werfen. Sie wollte weg von diesen Männern, die sie offensichtlich geschnappt hatten. Aber sie gab es sofort wieder auf, weil ihre Kräfte versagten. Außerdem hatte Teodoro auf ihren Vorstoß mit völliger Gleichgültigkeit reagiert, als ob sie tun und lassen könne, was immer sie wollte. Verwirrt schloss sie wieder die Lider. Sie nahm nur das Motorengeräusch und das Trommeln des Regens auf dem Autodach wahr. Es hörte sich an, als ob jemand von oben mit Ketten auf den Wagen peitschte.

Nach einer Weile schlug Ana María die Augen wieder auf und zog sich langsam hoch, um die Lage zu überblicken. Der Mann neben dem Fahrer war der Verantwortliche für den Mauerbau: Doornick. Sie mussten sich in seinem Wagen befinden, denn am Steuer saß dieser arrogante Argentinier, den sie in der Estancia Cristóbal gesehen hatte: Ricardo. Neben ihr saß hingegen Teodoro, ein Kerl, dem, vielleicht weil er so wortkarg war, alle Bewohner der Gegend mit Respekt begegneten. Die drei Männer trugen das rote Regencape der Firma, das identisch war mit dem, das sie am Leib hatte, auch wenn die der Männer sicher nicht geklaut waren. Ihr Kopf schmerzte, und sie hatte einen unangenehmen Geruch in der Nase: Ihre Fingerkuppen waren leicht versengt. Sie betastete eine Augenbraue, die pochte, und dann das Gesicht. Es war unangenehm, wie die Haut spannte, aber als sie merkte, dass es nur an dem Schlamm lag, der eintrocknete, seufzte sie erleichtert.

Sie konnte sich nicht recht entsinnen, was nach der Explosion passiert war. Nach ihrer Schätzung hatte sie sich in ausreichendem Abstand positioniert, als sie die rudimentären Molotowcocktails auf die LKW geworfen hatte, und doch war sie voll von einer Druckwelle erwischt worden, viel gewaltiger als erwartet, selbst wenn man die Explosion der Benzintanks mit einkalkulierte. Wahrscheinlich hatte der Regen sie gerettet. Aber sie verstand das Ganze nicht. Vielleicht war in den Lastern leicht entflammbares Material gewesen, womöglich Gasflaschen oder etwas in der Art. Sie erinnerte sich, dass sie es bis zu dem Loch im Palisadenzaun geschafft hatte, und dann mussten ihre Kräfte sie verlassen haben, und sie war ohnmächtig geworden, mitten auf der Straße. Was mochte aus Paco geworden sein, ihrem Mitstreiter bei der ganzen Aktion? Sie betete, dass es zumindest ihm gelungen war, den Leuten der Firma zu entwischen.

»Wo bringt ihr mich hin?«, fragte sie mit schwacher Stimme.

Doornick drehte sich um und war überrascht, dass sie sich schon wieder einigermaßen erholt zu haben schien. Er deutete ein Lächeln an, aber was er anschließend sagte, beunruhigte sie: »Wir wissen es nicht.«

Der Jeep machte einen Satz, und die Arme der drei Passagiere schnappten sofort nach den Haltegriffen.

»Mir steht ein Prozess zu. Dieses Land hat immer noch Gerichte, und ich habe niemanden umgebracht«, protestierte

Ana María energisch. Sie war urkomisch, dachte Doornick. Sie war pudelnass, benommen und schlammverschmiert, und doch hatte ihre Stimme nichts von ihrer Entschlossenheit eingebüßt.

Er drehte sich wieder zu ihr um. »Wir haben nicht vor, Ihnen irgendetwas zu tun«, beruhigte er sie. Dann zwang ihn ein Schlagloch, wieder nach vorne zu sehen.

Das Gesicht der Frau war wie versteinert vor Verblüffung. »Wo bringt ihr mich dann hin?«

»Wir wissen es nicht«, wiederholte er.

In diesem Moment fing Ricardo an, in den Rückspiegel zu starren. »Wir haben jemanden an den Fersen«, teilte er mit.

Doornick, Ana María und Teodoro drehten sich gleichzeitig um. Tatsächlich sah man in der Ferne, durch die Regenschleier, die Scheinwerfer eines Geländewagens.

»Versuch sie abzuhängen, Ricardo«, ordnete Doornick an. »Es wäre inzwischen ziemlich schwierig, ihnen die Sachlage zu erläutern.«

»Zum Teufel mit dieser beschissenen Mapuche«, brüllte der Fahrer wild. »Ich habe keinen Bock, ihretwegen den Hals zu riskieren.« Und plötzlich trat er voll in die Eisen, dass das Wasser nur so in alle Richtungen davonstob.

»Fahr sofort weiter«, schrie Doornick wütend, aber Ricardo rührte sich nicht.

Ana María schaute noch einmal nach hinten. »Ihr habt damit nichts zu schaffen«, sagte sie. »Ich stelle mich.« Und ehe Teodoro sie zurückhalten konnte, hatte sie bereits die Seitentür geöffnet und war aus dem Geländewagen gestiegen.

»Das nenne ich mal ’ne klare Ansage«, sagte Ricardo und drehte sich befriedigt um.

Das waren seine letzten Worte.

Im selben Augenblick zersplitterte nämlich die Heckscheibe, und ein Gewehrschuss riss ihm den halben Kopf weg.

Doornick schrie panisch. Blut und Hirnmasse waren auf ihn gespritzt. Er geriet völlig außer sich: »Steigen wir mit erhobenen Händen aus«, rief er. »Sie werden mich erkennen. Sie wissen, wer ich bin, sie werden mich erkennen, sie wissen, wer ich bin«, sagte er immer wieder hysterisch.

Teodoro lugte nach hinten, er war auf dem Sitz in Deckung gegangen. Die Scheinwerfer waren noch rund fünfzig Meter entfernt. »Schwachsinn«, sagte er mit unglaublicher Ruhe. »Die machen uns kalt.« Er sprang auf den Vordersitz, und mit einer einzigen Geste öffnete er den Wagenschlag und warf Ricardos Leiche hinaus. »Steig ein«, befahl er Ana María, die unbeweglich im Regen stehen geblieben war, unfähig, irgendetwas zu tun. Sie gehorchte.

Teodoro fuhr langsam an, steuerte den Jeep aus dem Morast und gab dann Gas. Er schaute in die Rückspiegel und bemerkte, dass der Wagen, der sie verfolgte, auf Höhe der Leiche stehen geblieben war. Ricardos Leiche versperrte nicht den Weg, also hatten sie bewusst gehalten, um zu sehen, wen sie getroffen hatten. Sie wollten wissen, mit wem sie es zu tun hatten.

»Was zum Geier machen wir jetzt?«, fragte Doornick verängstigt. Er zitterte am ganzen Leib, und sein Gesicht war kreidebleich, als hätte das Blut in seinem Inneren aufgehört zu zirkulieren.

»Versuchen wir sie abzuhängen«, antwortete Teodoro. »Dann sehen wir weiter.«

Er schien sich seiner Sache ziemlich sicher zu sein. Er wusste genau, dass die Reifenprofile nach all den Kilometern mit Schlamm verklebt und völlig glatt waren. Deshalb dosierte er vorsichtig die Motorleistung, er fuhr schnell, aber nicht zu schnell, denn hätte er zu stark beschleunigt, hätten die Reifen ihre Haftung verloren und begonnen durchzudrehen, wodurch sie Furchen gegraben und sich schließlich festgefressen hätten.

Nach einigen Kilometern wurde die Vegetation dichter, und Teodoro merkte, dass der Untergrund unter der Schlammschicht kompakt war. Also steigerte er das Tempo noch ein wenig und hielt es dann möglichst konstant. Bis der Jeep schließlich über einen Buckel hopste, der höher war als gedacht, und im Morast stecken blieb.

»Wir sind am Arsch, wir sind am Arsch ...«, jammerte Doornick.

Teodoro ließ sich nicht aus der Ruhe bringen. Er legte den Rückwärtsgang ein, und dann wieder den Vorwärtsgang. Er wiederholte diese Technik mehrere Male, fuhr immer wieder vor und zurück, lenkte einmal nach links, dann nach rechts und arbeitete sich Zentimeter für Zentimeter voran. Geduldig wiederholte er das Spiel, bis er, innerhalb einer Minute, das Fahrzeug befreit hatte. Doch die Verfolger waren inzwischen herangekommen und kündigten sich mit dem Sirren eines Projektils an.

Teodoro ließ sich davon nicht beeindrucken und setzte die Flucht fort. Doornick schaute nach hinten, weil er hoffte, dass auch die Verfolger an dem Buckel stecken bleiben würden. Er kniff die Augen zusammen, um durch den Regen zu blicken, der in Sturzbächen durch das zerschmetterte Rückfenster strömte. Er sah, wie die Scheinwerfer der Verfolger mit voller Geschwindigkeit auf den Buckel zurasten und darüber hinwegsetzten, wobei sie eine Schlammfontäne aufspritzen ließen.

»Wir sind am Arsch, jetzt haben sie uns«, schrie er panisch.

»Nicht mehr lang, Jefe«, erwiderte Teodoro ruhig.

»Was redest du da?«

»Der Wagen hinter uns nimmt ein ordentliches Schlammbad. Das ist inzwischen bestimmt durch den Kühlergrill eingedrungen.«

»Na und?«

»Die Hitze aus dem Motor trocknet den Dreck im Nu. Der Kühlergrill verklebt, die Luft kommt nicht mehr durch, der Motor überhitzt und ... *adiós* ...«

In diesem Moment sirrte ein Projektil durch die Kabine, haarscharf an Ihren Köpfen vorbei, und zertrümmerte auch die Windschutzscheibe. Doornick brüllte hysterisch und warf sich unter den Sitz. »Verdammte Scheiße, die machen uns kalt!«, winselte er.

»Bieg nach der nächsten Kurve rechts ein«, schrie Ana María, die völlig durchnässt auf dem Rücksitz kauerte. »Da ist die alte *carretera*, die zur Estancia der Lirios führte.«

Das war riskant, dachte Teodoro, die Straße war seit Jahren nicht mehr befahren worden. Aber inzwischen konnten sie ihren Kopf nur noch retten, indem sie alles auf eine Karte setzten.

Er fuhr in die Kurve und schlug das Lenkrad voll ein, so dass der Jeep auf die Bäume zuraste. Durch die Wasserfontänen, die direkt in die Kabine schlugen, konnte Teodoro irgendwie die schmale Piste erahnen, die einst zur Ranch der Lirios geführt hatte. Der Jeep bäumte sich auf, um über den Erdwall zu setzen, der die Hauptstraße begrenzte, dann krachte er auf die Carretera, die Reifen griffen wieder, und Teodoro beschleunigte erneut, aber ohne zu übertreiben. Er wollte das Motorengeräusch möglichst drosseln, damit sie nicht nur außer Sicht-, sondern auch außer Hörweite der Verfolger kämen.

Kurz darauf sah er im Rückspiegel, wie der Jeep der Verfolger auf der Hauptstraße vorbeischoss, aber zum Jubeln blieb ihm keine Zeit: Ein Schuss, der in ihre Richtung abgegeben wurde, machte deutlich, dass man sie gesehen hatte. Die Verfolger würden jetzt umkehren, und er würde sie wieder auf dem Hals haben. Der Regen, der ihm durch die zersplitterte Scheibe ins Gesicht peitschte, erledigte den Rest: In Kürze würde man sie eingeholt haben. Es gab noch Ricardos

Gewehr, dachte Teodoro, aber das war wirklich die letzte Karte, die er ausspielen wollte.

Einige Minuten später waren die Scheinwerfer der Verfolger auf weniger als dreißig Meter herangekommen. Teodoro fühlte sich wie die Maus in der Falle.

Aber auch seine andere Vorahnung sollte sich erfüllen. Als er merkte, dass der Abstand zu dem Geländewagen hinter ihnen immer größer wurde, bis er schließlich ganz aus dem Rückspiegel verschwand, hatte er Gewissheit: Der Schlamm im Kühler hatte seine Arbeit getan. Also lehnte Teodoro sich im Sitz zurück und lächelte zufrieden.

54

Ort: Turin
Weltzeit: Samstag, 27. Juni, 15.47 Uhr (GMT)
Ortszeit: 17.47 Uhr

»... wir wissen alles, Bandar. Hamed hat uns sofort informiert, und al-Arabiya hat als Erstes die Bilder von dem Anschlag gesendet«, sagte Hussayn am anderen Ende der Leitung.

»Wie hat Seine Hoheit es aufgenommen?«

»Er ist fuchsteufelswild. Er will wissen, wie das passieren konnte. Deshalb hat er mich beauftragt, Sie anzurufen.«

Bandar seufzte. »Das war ein Zwischenfall, den wirklich niemand voraussehen konnte.«

»Es ist von elf Toten die Rede. Wie viele davon gehören zu uns?«

»Vier, außer dem Gefangenen.«

»Hat man ihn identifiziert?«

»Nein. Was von ihm übrig ist, hat sich unter die Reste der beiden Touristen gemischt.«

»Wenigstens ein bisschen Glück im Unglück.«

»Das ist nicht meine Schuld. Niemand konnte einen Terroranschlag voraussehen, noch dazu in unserem eigenen Gebiet.«

»Darum geht es nicht: Seine Hoheit will wissen, weshalb Brine im Suq unterwegs war, statt sicher in seinem Versteck zu sitzen.« Bandar gab keine Antwort. Was auch immer er gesagt hätte, es wäre sowieso das Falsche gewesen.

»Nun?«, insistierte Hussayn.

»Er war meinen Leuten entkommen, aber sie waren hinter ihm her. Soweit ich weiß, hatten sie ihn fast geschnappt, als es zu der Explosion kam.«

»Aber wie konnte er entkommen?«

»Leider sind die Männer, die diese Frage beantworten könnten, alle tot.«

»Das wird den Zorn des Prinzen nicht besänftigen.«

»Sagen Sie ihm, dass dieser Hund von Brine seinen Verrat gestanden hatte. Jedenfalls kann er uns jetzt nicht mehr schaden.«

»Er nicht, aber wenn er mit jemandem darüber gesprochen hat?«

»Genau das will ich herausbekommen, indem ich seinen Bruder und seine Exfrau verhöre.«

»Haben Sie das noch nicht getan?«

»Es war entschieden worden, dass sie ebenfalls verlegt werden. Jetzt aber ist es sicherer, sie hierzubehalten.«

»Verhören Sie sie also, und dann erstatten Sie umgehend Bericht.«

»Wird gemacht.«

»Gibt es noch etwas?«

»Ja. Faris hat sie belauscht. Sie haben nicht einmal begriffen, wer wir sind. Sie glauben, einer christlichen Sekte in die Hände gefallen zu sein.«

»Einer Sekte?«

»Ja, sie nennen uns die ›Vernichter‹.«

Eine Pause entstand.

»Zu ihnen kein Wort darüber«, schloss Hussayn. »Versucht nur herauszubekommen, ob David Brine ihnen etwas erzählt hat.«

55

Ort: Abu Dhabi
Weltzeit: Samstag, 27. Juni, 15.50 Uhr (GMT)
Ortszeit: 19.50 Uhr

Hussayn war wie benommen von der Wucht des Schlages.

Der Prinz hatte seine ganze Wut im Griff des Schlägers konzentriert. Der Drive hatte einen perfekten Halbmond in die Luft gezeichnet, und der Ball war mit dem Zischen einer Gewehrkugel in den Himmel geschossen. Er war über die gesamte Bahn von Loch Vier geflogen und auf dem makellosen Rasen des Grüns gelandet, einen Schritt vor der Fahne. Ein meisterhafter Schlag, dachte Hussayn, fand es aber klüger, das Kompliment für sich zu behalten.

Die Vier war die kürzeste aller Bahnen auf dem Neun-Loch-Parcours, der die Residenz Amir Khans umgab, aber auch die malerischste. Das Grün krönte eine Hügelkuppe, die direkt über dem Meer schwebte, und an jenem Abend blies ein sanfter Wind, der die Hitze des zu Ende gehenden Tages milderte.

Hussayn ging auf das weiße Caddy-Car zu, das einige Meter weiter parkte, aber der Prinz winkte ihn zurück. »Lass uns zu Fuß gehen, Hussayn.«

Amir Khan näherte sich dem Golfsack, fädelte den Titan-Drive, den er für den Abschlag benutzt hatte, ein und zog einen Putter heraus. Er hielt ihn am Griff, legte ihn sich über die Schulter und steuerte das Grün an.

Sie gingen eine Weile schweigend. In der Ferne hörte man

das Rollen der Dünung, die gegen die Klippen brandete. Zwei Möwen hingen unbeweglich in der Luft.

»Ich kann mir auf die Geschichte mit diesem Gefangenen einfach keinen Reim machen, Hussayn.«

»Jetzt kann er uns nicht mehr verraten, Hoheit.«

»Ich rede nicht von diesem Gefangenen, sondern von seinem Bruder.«

Dem Sekretär blieb der Mund offen stehen. »Meint Ihr den Professor? Liam Brine?«

»Genau den«, bestätigte der Prinz und ließ den Putter im Gehen locker über die Halme schwingen.

»Er ist in Italien in Sicherheit, in Bandars Obhut.«

»Bandars Obhut bedeutet in letzter Zeit keine Sicherheit mehr. Doch nicht darüber wollte ich sprechen.«

»Ich höre, Hoheit.«

Der Prinz blieb mitten auf dem Rasen stehen. »Wenn mich jemand bittet, eine Person zu entführen, die ich bereits entführt habe, dann wirft das für mich Fragen auf.«

»Ich fürchte, ich kann Euch nicht folgen, Hoheit.«

»Sieh mal, Hussayn. Mr. Kerr ist aus einem ganz präzisen Grund hierhergekommen.«

»Leider habt Ihr mich nicht eingeweiht«, bemerkte der Sekretär mit leicht spitzem Unterton.

»Ich bin ja gerade dabei, dich einzuweihen«, erwiderte der Prinz scharf, gereizt durch Hussayns Bemerkung. Er fuhr jedoch in beherrschtem Ton fort: »Kerr hat mich um einen Gefallen gebeten: Liam Brine zu finden.«

»Hätte er denn wissen können, dass wir ihn haben?«

»Ausgeschlossen. Es sei denn, er ist noch viel mächtiger, als er uns gegenüber hat durchblicken lassen.«

Sie gingen weiter.

»Und warum interessiert er sich für Liam Brine?«, fragte Hussayn.

»Das ist eine komplizierte Geschichte. Es scheint, als wäre er der Anführer einer christlichen Bruderschaft, die der Vollendung der Operation ›Leeres Viertel‹ im Wege stehen könnte.«

Der Sekretär zuckte zusammen: »Eine christliche Bruderschaft?«

»Warum verblüfft dich das?«

»Gerade eben hat Bandar mir von einem Detail berichtet, auf das ich nicht viel gegeben und über das ich Euch deshalb irrtümlicherweise nicht in Kenntnis gesetzt habe.«

»Das wäre?«

»Einer seiner Männer hat die beiden Gefangenen belauscht, und aus ihren Gesprächen geht hervor, dass sie als ihre Entführer nicht uns im Verdacht haben.«

»Und wer, meinen sie, hat sie entführt?«

»Eine christliche Sekte. Sie haben sie die ›Vernichter‹ genannt.«

Der Prinz blieb abrupt stehen. »Wie sagtest du?«

»Ver-nich-ter«, wiederholte Hussayn, jede einzelne Silbe betonend.

»Lass uns umkehren«, beschloss Amir Khan und wandte sich von dem Fähnchen auf dem Grün ab.

»Spielt Ihr das Loch nicht zu Ende?«

»Dieser Ball wird auch morgen früh noch da sein, Hussayn. Was den Rest angeht, bin ich nicht so sicher.«

56

Ort: Turin
Weltzeit: Samstag, 27. Juni, 16.28 Uhr (GMT)
Ortszeit: 18.28 Uhr

Liam und Alanna saßen immer noch am Konferenztisch. Die Luft wurde immer stickiger, und keiner der Entführer hatte sich bisher gezeigt. Sie versuchten beide, ihren Hunger und vor allem ihren Durst zu vergessen und sich Klarheit über ihre Lage zu verschaffen. Je mehr Zeit verging, desto wahrscheinlicher erschien ihnen die Theorie, dass Leute aus dem Dunstkreis von ZeroOne Code für ihre Entführung verantwortlich waren.

Alanna zitterte leicht und ruckte auf dem Stuhl herum: »Ich habe Angst, Liam.«

»Wir müssen uns fügen. Und warten«, sagte er. Er stand auf, setzte sich neben sie und legte sanft seine Hand auf ihren Arm, um sie zu beruhigen.

Er schaute sie zärtlich an. Er spürte ihre Angst, in die sich eine sanfte, traurige Melancholie mischte.

Sie sahen einander eine Weile stumm in die Augen, wie es in besonders emotionsgeladenen Situationen passiert, in denen Menschen, die wir zu kennen glauben, uns plötzlich ganz verändert und wie Fremde vorkommen.

Alanna unterbrach die irreale Atmosphäre, indem sie aufstand und an die Bücherwand herantrat. Sie nahm einen wuchtigen, ledergebundenen Band heraus.

»Hier ist eine Bibel«, sagte sie.

»Hilft die uns, hier herauszukommen?«, fragte er betrübt.

»Kann sein«, sagte sie ernst. »Wenn Molteni recht hat, dann stecken alle Antworten hier drin.«

Liam nickte. Sie gab ihm das Buch, er legte es auf den Tisch und blätterte einige Seiten durch. »Das ist die offizielle Version der CEI, mit italienischem Text ... und der Originalquelle: die Vulgata des Hieronymus, auf Latein.«

Alanna schaute ihn fragend an.

Er merkte, dass eine Erklärung nötig war: »Die CEI ist die Italienische Bischofskonferenz, also die Vereinigung der Bischöfe, die die offizielle Linie der italienischen Kirche festlegt. Und die Vulgata von Hieronymus ist die lateinische Originalversion des Alten und Neuen Testamentes, die als kanonische Quelle gilt und ...«

»Halt, ich habe verstanden. Hier ist auch die Apokalypse drin, richtig?«

»Ja, sicher«, nickte Liam, der merkte, dass sie einen neuen Gedanken verfolgte.

»Hör mal«, sagte Alanna, »Molteni hat geschrieben, dass der Presbyter von Johannes, das heißt, praktisch sein Sekretär, den Originaltext der Prophezeiung verschleiert hat. Verschleiert, nicht vernichtet. Das bedeutet, dass sich auch in der offiziellen Version der Apokalypse noch Spuren der Originalprophezeiung finden müssten, oder?«

»Die wird seit Jahrhunderten erforscht. Ich sehe nicht, was wir da noch Neues entdecken könnten ...«

»Zuerst einmal wissen wir, was wir suchen«, erwiderte Alanna. »Und das ist schon mal ein großer Vorteil. Außerdem bin ich eine Philologin und Sprachwissenschaftlerin, die in Sachen Bibel ziemlich unbeleckt ist, also keine Vorurteile hat. Und schließlich: Hast du heute noch andere Termine?«

Auf Liams Gesicht zeigte sich der Anflug eines Lächelns. »Du hast recht«, nickte er. »Wie gehen wir vor?«

Sie näherte sich ihm, deutlich erleichtert, ja fast freudig erregt. »Zuerst einmal müssen wir den Text lesen. Du kennst ihn gut, ich aber nicht.«

Sie setzten sich nebeneinander, das aufgeschlagene Buch vor sich.

Liam blätterte zum Inhaltsverzeichnis. Eine feine Staubschicht wirbelte von dem vergilbten Anschnitt auf. »In welcher Sprache soll ich lesen?«, fragte er.

Alanna dachte kurz nach, ehe sie antwortete: »Die Übersetzung könnte wichtige Spuren getilgt haben. Lass uns die lateinische Version nehmen: Ich war die Beste in meinem Kurs.«

»Perfekt. Dann verstehen sie nichts, falls sie uns abhören.«

»Ich habe den Eindruck, dass es sie, auch wenn sie uns verstehen könnten, nicht besonders interessieren würde.«

Liam blätterte vorsichtig in den Seiten, bis er die richtige Stelle fand. Er räusperte sich und begann:

»APOCALYPSIS IESU CHRISTI QUAM DEDIT ILLI DEUS PALAM FACERE SERVIS SUIS QUAE OPORTET FIERI CITO ET SIGNIFICAVIT MITTENS PER ANGELUM SUUM SERVO SUO IOHANNI.«*

In Liams Stimme, die sich in den Raum erhob, lag etwas Weihevolles und Entrücktes. Die altertümlichen Worte strömten langsam hervor und hallten lange nach. Sie waren wie Quadersteine, die hie und da von einer leichten, typisch angelsächsischen Modulation der sie tragenden Melodie geschmückt wurden.

* Dies ist die Offenbarung Jesu Christi, die ihm Gott gegeben hat, seinen Knechten zu zeigen, was in Kürze geschehen soll; und er hat sie durch seinen Engel gesandt und seinem Knecht Johannes kundgetan. (NT, Offb 1,1)

57

Ort: Dublin
Weltzeit: Samstag, 27. Juni, 17.06 Uhr (GMT)
Ortszeit: 18.06 Uhr

»Soll das ein Witz sein?«, brüllte Inspector Goonan in den Hörer. »Was soll das heißen, alles verschwunden? Wir reden hier nicht von einer Münze in einer löchrigen Hosentasche, Himmelherrgott!«

Am anderen Ende wurde etwas gestammelt. Goonan unterbrach sofort: »Wie können gleichzeitig eine Festplatte, eine CD und dreißig in zweifacher Kopie ausgedruckte Textseiten verschwunden sein? Was seid ihr denn? Ein Polizeilabor oder eine verschissene Therapiegruppe der Anonymen Alkoholiker?«

Die Stimme sagte wieder etwas, und wieder unterbrach der Inspector sie: »Ach, vor ein paar Stunden war noch alles da, ja? Und wer zum Geier ist dann vorbeigeschneit? Harry Potter? Wir halten die Aufzeichnungen eines Entführten in Händen, und wo verlieren wir sie? Im Labor der Kriminaltechnik! Ihr seid einfach ein Haufen elender Stümper. Wenn das nicht innerhalb einer Stunde wieder auftaucht, dann schwöre ich euch, dass ich euch den Verkehr regeln lasse, und zwar in irgendeinem verschissenen Kaff, das in der Scheiße irgendwelcher verschissener Schafherden versinkt.«

Er knallte den Hörer so heftig aufs Telefon, dass der Schreibtisch bebte. »Ihr seid Blindgänger!«, schimpfte er weiter, als ob sie ihn noch hören könnten. »Blindgänger, Arschlöcher, Stümper, verschissene Faulpelze. Fickt euch doch alle ins Knie!«

Sergeant Bridget Walsh stand vor ihm wie versteinert. Auch wenn sie mit der Geschichte nichts zu tun hatte, wagte sie nicht, den Mund aufzumachen.

Goonan steckte sich eine Zigarette an und nahm einen tiefen, tiefen Zug. »Und was hast du verloren, Bridget?«, fragte er, sich allmählich beruhigend.

»Nichts, Paul. Das heißt, ich habe die hier.«

Während sie sprach, legte die Beamtin zwei Mobiltelefone auf den Schreibtisch, jedes in einer durchsichtigen Plastiktüte.

»Was'n das für'n Zeug?«, fragte Goonan.

»Die Handys von Alanna Hamdis und Liam Brine. Die wir am Flughafen gefunden haben, zerlegt und gut versteckt.«

»Hast du sie untersucht?«

»Ich wollte sie gerade ins Labor schicken.«

Goonans Miene verfinsterte sich. »Komm bloß nicht auf die Idee. Die sind so unfähig, die würden versuchen, damit durch die Fernsehkanäle zu zappen. Hast du nicht gehört? Die haben eben erst diese Abhandlung von David Brine verloren. Wie ich sie hasse!« Während er redete, nahm er eines der Handys und fing an durch die Plastikhülle daran herumzuhantieren, wobei er seine Zigarettenasche überall verstreute, bis er endlich geschafft hatte, es einzuschalten.

»Es will irgendeine verschissene PIN-Nummer von mir, Himmelkreuzdonnerwetter!«

»Ich habe alle Informationen über ZeroOne Code«, wechselte Bridget zaghaft das Thema und reichte ihm eine Akte.

Er legte das Handy hin, schnappte sich die Akte und blätterte sie schnell durch. »Steht was Interessantes drin?«

»ZeroOne Code Irland gehört zu einem multinationalen Konzern: ZeroOne Code International. Eigentümer ist ein Netzwerk von Finanzgesellschaften, die zwischen den Kaimaninseln und Luxemburg verstreut sind. Ein raffiniertes Geflecht aus Black Boxes, aber wir haben es geschafft, den wahren Eigentümer zu identifizieren.«

»Und der wäre?«

»Ein Geschäftsmann aus Abu Dhabi: Amir Khan Al Ammar. Da drin findest du seinen Lebenslauf – nicht unbedingt der eines Waisenknaben.«

»Ein Araber ... Erzähl mir mehr.«

»Das reicht von Insidergeschäften bis zum internationalen Waffenhandel, eine Unzahl mehr oder weniger legaler Aktivitäten auf dem ganzen Globus. Derzeit gilt er als der sechstreichste Mann der Emirate.«

»Okay, ich werde mir alles in Ruhe durchlesen«, schloss Goonan, der die Akte zuschlug und die Zigarette ausdrückte.

»Was hältst du von dieser Geschichte, Bridget?«, fragte er kurz darauf in freundschaftlichem Ton.

»Von der Sache mit dem verschüttgegangenen Dokument von David Brine?«, war ihre Gegenfrage.

»Auch.«

»Das ist merkwürdig. Etwas Derartiges ist bei uns hier noch nie vorgekommen.«

»Denkst du an einen Maulwurf?«

»Du nicht?«

»Ich denke nur, dass wir da im Labor einen Haufen Vollidioten sitzen haben.«

»Und wenn dieser arabische Geldsack stattdessen jemanden bestochen hätte? Letztlich waren auch die Entführer von David Brine Araber. Vielleicht gibt es da eine Verbindung.«

»Nein.« Goonan schüttelte den Kopf. »Diese Araber stehen mit der Hamdis in Verbindung. Sie erbt ein Vermögen. Die war's, da habe ich keinen Zweifel. Du wirst sehen, bald taucht auch die Leiche des Exmannes auf. Und ich bin sicher, dass der Schwager ihr Komplize ist.«

Er nahm die Tüte mit dem anderen Handy und fingerte daran herum, um es anzuschalten. »O Scheiße, bei dem hier ist die PIN-Funktion deaktiviert!«

Neugierig geworden, ging Bridget um den Schreibtisch herum und blieb hinter seinem Rücken stehen.

»Schauen wir uns mal die Anrufe an, die er zuletzt getätigt hat«, sagte Goonan und rief das entsprechende Menü auf.

Kurz darauf ertönte ein langes Piepen, das den Eingang einer SMS anzeigte. Dann kam noch ein Piepton, dann ein dritter.

Goonan wechselte sofort das Menü und schaute auf die eingegangenen Nachrichten. Zwei der SMS waren Mitteilungen über entgangene Anrufe. Die dritte dagegen zeigte den Namen des Absenders: Giuseppe Russo. Sie war am Vortag um 14.31 Uhr abgeschickt worden. Goonan öffnete die SMS und las: *»Il citofono da suonare in Via Napione è Alfieri. Ti aspetto. G.«**

»Vielleicht haben wir sie, Bridget!«, rief Goonan begeistert aus und gab ihr das Handy. »Giuseppe Russo ist ein italienischer Name. Und das scheint eine Adresse zu sein, wahrscheinlich eine Straße in Rom: Liam Brine wohnt dort. Lass die SMS genau übersetzen und lokalisiere den Absender.«

* (it.) In der Via Napione bei »Alfieri« klingeln. Ich warte auf dich. G.

58

Ort: Turin
Weltzeit: Samstag, 27. Juni, 17.51 Uhr (GMT)
Ortszeit: 19.51 Uhr

»Jetzt wird es spannend«, sagte Liam und blätterte um. »Es werden die ersten vier Siegel geöffnet, eine der am schwersten zu interpretierenden Passagen. Die Exegeten der Apokalypse haben die wildesten Theorien dazu entwickelt.«

»Der Rest kommt mir auch nicht gerade einfach vor«, gab Alanna zu.

»Da du keine Christin bist, fehlen dir viele Begriffe, die für uns selbstverständlich sind. Aber ich hoffe, dass uns genau dieser Umstand am Ende helfen wird.«

»Dann lies weiter.«

Liam fuhr in der Lektüre fort:

*»Et vidi quod aperuisset agnus unum de septem signaculis et audivi unum de quattuor animalibus dicentem tamquam vocem tonitrui veni / et vidi et ecce equus albus et qui sedebat super illum habebat arcum et data est ei corona et exivit vincens ut vinceret.«**

* Und ich sah, dass das Lamm das erste der sieben Siegel auftat, und ich hörte eine der vier Gestalten sagen wie mit einer Donnerstimme: Komm! Und ich sah, und siehe, ein weißes Pferd. Und der darauf saß, hatte einen Bogen, und ihm wurde eine Krone gegeben, und er zog aus sieghaft und um zu siegen. (NT, Offb 6,1-2)

Er las noch etwa zehn Zeilen, bis Alanna ihn plötzlich unterbrach: »Halt, Liam. Lies das Kapitel bitte noch einmal von Anfang an!«

Er war beim dritten Siegel angelangt, beim dritten Reiter, der die Hungersnot bringt. Er las den Passus noch einmal bis zu der Stelle, an der Alanna ihn unterbrochen hatte.

»Jetzt lies weiter, bis zum Ende«, forderte sie ihn auf.

Liam schloss die Lektüre, indem er auch noch die Verse des vierten Reiters, die der Pest, las. Dann wartete er.

»Hier ist ein ziemlich deutlicher Stilbruch, achte mal darauf«, überlegte sie. »Eine unbekannte Stimme, die in den anderen drei Siegeln nicht vorkommt und die außerdem im Präsens spricht, während alles andere in der Vergangenheit steht. Das passiert nur hier, beim dritten Siegel, und das bringt unversehens die Symmetrie des ganzen Textes ins Wanken, wenn die Stimme sagt: *Ein Maß Weizen für einen Denar und drei Maß Gerste für einen Denar. Aber dem Öl und dem Wein füge keinen Schaden zu!* Wie deuten die Interpreten das?«

Liam überflog die Anmerkungen. »Ein Denar entsprach zu Zeiten des Johannes dem Monatslohn eines Soldaten. Als würde man sagen: Du gibst heute tausend Euro für ein Kilo Mehl aus.«

»Ein Schwarzmarktpreis wie in Kriegszeiten«, bemerkte Alanna. »Aber warum sagt er, man solle Öl und Wein nicht schädigen?«

Er suchte erneut in den Anmerkungen. Als er wieder aufsah, lag in seinem Blick Bewunderung: »Bravo, die Kommentatoren bringen einhellig Inflation und Hungersnot mit dem Krieg in Verbindung. Aber für den anschließenden Passus, den vom Öl und dem Wein, fehlt bis heute eine plausible Erklärung.«

»Vielleicht sind die anderen Stellen auf dem Mist des Presbyters gewachsen, während hier der Originalwortlaut von Johannes aufscheint. Ein Hinweis könnte gerade in dem Stilbruch liegen. Für einen Rätselfreund ein glasklares Zeichen. Für jemanden, der darin geübt ist, Worte hinter anderen Worten zu verbergen.«

Liam starrte sie einen endlos erscheinenden Moment lang an, dann wandte er sich wieder dem Buch zu, las den Passus, blätterte ein paar Seiten zurück und kam wieder bis zu dieser Stelle. Er war verblüfft, noch hatte er Alannas Gedankengang nicht begriffen, aber er wusste, dass er ihm nachgehen sollte.

»Mein Gott«, murmelte er. »Vielleicht haben wir etwas gefunden. Wenn deine Interpretation jedoch richtig ist, was soll dann bedeuten: *Aber dem Öl und dem Wein füge keinen Schaden zu?*«

Alanna war in Gedanken versunken, sie schien zu meditieren.

Nach einer langen Pause sagte sie fast flüsternd: »Liam, wenn du ein Palästinenser im ersten Jahrhundert nach Christus gewesen wärst und hättest das Erdöl beschreiben sollen, wie hättest du es genannt?«

Liam überlegte: »Tatsächlich kommt das Wort ›Erdöl‹ in der Bibel nirgendwo vor. Aber das bedeutet nicht, dass sie es nicht gekannt hätten: In der Genesis kommt das Wort ›Pech‹ zwei Mal vor. Das erste Mal, als Noah die Schiffsplanken der Arche abdichtet, und das zweite Mal beim Turmbau zu Babel.«

»Danke für die Lehrstunde«, neckte Alanna ihn. »Aber Pech heißt *asphaltos*. Während das Wort Erdöl, also Petrolium, vom griechischen *petra*, Fels, und *elaio*, Öl, jüngeren Datums sind. Also, wenn dir der genaue Begriff nicht zur Verfügung gestanden hätte, du in einer verschlüsselten Prophezeiung aber von Erdöl hättest sprechen sollen, was hättest du verwendet?«

»Ich hätte nach einer Analogie gesucht.«

Alanna nickte und forderte ihn zum Weiterreden auf.

»Eine dunkle Flüssigkeit«, überlegte Liam, »zähflüssig und sehr fettig …«

»Dunkel wie was zum Beispiel?«

»Dunkel wie … Wein?«

»Genau.«

Liam hatte verstanden: »Na klar: dunkel wie Wein. Und zähflüssig und fettig wie Olivenöl!«

»Genau. Öl und Wein zusammen, um Erdöl zu beschreiben.«

»Folglich könnte Johannes, wenn er schreibt: *Ein Maß Weizen für einen Denar und drei Maß Gerste für einen Denar. Aber dem Öl und dem Wein füge keinen Schaden zu*, von Krieg und Erdöl reden.«

»Sicher«, nickte Alanna. »Zum Beispiel vom Golfkrieg: Man bombardierte die Iraker, und aus den Bombern warf man Flugblätter ab, die die Leute davor warnten, die Öltürme zu sabotieren.«

»Und somit soll Johannes auf ein Ereignis anspielen, das erst viele Jahrhunderte später eintrat?«, mutmaßte Liam. In seiner Stimme schwang Zweifel mit. »Das würde Arius' Worte bestätigen … ein Ereignis unserer Tage.«

»Und das ist nicht möglich?«

»Doch, warum nicht? Im Grunde ist es das, was Molteni schreibt: Der Prophet spricht von unserer Epoche.«

»Sicher. Und wiederum Molteni bestätigt es, wenn er schreibt, dass er diese Daten kannte«, unterstrich sie, stolz auf ihren Geistesblitz.

Liam starrte eine Weile wie versteinert ins Leere. Dann meinte er: »Es gibt noch eine andere Möglichkeit, Alanna …«

»Die wäre?«

»Es kann ein Zufall sein. Eine Laune des Schicksals. Kurz: ein Gedankengebäude, brillant, sicher, aber eben sehr weit hergeholt. Das allein reicht nicht als Beweis.«

»Kann sein«, gab Alanna zu. »Wenn jemand an Zufälle glaubt«, fügte sie dann provozierend hinzu.

Damit hatte sie einen Nerv getroffen. »Okay, also lass uns weiterlesen. Suchen wir noch eine Stelle mit Stilbruch, irgendetwas, was die Kommentatoren nie überzeugend haben auslegen können.«

»Und vielleicht stellen wir fest, dass es erneut eine Entsprechung zu Ereignissen der letzten Jahre gibt.«

Er nickte und wandte sich dem Text zu:

*»Et cum aperuisset quintum sigillum …«**

Es dauerte nicht lange, bis Alanna ihn erneut unterbrach.

»Liam, wenn du in die Zukunft blicken könntest und beschließen würdest, deine Visionen aufzuschreiben, welches Tempus würdest du dann verwenden?«

»Futur natürlich.«

»Eben. Der Presbyter dagegen verwendet die Vergangenheit. Ist das nicht merkwürdig?«

»Nicht unbedingt.«

»Eben doch. Aber das ist nicht alles. Der Presbyter verwendet die Vergangenheit, aber nicht immer: Zum Beispiel steht der Passus mit dem Öl und dem Wein im Präsens. Alles in der Vergangenheitsform und dann, plötzlich, ein Sprung ins Präsens. Ist das nicht eigenartig?«

»Doch«, gab er zu. »Das ist es.«

»Das könnte der Schlüssel sein, Liam, die richtige Fährte. Suchen wir alle Stellen im Präsens und schauen wir, was wir finden. Womöglich liegt genau darin der Originaltext der Apokalypse verborgen.«

»Hmm … das ist eine faszinierende Hypothese. Lass uns nachdenken. Also: Wir haben den Presbyter, eine Art Sekretär

* Und als es das fünfte Siegel auftat … (NT, Offb 6,9)

von Johannes, der vom Originaltext des Propheten ausgeht. Dann begräbt er den unter einer Menge Geschichten, die in der Tradition seiner Zeit bereits bekannt waren, wozu er, was logisch ist, die Vergangenheitsform benutzt. Aber wenn er zum Punkt kommt, zum echten Text von Johannes, dann springt er ins Präsens, was die Zeitform der Prophezeiung schlechthin ist. Das Verb des Seins, das nie gewesen ist noch sein wird, sondern immer IST. wie der Heilige Augustinus lehrt.«

Alanna sah ihn durchdringend, doch mit einer leisen Spur des Bedauerns im Blick an. »Es gibt ein Problem. Das ist eine faszinierende Theorie, aber im Moment können wir sie nicht mit Sicherheit überprüfen.«

»Und warum?«

»Weil wir mit der lateinischen Version arbeiten, und bei der Übersetzung können die Zeitformen der Verben verändert worden sein. Wenn Johannes' Muttersprache das Griechische war, dann hilft uns dieser Schinken nicht weiter!«

Liam war einen Moment lang ratlos. Dann sprang er plötzlich auf, wobei er den Stuhl umschmiss. Er schnappte nach seinem Jackett und fing an, in der Innentasche herumzukramen. »Ich Depp ...«, murmelte er.

Er zog das Bändchen von Molteni heraus und zeigte es Alanna. Dabei strahlte er, als hätte er einen Fünfhundert-Euro-Schein auf der Straße gefunden.

»Text auf Italienisch, daneben das griechische Original!«, erklärte er.

Dann hob er den Stuhl wieder auf, setzte sich und fing an, das Buch durchzublättern. Hektisch suchte er nach der Stelle. Alanna stellte sich gespannt hinter ihn, um ebenfalls den griechischen Text zu überfliegen. Sie fanden fast sofort, wonach sie suchten.

»Bravo, Alanna, großartig!«, lobte Liam sie. »Der Zeitsprung in den Verben findet sich auch im Griechischen!« Er war sichtlich erregt.

Sie kehrte mit zufriedener Miene an ihren Platz zurück: »Das klingt absurd, aber ich habe fast vergessen, dass wir hier in Gefangenschaft sind. Los, weiter geht's. Suchen wir nach dem Rest der Prophezeiung.«

Aber Liam rührte sich nicht, er saß da wie versteinert.

Alanna biss sich auf die Lippe. Sie meinte, ihr Hinweis auf die Gefangenschaft habe ihn unpassenderweise wieder auf den Boden der Tatsachen zurückgeholt. »Was ist los, Liam, stimmt etwas nicht?«, drang sie vorsichtig in ihn.

Es schien, als hörte er sie gar nicht, wäre gar nicht da. »Andrea wusste es«, murmelte er schließlich. »Er hat es mir auf das Titelblatt geschrieben.«

»Was?«

Liam schlug das Buch bei der Widmung von Molteni auf und reichte es Alanna.

»Die Zeit ist gekommen: Das Wort Gottes ist in der Gegenwart«, las sie.

»Verstehst du, Alanna? Er hat mir den richtigen Weg gewiesen. Das Wort des Propheten muss in der Gegenwart gesucht werden, in der Gegenwartsform der Verben. Das Wort Gottes ist in der Gegenwart«, wiederholte er.

»Das ist aber seltsam«, bemerkte sie. »Nach dem, was Ossius sagt, kennt kein Meister den Inhalt der Prophezeiung. Und Molteni selbst hat zugegeben, dass er die Daten kennt, den Jüngsten Tag eingeschlossen, aber nicht das, was in den Schriftrollen steht.«

Liam sah sie verblüfft an. »Du hast recht! Wie erklärt sich das?«

Sie überlegte einen Moment. »Vielleicht wollte Molteni nur sagen, dass das in der Prophezeiung niedergeschriebene Wort in der Gegenwart war … in dem Sinne, dass die Prophezeiung kurz vor der Erfüllung steht!«

»Oder es ist Gottes Hand, die Molteni geleitet hat«, sagte er überzeugt.

Alanna war betroffen. Liam hatte an eine verborgene und vergessene Saite gerührt. Einen Moment lang erfüllte sie dieses merkwürdige Gefühl der Unkenntnis und Ohnmacht, das sie immer überkommen hatte, wenn sie als Kind ihren Vater beten sah: Das vage Gefühl des Göttlichen, das die Schicksale leitet, das aber dem verborgen und fremd bleibt, dem die Erleuchtung des Glaubens fehlt.

In diesem Augenblick öffnete sich geräuschvoll die in der Bücherwand verstecke Tür.

Auf der Schwelle erschienen zwei Männer mit arabischer Physiognomie und in westlicher Kleidung. Der erste war der Hüne, den sie schon in Dublin gesehen hatten, der zweite war bewaffnet. »Bitte folgen Sie uns.«

59

Ort: Abu Dhabi
Weltzeit: Samstag, 27. Juni, 20.22 Uhr (GMT)
Ortszeit: Sonntag, 28. Juni, 00.22 Uhr

Das Apartment, das Hussayn in Prinz Amir Khans Residenz bewohnte, konnte sich an einer Suite in einem Fünfsternehotel messen lassen. Dem Sekretär standen außer einem geräumigen Schlafzimmer mit dazugehörigem Bad drei weitere Zimmer zur Verfügung: Ein Wohnzimmer mit riesiger hufeisenförmiger Couchgarnitur, der gegenüber zwei hochauflösende Fernsehbildschirme von jeweils fünfzig Zoll hingen, ein Konferenzraum, in dem bis zu zwölf Personen Platz fanden, und schließlich ein Arbeitszimmer, das mit Hochtechnologie der jüngsten Generation ausgestattet war: Glasfaserverkabelung, Wire-fire, Videokonferenzverbindung und sechs Computerarbeitsplätze mit Internetanschluss.

Dort saß Hussayn gebannt vor einem Zwanzig-Zoll-Flüssigkristallbildschirm.

Die nächtliche Stille wurde nur vom Brummen der Geräte unterbrochen. Der Sekretär hatte seinen persönlichen Identifizierungscode eingegeben und sich mit der Suchmaske von Q.X.P.D.-System verbunden, der bestqualifizierten und am schwersten zugänglichen Datenbank der Welt. Dank der extrem potenten Suchmaschine des Systems konnte Hussayn live detailgenaue Informationen aus der Beletage der Weltwirtschaft abfragen. Gelistet waren fast drei Millionen Unternehmen in achtzig Ländern und über acht Millionen Entscheidungsträger wie Eigentümer, Manager und leitende Angestellte von Firmen.

Doch die Informationen, die er suchte, waren nicht verfügbar. Er gab zum wiederholten Mal »Diadem Kerr« ein und erhielt über fünfzigtausend Verweise. Er schränkte die Suchkriterien ein und filterte ein paar hundert heraus. Aber auch diesmal gab es nichts nennenswert Neues. Kein bemerkenswerter Geldtransfer, keine Transaktion von Firmenbeteiligungen, kein Eintrag in der Presseschau, keine einzige relevante Meldung in den letzten sieben Tagen. Nicht eine Spur davon. Mr. Kerr schien eine regelrechte Schimäre in der Finanzwelt zu sein. Zu sauber, als dass er nicht irgendetwas verbergen würde, dachte Hussayn. Und doch hatte der Prinz sich einseifen lassen.

Das Handy, das auf dem Schreibtisch lag, begann bläulich zu leuchten und zu vibrieren. Hussayn griff es sich und las den Namen auf dem Display: Horacio Lozano.

Er nahm den Anruf an.

»Hier spricht Lozano, aus Buenos Aires, entschuldigen Sie die späte Stunde«, sagte sofort eine raue Stimme mit spanischem Akzent am anderen Ende der Leitung.

»Guten Abend, Herr Rechtsanwalt, gibt es Neuigkeiten?«

»Ja«, war die lakonische Antwort.

»Wie gehen die Bauarbeiten an der Mauer voran?«

»Es hat ein paar Probleme gegeben.«

»Das ist keine Neuigkeit.«

»Es geht nicht um Regen oder Arbeitsunfälle.«

»Die Eingeborenen also?«

»Ja. Es ist ein wahres Inferno losgebrochen.«

»Sie haben alle Mittel, um einzugreifen.«

»Diesmal ist es anders. Es hat sich eine kleine Widerstandsbewegung gebildet. Sie sind in Baustelle Sechs eingedrungen und haben drei LKW in die Luft gesprengt. Zwei davon waren gerade erst eingetroffen, die mit den *Eisen*.«

Hussayn schwoll der Kamm: »Wie ist das möglich? Und unsere Wachposten?«

»Ausgetrickst. Die haben sie nicht einmal gesehen.«

»Um wen handelt es sich?«

»Die Mapuche, die wir umsiedeln mussten. Sie kennen hier jeden Grashalm und machen sich genau das zunutze. Und sie sind nicht allein: Ein weißer Fahrer war auch involviert, der uns jedoch nicht mehr auf die Nerven gehen wird. Die anderen konnten allerdings entkommen.«

»Wollen Sie etwa sagen, dass ein Rudel halbverhungerter Indios uns an der Nase herumführt?«

»Die sind unberechenbar, Mr. Hussayn. Und sie agieren im Verborgenen, wie Guerilleros.«

»Was braucht es, um sie loszuwerden?«

»Das ist nicht so einfach.«

»Und was könnte die Sache vereinfachen?«

»Wir brauchen ein bisschen Zeit.«

»Die haben wir nicht, Mr. Lozano. Wir müssen rasch handeln. Setzen Sie jedes Mittel ein.«

»Das werden wir tun.«

»Hat es Schäden an der Baustelle gegeben?«

»Nur die Laster, Mr. Hussayn.«

»Und Ingenieur Doornick?«

»Der ist das zweite Problem.«

»Das heißt?«

»Ingenieur Doornick ist verschwunden.«

60

Ort: Turin
Weltzeit: Samstag, 27. Juni. 20.51 Uhr (GMT)
Ortszeit: 22.51 Uhr

Das Sperrfeuer an Fragen, mit dem Bandar sie belegt hatte, war sehr kurz gewesen, hatte Alanna aber in abgrundtiefe Angst versetzt. Es hatte keinerlei Übergriffe gegeben, im Gegenteil: die Unterhaltung war freundlich und höflich geführt worden, als ob es sich nicht um ein Verhör, sondern eher um ein Bewerbungsgespräch gehandelt hätte. Der arabische Hüne hatte nur nach David und ZeroOne Code gefragt, wodurch er ihnen zum ersten Mal die Gewissheit verschaffte, dass sie denselben Entführern in die Hände gefallen waren.

Als Alanna schließlich versucht hatte, etwas über ihren Exmann zu erfahren, hatte sie im Gesicht des Arabers ein beinahe unsichtbares Zucken wahrgenommen – für ihren weiblichen Instinkt ein eindeutiger Hinweis, dass irgendetwas schieflief – oder schiefgelaufen war. Danach war der Mann sofort aufgestanden und hatte sich mit einer ausweichenden Bemerkung verabschiedet: »Sie werden etwas über ihn erfahren, sobald es mir gestattet ist, Sie zu informieren.«

Zurück in der Bibliothek, wo zwei Feldbetten auf sie warteten, konnte Alanna die Tränen nicht mehr zurückhalten.

»Hast du sein Gesicht gesehen, als ich David erwähnt habe?«, fragte sie Liam.

Er drückte sie fest an sich, und so blieben sie lange sitzen.

Verwirrt spürte er, wie ihre Tränen an seinem Hals hinabrannen, und löste sich von ihr. So schwiegen sie mehrere Minuten lang, jeder in seine Gedanken versunken.

Dann, wie auf ein unsichtbares Zeichen, stürzten sie sich wieder auf die Apokalypse.

Liam begann, den lateinischen Text zu lesen, Alanna setzte sich mit der griechischen Version neben ihn. Die magische Spannung, die sich in den vorangegangenen Stunden eingestellt hatte, war jetzt noch stärker.

Sie stießen bald auf einen weiteren Passus, der ihnen den Atem verschlug. Wieder eine vierteilige Struktur und wieder ein Bruch auf der Stilebene mit plötzlichem Sprung in die Gegenwartsform des Verbs – »*Und der Name des Sterns heißt Wermut.*« – während alles andere in der Vergangenheit stand. War es erneut das Wort des Propheten, das den Schleier des Rätselschreibers zerriss?

Der fragliche Passus war die sogenannte dritte Posaune, wo Johannes von einem Stern erzählt, der brennend vom Himmel stürzt und Quellen und Flüsse vergiftet, woraufhin die Menschen, die das verseuchte Wasser trinken, sterben. Denn das Wasser ist zu Wermut geworden, der bitteren Essenz, die schon seit der Antike aus dem Beifuß destilliert wird.

Im ersten Moment hatte ihn die Frage, die Alanna ihm unvermittelt gestellt hatte, verwirrt. »Liam, weißt du, wie Beifuß auf Ukrainisch heißt?«

»Ukrainisch? Reicht uns nicht Latein?«

Alanna hatte wiederholt: »Weißt du, wie Beifuß auf Ukrainisch heißt?«

»Nein.« Er hatte den Kopf geschüttelt.

»Tschernobyl. Auf Ukrainisch heißt Beifuß ›tschernobyl‹. Die Stadt wurde nach der Pflanze benannt.«

»Unglaublich …«

»Das ist eine objektive, nicht zu widerlegende Tatsache«, unterstrich Alanna.

»Das kann kein Zufall mehr sein.«

»Nein. Es ist die Vorankündigung des Reaktorunglücks in Tschernobyl und der radioaktiven Verseuchung von Wasser und Erde!«

Diese unvorhergesehene Gewissheit traf ihn wie ein Keulenschlag. Sie hatten vielleicht den Schlüssel in Händen, um ein Rätsel zu lösen, das seit zweitausend Jahren allen Interpretationen widerstand, und zwar nicht irgendein Rätsel, sondern das des Weltendes. Und sie waren hier eingesperrt, ohnmächtig, und wahrscheinlich dem Tode geweiht.

Vielleicht wäre es besser gewesen, dachte er, das Buch zuzuschlagen und das Schicksal seinen Lauf nehmen zu lassen. Er stolperte wie benommen hinter diesen Gedanken her, bis Alanna ihn wachrüttelte.

»Und?«, fragte sie.

»Ich weiß nicht, ob ich die Kraft habe weiterzumachen.«

Ihr Blick schien ihn zu erdolchen. »Ausgerechnet jetzt willst du aufgeben?«

»Auf keinen Fall«, antwortete Liam nach ein paar Sekunden.

Er rieb sich die Augen und las weiter.

Sie waren am springenden Punkt angelangt: dem berühmtesten Passus der Apokalypse, dem der Zahl des Tieres, 666, die Prophezeiung des Antichristen. Liam kannte sie gut und stellte mit einem Schauder fest, dass auch hier plötzlich wieder die Gegenwartsform einsetzte. Er hatte vorher nie darauf geachtet, aber jetzt ... Er sprach die Silben der letzten Sätze dieser Passage wie im Gebet:

»*Et datum est illi ut daret spiritum imagini bestiae ut et loquatur imago bestiae et faciat quicumque non adoraverint imaginem bestiae occidantur / et faciet omnes pusillos et magnos et divites et* *pauperes et liberos et servos habere caracter in dextra manu aut in frontibus suis / et ne quis possit emere aut vendere nisi qui habet caracter nomen bestiae aut numerum nominis eius / hic sapientia est qui habet intellectum conputet numerum bestiae numerus enim hominis est et numerus eius est sescenti sexaginta sex.«**

Erneut merkte er, dass Alanna wie in Trance war, in ihre Deduktionen vertieft. Er sagte nichts, sondern wartete, dass sie spräche.

Als die Stille unerträglich wurde, ergriff er dennoch das Wort: »Ich will nicht den Schlaumeier spielen, dir aber trotzdem ein paar Informationen geben. In diesem Passus der Apokalypse wird auf das Römische Reich angespielt. Zu der Zeit, als sie geschrieben wurde, hatte Domitian die Christenverfolgungen wieder aufgenommen, die Nero einige Jahre vorher initiiert hatte. Und der kaiserliche Adler war die Geißel der Christen. Der Herrscher verlangte religiöse Anbetung, er präsentierte sich als Gottheit, ließ sich Statuen und Tempel errichten, und das konnten die Christen nicht akzeptieren. Das erste Tier symbolisiert die politische Macht, das zweite die heidnische priesterliche Macht, die der ersten hörig war und den Untertanen den Kaiserkult auferlegte. Bis hierhin sind sich alle Exegeten einig.

Was folgt, ist Gegenstand eines seit Jahrhunderten währenden Streits um die Auslegung der rätselhaftesten Stelle der

* Und es wurde ihm Macht gegeben, Geist zu verleihen dem Bild des Tieres, damit das Bild des Tieres reden und machen könne, dass alle, die das Bild des Tieres nicht anbeteten, getötet würden. Und es machte, dass sie allesamt, die Kleinen und die Großen, die Reichen und die Armen, die Freien und die Sklaven, sich ein Zeichen machen an ihre rechte Hand oder an ihre Stirn und dass niemand kaufen oder verkaufen kann, wenn er nicht das Zeichen hat, nämlich den Namen des Tieres oder die Zahl seines Namens. Hier ist Weisheit! Wer Verstand hat, der überlege die Zahl des Tieres, denn es ist die Zahl eines Menschen, und seine Zahl ist sechshundertsechsundsechzig. (NT, Offb 13, 15-18)

ganzen Bibel: Wer soll der Mensch sein, dessen Name der Zahl 666 entspricht?«

»Das hat mit Satan zu tun«, erwiderte sie sofort. »Ich habe die Zahl zig Mal im Fernsehen gesehen, auf den Mauern entweihter Kirchen oder an Orten, wo die Polizei irgendeine satanische Sekte ausgehoben hat.«

»Schwachsinn für Schwachsinnige. Das Rätsel um die Zahl 666 hat eine gewisse suggestive Kraft und ist deshalb immer benutzt worden, um Schafsköpfe zu beeindrucken und Geld zu machen.«

Plötzlich schien Alanna ihm nicht mehr zuzuhören. Sie stellte ihm eine merkwürdige Frage: »Warum sind es zwei Tiere?«

»Wie gesagt: Eines ist die politische Macht des Reiches und das zweite die heidnisch religiöse, die der ersten dient.«

Sie meldete Vorbehalte an: »Das glaube ich nicht, Liam. Wenn du das von außen betrachtest, so wie ich, dann klingt diese Erklärung nicht plausibel. Von welcher Epoche reden wir?«

»Domitian, das heißt, wir sind im ersten Jahrhundert nach Christus.«

»Eben. Du selbst hast mir gerade erklärt, dass zu jener Zeit politische und religiöse Macht eins waren, untrennbar voneinander. Folglich gab es keine Dualität zwischen der Herrschaft über die Erde und der Herrschaft über den Himmel.«

»Das gilt vielleicht für einen römischen Kaiser. Nicht jedoch für einen christlichen Propheten«, mutmaßte Liam.

Alanna warf einen Blick auf den griechischen Text. »Und dann gibt es noch etwas, das nicht passt, auf rein sprachlicher Ebene.«

»Was?«

»Die Zahl 666 bezieht sich auf einen Menschen, nicht auf ein Tier: Die Wörter sind verschieden und klar.«

»Das haben schon viele festgestellt, aber die Bedeutung der 666 ist, wie gesagt, nie mit Gewissheit erkannt worden.«

»Dann könnte gerade die Zahl 666 der Schlüssel zur wahren Prophezeiung sein«, mutmaßte Alanna.

Liam dachte darüber nach. »Weißt du, jahrhundertelang hat man den Namen eines Menschen gesucht, dessen Wert, nach der Gematrie in Zahlen umgewandelt, 666 entspricht. Die Gematrie ist, wie du bestens weißt, die Lehre, nach der man den Buchstaben Zahlen zuordnet, und zwar nach verschiedenen Systemen, wie zum Beispiel ihrer Position innerhalb des Alphabets.«

»Klar, beim Genesis-Projekt ging es genau darum«, sagte Alanna. Dann holte sie das Notizbuch und den kleinen Füllfederhalter aus ihrer Handtasche und begann, etwas zu notieren. »Sag mal, Liam, wie haben eure frühesten Theologen die Zahl 666 interpretiert?«

Seine Miene hellte sich auf: Das Thema hatte ihn in der Vergangenheit zutiefst fasziniert. »In den ersten Jahrhunderten war die am weitesten verbreitete Vorstellung«, erklärte er, »dass die Zahl 666 die numerische Entsprechung von Nero sei. Wenn du mir dein Notizbuch leihst, zeige ich es dir.«

Alanna gab ihm Buch und Füller, und Liam notierte langsam und sorgfältig eine Reihe von Zahlen und Buchstaben. Dann gab er es ihr zurück. Sie las laut:

»NRWN QXR: N = 50 + R = 200 + W = 6 + N = 50 + Q = 100 + X = 60 + R = 200

Ich verstehe: die Chiffrierung seines Namens.«

»Wie du weißt,« fuhr Liam fort, »wurden ursprünglich auf Hebräisch nur die Konsonanten aufgeschrieben, die einen heiligen Wert hatten, während man sich die Vokale merkte. Deshalb würden sich nach der hebräischen Gematrie die Buchstaben, die man für Neros Namen heranzieht, auf die folgenden Konsonanten beschränken: NRWN QXR. Ich habe jedem einzelnen den entsprechenden alphanumerischen Wert der hebräischen Gematrie zugeordnet. Das N entspricht fünfzig, das R der Zahl zweihundert und so weiter. Jetzt versuche mal, die Summe zu ziehen.«

Alanna warf einen Blick auf das Notizbuch. »Die Summe ist tatsächlich 666.«

»Eben«, nickte Liam. »Aber es liegt schon eine Manipulation im Ansatz. Die korrekte Transkription der griechischen Konsonanten von Kaiser Nero, das heißt Neron Kesar, ergäbe NRN KSR und nicht NRWN QXR. Und in diesem Fall wäre der Zahlenwert nicht mehr 666.«

»Und warum sollte man die hebräische Gematrie mit den griechischen Konsonanten vermengen?«

»Bravo. Das ist die zweite Manipulation: Die Apokalypse ist auf Griechisch geschrieben, und deshalb musst du dich für solche Berechnungen auch auf die griechische Gematrie beziehen«, stimmte Liam zu. »Es gibt außerdem noch einen dritten Punkt, der nicht überzeugt.«

»Welchen?«

»Tatsache ist, dass Nero zu der Zeit, zu der aller Wahrscheinlichkeit nach die Apokalypse geschrieben wurde, schon seit über fünfundzwanzig Jahren tot war.«

»Ich würde sagen, dass damit jede Hypothese zu Nero hinfällig ist«, schloss Alanna. »Aber dann? Ich nehme an, dass im Laufe der Jahrhunderte noch andere Theorien entwickelt wurden.«

»Ohne Ende«, antwortete Liam. »Zur Zeit der großen europäischen Diktaturen gab es Leute, die in der 666 einen Bezug auf Mussolini, Hitler oder Franco sahen. Aber die 666 wurde auch Mohammed zugeschrieben. Oder Stalin. Und Umberto Eco lässt in seinem Bestseller *Der Name der Rose* Ubertin von Casale sagen: ›Die Zahl des Tieres ist, wenn du den Namen in griechischen Buchstaben liest, Benedicti.‹«

»Benedikt?«, fragte Alanna überrascht.

»Genau«, bestätigte Liam. »Aber lass dich nicht zu voreiligen Schlüssen verleiten. Im Grunde glaube ich, dass Irenäus von Lyon, der berühmteste Gelehrte in Gematrie unter den Kirchenvätern, recht hat.«

»Und was sagt der?«

»Irenäus kam, wenn ich mich recht entsinne, nachdem er die Zahl des Tieres auf Grundlage des griechischen Alphabets ausgelegt hatte, auf drei verschiedene Ergebnisse. Aber am Ende schloss er, dass es sicherer sei, die Erfüllung der Prophezeiung abzuwarten, als Spekulationen anzustellen: ›denn derselbe Name kann in vielen Namen ausgedrückt werden‹. Um es kurz zu machen, Alanna, die Zahl 666 bleibt ein ewiges Rätsel.«

Sie hörte jedoch schon nicht mehr zu, hatte eine neue Seite im Notizbuch aufgeschlagen und kritzelte hektisch drei parallele Spalten.

Liam beobachtete sie erstaunt: »Was schreibst du da?«

»Buchstabe entspricht Zahl: Die Transkription des griechischen Alphabets. Davon muss man ausgehen, oder nicht?«

»Ja, klar … Lass mal sehen!«, forderte er sie auf.

Alanna reichte ihm das Notizbuch, und Liam überflog die Tabellen:

α	A	Alpha	1
β	B	Beta	2
γ	Γ	Gamma	3
δ	Δ	Delta	4
ε	E	Epsilon	5
ϛ	Ϛ	Stigma	6
ζ	Z	Zeta	7
η	H	Eta	8
θ	Θ	Theta	9
ι	I	Iota	10

κ	Κ	Kappa	20
λ	Λ	Lambda	30
μ	Μ	My	40
ν	Ν	Ny	50
ζ	Ξ	Xi	60
ο	Ο	Omikron	70
π	Π	Pi	80
ϙ	Ϙ	Qoppa	90
ρ	Ρ	Rho	100
σ	Σ	klassisches Sigma	200
τ	Τ	Tau	300
υ	Υ	Ypsilon	400
φ	Φ	Phi	500
χ	Χ	Chi	600
ψ	Ψ	Psi	700
ω	Ω	Omega	800
ϡ	Ϡ	Sampi	900

»Du hast ein gutes Gedächtnis«, bemerkte er.

»Genau wie du«, sagte sie bescheiden. »Außerdem ist das hier viel leichter als das, was du mir eben zu Nero gezeigt hast. Die Griechen benutzten, um die Zahlen darzustellen, die vierundzwanzig Buchstaben des klassischen Alphabets plus Stigma, Qoppa und Sampi, um auf siebenundzwanzig zu kommen.«

»Das ist logisch«, sagte er mit einem Blick auf die Tabelle. »Insgesamt siebenundzwanzig, und so hat man neun Symbole für jede Zahl von eins bis neun, dann neun Symbole für die Dezimalzahlen, und noch einmal neun für die Hunderter.« Er schaute sie zufrieden an, aber wieder schien sie abwesend, in ihre Gedanken versunken. Sie ging Moltenis Apokalypse durch, als ihr plötzlich eine Bemerkung herausrutschte, die gar nicht in den Zusammenhang passte: »Sieh mal, Liam: Da wo geschrieben steht, dass 666 ein Menschenname ist, da ist nicht von einem bestimmten Menschen die Rede.«

Liam überlegte einen Moment. »Das stimmt«, räumte er ein. »Weil der Mensch, von dem die Rede ist, nicht ein bestimmter ist, sondern irgendein Mensch.«

»Das ist eine Auslegung«, antwortete Alanna. »Aber es gibt noch eine andere: Dass der Autor sich auf die ganze Menschheit beziehen wollte, ich meine, den Menschen an sich. Wie bei Aristoteles zum Beispiel …«

»Nun, philologisch und linguistisch ist das möglich …«, gab er zu.

Alanna war nicht mehr zu bremsen: »Bisher scheint die Prophezeiung mir nicht von einzelnen Menschen zu sprechen, sondern von Ereignissen, die das Kollektiv, die Welt betreffen: wie eben der Golfkrieg oder die Katastrophe von Tschernobyl.«

Liam kam sich inzwischen vor wie in der Achterbahn. Eine tiefschürfende, fest verankerte Interpretation nach der anderen wurde unter seinen Augen pulverisiert, und zwar, wie er zugeben musste, mit absoluter Stringenz.

Er rang sich ein Lächeln ab: »Sei mir nicht böse, aber es wäre wirklich die Wucht, wenn die Zahl 666 ausgerechnet von einer nicht gläubigen Muslimin entschlüsselt würde, nach zweitausend Jahren Forschungsarbeit.«

Sie lächelte zurück. Dann entglitt ihr ein rätselhafter Satz, der sie selbst überraschte: »Liam, die göttliche Wahrheit ist eine einzige, und sie besitzt jeder Mensch auf Erden, eingeschrieben in seine Seele.«

Er war tief berührt, denn seit langem war auch er in seinem Innersten davon überzeugt.

»Mach weiter«, ermunterte er sie.

Alanna sprach mit Eifer weiter, sie wollte sich ihm unbedingt mitteilen, ihn überzeugen: »Das abschließende Ereignis, von dem die Apokalypse spricht, ist eine gewaltige globale Katastrophe, plötzlich und unerwartet: eine stille Katastrophe, stimmt's?«

Liam folgte ihrem Gedankengang: »Sicher. Nach dem Protokoll von Ossius erwähnt Arius, wenn er vom Text der Prophezeiung spricht, glühende Sterne und große schwarze brennende Seen.«

»Und bis hierhin ist alles klar: die Explosion des Atomreaktors und die Bohrtürme ... Das sind die Ereignisse, die die finale Katastrophe ankündigen. Aber dann? Erinnerst du dich, wovon er spricht?«

»Er redet von ›kleinen leuchtenden und sirrenden Götzen‹, die sich ganze Völker untertan machen.«

»Genau: ›kleine leuchtende und sirrende Götzen‹«, wiederholte sie.

»Das scheint mir wieder eine obskure Anspielung zu sein.«

»Liam«, fragte Alanna fast flüsternd, »wenn du ein Palästinenser im ersten nachchristlichen Jahrhundert gewesen wärst und in einer Vision einen Computer gesehen hättest, wie hättest du ihn beschrieben?«

61

Ort: Klausurkloster der Benediktinerinnen Mater Ecclesiae
Weltzeit: Samstag, 27. Juni, 22.20 Uhr (GMT)
Ortszeit: Sonntag, 28. Juni, 00.20 Uhr

Ich flog über die Dünen der chaldäischen Perlenfischer.

Mitten am Tag war eine Nacht aus Rauch und Flammen hereingebrochen.

Ich sah eiserne Adler mit starren Flügeln im Wind segeln.

Sie schrien und schleuderten brennende Eier auf den Sand und schwarzen Hagel auf die Karawanen.

Die schwarzen Türme brannten, und außen herum brannten die großen Seen aus Öl und Wein.

Ich sah ein Drittel der Vögel den Wind verlieren und sterben.

Und aus ihren Klauen ließen die Adler blütenweiße Blätter fallen auf die Untertanen Achemenes, und darauf stand ihr Befehl geschrieben: ›Aber dem Öl und dem Wein füge keinen Schaden zu!‹

Es war der vierzehnte Tag des Mondes von Adar im 5751sten Jahr seit der Erschaffung der Welt.

Mutter Valeria schlug das Heft zu und legte es mit der gewohnten Sorgfalt an seinen Platz zurück. Die nächtliche Schwüle war unerträglich geworden. Die Novizin lag noch immer, von Fieberkrämpfen geschüttelt, im »Ospedale di Pietà«. Rundherum herrschte Stille.

Sie löschte die kleine Öllampe und blieb unbeweglich auf

dem Lager der Novizin sitzen. Sie war nicht überrascht, im Gegenteil: Sie hatte mit der zweiten Prophezeiung, der vom Golfkrieg, gerechnet. Jetzt fehlte bloß noch die letzte, wahrscheinlich nur eine Frage von Tagen. Die göttliche Vorsehung bediente sich der Hand der Novizin, als sollte diese eine dritte Schriftrolle abfassen, zweitausend Jahre nach den beiden ersten. Aber warum? Es war fast so weit, wozu sollte das noch gut sein?

Mutter Valeria bereute sofort ihre Hoffart und bat den Herrn demütig um Vergebung. Es stand ihr nicht zu, den göttlichen Ratschluss zu hinterfragen.

Sie fühlte sich ohnmächtig, und die Zeit drängte. Weniger als sechs Monate bis zur nächsten Sonnenwende. Und der Nachfolger von Meister Molteni? Wieso kam er nicht? Sie hätte ihm gerne in die Augen gesehen, ehe ihre Krankheit sie abberufen würde. Sie konnte jedoch nichts anderes tun als warten und Gottes Beistand erbitten.

Sie hatte ein kindliches Verlangen nach kühlem Regen und Schlaf.

Sie erhob sich mit Mühe, ging auf den Flur und schloss leise die Tür zur Zelle. Während sie sich in der tiefen Finsternis zu ihrer Unterkunft schleppte, hörte sie, wie die Turmuhr halb schlug.

62

Ort: Turin
Weltzeit: Samstag, 27. Juni, 23.01 Uhr (GMT)
Ortszeit: Sonntag, 28. Juni, 01.01 Uhr

»Liam«, wiederholte Alanna, »wie hättest du einen Computer beschrieben?«

Er hatte verstanden: »Kleine leuchtende und sirrende Götzen, die sich ganze Völker unterwerfen ...«

»Eben«, sagte Alanna wie elektrisiert. »Stell dir mal vor, wenn schlagartig alle Computer der Welt ausfallen würden. Die großen Industrienationen würden wie Kartenhäuser in sich zusammenfallen. Es gäbe überall Unruhen, Aufstände, Plündereien und Revolutionen, die Gewalt würde um sich greifen. Kein Fernsehen, kein Internet, alles lahmgelegt! Alles würde aus den Fugen geraten. Es wäre buchstäblich das Ende der Welt!«

»Richtig«, gab Liam zu. »Es passt alles zusammen.« Dann probierte er ein letztes Mittel gegen die Panik, die ihn langsam erfasste: »Aber das ist nur eine Hypothese, Alanna. Das reicht nicht.«

Sie nickte: »Klar, du hast recht. Ein möglicher Beweis wäre aber das letzte Rätsel, die 666. Wir müssen den verschlüsselten Namen finden, oder besser gesagt: das verschlüsselte Wort, denn wenn ich recht habe, dann ist es kein Eigenname und hat mit dem Begriff der Dualität zu tun ... Bitte, Liam, lies noch einmal langsam den Passus der beiden Tiere, an der Stelle, wo das Präsens einsetzt.«

»Und es wurde ihm Macht gegeben, Geist zu verleihen dem Bild des Tieres, damit das Bild des Tieres reden und machen könne, dass alle, die das Bild des Tieres nicht anbeteten, getötet würden. Und es machte, dass sie allesamt, die Kleinen und die Großen, die Reichen und die Armen, die Freien und die Sklaven, sich ein Zeichen machen an ihre rechte Hand oder an ihre Stirn und dass niemand kaufen oder verkaufen kann, wenn er nicht das Zeichen hat, nämlich den Namen des Tieres oder die Zahl seines Namens. Hier ist Weisheit! Wer Verstand hat, der überlege die Zahl des Tieres; denn es ist die Zahl eines Menschen, und seine Zahl ist sechshundertsechsundsechzig.«

Nach der Lektüre ergriff Alanna wieder das Wort: »Es gibt viele Zweiheiten in der syntaktischen Struktur, aber auch viele Dreiheiten ... Zum Beispiel die Dualitäten ›Große und Kleine, Reiche und Arme, Freie und Sklaven‹, das sind drei Dualitäten. Und auch die Zahl 666 erhält man, wenn man drei Mal hintereinander zwei Mal drei schreibt. Und das Wort ›Zahl‹ taucht im letzten Vers genau drei Mal auf. Folglich ist die Zwei die Dualität, die Drei könnte dagegen ...« Sie hielt plötzlich inne, weil Liam ihr fast den Stift aus der Hand gerissen hatte, um etwas ins Notizbuch zu kritzeln. Als er fertig war, warf er ihr einen verzweifelten Blick zu: »Es geht nicht auf ...«

»Was geht nicht auf?«

»Siehst du, nach deiner Logik evoziert die Dualität, von der du sprichst, das binäre System. Wie du weißt, ist es das Zahlensystem, das nur null und eins verwendet, im Gegensatz zu unserem traditionellen Dezimalsystem, das auf zehn Ziffern basiert. Das binäre System verweist auf den digitalen Kosmos: Die Rechner reduzieren alles auf Zahlen und kalkulieren auf der Basis der Dualität. Das heißt, sie sind nur in der Lage, zwei Ziffern zu verwenden: die Null und die Eins, die den beiden Möglichkeiten eines alten Transistors ebenso wie eines Prozessors der letzten Generation entsprechen: an oder aus, null oder eins. Also habe ich, deiner Theorie folgend, gedacht, das Tier könnte die Zahl sein, als Grundlage der digitalen Revolution verstanden. Nicht ein spezifischer Mensch, wie du sagst, sondern ein Produkt des menschlichen Fortschritts, ein Kollektivereignis der Menschheit, epochal, global. Deshalb habe ich nach der Tabelle das griechische Wort αριδμος*, das heißt Zahl, in Zahlen umgewandelt, aber es klappt nicht, schau!« Liam reichte ihr das Notizbuch.

Sie starrte eine Weile unschlüssig auf die Seite, dann hellte sich ihre Miene plötzlich auf. Ohne auch nur die Kalkulation von Liam zu überprüfen, jubelte sie: »Du bist ein Genie, eine Wucht, der Größte!«

Sie stemmte die Ellbogen auf den Tisch und stützte das Gesicht in beide Hände. »Schau mal, wie subtil der Autor ist: Er jagt uns hinter einem Namen her, dessen gematrischer Wert 666 ist, und dieser Name ist ausgerechnet ›ZAHL‹! Deshalb sagt der Text also: ›Wer Verstand hat, berechne den Zahlenwert des Tieres‹! Der Presbyter hält uns die Lösung direkt unter die Nase, und wir merken es nicht! Aber alles passt zusammen. Die Dualität ist perfekt, und sie schließt sich selbst zum Kreis: Man kommt, ausgehend von der Zahl, auf das menschliche Wort, das sie benennt, und vom menschlichen Wort kommt man wieder auf die Zahl, die diesem entspricht … Ein Buchstabenmagier, ein echtes Genie!«

»Aber Alanna, das funktioniert doch nicht«, protestierte Liam.

Sie machte sich sofort an die Überprüfung der Kalkulation.

[α] = 1
[ρ] = 100
[ι] = 10

* in lateinischen Buchstaben: arithmos

[δ] = 9
[μ] = 40
[o] = 70
[ς] = 6

»Siehst du«, sagte er, »das geht nicht auf. Die Summe lautet 236.«

»Klar«, lächelte sie, »aber da steckt ein Fehler drin.«

»Welcher?«, wunderte er sich.

»Du hast das Symbol des Stigmas verwendet für das S am Ende.«

»Sicher: das griechische Wort ist *arithmos*, mit s am Ende, und am Wortende verwendet man, als Kleinbuchstaben, das Stigma, das der sechs entspricht!«

»Warte, Liam … Dieser Buchstabe wird im Griechischen auf zwei Arten geschrieben, die zwei unterschiedlichen Zahlen entsprechen: der Sechs und der Zweihundert. Diese Konvention, dass man am Wortende das Stigma benutzt, ist jüngeren Datums. Vorher benutzte man die beiden Varianten des Sigmas unterschiedslos, an jeder Stelle des Wortes …«

»Aber zu jener Zeit waren Kleinbuchstaben noch gar nicht gebräuchlich!«, argumentierte Liam.

»Kleinbuchstabe oder Großbuchstabe, das macht keinen Unterschied«, erwiderte Alanna. »Auch als Großbuchstaben gibt es zwei S: das klassische Sigma und das Stigma«

»Gut, dann versuchen wir einmal, das Ganze mit dem klassischen Sigma zu berechnen!«

»Sie zählte laut vor: »Also … dann reicht es, von deiner Summe sechs abzuziehen und zweihundert hinzuzufügen … ergibt … 430. Und das funktioniert trotzdem nicht«, schloss sie demoralisiert.

Dann hob sie die Augen und sah, wie Liam bleich wurde.

»Was hast du?«, schrie sie fast.

Liam antwortete im Flüsterton: »Wenn wir uns auch weiterhin auf das Prinzip der Dualität stützen, dann haben wir die Summe mit dem Stigma, die 236 ergibt, und die mit dem klassischen Sigma, die 430 ergibt.«

»Ja, und?«

»Addier mal die beiden Summen.«

63

Ort: Dublin
Weltzeit: Sonntag, 28. Juni, 9.45 Uhr (GMT)
Ortszeit: 10.45 Uhr

Inspector Goonan stieg von dem Scooter, indem er sich auf den Schultern des Fahrers abstützte. Dann klopfte er diesem zum Dank auf den Rücken.

Er trug eine astreine Fußball-Montur: schwarze Stollenschuhe, weiße Shorts und das feuerrote Trikot von Shelbourne. Er grüßte den Polizisten im Wachhäuschen, der mit einer amüsierten Grimasse antwortete, dann betrat er das Dienstgebäude. Wegen der Stollen ging er wie auf Eiern. Er war verschwitzt und krebsrot im Gesicht.

Sergeant Bridget Walsh fing ihn im Korridor ab, noch bevor er auf der Toilette verschwinden konnte, um sich ein bisschen frisch zu machen.

»Zum Glück bist du sofort gekommen, Paul«, sagte sie, während sie auf ihn zuging.

»Ich war im Park«, sagte er sichtlich genervt, »wo ich einundzwanzig Leute und eine Zwei-Tore-Führung im Stich gelassen habe. Ich hoffe, aus gutem Grund.«

Auf Bridgets Gesicht zeigte sich aufrichtiges Bedauern. Sie wusste, wenn Paul Goonan etwas hasste, dann war es, am Sonntag zu arbeiten.

Sie musterte ihn einen Moment und überlegte, wie sie ihm die Neuigkeit beibringen sollte.

»Warum bin ich hier, Bridget?«

»Galway hat angerufen und angeordnet, dich sofort herbeizuzitieren. Hier ist jemand, der dich sprechen muss.«

»Das hast du mir schon am Telefon gesagt.«

»Es ist Colin Doyle. Er wartet in deinem Büro auf dich«, sagte sie in einem Atemzug.

Goonan schluckte. »Der Colin Doyle?«

»Genau der«, nickte Bridget.

»Und was will die Anti-Terror-Abteilung von mir?«, fragte er überrascht.

»Mit dir reden. In Sachen David Brine.«

Er sah sie an, als erwartete er, dass sie jeden Moment losprusten und zugeben würde, dass es sich um einen Scherz handelte. Aber Bridget lachte nicht, sie war todernst.

»Hör mal«, sagte er nervös, »ich geh mich schnell ein bisschen waschen. Sag ihm, ich komme sofort. Und warte dort auf mich.«

Er betrat das Bad und hielt den Kopf direkt unter den Wasserhahn. Was konnte der von ihm wollen, noch dazu am Sonntag, dieses Arschloch von Colin Doyle? Sie hatten sich seit zwei Jahren nicht gesehen, und beim letzten Mal – im Hauptquartier der SDU, der Special Detective Unit – wären sie beinahe handgreiflich geworden. Allein die Vorstellung, dass Doyle seine Nase in Goonans Büro stecken könnte, war unerträglich. Und was zum Teufel hatte die Terror-Abwehr mit dem Brine-Fall zu schaffen?

Er drehte das Wasser ab und tastete nach der Box für die Papierhandtücher. Leer. Er zog sein verschwitztes Trikot aus, trocknete sich, so gut es ging, die Haare und zog es wieder über. Er betrachtete sich im Spiegel. Er brauchte eine Zigarette.

Als er sein Büro betrat, stand Bridget mit verschränkten Armen an der Tür. Doyle dagegen saß auf einem der beiden

Stühle vor dem Schreibtisch. Er war um die fünfzig, dunkler Anzug, aschblondes Haar, Brille mit Metallgestell. Er wollte aufstehen, um Goonan zu begrüßen, doch dieser hielt ihn mit einem Wink davon ab.

»Behalt ruhig Platz«, sagte er und setzte sich ihm gegenüber.

»Ist das die neue Uniform?«, fragte der andere sarkastisch und musterte ihn.

Goonan ignorierte das. Er nahm sich eine Zigarette und zündete sie an.

»Danke Bridget, du kannst gehen«, sagte er seiner Kollegin, die hinausging und die Tür hinter sich schloss.

Schließlich wandte er sich Doyle zu: »Schieß los«, sagte er in umgänglichem Ton. Gleichzeitig bemerkte er, dass die Akte Brine nicht mehr da lag, wo er sie gelassen hatte.

»Es geht um einen Fall, den du bearbeitest: David Brine«, antwortete Doyle.

Der Inspector starrte ihn stumm an und schob die Akte wieder an ihren angestammten Platz.

»Das MI6 hat uns kontaktiert«, fuhr Doyle fort, jeden einzelnen Buchstaben im Kürzel des berühmten britischen Geheimdienstes betonend.

Goonan hatte Mühe, seine Verwunderung zu überspielen. »Sprich weiter …«, forderte er ihn auf.

»Hast du in letzter Zeit ferngesehen?«

»Komm zum Punkt, Colin.«

»Wie du willst. Du wirst gesehen haben, dass bei dem Attentat am Roten Meer auch zwei britische Touristen umgekommen sind.«

»Ja, habe ich gesehen.«

»Um sie zu identifizieren, hat man an ihren Leichen DNA-Analysen durchgeführt.«

»Ich weiß nicht, was das mit dem Brine-Fall zu tun haben

soll«, unterbrach Goonan ihn, wobei er nervös den Rauch ausblies.

Doyle nahm mit theatralischer Geste seine Brille ab, klappte langsam die Bügel zusammen und legte sie auf den Tisch. »Ein Stück von den Touristen war dein Mann.«

Goonan war wie vom Donner gerührt: »Unmöglich«, brachte er heraus. »Das muss ein Irrtum sein.«

»Kein Irrtum.«

»Wie kommen die Engländer zur DNA eines unbescholtenen irischen Staatsbürgers?«

»Brine hatte für die Regierung gearbeitet, und aus Sicherheitsgründen hatte man seine DNA erfasst.«

Goonans Herz setzte für einen Schlag aus. »Und was tat er in Ägypten?«

»Genau das würden wir auch gerne wissen.«

In diesem Moment klopfte es an der Tür.

»Wer ist da?«, fragte der Inspector brüsk.

»Sergeant Walsh«, hörte man von der anderen Seite der Tür.

»Komm rein.«

Bridgets Kopf schob sich ins Büro.

»Ist es so dringend?«, fragte Goonan.

»Die Antwort aus Italien ist eingetroffen. Interpol hat Russos Wohnung lokalisiert.«

»In Rom, oder?«

»Nein. In Turin.«

64

Ort: Patagonien, Region Chubut
Weltzeit: Sonntag, 28. Juni, 10.07 Uhr (GMT)
Ortszeit: 7.07 Uhr

»Was will ich eigentlich werden? Ein scheiß Robin Hood?«, fragte sich Doornick und schüttelte dabei den Kopf. Er stand vor Ana Marías Hütte und starrte, noch halb im Schlaf, auf das Mapuche-Dorf, eine Handvoll Holzbaracken mit achteckigem Grundriss und einem gräulich-verwitterten Strohdach. Abgesehen von einem schwarzrosa Ferkel, das etwa zehn Meter entfernt mit dem Rüssel im Gras herumschnüffelte, schienen alle noch tief und fest zu schlafen.

Doornick reckte sich und zündete eine Zigarette an. Er ließ noch einmal die Ereignisse Revue passieren, die ihn hierhergebracht hatten, und ein Angstschauer lief ihm über den Rücken. Noch hatte er sich nicht erholt von der furchtbaren Verfolgungsjagd im Regen, die Ricardo das Leben gekostet hatte.

Doornick und Teodoro hatten sich ins Dorf gerettet, nach einer simplen, aber stichhaltigen Logik: Wer sollte je auf die Idee kommen, sie dort zu suchen?

Dann war er gezwungen gewesen, sich der Realität zu stellen. Die Leute von der Firma mussten Ricardos Leiche sofort mit ihm in Verbindung bringen und ihm die Verantwortung für den Anschlag auf die mit Waffen beladenen LKW zuschreiben. Doornick war inzwischen für alle Männer der Firma und für Lozano ein Saboteur, und er würde nicht die

Chance bekommen, irgendjemandem seine Version zu erzählen. Und selbst wenn, würde ihm doch keiner glauben.

Schließlich hatte er festgestellt, dass ihm das egal war. Er zog schon seit zu vielen Jahren in der Weltgeschichte herum, seit zu langer Zeit gab es keinen Ort für ihn, den er »Zuhause« nannte, seit zu vielen Jahren hatte er keinen Freund mehr, der nicht ein Kollege gewesen wäre, keine Frau, die er nicht bezahlt hätte. Seit zu langer Zeit baute er Mauern, auch um sich selbst herum.

Vielleicht war das ein Wink des Schicksals, sagte er sich. Er würde bei den Mapuche bleiben, bis Gras über die Sache gewachsen war, und dann würde er ganz abtauchen. Irgendwie würde er sich nach Buenos Aires durchschlagen, und von da nach England, zum Teufel mit Lozano, dem Prinzen und der ganzen Firma!

Am Vorabend hatte er Paco kennengelernt, der den Anschlag auf Baustelle Sechs gemeinsam mit Ana María ins Werk gesetzt hatte. Auch er war wie durch ein Wunder der Explosion und den Häschern entgangen. Doornick hatte ihm erklärt, dass sie beide die Wurfdistanz der Molotowcocktails nicht falsch kalkuliert hatten. Sie konnten nur nicht wissen, dass die Laster voller Waffen und Sprengstoff waren. Deshalb war die Detonation so verheerend gewesen.

Paco und Ana María hatten ausführlich von dem Kampf der Mapuche erzählt, und Doornick war ganz bewegt gewesen.

Aber jetzt, in der kühlen Morgenluft, betrachtete er die Dinge wieder nüchterner. Was zum Teufel hatte er damit zu schaffen? Sie sollten sich ihr Land allein zurückholen, oder nicht? Vielleicht mit Hilfe von Leuten wie Teodoro, der ebenfalls seit Jahrzehnten hier lebte, aber sich da draußen in der Welt äußerst gewandt zu bewegen wusste.

Beim Gedanken an seinen Bauleiter hielt er einen Moment inne: Er schuldete ihm sein Leben. Also bitte: Mit Leuten wie

Teodoro auf ihrer Seite würden die Mapuche von Chubut ihren Krieg vielleicht sogar gewinnen. Einer wie Doornick dagegen, wozu sollte der gut sein? Er war kein Robin Hood und schon gar kein Held. Er würde nach Hause zurückkehren, und die Firma und die Mapuche sollten ihre Probleme alleine lösen, schließlich war er aus Liverpool, zum Henker noch mal!

Der Schatten von Ana María glitt aus der Hütte. Sie stellte sich neben ihn, ohne ein Wort zu sagen. Ihr Blick schweifte über die üppige Vegetation, die sie umgab, streifte das schwarzrosa Ferkel und blieb schließlich an Doornick haften.

»Weißt du, was ›Mapuche‹ in unserer Sprache bedeutet?«, flüsterte sie.

Er schüttelte den Kopf.

»›Mapu‹ bedeutet Erde. ›Che‹ bedeutet Mensch. Die Mapuche sind das Volk der Erde. Dieser Erde.« Sie unterstrich ihre Worte mit einer weit ausholenden Geste.

»Ich kann euch nicht helfen«, murmelte Doornick.

»Natürlich kannst du das«, erwiderte sie, als wäre das die offenkundigste Sache der Welt. »Du weißt alles über die Mauer, weißt, wo die Baustellen sind, die Lager, der Sprengstoff ...«

»Euer Krieg ist schon so gut wie verloren. Ihr habt keine Ahnung, wie mächtig die Firma ist.«

Ana María brach in Gelächter aus. »Wir haben noch nie einen Krieg verloren«, sagte sie und setzte ihm einen Finger auf die Brust. »Wir haben schon immer gekämpft. Gegen die Inkas, dann gegen die Spanier, dann gegen die Generäle hier und gegen Pinochet auf der anderen Seite der Anden.«

»Pinochet?«

»Genau. Allende hatte uns im Zuge seiner Agrarreform siebenhunderttausend Hektar Land zurückgegeben. Weiß du, was Pinochet sagte, nachdem er ihn gestürzt hatte?«

Doornick schüttelte verneinend den Kopf.

»Er sagte, dass wir gar nicht existieren. Und gab das Land

wieder an die Großgrundbesitzer. Damit begann die Jagd auf die Mapuche.«

»Das ist sehr bewegend, aber ich bin Engländer«, versuchte Doornick sich mit größtmöglicher Distanziertheit zu rechtfertigen.

»Du bist zuerst einmal Mensch«, attackierte sie ihn. »Und jeder Mensch sollte für Freiheit und Selbstbestimmung jedes anderen Menschen kämpfen, der auf dieser Erde lebt.«

»Das sind Ideen, die ich teile«, sagte er ruhig. »Aber …«

»Zum Teufel!«, unterbrach Ana María ihn empört. »Geh doch zurück in dein England und erörtere diese Angelegenheit am Ofen bei einer Tasse Tee. Dann kannst du leise gegen die Großkonzerne wettern, die die Erde verwüsten, gegen die Banken, die sie sich kaufen … und die ewig gleichen Formulierungen wiederkäuen, die ihr Europäer so schön im Fernsehen aufsagt. Oder aber du, Michael Doornick, ergreifst einmal in deinem Leben die Gelegenheit, etwas mit deinen eigenen Händen anzupacken, dich höchstpersönlich ins Spiel zu bringen.«

Er breitete die Arme aus. »Das traue ich mir nicht zu, Ana María, ich trau's mir nicht zu …«

Der Lärm ließ ihn den Blick heben. In der Ferne zeichneten sich deutlich zwei Silhouetten am Himmel ab. Er rollte überrascht mit den Augen. Dann schoss einer der Hubschrauber die erste Rakete auf das Dorf ab.

65

Ort: Turin
Weltzeit: Sonntag, 28. Juni, 10.28 Uhr (GMT)
Ortszeit: 12.28 Uhr

Sie hatten wenig und schlecht geschlafen. Die Feldbetten waren unbequem, die Schwüle gnadenlos.

Als Liam erwacht war, wartete die beeindruckende Silhouette des Anführers schon am Fußende der Pritsche. Daneben zwei seiner Männer. Auch diesmal waren ihre Gesichter nicht vermummt. Ein böses Zeichen, hatte er gedacht, Alanna davon aber nichts gesagt, um sie nicht in Panik zu versetzen.

Dann waren sie zum ersten Mal in diesen Tagen getrennt worden. Doch Angst hatte er nur, bis sie an die Tür zu einem fürstlichen Bad kamen. Hier hatte er sich eine erfrischende Dusche gegönnt, seine Kerkermeister hatten ihn mit einigen Aufmerksamkeiten überrascht: mit Zahnpasta und Zahnbürste, Seife, Shampoo und sogar einem flauschigen Bademantel.

Als sie ihn in die Bibliothek zurückbrachten, stellte er fest, dass Alanna dieselbe Behandlung zuteilgeworden war.

»Hast du etwas dagegen, dass ich noch ein bisschen döse?«, fragte sie ihn mit schläfriger Miene.

Liam verneinte und setzte sich an den Tisch.

Eine Weile saß er schweigend und in Gedanken versunken da, dann nahm er wieder die Bibel und schlug sie auf. Im Grunde hatten sie es der Analyse der Apokalypse zu verdanken, dass sie die Angst in den Stunden der Gefangenschaft überwunden, ja sogar einen ungemein überzeugenden Interpretationsschlüssel für eines der hartnäckigsten Rätsel der Kirchengeschichte gefunden hatten – anders vermochte er es noch nicht zu nennen. Die Untersuchung des Textes hatte ihn bald wieder ganz in Beschlag genommen.

Alanna lag eine halbe Stunde lang auf ihrer Pritsche, zwischen Wachen und Schlafen, bis Liams aufgeregte Stimme sie in die Realität zurückholte.

»Komm her, Alanna, schau dir das an!«, schrie er. »Du hattest recht: Die Apokalypse wird eine digitale Katastrophe sein. Ich habe noch eine Bestätigung dafür gefunden! Komm her!«

Alanna hatte nicht die geringste Lust aufzustehen, aber als Liam schrie, er habe auch die Verbindung zu David gefunden, siegte die Neugier. Sie quälte sich aus dem Bett und setzte sich neben Liam.

»Lies noch einmal das«, forderte er sie auf und deutete erregt auf einen Vers. »Das ist wieder im Präsens, wie an der Stelle, wo es um Tschernobyl und den Golfkrieg geht, oder um die 666. Es ist offensichtlich, dass hier von der finalen Katastrophe die Rede ist.«

Alanna las laut:

*»Et faciet omnes pusillos et magnos et divites et pauperes et liberos et servos habere caracter in dextra manu aut in frontibus suis / et ne quis possit emere aut vendere nisi qui habet caracter nomen bestiae aut numerum nominis eius.«**

»Ja, und?«, fragte sie, immer noch schlaftrunken.

»Aber das sticht doch ins Auge, Alanna: Wer nicht das

* Und es machte, dass sie allesamt, die Kleinen und die Großen, die Reichen und die Armen, die Freien und die Sklaven, sich ein Zeichen machen an ihre rechte Hand oder an ihre Stirn und dass niemand kaufen oder verkaufen kann, wenn er nicht das Zeichen hat, nämlich den Namen des Tieres oder die Zahl seines Namens. (NT, Offb 13, 16-17)

Zeichen des Tieres auf Hand oder Stirn trägt, ist von jeglicher Form des Handels ausgeschlossen.«

»Entschuldige, aber ich kann dir nicht folgen.«

»Dabei habe ich genau deine Methode angewandt. Bis aufs i-Tüpfelchen.«

»Ich verstehe es immer noch nicht«, wiederholte sie verwirrt.

»Alanna, wenn du eine Palästinenserin des ersten nachchristlichen Jahrhunderts gewesen wärst und in einer Vision biometrische Lesegeräte gesehen hättest, wie hättest du die beschrieben?«

Sie war schlagartig hellwach.

»Natürlich: das Zeichen auf der rechten Hand oder der Stirn! Optische Lesegeräte für Fingerkuppen oder Iris. Wie die von ZeroOne Code.«

»Genau, Alanna, irgendwie scheint alles zusammenzuhängen: die Apokalypse, Molteni, wir, ZeroOne, David ...«

»Na klar! David ist weltweit einer der wichtigsten Experten für biometrische Algorithmen ...«

»Und welchem Bereich widmete er sich genau bei ZeroOne Code?«

»Das weißt du: Er war Projektleiter in der Forschungsabteilung und befasste sich mit biometrischer Identifizierung, angewandt auf EDV-Systeme ... Zeug, das ZeroOne bald in die ganze Welt verkaufen wird.«

»Wer nicht das Kennzeichen des Tieres auf Hand oder Stirn trägt, ist von jeder Form des Handels ausgeschlossen. Dieses Kennzeichen ist der biometrische Code, Alanna. Der Fingerabdruck oder die Iris.«

»Jetzt verstehe ich«, murmelte sie, einen Anflug von Angst im Blick. »Und wer diese Technologie steuert, wird die Welt in der Hand haben.«

»Genau. Er wird plötzlich den Zugang zu den Rechnern

verweigern können. Eine Katastrophe, still und unerwartet: die Apokalypse.« Aus Liams Stimme sprach Panik: »Das passt perfekt zusammen. In wenigen Jahren wird es kein EDV-System an sensibler Stelle mehr geben, das nicht über ein biometrisches Erkennungssystem der Anwender verfügt: Waffensysteme, Netze für den Geldtransfer, Atomkraftanlagen, Flughäfen, Eisenbahnnetze, Häfen ... Schon jetzt breitet es sich bei den Geldautomaten aus, an Supermarktkassen ...«

»Und ZeroOne ist weltweit Marktführer auf dem Gebiet.« Auch Alanna war sichtlich erschüttert: Ihr dämmerte das Ausmaß der Katastrophe. »Als ich am Genesis-Projekt arbeitete, mussten wir Forscher uns, um Zugang zu dem Rechnersystem zu bekommen, einer biometrischen Kontrolle unterziehen. Weißt du, wie das genau funktioniert?«

»Nun, der Abdruck deiner Fingerkuppe oder das Bild deiner Iris werden in einen digitalen Code umgewandelt. Wenn du an den Rechner kommst und deinen Finger auf den Scanner legst, ›liest‹ dieser deinen Abdruck. Dann vergleicht er die Information mit dem gespeicherten Code, und wenn sie übereinstimmen, gewährt er dir den Zugang. Wenn nicht, kannst du nicht ins System. Richtig?«

Sie betrachtete ihn zufrieden: »Ja, richtig, bis auf ein zusätzliches Detail, das leider dramatische Konsequenzen hat. Sieh mal, damit die Bestimmungen zum Datenschutz nicht verletzt werden, darf der biometrische Code nicht auf einem Server gespeichert werden. Jemand könnte in das System eindringen und die Verknüpfung zwischen deiner Identität und deinem biometrischen Code lesen, was deine Privatsphäre verletzt.«

»Woher weißt du das?«

»Das war Davids spezifisches Arbeitsgebiet ...«, der Satz blieb ihr im Hals stecken. »Und außerdem wendeten auch wir, während des Genesis-Projektes, diese Technologie an.«

Einen Moment lang befiel sie eine abgrundtiefe Angst, dann überwand sie die Erstarrung und fuhr fort:

»Kurz gesagt: Aus Gründen des Datenschutzes wird dein biometrischer Code auf einer Chipkarte, ähnlich einer Kreditkarte, gespeichert. Wenn du an den Rechner kommst, schiebst du deine Karte hinein und legst den Finger auf das Lesegerät: Der Abgleich findet also ›live‹ statt, und vor Ort. Auch die Software, die die Kontrolle durchführt, ist auf der Chipkarte gespeichert.«

»Was macht das für einen Unterschied?«, fragte Liam zögernd.

»Der Unterschied ist, dass die beiden Lesegeräte, das für die Karte und das für den Fingerabdruck, um miteinander zu kommunizieren, eine Software benutzen, die in der Vorrichtung für die Operation selbst liegt: in der Tastatur des Rechners oder des Geldautomaten. Diese Software ist abgeschirmt, das heißt, man hat von außen keinen Zugang. Sie ist hardcoded.«

»Jetzt verstehe ich langsam: Wer dieses Modul produziert, könnte eine Art Virus mit hineinschmuggeln …«

»… der ab einem festgesetzten Datum jeglichen Zugang verweigert, auch im Falle eines positiven Datenabgleichs. So kann niemand mehr an die EDV-Systeme heran: das reinste Chaos.«

Liam war bleich geworden. »Das heißt, eines schönen Morgens wachen wir auf und können kein Geld mehr auf der Bank abheben, nicht mehr im Supermarkt einkaufen … Die Flugzeuge fliegen nicht mehr, die Schiffe legen nicht mehr an, die Züge fahren nicht mehr ab, das Internet funktioniert nicht mehr, die Handys gehen nicht mehr … Die Polizei kann nicht eingreifen, die Armee ist lahmgelegt, und …«

»Genau, Liam: Die Welt bleibt mit einem Mal stehen, still und leise.«

»Vielleicht plant ZeroOne das, was wir uns ausmalen. Und David könnte entführt worden sein, weil er etwas entdeckt hat.«

»Das ist es, was ich befürchte«, hauchte Alanna.

»Aber eines verstehe ich nicht.«

»Was?«

»Warum sollte eine Firma Interesse daran haben, eine globale Katastrophe auszulösen? Sie würde selbst mit untergehen.«

»ZeroOne gehört zu einer Holding, deren Eigentümer ein Araber ist.«

»Auch du bist Araberin, aber ich glaube nicht, dass du von der Zerstörung des Planeten träumst.«

»Das ist nicht der Punkt: Die Welt ist voller Fanatiker, egal ob Araber oder nicht. Und eine digitale Apokalypse wäre für die weniger entwickelten Nationen ein Vorteil, zumindest theoretisch. Sie würde den Satan des Westens in die Knie zwingen ... Von wegen World Trade Center, dagegen ist Bin Laden ein Waisenknabe!«

»Das alles sind aber nur Hypothesen. Mutmaßungen«, protestierte Liam, als wollte er vor allem sich selbst überzeugen.

»Klar«, sagte sie mit herausfordernder Miene, »alles nur Mutmaßungen, die jedoch perfekt ineinandergreifen. Mutmaßungen, die eine vor zweitausend Jahren geschriebene Prophezeiung mit Ereignissen der letzten Jahrzehnte verknüpfen, von Tschernobyl bis zum Golfkrieg, die David, Molteni, mich und dich in Zusammenhang bringen, die ›Vernichter‹ und ZeroOne Code. Alles nur Mutmaßungen ... purer Zufall.«

Liam fühlte sich mit einem Mal völlig entkräftet. Er ließ sich auf den Teppichboden sinken, lehnte den Rücken gegen die Bücherwand und vergrub seinen Kopf in den Händen. »Was sollen wir tun, Alanna? Das alles geht weit über unsere Möglichkeiten.«

Alanna kam und setzte sich zu ihm. Sie legte die Arme wie schützend um ihre Knie. »Wir müssen die Original-Schriftrollen suchen. Oder zumindest die aus dem Westen, wenn wir Moltenis Verdacht glauben, dass die andere vernichtet wurde. Und wir müssen herausbekommen, wie viel Zeit noch bleibt.«

»Wir sitzen hier in Turin fest, im wahrsten Sinne des Wortes«, sagte Liam niedergeschlagen, »und Moltenis entscheidende Informationen sind in Rom. Außerdem, selbst wenn wir wie durch ein Wunder die Schriftrolle des Westens finden sollten: Ich als Meister dürfte sie nicht lesen. Das ist seit Jahrhunderten festgelegt.«

»Aber Molteni kannte das Datum«, erwiderte Alanna prompt. »Es ist daher wahrscheinlich, dass auch du es irgendwie erfahren kannst.«

Er drehte sich zu ihr um und betrachtete sie voller Bewunderung und Dankbarkeit. Die Kraft dieser Frau war wirklich unglaublich, sie gab niemals auf. Und es war seine Pflicht, es ihr gleichzutun.

Entschlossen stand er auf, ging zu einer der beiden Pritschen, warf die Matratze herunter und begann, an den Federn des Gestells herumzuhantieren.

Alanna trat zu ihm. »Was machst du da?«

»Da ist eine leichte Delle im Boden, genau da, wo wir saßen«, sagte er.

»Und?«

Liam antwortete nicht. Er zerrte an dem Netz aus Federn, bis er einen der Stahlhaken befreit hatte, die es in Spannung hielten. Dann löste er noch einen heraus und hielt ihn Alanna hin.

»Los, gehen wir es an«, sagte er.

»Was gehen wir an?«, fragte sie und schaute skeptisch auf den Stahlhaken.

»Den Teppichboden aufzureißen.«

66

Ort: Turin
Weltzeit: Sonntag, 28. Juni, 12.02 Uhr (GMT)
Ortszeit: 14.02 Uhr

Keine Gefahr. Die wirklich gefährlichen Menschen legen Wert auf Ordnung. Das war Commissario Giancarlo Santovitos erster Gedanke, als er die Wohnung betrat.

Die Diele war geräumig, mit Kassettendecke. Der Fußboden, ein wunderschönes Parkett mit Intarsienelementen, war seit Ewigkeiten nicht mehr poliert worden, und alles Übrige wirkte verstaubt und ungepflegt: Hässliche Zeichnungen, die mit Tesafilm an die Wände geklebt waren, eine überquellende Garderobe, Schuhwerk flog herum, in einer Ecke standen ein Fahrrad und ein Paar Skier. Nein, keine Gefahr, wiederholte der Commissario im Stillen.

In fünfunddreißig Dienstjahren hatte Santovito gelernt, mit einem Blick Orte und Menschen einzuschätzen, und selten hatte er seinen ersten Eindruck revidieren müssen, was den Grundsatz bestätigte, dass nur oberflächliche Polizisten Äußerlichkeiten nicht einzuschätzen wussten.

Tags zuvor war er sechsundfünfzig Jahre alt geworden. Er hatte im Kreis seiner Familie gefeiert: ein opulentes Abendessen zu Hause. Dann hatte er sich vor dem Fernseher dem Vergnügen hingegeben, sich von seiner Enkelin den graumelierten Schnurrbart zupfen zu lassen, während er sich selbst zu diesen tiefschwarzen Augen beglückwünschte, die er dem Kind vererbt hatte. Leider war im schönsten Moment, wie vom Staatsanwalt angekündigt, der dringende Anruf von Heaney eingegangen, dem irischen Verbindungsmann von Interpol in Italien.

Er meinte, dass er genug von der Wohnung gesehen hätte. Er ging die letzten Meter durch den Korridor und kehrte in die Küche zurück. Heaney saß vor Giuseppe Russo, dem ehemaligen Studenten des irischen Professors, den sie suchten. Russo war einer der fünf Mieter, die sich das Apartment teilten.

»… und von dem Moment an waren sie also verschwunden?«, fragte Heaney in seinem exzellenten Italienisch.

»Wie ich bereits sagte«, seufzte der junge Mann und streckte seine Storchenbeine aus, »ich schlief gerade. Alles was Professor Brine zurückgelassen hat, ist dieser Zettel.«

Heaney reichte Santovito den Schrieb. Dieser las: »Danke für die Gastfreundschaft, Giuseppe. Ich melde mich bald wieder. Liam.«

»Dürfen wir das behalten?«, fragte er dann Russo in höflichem Ton.

»Von mir aus, wenn es Ihnen weiterhilft«, antwortete der Student.

Santovito gab Heaney den Zettel zurück und setzte sich ebenfalls.

»Darf ich jetzt erfahren, was Professor Brine zugestoßen ist?«, fragte Russo, aufrichtig besorgt.

»Zu welchem Schluss sind Sie gekommen?«, vernahm ihn Santovito.

Russo überlegte eine Weile, wobei er sich mit einem Finger auf die Lippe klopfte. »Wenn Interpol bei mir am Sonntagnachmittag um zwei Uhr vorstellig wird und sich nach einem Freund erkundigt«, antwortete er schließlich, »dann nehme ich an, dass dieser Freund in der Klemme steckt.«

»Wirkte Brine auf Sie wie jemand, der in der Klemme steckt?«, bohrte der Commissario nach.

»Ja. Er kam mir irgendwie komisch vor, anders als sonst. Er war beunruhigt … auch die Frau … Ich wollte wissen, was los war, aber er meinte, er könne mir nichts sagen.«

»Und was glauben Sie, wo er jetzt ist?«, fragte wieder Santovito.

»Ich habe nicht die leiseste Ahnung.«

»In Rom vielleicht?«

»Ich dachte, von dort wäre er gekommen.«

Der Commissario schaute ihn an, ohne zu antworten. Er stand auf, was Heaney ihm sofort gleichtat.

»Die anderen Bewohner?«, erkundigte er sich dann.

»Wie ich bereits Ihrem Kollegen sagte, hat niemand von ihnen mit dem Professor geredet, und auch nicht mit der Frau«, erklärte Russo.

»Gut, Herr Russo, ich danke Ihnen für Ihre Hilfsbereitschaft. Wenn wir Sie noch einmal brauchen sollten …«

»Kein Problem«, unterbrach ihn der Student und stand auf. Er drückte beiden die Hand und brachte sie zur Tür. »Verraten Sie mir nur eines, bitte«, sagte er mit besorgter Miene: »Ist Professor Brine in Gefahr?«

»Das befürchten wir«, antwortete der Commissario.

»Dann bitte ich Sie, mich auf dem Laufenden zu halten«, sagte der Student verstört.

»So weit uns dies möglich ist.«

Santovito las an den Augen des jungen Mannes ab, dass er ehrlich betroffen war. Es war der Blick eines Menschen, der einem Freund geholfen und erst hinterher gemerkt hat, in was für eine gravierende Lage er sich gebracht hat. Er hatte diese Verstörung sehr oft angetroffen, wenn sie nach untergetauchten Personen fahndeten. Wer zurückbleibt, möchte, dass alles so schnell wie möglich wieder seinen gewohnten Gang geht. Die romantische Vorstellung von Flucht und einem Abenteuer mit Happy End ist zwar recht hübsch, aber wenn man mit der harten Realität konfrontiert wird, dann wählt man meistens doch die sicherste Lösung: Man vermeidet, dass das Unglück der anderen das eigene beschauliche Leben berührt.

Als sie auf der Straße waren, ging Heaney zum Auto, während Santovito sich umsah, auf der Suche nach irgendeinem Hinweis, der sie weiterbringen konnte. Die Straße war nicht stark befahren, und auch Passanten gab es kaum.

Er wollte schon aufgeben und sich Heaney anschließen, als er etwas entdeckte, was er bei der Ankunft übersehen hatte. Wenige Meter vom Hauseingang entfernt lag ein Juwelierladen. Rechts davon hing an der Mauer eine kleine Überwachungskamera, die für die Sicherheit der Auslagen sorgte. Santovito trat zur Seite und versuchte sich in der Längsachse des Objektivs zu platzieren. Nach seiner Einschätzung musste die Kamera, bei ausreichender Brennweite des Objektivs, auch die beiden Flüchtigen beim Verlassen von Russos Haus gefilmt haben, und mit ein wenig Glück sogar ein Autokennzeichen.

Er winkte Heaney, der kurz davor war, die Geduld zu verlieren.

»Ich will die Bänder von dieser Kamera. Bis heute Abend«, sagte er ihm und deutete darauf.

»Aber heute ist Sonntag«, bemerkte Heaney.

»Wir werden den Besitzer finden«, sagte Santovito knapp.

Sein Handy klingelte. Er schaute auf das Display, es war eine Nummer, die mit 003531 begann: Dublin.«

»Commissario Santovito. Wer spricht da?«, fragte er auf Englisch.

»Inspector Goonan …«

»Wie geht es?«

»Ich wollte wissen, was der Zeuge sagt«, erwiderte der Ire in hektisch-nervösem Ton.

»Der weiß noch weniger als wir«, antwortete Santovito.

»Ist Heaney bei Ihnen?«

67

Ort: Fürstentum Monaco
Weltzeit: Sonntag, 28. Juni, 12.58 Uhr (GMT)
Ortszeit: 14.58 Uhr

Gérard Dumonceaus 6er BMW Coupé hatte sich aus dem dichten Sonntagsverkehr des Fürstentums befreit und war bis zur Grande Corniche hinaufgefahren, der Straße, die Napoleon auf dem Fundament der antiken Via Aurelia gebaut hatte.

Dumonceau ließ den Wagen gemächlich über die kurvenreiche Straße gleiten und genoss dabei das Panorama: Die sanften Serpentinen gaben unvermittelt den Blick frei auf atemberaubende Steilklippen, an deren Fuß, Hundert Meter tiefer, das smaragdgrüne Wasser glitzerte und die schillernden Felsen der Küste beleckte.

Die Sonne glänzte hoch am Himmel, und Dumonceau freute sich wie ein Kind. Nach zähen Verhandlungen war Direktor Ducasse auf seine Forderungen eingegangen: Die Compagnie Financière Suisse würde für seinen millionenschweren Verlust aufkommen und ihn obendrein mit siebenhunderttausend Euro in bar abfinden. Das war weniger als die Million, die er gefordert hatte, klar, aber trotzdem durchaus akzeptabel. Im Gegenzug hatte er sich verpflichtet, Ducasse alle Datenträger mit den in der Bank entwendeten Informationen, die Prinz Amir Khans Aktivitäten betrafen, auszuhändigen. Danach hatte er geschworen, dass man nie wieder von ihm hören würde.

Dumonceau hatte am Erfolg seines Erpressungsversuchs nie gezweifelt: Für die Medien wäre das ein gefundenes Fressen gewesen, wenn jemand, mit entsprechendem Datenmaterial, bewiesen hätte, dass Prinz Amir Khan Al Ammar seine Besitztümer im Westen verkloppte, um halb Patagonien zu kaufen. So eine Meldung hätte weltweit an den Börsen wie eine Bombe eingeschlagen. Ganz zu schweigen von der Neugier, die sie bei den Geheimdiensten rund um den Globus erweckt hätte.

Er strich über den braunen Umschlag auf dem Beifahrersitz und lächelte im Stillen. Der Deal würde in wenigen Minuten abgewickelt werden, und dann begann ein neues Leben. Er hatte es nicht nur geschafft, im Sattel zu bleiben, er würde sogar mit dicker Brieftasche aus dem Rennen gehen. Gérard Dumonceau beglückwünschte sich selbst: Du bist wirklich ein ausgemachter Hurensohn.

Er bremste, fuhr an den Straßenrand und hielt auf einem Parkplatz mit Panoramablick. Er schaute auf die Uhr: 14.58 Uhr. Ducasse musste jede Minute kommen.

Er stieg aus dem Wagen. Der plötzliche Wechsel von der kühlen Luft aus der Klimaanlage zur Hitze im Freien schnürte ihm für einen Moment die Kehle zu, aber eine Meeresbrise ließ ihn sofort wieder aufatmen.

Die Aussicht war grandios. Unter ihm fiel die Steilküste mehrere Hundert Meter senkrecht ab: Weißliche Felsen, die vom Grün der Macchia überzogen waren, hie und da ragten die buschigen Kronen der Pinien hervor. Und dann, weit unten, das funkelnde Meer, Tausende Nuancen von Blau, dazu die silbernen Glanzlichter der Wellen. Dumonceau atmete kräftig ein und füllte sich die Lungen, dann hörte er den Motor eines Autos, das auf den Parkplatz einbog, und drehte sich um.

Eine graue Limousine mit italienischem Kennzeichen. Zwei Männer in dunklen Anzügen stiegen aus. Sie trugen unifarbene Krawatten und die gleichen Schuhe von Church's. Einer hielt einen Aktenkoffer, der mit Handschellen an seinen Arm gekettet war.

»Herr Dumonceau?«, fragte der Erste, ein Mann um die fünfzig mit kurzgeschorenen dunklen Haaren.

Ihm lief ein Schauder über den Rücken. Waren das am Ende Polizisten?

»Wo ist Ducasse?«, fragte er.

»Er möchte mit Ihnen nichts mehr zu tun haben«, sagte der Mann mit den kurzen Haaren.

Dumonceaus Angst verflog. Der Direktor hatte die Transaktion ganz einfach delegiert.

»Aber machen Sie sich keine Sorgen«, fügte der mit dem Koffer hinzu, »alles läuft wie vereinbart.« Er kam näher und ließ den Aktenkoffer aufschnappen. Ein Teppich gebündelter Fünfhundert-Euro-Scheine kam zum Vorschein.

Dumonceaus Augen begannen zu leuchten.

»Haben Sie unser Material?«, fragte der Mann mit den kurzen Haaren.

»Ich hole es sofort«, antwortete der Banker schnell.

Er ging zu dem BMW, öffnete die Tür und nahm den braunen Umschlag vom Beifahrersitz. Dann schloss er den Wagenschlag und gab dem Mann mit den kurzen Haaren das Kuvert. Dieser ging zur Limousine. »Nur eine Kontrolle«, erklärte er. »Warten Sie bitte eine Minute.«

Dumonceau blieb mitten auf dem Parkplatz stehen. Er versuchte den Mann mit dem Aktenkoffer anzulächeln, worauf dieser mit einer ähnlich unbeholfenen Grimasse antwortete.

Der Kurzhaarige stieg in die Limousine und schloss die Tür. Er holte die CD aus dem Kuvert und schob sie in einen Laptop, der bereits hochgefahren war. Er kontrollierte sorgfältig alle Daten, dann nahm er sein Handy und wählte eine gespeicherte Nummer.

»Mr. Kerr?«, fragte er. »Wir haben die Daten. Sollen wir die Zahlung vornehmen?«

Vom anderen Ende der Leitung kam eine einzige Silbe.

»In Ordnung«, sagte der Mann. »*Et qui addit scientiam addat et laborem.*«*

Er beendete das Gespräch und stieg aus dem Wagen.

Er gab seinem Kollegen einen Wink und trat mit diesem an Dumonceau heran.

Der mit dem Aktenkoffer öffnete das Schloss der Handschelle und streckte Dumonceau das Geld hin. »Zählen Sie es bitte nach.«

Dumonceau wollte mit der Hand nach dem Koffer greifen, aber ein Faustschlag zertrümmerte ihm das Nasenbein.

Einen Moment später flog er die Klippen hinab.

Die beiden Männer beugten sich über das Geländer. »Es ist viel besser, wenn sie selber springen«, bemerkte der Kurzhaarige in sachlichem Ton.

* (lat.) Wer nie lernt, der muss nie leiden. (AT, Koh 1,18)

68

Ort: Abu Dhabi
Weltzeit: Sonntag, 28. Juni, 16.03 Uhr (GMT)
Ortszeit: 20.03 Uhr

Das schwarze Handy vibrierte beharrlich. Das Surren enervierte ihn: Der Prinz hasste es, wenn er beim Nachdenken abgelenkt wurde. Und Hussayn hatte ihn soeben über eine Angelegenheit unterrichtet, die genaues Nachdenken verlangte. Ein Broker der Compagnie Financière Suisse hatte versucht, die Direktion damit zu erpressen, dass er die Daten über seine, Amir Khans, jüngste Transaktionen in Umlauf brachte, vor allem vom Abzug strategischen Kapitals aus dem Westen. Aber vor wenigen Stunden hatte der Mann, noch ehe Hussayn Bandar kontaktieren und ihm auftragen konnte, sich darum zu kümmern, Selbstmord begangen. Ein ausgesprochen merkwürdiger Zufall.

Das Handy vibrierte erneut. Er las den Namen auf dem Display und drückte ungeduldig auf die Taste, um den Anruf anzunehmen.

»Guten Abend, Mr. Kerr.«

»Guten Abend, Euer Hoheit. Darf ich eine Minute Eurer Zeit in Anspruch nehmen?«

Der Prinz seufzte: »Natürlich. Sprechen Sie.«

»Euer Handy ist außerordentlich. Nicht einmal meine Techniker haben geschafft, es aufzuspüren.«

»Malaysische Technologie«, begnügte der Prinz sich zu erklären. »Das hat ein Visionär aus Kuala Lumpur patentieren lassen. Er brauchte Kapital, und wir haben Mittel aus einem unserer lokalen Private-Equity-Fonds zur Verfügung gestellt.«

»Ihr seid ein großherziger Mensch, Euer Hoheit.«

»Geschäftstüchtig, Mr. Kerr. Im Gegenzug haben wir bekommen, was wir wollten.«

»Eine sichere Frequenz, nehme ich an.«

»Genau«, nickte Amir Khan mit fast kindlicher Zufriedenheit, »eine Handvoll Nummern, die nur für die Nutzer existieren. Unbegrenztes Prepaid-Guthaben. Keine Karten, keine Namen, keine Verbindungsübersichten, kurz, Offshore-Verkehr. Das alles ergänzt um ZeroOnes Spitzentechnologie: dynamische Hardware-Chiffrierung, redundante Firewall, Echelon-Abschirmung. Mit einem Wort: das Beste, um vor indiskreten Lauschern geschützt mit Freunden unbeschwert zu plaudern.«

Es folgte kurzes Schweigen.

»Nun?«, ergriff der Prinz die Initiative.

Kerr setzte wieder eine Pause, ehe er antwortete.

»Wir haben kürzlich zwei Lücken in Euren Sicherheitssystemen aufgespürt«, sagte er, wobei er langsam jedes einzelne Wort betonte. »Eine in Dublin und die andere in Monte Carlo.«

Amir Khan dachte blitzschnell nach: Wie konnte Kerr über diese Dinge unterrichtet sein? Er beschloss, nicht zu leugnen. »In Monte Carlo hatte es einen unvorhersehbaren Zwischenfall gegeben. Aber der ist bereits bereinigt, Allah sei Dank …«

»… und auch der bescheidenen Hilfe meiner Freunde. Wir haben uns erlaubt zu intervenieren.«

Der Prinz schwieg einen Augenblick, dann fuhr er fort: »Darf ich fragen, wie Sie von Monte Carlo erfahren haben?«

»Sieht so aus, als wären wir Kunden derselben Banken.«

»Sie haben agiert, ohne mich zu konsultieren.«

»Zum Beweis meiner Freundschaft, Hoheit. Es galt, keine Zeit zu verlieren.«

Eine Pause entstand.

»Ihre Freundschaft, natürlich. Und was erwarten Sie im Gegenzug?«

»Das wisst Ihr.«

Der Prinz wechselte das Thema. »Sie sprachen auch von einem Problem in Dublin. Worum handelt es sich da?«

Kerr antwortete nach einigen Sekunden. »Dort haben wir eine interessante Aufzeichnung gefunden.«

»Eine Aufzeichnung?«, fragte Amir Khan überrascht.

»Ja, von David Brine. Euer Mathematiker hat einen verzögerten Server benutzt und dann alle Spuren der Sendung gelöscht.«

Die Stimme des Prinzen verlor ihren Schmelz: »Worum geht es, Mr. Kerr?«

»Ein interessantes Schriftstück, Euer Hoheit, sehr detailliert. Es trägt den Titel ›Digitale Apokalypse‹ ... Genügt Euch das, oder seid Ihr an weiteren Einzelheiten interessiert?«

Amir Khan schluckte: »Wo ist dieses Schriftstück?«

»Es liegt hier auf meinem Schreibtisch«, sagte Kerr kalt. »Ich werde es als Garantie für unsere Zusammenarbeit aufbewahren.«

Der Prinz konnte nur mit Mühe seine Wut bezähmen.

»David Brine hatte es sich selbst geschickt«, redete der andere weiter. »Und natürlich war es bei der Dubliner Kriminaltechnik gelandet.«

Amir Khan verbot sich jede Emotion, aber die Frage kostete ihn eine enorme Anstrengung: »Haben die es gelesen?«

Kerr ließ ihn ein Weilchen schmoren, ehe er antwortete: »Nein, wir konnten rechtzeitig eingreifen. Aber wir mussten ein ziemliches Risiko eingehen, und wir lieben das Risiko nicht, Hoheit, das wisst Ihr genau.«

Der Prinz begann wieder zu atmen. Es ging ihm mächtig gegen den Strich, aber er musste zugeben, dass er diesem Mann zu Dank verpflichtet war. »Sie haben sich meine Erkenntlichkeit verdient«, sagte er freundlich, aber distanziert.

»Dem Plan, den Ihr ›Leeres Viertel‹ nennt, stehen nun keine Hindernisse mehr im Weg. Bis auf eines: die Schriftrolle der Prophezeiung.«

Amir Khan beschloss, aus der Deckung zu kommen: »Ich habe eine gute Nachricht, Mr. Kerr: Liam Brine ist in unserer Hand.«

»Und die Schriftrolle?«

»Sie können beruhigt sein, es ist nur eine Frage von Stunden.«

»Seid auf der Hut, Hoheit, vermeidet jegliche Gewalt. Diese Leute sind bereit, sich umzubringen, um das Schweigen zu wahren.«

»Schenken Sie mir Ihr Vertrauen. Wir haben eine Idee.«

»Hoffen wir, dass sie funktioniert, und zwar rasch. Guten Abend, Hoheit.«

Der Prinz zögerte, ehe er den Gruß erwiderte. »Guten Abend, Mr. Kerr«, verabschiedete er sich schließlich und legte schnell auf.

Er nahm das Handy, stand vom Schreibtisch auf und wählte, während er zur Tür ging, Bandars Nummer.

Er ging durch den Korridor und trat unter die Arkaden, die über den Steilklippen schwebten. Als Bandar antwortete, sagte er nur: »Geh nach Plan vor.«

»Wie Ihr wünscht, Euer Hoheit«, antwortete der andere. Der Prinz verabschiedete sich und unterbrach die Verbindung.

Während er die Arkaden entlangging, dachte er weiter nach. Amirs Männer verfolgten Liam Brine, den Mann, den Kerr wollte, schon seit ihrem ersten Treffen. Ein Zufall?, fragte er sich. Oder war Kerr vielleicht zu ihm gekommen, wohl wissend, dass Brine sein Gefangener war, auch wenn der Grund, aus dem er ihn entführt hatte, ein anderer war? Schwer zu sagen. Es gab aber noch eine andere Erklärung. Dazu musste man aus den Bahnen der Logik ausscheren und die unsichtbare Brücke des Glaubens überqueren. Vielleicht war das kein Zufall und genauso wenig ein von Kerr konzertiertes Spiel, sondern ein Geschenk Allahs: die Bestätigung, dass er Amir den Weg wies, um die Ungläubigen in die Knie zu zwingen. Aber natürlich! Wie hatte er an der Aufgabe zweifeln können, die der Allmächtige ihm übertragen hatte? Er war der Mann des Schicksals, von Kindesbeinen an hatte er gespürt, dass er auserwählt war. Allah hatte immer über ihn gewacht, und er wäre blind gewesen, hätte er das nicht anerkannt. Er war sein auserwählter Sohn, und er musste ihn ehren und seinen Willen ausführen.

Von dieser Erleuchtung erfüllt, merkte er nicht einmal, dass er schon am Pavillon der Suren angelangt war.

Er klopfte an die Panoramascheibe des kreisförmigen Salons. Nach einigen Sekunden bewegte sich der gewellte Leinenvorhang, und Saalima erschien am Fenster. Wie aus dem Märchen, dachte der Prinz, während sie ihm öffnete.

Die Frau empfing ihn mit einem strahlenden Lächeln. »Mein *raís*, endlich …«, flüsterte sie und verriet mit diesem Kosenamen ihren persischen Ursprung. Sie trug ein hauchdünnes Negligé aus hellblauer Seide, das von zwei goldenen Trägern gehalten wurde – sonst nichts, außer den Sandalen, ebenfalls aus Goldriemchen, die den Bronzeschimmer ihrer Haut und die perfekte Form ihrer Fesseln hervorhoben.

Sie standen sich einen Moment gegenüber. Saalima senkte verführerisch die Augenlider. Der Prinz versetzte ihr eine heftige Ohrfeige.

»Ich habe dich heute Nachmittag überall suchen lassen. Wo hast du gesteckt?«

Sie blieb unbeweglich, unerschütterlich. Dann schob sie

ganz beiläufig die Träger so weit zur Seite, dass ihr Gewand auf den Boden rutschte. »Wenn ich eine verdient habe, so gebt mir jetzt eine weitere«, erwiderte sie.

Er schlug sie noch härter ins Gesicht, so dass sie schwankte. »Die ist für deine Anmaßung.«

Dann packte er sie am Hals und küsste sie leidenschaftlich. Mit derselben Glut presste sie sich an ihn. Ineinander verschlungen ließen sie sich auf die Seidenkissen fallen, die den Intarsienboden aus Zedernholz bedeckten.

Das Feuer loderte nur kurz, dann ließ der Prinz sich erschöpft auf sie niedersinken.

Saalima glitt geschmeidig unter seinem Körper hervor. »Entschuldigt mich«, murmelte sie und entschwebte hinter die Reihe aus Paravents, die den Salon vom rückwärtigen Bereich des Pavillons trennte.

Hier ging es in das luxuriöse, mit rosa und schwarzem Marmor ausgekleidete Bad. In der Mitte befand sich ein natürliches Becken, in das Meerwasser geleitet wurde.

Sie betrachtete sich im Spiegel: Die von kleinen Leberflecken gesprenkelte Wange war gerötet. An der rechten Hüfte, wo der Prinz sie gekratzt hatte, verliefen blutige Striemen. Sie reinigte die Stelle mit einem Naturschwamm, den sie in einen Kelch mit Sandelöl tauchte. Auch heute wieder ein kleiner Blutzoll, dachte sie, während sie ein leichtes Brennen spürte.

Dann wählte sie aus einer Unzahl von Döschen, die auf einem niedrigen Kristalltisch standen, eine Ampulle mit Orangenessenz und kehrte zum Prinzen zurück. Sie fand ihn vor, wie sie ihn zurückgelassen hatte, auf den Kissen ausgestreckt, die Hände hinter dem Nacken verschränkt und mit dem Blick über die Zimmerdecke schweifend. Sie kniete sich neben ihn und fing an, ihm mit der Essenz sanft die Schläfen zu massieren.

»Was nimmt Eure Gedanken gefangen, mein Raís?«

Amir Khans Blick, der jetzt voller Wärme war, wanderte zu ihr. »Allah hat mich für eine heilige Aufgabe auserwählt. Und heute habe ich dafür das soundsovielte Zeichen erhalten.«

»Allah ist groß und unergründlich«, flüsterte Saalima, während sie ihm mit gekonnten Bewegungen die Brust streichelte. »Und Eure Größe ist meine Freude.«

Der Prinz berührte ihre rote Wange: »Mittlerweile ist jeder, der sich in meiner Nähe aufhält, in Gefahr.« Sein Blick wurde ernst: »Von jetzt an muss ich immer wissen, wo du bist, Saalima. Ich würde mir nie verzeihen, wenn ich dein Leben aufs Spiel setzen würde.«

»Wovor sollte ich Angst haben?«

»Vor den Masken meiner Freunde.«

Sie schaute ihn fragend an.

»Eine große Gefahr schwebte über unserem Plan«, erklärte er, »und ich hatte keine Kenntnis davon. Aber ein Mann, der aus freien Stücken hier auftauchte, hat mich gewarnt.«

»Der englische Gast?«

Der Prinz nickte, und seine Miene wurde finster: »Genau der.«

»Allah schützt Euch.«

»Allah schützt mich mehr, als ich je zu hoffen wagte, Saalima. Diese große Gefahr, von der ich nichts wusste, war bereits in meiner Gewalt, harmlos wie ein Lamm.«

»Das ist gewiss ein Zeichen.«

Er lächelte. »Ja. Und Allah wird uns zum Sieg führen. Unter den wenigen Ungläubigen, die überleben werden, wird der Name Amir Khan Al Ammar als die Apokalypse erinnert werden.«

69

Ort: Turin
Weltzeit: Sonntag, 28. Juni, 16.13 Uhr (GMT)
Ortszeit: 18.13 Uhr

»Geh mal ein paar Bilder zurück«, sagte Santovito.

Der Techniker neben Heaney drehte leicht die Kugelmaus, und auf dem Bildschirm erschien erneut das Bild von Liam Brine und Alanna Hamdis, die aus dem Haustor in der Via Napione traten.

Es war das fünfte Mal, dass Santovito diese Szene ansah, und er konnte es immer noch nicht glauben. Er versuchte, den Ablauf der Ereignisse zu rekonstruieren. Es hatte damit begonnen, dass Heaney ihn mit Paul Goonan in Verbindung gesetzt hatte, einem irischen Inspector, der mit einem Fall befasst war, den dieser für simpel hielt: In Dublin war ein Mann, David Brine, entführt worden, wahrscheinlich hatten Exfrau und Bruder gemeinsame Sache gemacht und ihn verschwinden lassen, um die saftige Lebensversicherung einzustreichen. Da die Ermittler ihnen auf den Fersen waren, hatten die zwei versucht, ihre Spuren zu verwischen, doch ein Indiz hatte sie verraten. Sie waren in Turin, bei einem Bekannten von Brine, und Santovito brauchte sie sich in Giuseppe Russos Wohnung nur abzuholen, doch das Pärchen hatte sich auch von dort aus dem Staub gemacht. Er hatte bemerkt, dass ihnen womöglich die Überwachungskamera eines Juwelierladens weiterhelfen konnte, hatte sich die Videoaufzeichnungen besorgt und stundenlang grobkörnige Bilder angesehen, bis zu der Stelle, wo die beiden Verdächtigen Russos Haus verließen, gegen zwölf Uhr mittags am Vortag. Und da hatte er eine Überraschung erlebt: Auf dem Video sah man, wie Brine und die Frau von mehreren Männern überfallen, betäubt und in einen Lieferwagen gesteckt wurden. Mindestens einer der Männer hatte eine arabische Physiognomie. Die Analogie zu David Brines Entführung war offensichtlich.

»Halt hier an«, sagte der Commissario plötzlich. »Und zoom das heran.«

Der Techniker wählte das Einzelbild aus und vergrößerte es so weit wie möglich: Man konnte die ersten drei Zeichen eines Nummernschildes sehen: DB2.

»Was, meinst du, ist das für ein Lieferwagen?«, fragte Santovito den Techniker.

»Kann ich nicht erkennen.«

»Dann lass einen Spezialisten kommen.«

Santovito griff zum Telefon, las auf dem Post-it Goonans Nummer und wählte sie rasch.

Nach dem vierten Klingeln hörte er eine Stimme antworten: »Inspector Goonan.«

»Hier spricht Santovito, aus Turin.«

»Neuigkeiten?«

»Ja, und zwar eine faustdicke.«

Goonan wartete schweigend. Der andere ließ einige Sekunden verstreichen, dann verkündete er: »Alanna Hamdis und Liam Brine sind entführt worden.«

»Entführt?«, wiederholte Goonan verblüfft.

»Wir haben ein Video.«

»Und wer war es?«

»Araber, wie es scheint.«

Es entstand eine Pause. »Das bestätigt unsere Theorie«, brüstete sich Goonan, der in Wahrheit seine Überraschung überspielen wollte. »Ich muss Ihnen eine absolut vertrauliche Information weitergeben, Commissario. Sie kommt direkt vom MI6.«

Diesmal war Santovito es, der auf die Folter gespannt wurde.

Goonan erzählte ihm, was man nach dem Anschlag in Ägypten entdeckt hatte: die DNA David Brines unter den Überresten der Opfer. Es war klar, dass über all diesen Indizien bedrohlich der Schatten des internationalen Terrorismus hing.

»Inspector Goonan«, schloss Santovito, »ich setze Sie vorab über den Antrag in Kenntnis, den ich bei Interpol stellen werde: Könnten Sie so schnell wie möglich hierher nach Turin kommen?«

70

Ort: Turin
Weltzeit: Sonntag, 28. Juni, 16.30 Uhr (GMT)
Ortszeit: 18.30 Uhr

Rund um die Öffnung waren die Reste des herausgerissenen Teppichbodens verstreut. Liam schob den Kopf über die Luke. Aus dem Dunkel stieg ein penetranter Geruch nach schimmeligem Putz. Der Schacht war absolut senkrecht, seitlich in der Wand war eine Stahlleiter verschraubt. Er drehte sich zu Alanna um, mit unschlüssiger Miene. »Scheint ein Brunnenschacht zu sein. Wo zum Teufel führt der wohl hin?«

»Lass uns erst einmal feststellen, wie tief er ist«, sagte sie mit gewohntem Pragmatismus.

»Wir haben nicht einmal eine Taschenlampe …«, bemerkte er.

Sie nahm einen x-beliebigen Band aus der Bibliothek, trat an die Luke und ließ das Buch hinabfallen. Liam zählte langsam bis zwei, ehe er einen dumpfen Schlag hörte.

»Das werden ungefähr fünfzehn Fuß sein«, schätzte sie.

»Lass uns hinabsteigen«, entschied Liam. Er stemmte die Arme auf den Rand der Luke und setzte den Fuß auf eine der Stahlsprossen, um ihre Belastbarkeit zu testen. Befriedigt riet er Alanna: »Warte, bis ich unten bin, bevor du nachkommst.«

Er fing an, vorsichtig Sprosse für Sprosse hinabzusteigen.

In der Finsternis dröhnte sein Herzschlag noch lauter, er spürte ihn bis in die Schläfen. Er hob den Kopf: Mit jeder

Stufe wurde das helle Quadrat über ihm kleiner. Er blieb stehen, vor Angst wie gelähmt, in der Dunkelheit konnte er nicht einen Schritt weiter. Er atmete drei Mal tief ein.

»Alles in Ordnung?«, hörte er von oben Alannas Stimme wie aus weiter Ferne.

»Ja«, antwortete er mit Mühe. Er musste all seine Selbstbeherrschung aufbringen, um nicht einfach schnell wieder hochzuklettern. Schließlich stieg er weiter hinab und zählte im Stillen jede Sprosse. Er schwor sich, wenn er bei zehn nicht unten war, dann würde er wie der geölte Blitz wieder hochkraxeln, zum Teufel mit Alanna, sie mochte denken über ihn, was sie wollte.

Als er bei Nummer acht angelangt war, berührte sein linker Fuß festen Boden, aber irgendetwas war merkwürdig. Liam hatte den Eindruck, der Grund unter seinem Fuß gebe nach. Instinktiv flüchtete Liam sich wieder auf die Sprosse. Er hatte Angst. Würde dieser Untergrund sein Gewicht halten? Dann wurde es ihm klar: Er hatte auf dem Buch gestanden, das Alanna in den Schacht geworfen hatte.

Er atmete tief ein, bis er, mit dem Fuß zur Seite tastend, sicheren Grund gefunden hatte. Dann erst ließ er die Leiter los und versuchte die Augen an die Finsternis zu gewöhnen.

Es dauerte mehrere Sekunden, ehe er in einigen Metern Entfernung einen schwachen Schimmer gewahrte, der aus mehreren Ritzen fiel. Er tastete die Wand ab und fand einen alten Lichtschalter. Er betätigte ihn, und eine Glühbirne, die von der Decke hing, leuchtete auf. Überschwängliche Freude erfüllte ihn.

»Was ist los, Liam?«, hörte er von oben fragen.

Er hob den Kopf Richtung Schacht und sagte: »Komm runter«, dann kickte er das Buch weg und sah sich um.

Er stand in einem großen Keller, der als Lager eingerichtet war. Kreuz und quer um ihn her waren Möbel, Stühle, verrostete Lampenschirme, leere Flaschen und jede Art Nippes gestapelt. In der Rückwand fand Liam das, was er suchte: eine große Flügeltür aus Holz. Der Weg in die Freiheit.

Er hörte, wie Alanna die letzten Sprossen herabkam und drehte sich nach ihr um. Er wartete, bis sie neben ihm stand, um ihr die beiden massiven Holzflügel zu zeigen.

Sie näherten sich vorsichtig der Tür, unschlüssig, was zu tun sei. Liam drückte die Klinke und stemmte sich gegen das Türblatt. Seine überschäumende Freude verpuffte im Nu. Die Tür war von außen abgeschlossen. Sie stemmten sich zu zweit dagegen, dann zogen sie daran, bis er sich schließlich verzweifelt mit der Schulter dagegenwarf. Aber die Tür gab keinen Deut nach. Liam setzte sich auf den Boden, er war am Ende.

Alanna kramte zwischen den Möbeln herum, bis sie eine verrostete Eisenstange gefunden hatte. »Lass es uns hiermit probieren«, schlug sie vor.

Liam sprang auf. Er schob das platte Ende zwischen die beiden Türflügel und versuchte sie aufzustemmen. Alles, was er zuwege brachte, war ein lautes Krachen. Ein langes Stück Holz war abgesplittert. Durch den Spalt, der sich gebildet hatte, konnte man einen schweren Holzbalken sehen, der von außen, auf Höhe der Klinke, waagrecht über der Tür lag.

»Nichts zu machen«, seufzte Alanna enttäuscht. »Sie ist von außen verbarrikadiert.«

Liam hatte Lust, sie heftig an sich zu pressen, aber er hielt sich zurück.

71

Ort: Abu Dhabi
Weltzeit: Montag, 29. Juni, 4.40 Uhr (GMT)
Ortszeit: 8.40 Uhr

Quietschend schwang das Holztürchen auf, und das Morgenlicht flutete in die Höhle.

Hussayn musste auf die Knie, um durch den niedrigen Eingang zu gelangen. Im Innern öffnete sich die stalaktitenbehangene Decke zu einem hohen Gewölbe. Er schloss sofort wieder die Tür hinter sich und stand auf. Alles, was er anhatte, war ein um die Hüften geknotetes weißes Handtuch. Die feuchte Hitze hüllte ihn ganz ein, und im Nu traten winzige Schweißperlen auf seine Haut.

Er blinzelte, um seine Augen an die Dunkelheit zu gewöhnen, dann ging er zu einem Brett aus Fichtenholz, das in einer künstlichen Felsnische lag und als Bank diente. In einer zweiten, gegenüberliegenden Nische saß, vollkommen nackt, der Prinz. Er hatte die Augen halb geschlossen, lehnte mit dem Rücken am Holz, die Arme hingen seitlich herunter. Er schien zu schlafen.

»Hier bin ich, Euer Hoheit«, sagte Hussayn, sowie er sich an den Dampf gewöhnt hatte.

»Ich habe auf dich gewartet, Hussayn«, antwortete der Prinz, starr wie eine Statue. Lediglich seine Lippen bewegten sich gerade so weit, dass er die Worte artikulieren konnte.

Das Dampfbad befand sich in einer Naturgrotte, zugänglich nur über eine niedrige Öffnung in der Steilklippe. Die Höhle hatte Generationen von Möwen beherbergt, ehe der Prinz sie entdeckte und den engen Eingang mit einer Holztür verschloss, die genau die Form der Öffnung nachzeichnete und direkt im Fels verankert war.

Nicht allein dieses Detail machte den Ort so einzigartig. Im Laufe der Jahrtausende hatte eine Thermalquelle sich durch den Stein gearbeitet und im Innern der Erde eine kleine Aussparung gegraben: Das schwefelhaltige Rinnsal durchquerte der Länge nach die Höhle. Es sprudelte aus einer kleinen Quelle am Ende und floss dann durch eine schmale Rinne, wobei es die Füße der beiden Männer benetzte und schließlich in einer Felsspalte verschwand, um draußen hinab ins Meer zu stürzen.

Nachdem er die Wasserader gefunden hatte, ließ der Prinz einen Schacht graben, um einen Heizkessel zu installieren, der die Rinne erwärmte und so für die Verdampfung des Wassers sorgte. Dann hatte er außen in die Steilklippen zwei schmale, von Stahlseilen gesicherte Treppen schlagen lassen, die vom Höhleneingang bis zum Gipfel der Klippe etwa zehn Meter darüber führten. Die eine ging direkt vom Arkadengang der Villa ab, während die andere, die nicht einsehbar war, vom Pavillon der Suren ihren Ausgang nahm. Sie gestattete Saalima und anderen weiblichen Gästen, aus dem Meerwasserbecken direkt hinunter ins Dampfbad zu steigen, ohne sich extra anzuziehen.

»Womit wollt Ihr beginnen, Euer Hoheit?«, fragte Hussayn ehrerbietig.

Ohne die Augen aufzuschlagen, murmelte Amir Khan: »Wie sieht es in Patagonien aus?«

»Das Problem ist, entsprechend Euren Anweisungen, gelöst worden.«

»Auf welche Art?«

»Freunde von Lozano: ehemalige *carabineros* der Generäle. Gnadenlos und effizient.«

»Was ist aus dem Dorf der Ureinwohner geworden, von dem er sprach?«

»Ausradiert, Euer Hoheit.«

»Die Presse wird einen Riesenwirbel veranstalten.«

»Darum hat sich Lozano bereits gekümmert. Nicht eine Zeile ist erschienen. Das war nicht billig, aber, wenn ich Eure Worte gebrauchen darf, Hoheit, Nova Janna ist dies und noch viel mehr wert.«

»Wenn Allah will …«, murmelte der Prinz mit Überzeugung. Dann kam ihm etwas in den Sinn, und er fügte hinzu: »Und was ist aus dem englischen Verräter geworden?«

»Er war in dem Dorf, so wie man es uns berichtet hatte.«

Amir Khan machte eine Pause, ehe er sprach: »Die Arbeiten dürfen nicht stillstehen«, sagte er dann.

»Wir haben ihn bereits ersetzt«, teilte Hussayn zufrieden mit.

Endlich bewegte der Prinz sich, träge nahm er eine andere Sitzposition ein: »Kommen wir zu Kerr.«

Diesmal war es der Sekretär, der einen Moment überlegte, ehe er antwortete: »Ich habe lange nachgedacht, Euer Hoheit, und am Ende bin ich zu dem Schluss gekommen, den ich Euch in aller Bescheidenheit unterbreiten will: Ich glaube, dass Mr. Kerr schon in dem Moment, als Liam Brine verschwand, wusste, dass wir ihn gekidnappt hatten.«

Amir Khan fuhr hoch: »Willst du behaupten, Hussayn, dass wir auch hier bei uns einen Verräter haben? Wer soll es ihm denn gesagt haben?«

»Niemand, Euer Hoheit. Kerrs Männer waren schon seit Rom hinter Brine her, das hat er selbst gesagt.«

»Und das heißt?«

»Das heißt, als Brine nach Dublin kam, haben Kerrs Leute die unsrigen observiert. Und haben sie gewähren lassen …«

»Sicher«, überlegte der Prinz, sich der Worte von Mr. Kerr entsinnend. »Sie haben die diskreten Ohren, wir den starken Arm. Bis hierhin, Hussayn, überzeugt mich deine Theorie. Aber dann?«

»Dann hat Brine sie in Dublin abgehängt.«

»Brine hat auch unsere Leute abgehängt, wenn es darum geht«, erwiderte Amir Khan gereizt. Bandars Versagen hatte er nicht vergessen.

»Das ist wahr«, räumte der andere ein, »aber wir haben ihn in Turin wieder eingefangen, die anderen nicht.«

»Stimmt …«

»Und deshalb«, spann Hussayn seinen Gedanken weiter, »hat Mr. Kerr uns um Hilfe gebeten. Er hatte geahnt, dass wir Brine wieder erwischt hatten oder kurz davor standen. Auf jeden Fall waren wir eine Karte, die man unbedingt ausspielen musste.«

Der Prinz wischte sich den Schweiß von der Stirn und starrte seine nasse Handfläche an. »Red weiter, Hussayn …«, forderte er ihn nach einiger Zeit auf. »Es bleibt immer noch zu klären, wie Kerr es geschafft hat, eine beliebige Gruppe von in Dublin georteten Arabern mit meinem Namen in Verbindung zu bringen.«

Hussayn hatte auch auf diesen Einwand eine Antwort. »Wahrscheinlich, Euer Hoheit, haben Kerrs Leute nur Bandar identifiziert. Er ist ja nicht zu übersehen. Von da aus, nachdem erst einmal geklärt war, dass es sich um den Chef Eurer Sicherheitsabteilung handelte, wird es nicht schwer gewesen sein, die entsprechende Verbindung herzustellen.«

Der Prinz nickte. »Es überrascht nicht mehr, welche Mittel Kerr zu Gebote stehen.«

»So weit Ihr mir anvertraut habt, ist er ein Verbündeter, wie mir scheint …«, suggerierte Hussayn schüchtern.

Amir Khan zischte: »Wohl oder übel ist er jetzt unser Verbündeter. Wegen unserer Fehler in Dublin und Monte Carlo.«

Hussayn schwieg. Er wusste genau, hätte er versucht, diese Fehler zu rechtfertigen, so hätte er den Prinzen damit nur noch mehr gereizt.

»Wie weit sind wir mit Brine?«, fragte Amir Khan nach einer ganzen Weile.

»Bandar hat ihn lange abgehört und mir den Mitschnitt geschickt. Er enthält irgendwelche Hirngespinste über die Bibel, wie ich Euch neulich Abend sagte. An einer Stelle sagt Brine zu der Frau wortwörtlich, er wisse nicht, wo die Schriftrollen versteckt sind. Er vermutet, weiß es aber nicht mit Sicherheit, dass die Schriftrolle des Orients bereits vernichtet ist.«

»Ist das möglich?«, wunderte sich der Prinz.

»Er spielt auf ein Dokument an, das irgendwer in Rom für ihn deponiert habe und das alle Anweisungen enthalte, um zu der zweiten Rolle zu gelangen. Deshalb hatte Bandar darum gebeten, ihn foltern zu dürfen.«

Der Prinz lächelte: »Ich hatte eine bessere Idee. Später werden wir Bandar anrufen und hören, ob sie funktioniert hat.«

Sie schwiegen eine Weile. Aus dem Rinnsal stiegen dichte Dampfwolken, die die Luft sättigten. Von draußen hörte man nur das eintönige Rollen der Dünung.

»Und die Chinesen?«, fragte der Prinz irgendwann.

»Die Produktion ist angelaufen. Die Auslieferung erfolgt planmäßig.«

»Ist alles so ausgelegt, dass sie nicht merken, was sie produzieren?«

»Absolut, Euer Hoheit. Der Fotoprojektor, der den Schaltkreis auf das Silizium belichtet, ist unserer, direkt von Zero-One gesteuert. In dem Werk vor den Toren Shanghais wird alles von meinem Cousin Tarik überwacht, und von einem Team unserer treuesten Gefolgsleute.«

»Ich hoffe, ich habe den rechten Ort gewählt«, murmelte

der Prinz voller Zweifel. »Das Herz der Apokalypse in China zu produzieren …«

»Es gab keine verlässliche Alternative, Euer Hoheit«, bemerkte der Sekretär sofort. »Und dann bietet China enorme Vorzüge: Ein Land mit zweistelligem Wirtschaftswachstum, wo noch alles erlaubt ist, ohne Kartellämter, Normen, Kontrollen, mit einem Wort, Raubtierkapitalismus. Man braucht nur zu investieren und Arbeitsplätze zu schaffen, und kein Mensch stellt Fragen. Hier oder in Europa, oder schlimmer noch in den USA, hätten uns alle im Auge behalten.«

Amir Khan schien beruhigt. »Gibt es noch etwas, Hussayn?«

»Ja, Euer Hoheit«, antwortete der Sekretär, wobei er sich mit dem Unterarm den Schweiß vom Gesicht wischte. »Von McKinsey habe ich die Quartalszahlen bekommen.«

»Die über die Durchsetzung der biometrischen Technologie?«

»Genau: Verbreitungsgrad, Halbjahresprognose, Sättigungs- und Vertrauensindex in den verschiedenen Wirtschaftszonen des Westens.«

»Und?«, fragte der Prinz gespannt.

»Alles läuft wie in der Anfangsprognose vorhergesagt: Das finale Datum ist nach wie vor das ursprünglich anvisierte, Euer Hoheit. Bald wird der biometrische Abgleich weltweit auf der Mehrzahl der Rechner installiert sein«, schloss der Sekretär, »und kein Ungläubiger wird entkommen.«

»Der Allmächtige sei gepriesen«, sagte der Prinz. Dann stand er auf und ging zur Tür, wobei er sich, voller Zufriedenheit, mit den Handflächen auf den Bauch klatschte.

Auch Hussayn erhob sich. Er nahm die Fernbedienung und folgte ihm hinaus in das blendende Morgenlicht.

72

Ort: Privatjet auf dem Weg nach Frankreich
Weltzeit: Montag, 29. Juni, 6.35 Uhr (GMT)
Ortszeit: 8.35 Uhr

»Alan, ich hätte gerne meine Cornflakes und meinen Saft«, sagte Kerr zum Steward, ohne die Augen vom LED-Bildschirm seines Laptops zu nehmen.

»Wie immer ohne Milch, Mr. Kerr?«, fragte der Flugbegleiter.

»Wie immer, danke«, antwortete Kerr. »Und stell doch bitte die Temperatur etwas höher ein, um zweieinhalb Grad.«

Kerr setzte sich in dem cremefarbenen Ledersitz zurecht, legte die Abhandlung von David Brine zur Seite und wandte sich wieder dem Dossier zu, das Dumonceau erstellt hatte und in dem er die Investitionsalchemie analysierte, die der Prinz in den letzten Monaten angerührt hatte. Ein Dokument, das auf den wichtigsten Handelsparketts der Welt das Chaos ausgelöst hätte, wenn es von der internationalen Presse verbreitet worden wäre. Wie hätte Amir Khan sich gegenüber seinen Aktionären erklärt? Wie wollte er die Konstruktion all dieser ineinander verschachtelten Scheinfirmen rechtfertigen, mit deren Hilfe er sich seiner Besitztümer im Westen entledigt hatte? Und diese unglaubliche Investition in Patagonien? Vor allem aber: Aus welchem Grund waren all diese Manöver heimlich durchgeführt worden? Wie lange hätten die besten Journalisten gebraucht, um alle Mosaiksteine zusammenzusetzen und die einzig plausible Antwort zu finden? Wenige Tage. Danach hätte irgendwer der ganzen Welt verkündet, dass Amir Khan Al Ammar wahrscheinlich einen Terrorplan in großem Stil verfolgte. Und von diesem Moment an wäre der Prinz zum neuen öffentlichen Feind Nummer eins erklärt worden.

Kerr spürte, dass jemand neben ihm war. Der Steward stellte das Tablett auf das Tischchen und zog sich mit einem devoten Nicken zurück. Kerr griff sich eine Handvoll Cornflakes und führte sie zum Mund.

Gut, am Ende war alles so gelaufen, wie es hatte laufen sollen: Seine beiden treuen Gefolgsleute hatten das Dossier auf diskrete Weise sichergestellt. Die Medien sollten ein solches Schriftstück keinesfalls in die Finger bekommen. Nicht bevor der richtige Moment da war.

Und dafür würde, natürlich, er sorgen.

73

Ort: Linienflug über Piemont
Weltzeit: Montag, 29. Juni, 8.12 Uhr (GMT)
Ortszeit: 10.12 Uhr

»Liebe Fluggäste, wir nähern uns dem internationalen Flughafen Sandro Pertini in Turin. Alle Passagiere werden gebeten, die Sicherheitsgurte anzulegen und die Sitzlehnen wieder in die aufrechte Position zu bringen.«

Goonan hob den Blick von den Papieren und richtete ihn auf den Gurt. Da erst merkte er, dass er ihn gar nicht geöffnet hatte. Dieses Schriftstück hatte ihn vollkommen gefangen genommen.

Bridget hatte ihm eine Zusammenfassung von David Brines Aufzeichnung geschrieben, die aus den Labors der Kriminaltechnik verschwunden war. Die Kollegin hatte sie nämlich vorher in der Hand gehabt und überflogen.

Es hatte Goonan eine mächtige Anstrengung gekostet, sie zur Niederschrift dessen zu bewegen, was sie erinnerte, und das war ihm ungewöhnlich vorgekommen: Bridget hatte sich niemals einem Befehl von ihm widersetzt, sie war eine der gewissenhaftesten Mitarbeiterinnen, die er je gehabt hatte. Aber nachdem er wieder und wieder diese paar Seiten gelesen hatte, verstand er allmählich, warum die Kollegin sich so gesträubt hatte. Wenn er diese Papiere Colin Doyle oder dem MI6 unterbreitete, würden sie sich vor Lachen auf die Schenkel klopfen. Ja, denn sollte Bridget ihr Gedächtnis nicht täuschen –

und es gab keinen Grund, das anzunehmen –, dann klang David Brines Abhandlung wie das Hirngespinst eines Größenwahnsinnigen.

Nach den Worten des Wissenschaftlers war nämlich gerade das im Gange, was er die »digitale Apokalypse« nannte, ein von ZeroOne Code organisiertes Komplott, das die zivilisierte Welt in ein neues Mittelalter zurückkatapultieren sollte, und zwar durch Sabotage der weltweit wichtigsten EDV-Systeme. Das alles, wie es aussah, an einem einzigen Tag.

Richtiger Bockmist, dachte Goonan immer noch, während sich das Flugzeug auf die Piste senkte.

Und doch hatte die Lektüre bei ihm eine kleine Alarmglocke schrillen lassen. Vielleicht war David Brine tatsächlich durchgeknallt und hatte schließlich in seinem psychotischen Hirn beschlossen, sich in Ägypten in die Luft zu jagen. Denkbar? Immer schön auf dem Teppich bleiben. Bisher hatte Goonan nur ins Klo gegriffen. Am Anfang hatte er Larry Bohan nicht geglaubt. Als er dann gemerkt hatte, dass tatsächlich ein Mann entführt worden war, hatte er zu Unrecht die Exfrau und den Bruder verdächtigt. Zwei Mal hintereinander voll daneben gelangt, und inzwischen sah auch ein Blinder, dass er es mit einem saumäßig verzwickten Fall zu tun hatte. Jetzt hieß es: Vorsicht ist die Mutter der Porzellankiste! Und das bedeutete, dass dieses Schriftstück der Terrorabwehr überstellt werden musste, auch auf die Gefahr hin, sich mächtig zu blamieren.

Das hintere Fahrwerk setzte mit einem leichten Ruck auf der Piste auf, dann folgte das Heulen der Triebwerke im Umkehrschub. Als auch das vordere Fahrwerk den Asphalt berührte, brandete heftiger Beifall auf.

Italiener …, dachte Goonan und schüttelte den Kopf.

74

Ort: Turin
Weltzeit: Montag, 29. Juni, 8.33 Uhr (GMT)
Ortszeit: 10.33 Uhr

Es gab kein Entrinnen: Am Vorabend hatten sie sich geschlagen geben müssen. Entmutigt waren sie wieder in die Bibliothek geklettert und hatten versucht, die Fetzen des Teppichbodens so weit in Ordnung zu bringen, dass die Entführer nichts merkten. Das hatte nur bedingt geklappt, und Liam hatte am Ende die beiden Pritschen verschoben, um darunter die Spuren zu verbergen.

Aber als er aufwachte, erlebte er eine Überraschung: Die Tür in der Bücherwand stand sperrangelweit offen.

»Alanna, wach auf.« Er rüttelte sie sanft.

Sie reckte sich.

»Was zum Teufel ist da los?«, fragte sie ungläubig, als sie die Tür sah.

»Ich weiß nicht, vielleicht mussten sie fliehen …«, mutmaßte Liam, wenig überzeugt.

»… und haben die Tür für uns offen stehen lassen? Wie aufmerksam!«

»Das ist mir piepegal«, sagte Liam entschlossen. »Packen wir unsere Sachen und versuchen wir, hier rauszukommen.«

Sie zogen sich hastig an und warfen einen Blick hinaus in den Korridor. Kein Laut war zu hören.

Langsam und sich in alle Richtungen umsehend, schlichen

sie den Gang entlang. Die Fenster standen offen, aber alles wirkte, als wäre niemand mehr im Haus. Bis auf sie beide. Rechts ging es in ein Esszimmer. Auf einem großen rechteckigen Tisch standen Essensreste, aus einer Milchtüte tropfte es auf den Boden. Sie traten vorsichtig näher.

»Was meinst du?«, fragte Alanna. »Sieht aus, als wären sie Hals über Kopf abgehauen.«

»Sehr merkwürdig«, überlegte Liam. »Aber darüber können wir uns nachher noch den Kopf zerbrechen. Nichts wie weg hier.«

Eine Minute später standen sie auf der Straße. Nie war ihnen der Himmel blauer erschienen.

75

Ort: Abu Dhabi
Weltzeit: Montag, 29. Juni, 8.45 Uhr (GMT)
Ortszeit: 12.45 Uhr

»Mit Euch sei der Friede«, sagte der Prinz und beendete das Telefonat mit Bandar. Dann ließ er sich, nackt wie er war, auf die Seidenkissen sinken, die noch immer nach Saalimas Parfum dufteten.

Alles lief wie geplant. Bandar hatte seine Befehle haargenau ausgeführt. Er hatte eine überstürzte Flucht aus der Villa simuliert und die beiden Gefangenen entkommen lassen. Jetzt musste man ihnen nur folgen. Ohne es zu ahnen, würden sie ihre Verfolger direkt zur letzten Schriftrolle führen. Allah war es gewesen, der ihm die richtige Lösung eingegeben hatte. Der Falke, den man fliegen lässt, bringt immer eine Beute zurück.

Ein sanftes Plätschern ließ ihn aufhorchen. Er stand auf und ging zu dem luxuriösen Meerwasserpool in schwarzrosa Marmor. Leise trat er an das Becken. Die Strahlen der Mittagssonne zeichneten auf die Wasseroberfläche silberne Arabesken. Dazwischen schimmerte Saalimas geschmeidiger Körper.

Der Prinz ließ sich im Schneidersitz auf den Steinstufen nieder, die in den Pool führten. Saalima tauchte zum Grund, mit harmonischen Armzügen und einem fast unsichtbaren Schub der Beine. Die Frau musste den Schatten des Prinzen wahrgenommen haben, denn sie schwamm in seine Richtung.

Einen halben Meter vor dem Rand, wo er saß und sie verzückt betrachtete, tauchte sie auf. Die Wassertropfen hingen wie glitzernde Perlen an ihren Wimpern, und der Kajalstrich verstärkte das leuchtende Schwarz ihrer Iris. Sie war von überirdischer Schönheit.

»Ich sehe Euch voller Glückseligkeit, mein Raís«, flüsterte sie.

»Bald wird sich alles vollenden«, erwiderte er zufrieden, während sein Blick sich in der Formation der winzigen Leberflecke auf ihrer Wange verlor.

Saalima öffnete nur die Lippen zu einem Lächeln, wobei sie ihre strahlenden, perfekten Zähne zeigte.

»Ich bin ganz dicht an der Schriftrolle. Bald wird Bandar sie finden und vernichten«, fügte der Prinz hinzu.

»Euer englischer Freund wird erfreut sein, mein Raís.«

Amir Khan konnte eine leichte Irritation nicht verbergen: »Ich weiß nicht, ob ich ihn in meine Fortschritte einweihen soll.«

»Vertraut Ihr diesem Mann nicht?«

»Ich vertraue niemandem. Aber er hat mir geholfen, Allahs Pläne noch tiefer zu durchdringen. Und wenn meine Männer die Schriftrolle erst gefunden und zerstört haben, so wird dies der endgültige Beweis für meine heilige Bestimmung sein.«

76

Ort: Turin
Weltzeit: Montag, 29. Juni, 9.06 Uhr (GMT)
Ortszeit: 11.06 Uhr

Das erste Gepäckstück, das auf dem Förderband erschien, war ein Militärrucksack, der über und über mit Filzstift beschrieben war. Dann kam ein weißer Lederkoffer und sofort danach ein orangefarbener Matchsack. Eine Sequenz, die an die irische Nationalflagge erinnerte, dachte Goonan. Er nahm sein Handy und tippte die Durchwahl von Bridget ein: »Hier ist Paul«, sagte er sofort.

»Alles klar?«

»Ja, ich bin vor wenigen Minuten gelandet. Ich habe im Flugzeug deine Notizen gelesen.«

Bridget schwieg.

»Du müsstest sie sofort an die SDU schicken, zu Händen von Colin Doyle«, fuhr er fort. »Mit einem Begleitschreiben, in dem genau erklärt wird, worum es sich handelt.«

»Bist du dir auch sicher?«, fragte sie zweifelnd. »Das klingt wie die Ergüsse eines Irren.«

»Irrer oder nicht, Brine hat es das Leben gekostet. Und seine beiden nächsten Angehörigen sind entführt worden. Schick alles an Colin Doyle.«

»Wie du willst. Wird sofort erledigt.«

»Danke, Bridget.«

»Bis bald, Paul.«

Goonan steckte das Handy wieder in die Tasche. Egal ob richtig oder falsch – nun war es geschehen. Die irische Terrorabwehr würde ihn auslachen? Und wenn schon. Er war sowieso nur ein einfacher Abschnittsbeamter, dachte er für sich. Wie sollte man sich in solchen Fällen anders verhalten als genau nach Vorschrift? Und außerdem, wie viele seiner Kollegen hatten je mit einem Fall von internationalem Terrorismus zu tun gehabt? Sollten Doyle und Konsorten sich damit herumschlagen.

In diese Gedanken versunken, merkte er im letzten Moment, dass sein Trolley auf dem Band an ihm vorbeiglitt. Er schnappte ihn sich und ging zum Ausgang.

Noch ehe er zur Tür kam, trat ein junger Mann mit Brille an ihn heran und zeigte einen Ausweis der Interpol. »Inspector Paul Goonan?«, fragte er.

»Der bin ich.«

»Angenehm. Charles Heaney, Interpol. Wenn Sie mir bitte folgen wollen, draußen wartet ein Wagen auf uns.«

77

Ort: Turin
Weltzeit: Montag, 29. Juni, 9.22 Uhr (GMT)
Ortszeit: 11.22 Uhr

Kaum auf der Straße, waren Liam und Alanna schnell ein paar Blocks weit gegangen, gemessenen Schrittes, um nicht aufzufallen. Sie hatten sich in einem Viertel mit großen, hinter hohen Zäunen verschanzten und von Gärten umgebenen Villen wiedergefunden. Dazwischen großzügige Alleen, und kein Auto weit und breit. Alles war so ordentlich und still, dass Liam einen Moment lang zweifelte, ob sie überhaupt noch in Turin waren. Dann hatte er gemerkt, dass er vor vielen Jahren einmal in genau diesem Viertel spazieren gegangen war, mit Molteni, der nicht weit weg wohnte. Er spielte noch einmal mit dem Gedanken, sich die Wohnung des verstorbenen Freundes näher anzusehen, eine Wohnung, die laut Testament inzwischen ohnehin sein rechtmäßiges Eigentum war. Aber es stellten sich immer noch dieselben Probleme. Er hatte keinen Schlüssel, und er wollte auch nicht zu Notar Alione zurückkehren – das hätte ihn womöglich die soeben wiedererlangte Freiheit gekostet. Und Türen aufbrechen gehörte auch nicht zu seinen Spezialgebieten.

Alanna drehte sich immer wieder um, sie war ziemlich nervös.

»Hast du irgendeine Vorstellung, wo wir sind?«, fragte sie und beschleunigte den Schritt.

»Ja«, antwortete er. »Wir sind im Stadtzentrum. Wenn ich mich recht entsinne, dann ist da drüben …« Er hielt inne.

»Was?«, drängte sie.

»Das Polytechnikum!«, rief Liam und zeigte auf einen wuchtigen grauen Bau jenseits einer stark befahrenen Hauptstraße. »Das ist der zentrale Sitz der Technischen Universität von Turin. Wenn wir da reingehen, können wir uns unter die Studenten mischen.«

»Dann los«, sagte Alanna entschlossen.

Einige Minuten später hatten sie sich in den Strom der Studenten gemengt, die die Flure der Fakultät bevölkerten. Sie schlüpften in einen halb leeren Hörsaal und setzten sich in die letzte Reihe, ohne dass einer der Studenten, die auf den Beginn einer Prüfungssitzung warteten, von ihnen Notiz genommen hätte.

Erst jetzt hatten sie das Gefühl, wirklich außer Gefahr zu sein. Hier würde sie niemand mehr ausfindig machen.

»Was meinst du, warum stand die Tür offen?«, fragte Alanna flüsternd.

»Wahrscheinlich glaubten sie sich entdeckt und sind schleunigst abgehauen.«

»Ja, aber warum haben sie uns die Tür aufgemacht?«, insistierte sie.

»Das frage ich mich auch …«, entgegnete er zögernd.

»Und wenn sie uns absichtlich haben fliehen lassen?«

Es entstand eine Pause.

»Wir müssen auf jeden Fall auf der Hut sein.«

»Was machen wir also?«, fragte Alanna.

Liam dachte einen Moment nach. »Ich muss die Prophezeiung retten«, sagte er ernst.

Alanna seufzte entmutigt: »Und wenn wir zur Polizei gingen?«

»Und was erzählen wir denen?«, erwiderte er prompt.

»Dass seit Dublin eine Gruppe von arabischen ›Vernichtern‹, eine Sekte, die, nebenbei bemerkt, auf Kaiser Konstanins Zeiten zurückgeht, hinter uns her ist?«

Alanna versuchte ihn zu unterbrechen.

»Warte«, überging er sie. »Es geht noch weiter: Diese ›Vernichter‹ haben meinen Bruder entführt und meinen Meister getötet, weil wir eine Papyrusrolle ans Licht der Öffentlichkeit bringen wollen, die die echte Version der Apokalypse enthält und offiziell nicht existiert. Außerdem bin ich hier mit meiner Schwägerin, die halb Araberin ist und von der Dubliner Polizei verdächtigt wird, für das Verschwinden meines Bruders verantwortlich zu sein, weil sie die Versicherungsprämie kassieren will. Gemeinsam mit mir, versteht sich. Ach, ich habe noch etwas vergessen, wir haben nebenbei auch das Rätsel um die Zahl 666 gelöst!«

Alanna breitete die Arme aus. »Du hast recht«, räumte sie mit derselben Ironie ein. »Lass uns lieber eine Schriftrolle suchen, von der wir nicht einmal wissen, wo sie ist.«

Liam dachte laut nach: »Die erste war in Ephesus, aber wenn Moltenis Vermutungen stimmen, ist sie vernichtet. Die zweite dagegen ist hier in der Gegend. Auf einer Insel, mitten in einem See, erinnerst du dich? Im westlichsten Ausläufer der Diözese von Mediolanum.«

»Lass uns also nach Rom fahren und die Informationen besorgen, die Molteni für dich hinterlegt hat.«

»Aber Mediolanum ist Mailand: Wir sind schon ganz in der Nähe. Und Molteni sagt, dass keine Zeit mehr bleibt.«

»Eine Insel mitten in einem See ist als Beschreibung ein bisschen vage.«

»Wir brauchen uns nur eine Landkarte zu beschaffen und die Seen westlich von Mailand abzusuchen. Ich glaube nicht, dass es da von Inseln wimmelt.«

»Und wo bekommen wir eine Landkarte her?«

»Warte einen Moment.«

Liam stand auf und ging zu einem jungen Mann, der über einen Laptop gebeugt war. Alanna sah, wie er den Studenten etwas fragte und wie dieser zur Antwort den Kopf schüttelte. Dann zog Liam die Brieftasche heraus und gab ihm einen Fünfzig-Euro-Schein. Einige Sekunden später saß er wieder neben ihr, den Computer vor sich. »Das ganze Gebäude hat Wireless-Verbindung, wir sind schon im Netz.«

»Suchen wir eine Karte von Italien«, sagte sie aufgeregt.

Liam gab die Suchkriterien ein, und etwa zehn Minuten lang suchten sie das Gebiet westlich von Mailand ab. Große und kleine zusammengerechnet, gab es etwa ein Dutzend Seen.

»Verdammt, in der Ecke gibt es jede Menge!«, wetterte er.

»Dann lass uns nach Inseln suchen«, schlug Alanna vor.

Liam engte die Suchkriterien ein und fand eine Inselgruppe am äußersten westlichen Rand der Lombardei, im Lago Maggiore, etwa hundertfünfzig Kilometer von Turin entfernt. Er schrieb in Alannas Notizbuch die Liste der Namen:

– Borromäische Inseln (Isola Superiore oder Isola dei Pescatori, Isola Bella, Isola Madre und Isola di San Giovanni)

– Brissago-Inseln (San Pancrazio oder Grande Isola und Isola di Sant'Apollinare oder Isolino)

– Castelli di Cannero

Er gab ihr den Füller zurück und schaute sie entmutigt an. »Verdammt, das sind neun ...«

»Hast du immer noch den USB-Stick mit Ossius' Protokoll?«, fragte sie.

»Klar«, nickte er, ohne zu verstehen.

»Öffne mal die Datei. Ich will sie noch einmal genau lesen.«

Liam zog das Jackett aus und tastete nach dem Stick im Innenfutter. Nachdem er ihn endlich gefunden hatte, steckte er ihn in den Rechner. Er öffnete das Protokoll des Bischofs Ossius und gab als Suchwort »Mediolanum« ein.

Er las: *»Bischof Maternus von Mediolanum berichtete mir, in einem herzlichen Zwiegespräch während der Synode in der heiligen Kirche der Stadt Rom, von einem See, der am äußersten Zipfel seiner Diözese liegt, eingekeilt zwischen kargen, schroffen Felsen. In der Mitte dieses Sees befindet sich eine kleine Insel, die von jedermann gemieden wird, weil sie laut örtlicher Überlieferung verseucht sei von Schlangen und Drachen.«*

Liam klickte auf die Menüleiste, um wieder die Karte aufzurufen.

»Die einzige Insel in zentraler Lage ist die Isola Madre«, bemerkte Alanna sofort.

Liam gab sie als Suchwort ein. Das Ergebnis lautete: »Die Isola Madre ist die größte der vier Borromäischen Inseln. Sie gleicht einem riesigen botanischen Garten von besinnlicher, magischer Atmosphäre. Gustave Flaubert beschrieb sie als den sinnlichsten Ort, den er in seinem ganzen Leben gesehen habe. Aus historischen Quellen geht hervor, dass dort Mitte des neunten Jahrhunderts eine Kirche mit quadratischem Grundriss stand, manche meinen, auf den Fundamenten eines noch älteren Baus errichtet.«

Liam warf Alanna einen begeisterten Blick zu. »Wir haben es!«, rief er.

Sie schüttelte zögernd den Kopf: »Das kommt mir allzu einfach vor ...«

»Es ist nur einfach für den, der das Protokoll von Ossius gelesen hat.«

Sie nickte, ohne etwas zu erwidern. Sie schien keinesfalls überzeugt.

»Was machen wir?«, fragte sie nach einer Weile.

»Wir nehmen ein Taxi und fahren hin.«

»Das wird eine Stange Geld kosten.«

»Wir schicken die Rechnung an den lieben Gott«, schloss Liam.

78

Ort: Dublin
Weltzeit: Montag, 29. Juni, 9.25 Uhr (GMT)
Ortszeit: 10.25 Uhr

»Hallo, Paul? Hier ist Bridget.«

»Hast du Doyle das Manuskript geschickt?«

»Genau darum geht es. Ich habe ihn hier in der Leitung. Er will mit dir reden.«

»Stell ihn durch.«

»Okay.«

Bridget drückte eine Taste und stellte Goonan den Anruf durch.

»Hallo, Goonan?«

»Ja.«

»Hier ist Doyle. Wo bist du?«

»Im Wagen. In Turin. Ich fahre gerade in die Stadt.«

»Kannst du reden?«

»Klar.«

»Ich habe dieses Abstract von Brines Abhandlung über ZeroOne Code bekommen.«

»Ich weiß nicht, wie zuverlässig das ist. Sergeant Walsh hatte den Text nur überflogen, und auch nur einmal.«

»Ich habe es sofort an die Geheimdienste weitergeleitet.«

»Was?«

»Und ich muss mich bei dir bedanken.«

»Was?«

»Die haben sofort geantwortet und … wir haben eine blendende Figur gemacht.«

»Du verarschst mich doch, oder?«

»Im Gegenteil, Goonan. Scheint, als ob auch das MI6 seit längerer Zeit hinter ihm her wäre. Und auch CIA und Mossad hatten interveniert.«

»Warum?«

»Internationaler Terrorismus. Alles passt zu den Informationen von David Brine.«

»Was soll ich tun?«

»Wir stimmen uns gerade mit dem italienischen Geheimdienst ab, aber das dauert noch einige Stunden. Du bist jetzt unser Mann vor Ort.«

»Wie lauten die Instruktionen?«

»Agiere in Abstimmung mit Interpol und tu, was du tun musst.«

»Wir sind hinter den Entführern von Liam Brine und Alanna Hamdis her.«

»Gibt es eine konkrete Spur?«

»Sieht so aus. Das Kennzeichen des Lieferwagens.«

»Bestens.«

»Sonst noch etwas?«

»Eine letzte Sache. Hast du dieses Schriftstück noch jemand anderem übermittelt außer mir?«

»Nein, niemandem.«

»Gib diese Informationen auf keinen Fall an Dritte weiter.«

»Aber …«

»Das ist ein Befehl. Bis bald, Goonan.«

79

Ort: Patagonien, Region Chubut
Weltzeit: Montag, 29. Juli, 9.54 Uhr (GMT)
Ortszeit: 6.54 Uhr

Er war aus Liverpool, sagte er sich immer wieder. Er hatte mit all dem nichts zu schaffen. Er war wegen seiner Arbeit hier. Und seine Arbeit sah nicht vor, dass Indios massakriert wurden, dass Ana María, niedergemäht von Schüssen aus einem Hubschrauber, in seinen Armen starb und dass er selbst dem Tod nur deshalb von der Schippe gesprungen war, weil Teodoro ihn hinter einem Haufen Maniokmehlsäcke in Sicherheit gebracht hatte. Wenn die Mauer das bedeutete, dann wollte er nichts mehr damit zu tun haben.

Michael Doornick wusch sich die Erde von den Armen. Er hatte die ganze Nacht mit bloßen Händen gegraben. Ein paar Meter weiter war Doña Neta gerade damit beschäftigt, die Verbrennungen im Gesicht des kleinen Luis mit einer Salbe zu behandeln.

Nach dem Angriff, der das Dorf ausradiert hatte, war Doornick mit den Überlebenden geflohen, und da er noch auf eigenen Beinen gehen konnte, hatte er Luis getragen. Teodoro hatte ihn beschworen zu fliehen, sich in Sicherheit zu bringen, aber er hatte sich geweigert und sich dieser jämmerlichen Prozession angeschlossen, die sie dahin geführt hatte, wo sie jetzt waren. Ein stundenlanger Marsch durchs Nirgendwo: kaum Verpflegung, ein paar Stück Vieh, keine Medikamente. Die überlebenden Kinder hatten, mit ihren von den Brandbomben versengten Händen und Gesichtern, den Erwachsenen geholfen, das wegzuschaffen, was von einem ganzen, unwiederbringlich verlorenen Leben, übrig war. Aber das war jetzt egal. Es gab nichts mehr zu verlieren.

Der kleine Luis fing seinen Blick auf und lächelte ihn an. Ein unglaubliches Lächeln. Das Kind war in Lumpen gehüllt und hatte Verbrennungen am ganzen Körper. Das linke Auge war völlig zugeschwollen, und eine gelbliche Flüssigkeit trat daraus hervor.

»Jefe«, hörte er eine Stimme hinter sich.

Es war Teodoro, der mit einem Mapuche kam, den Doornick noch nie gesehen hatte.

»Er kommt aus Las Plumas«, erklärte er ihm.

Der Ingenieur gab dem Mann die Hand: »Was sagen die Nachrichten zu dieser Geschichte?«

Der andere senkte betreten den Blick: »Sie sagen nichts, Jefe.«

»Das kann nicht sein …«, entgegnete er verblüfft.

Teodoro spuckte auf die Erde.

Doornick biss sich auf die Lippe. »Bist du allein?«, fragte er dann den Mann.

»Wir sind zu viert.«

»Gut«, sagte der Ingenieur. »Wenn ihr von der Reise nicht zu erschöpft seid, dann könntet ihr Teodoros Männern mit der Hütte helfen.« Er zeigte auf einen Unterschlupf, der gerade im Schutz dichter Baumkronen entstand.

Doornick und die Überlebenden aus dem Dorf waren lange umhergeirrt, ehe sie einen Platz gefunden hatten, an dem sie ihr Lager aufschlagen konnten. Und jetzt kamen viele andere Mapuche aus jeder Ecke Chubuts herbei, um sich ihnen anzuschließen. Jeder brachte etwas mit: Medikamente, Essen, Werkzeug.

Doornick entließ den Mann und blieb mit Teodoro allein.

»Wann werden wir soweit sein?«, fragte der Ingenieur.

»Es wird noch ein bisschen dauern, aber wir kriegen so viel Sprengstoff, dass wir damit ganz Buenos Aires in die Luft jagen können.«

80

Ort: Turin
Weltzeit: Montag, 29. Juni, 9.56 Uhr (GMT)
Ortszeit: 11.56 Uhr

Sie hatten zweihundert Euro Vorschuss zahlen und versprechen müssen, dass sie bei Ankunft noch einmal soviel bezahlen würden, damit der Taxifahrer einwilligte, sie von Turin an den Lago Maggiore zu bringen.

Kaum hatte der Fahrer, ein Bär um die sechzig mit graumeliertem Haar und gleichgültiger Miene, das Geld eingestrichen, steuerte er seinen weißen Fiat Multipla durch den Stadtverkehr bis zur Umgehungsstraße und der Auffahrt zur Autobahn Turin-Mailand. Und jetzt waren sie auf der Autobahn.

Es war ein schwüler Tag, zur Linken glitten die Alpen vorbei, von denen schwere Regenwolken herüberdrängten. Liam und Alanna hatten die ganze Zeit über geschwiegen und versucht, gegen die seit Tagen schwelende Unruhe anzukämpfen. Alanna starrte in die Landschaft jenseits des Seitenfensters: gelb leuchtende Felder, einsame Bauernhäuser und Pappeln, die Spalier standen wie die Zähne an einem Kamm. Liam dagegen hatte die Liste mit den Inseln im Lago Maggiore hervorgeholt und brütete darüber, als wäre er nicht völlig überzeugt von dem, was sie taten.

»Alles in Ordnung?«, fragte sie irgendwann.

»Mir ist etwas eingefallen, was wichtig sein könnte.«

Alanna schwieg, sie wartete, dass er weitersprach.

»In Rom«, fuhr er fort, »hatte ich nach Moltenis Tod mit einem Polizisten gesprochen, Vizeinspektor Pasolini.«

»Und?«

»Die Polizei hatte alle Anrufe überprüft, die Molteni im Hotel empfangen hatte. Ich erinnere mich, dass einer aus dem Kreis Novara kam.«

Alanna wies mit stummer Geste auf den Taxifahrer, um ihn daran zu erinnern, dass sie in Anwesenheit eines Unbekannten höchst heikle Dinge erörterten.

Liam zuckte mit den Schultern und redete laut, auf Englisch, weiter: »Die italienischen Taxifahrer sind alle wahnsinnig und fahren auf der falschen Seite, stimmt's Kumpel?«

Der Mann verzog keine Miene.

»Was sagtest du?«, nahm sie den Faden wieder auf.

»Da war ein Anruf aus dem Kreis Novara. Und die Borromäischen Inseln liegen genau in diesem Gebiet.«

»Also haben wir richtig kombiniert.«

»Ich weiß nicht«, murmelte Liam zögerlich, »Molteni hat nie ein Haus am Lago Maggiore erwähnt.«

»Und auch der Notar nicht, als er uns seine Besitztümer aufzählte.«

»Genau.«

»Das will aber nicht viel heißen.«

»Es hat mich an etwas erinnert: Molteni flog jeden Sommer in die Türkei. Aller Wahrscheinlichkeit nach ging er zur Sommersonnenwende nach Ephesus, wo die erste Schriftrolle lagerte.«

»Und im Winter?«

»Bravo. Jedes Jahr, zu Weihnachten, verschwand Molteni. Und Weihnachten bedeutet Wintersonnenwende. Das heißt, er suchte bestimmt den Ort auf, wo die andere Rolle gehütet wird.«

»Und das ist nicht der Lago Maggiore?«

»Ich hoffe doch, aber, ich weiß nicht, irgendetwas stimmt für mich nicht. Es ist nur ein Gefühl, mehr nicht.«

»Versuch es zu artikulieren.«

»Die Beschreibung, die wir über die Isola Madre gelesen haben, ist die eines Paradieses auf Erden. Während Ossius von einem von Schlangen und Drachen verseuchten Ort spricht.«

»Seitdem sind Jahrhunderte vergangen, Liam. Wer weiß, was im Laufe dieser Jahrhunderte alles passiert ist!«

Liam dachte eine Weile nach, dann hellte sich seine Miene auf: »Es gibt jemanden.«

Er verhandelte kurz auf Italienisch mit dem Taxifahrer, und dann rückte dieser, im Tausch gegen einen Zwanzig-Euro-Schein, sein Handy heraus.

Liam tippte auswendig eine Nummer ein, und dann stellte er den Lautsprecher an.

»Päpstliche Universität San Tommaso d'Aquino«, antwortete eine weibliche Stimme. »Womit kann ich dienen?«

»Guten Tag«, grüßte Liam auf Englisch. »Ich würde gerne mit dem Pater Bibliothekar Francesco Aldobrandi sprechen.«

»Wen bitte darf ich melden?«

Er zögerte einen Moment. »Mein Name ist ... Thomas Cruel.«

»Ich suche ihn.«

Liam wartete, während Alanna ihn neugierig betrachtete. Nach über einer Minute hörte man Aldobrandis Bass: »Es gibt nur einen, der sich als Tommaso Crudeli ausgeben könnte ... Ciao, Liam, wo bist du?«

»Ciao, Francesco. Entschuldige diese Finte, um dich ans Telefon zu holen, aber es ist dringend.«

»Was ist los?«, fragte der Mönch mit besorgter Stimme.

»Ich werde dir alles so bald wie möglich erklären. Jetzt brauche ich deine Hilfe, bitte.«

»Sehen wir, was ich tun kann«, antwortete Aldobrandi ernst.

»Wenn ich dir von einer Insel in der Diözese Mailand erzähle, die von Schlangen und Drachen verseucht ist, was fällt dir dann ein?«

»Schlangen und Drachen, hast du gesagt?«

»Ja.«

Es entstand eine lange Pause.

»Da fällt mir die Insel Egina ein.«

»Liegt die in Norditalien?«

»Nein. In Griechenland.«

Alanna riss erstaunt die Augen auf.

»Tut mir leid, Francesco, vielleicht habe ich mich nicht klar ausgedrückt …«, hakte Liam ein.

Vom anderen Ende der Leitung kam ein Seufzen. »Sei nicht so ungeduldig und lass mich ausreden«, sprach der Mönch in ernstem Ton weiter.

»Entschuldige, Francesco, bitte fahr fort.«

»Von der Insel Egina, in Griechenland, brachen Ende des vierten Jahrhunderts zwei Brüder auf: Giulio und Giuliano. Und sie kamen bis Cusio, das heute halb zur Provinz Novara und halb zur Provinz Verbania gehört …«

»Novara hast du gesagt?«

»So unterbrich mich doch nicht immer! Die beiden begannen, mit Zustimmung des Kaisers Theodosius, heidnische Tempel einzureißen und Kirchen zu bauen. Sie bauten neunundneunzig. Dann fing Giulio alleine an, eine Stelle zu suchen, wo die hundertste entstehen sollte. Und er fand den idealen Ort: eine Insel mitten in einem See …«

»Die Isola Madre!«, rief Liam begeistert aus.

»Ach was!«, sagte Aldobrandi unwirsch. »Wenn du mich ausreden lässt, komme ich zu deinen Drachen.«

»Entschuldige.«

»Also: Nach der Legende breitete Giulio, als er niemanden fand, der ihn übersetzen wollte, seinen Mantel aufs Wasser, und damit fuhr er zur Insel. Hier besiegte er die Drachen und Schlangen, die dort hausten, und legte den Grundstein für die hundertste Kirche: an derselben Stelle, an der sich heute die Basilika San Giulio befindet, auf der gleichnamigen Insel.«

»In der Diözese Mediolanum?«

»Damals schon.«

»Und heute?«

»Heute liegt das im Piemont. In der Mitte des Lago d'Orta.«

81

Ort: Turin
Weltzeit: Montag, 29. Juni, 10.51 Uhr (GMT)
Ortszeit: 12.51 Uhr

Für Inspector Goonan hatte sich der offene Fall einer Zeugenaussage des Trunkenboldes Larry Bohan wahrlich in einen Rieenschlamassel verwandelt. Zu einer angeblichen Entführung bei Dublin waren innerhalb weniger Tage ein Blutbad in einem ägyptischen Suq und eine zweifache Freiheitsberaubung in Turin hinzugekommen. Für Goonans Dienstakte konnte sich das als äußerst positiv erweisen – oder als verheerend.

Heaney und Santovito gegenüber hatte er sich jedenfalls als loyaler Partner erwiesen und sie über alles unterrichtet, was er wusste, ausgenommen seine anfänglichen Schnitzer und, wie von Colin Doyle angeordnet, die »digitale Apokalypse«.

Jetzt hing alles von dem Autokennzeichen ab, das er auf einer Fotografie betrachtete, die sie ihm in die Hand gedrückt hatten.

»Was ist dieser Lieferwagen für ein Modell?«, fragte er Santovito.

»Laut Zulassungsstelle«, mischte Heaney sich ein, »ein Fiat Scudo.«

»Habt ihr überprüft, auf wen er zugelassen ist?«

Commissario Santovito warf ihm einen herablassenden Blick zu. »Natürlich«, antwortete er in seinem astreinen Englisch.

Goonan tat, als wäre nichts gewesen. »Wem gehört er?«, fragte er.

»Nolauto Piemont«, schaltete sich wieder Heaney ein. »Ein lokaler Mietwagenverleih. Ein Saudi hat ihn geliehen, ein gewisser Talal Ben Abdul, wohnhaft in Riad. Bei einer Überprüfung wurde festgestellt, dass die Papiere falsch sind.«

»Er wird ja wohl eine Kreditkartennummer angegeben haben«, warf Goonan nervös ein.

»Nein«, antwortete Santovito. »Er hat alles bar bezahlt, auch die Kaution. Wahrscheinlich hat er sich deswegen an einen kleinen Autoverleih gewandt. Bei den internationalen kriegst du, wenn du keine Kreditkarte hast, nicht einmal das Ersatzrad.«

Der andere nickte und versank in Schweigen.

»Hören Sie mal, Inspector«, fing Santovito wieder an, »warum haben Sie die beiden eigentlich nicht von Anfang an unter Polizeischutz gestellt?«

Goonan wurde kalt erwischt, aber er versuchte es zu überspielen: »Es sah so aus, als ob hinter David Brines Verschwinden genau die beiden stecken würden. Es ging um eine Lebensversicherung.«

»Aha.«

»Und außerdem verhielten sie sich irgendwie eigenartig, als ob sie etwas zu verbergen hätten.«

»Vielleicht misstrauten sie Ihnen«, bohrte Santovito weiter.

»Mag sein«, gab Goonan seelenruhig zu. »Und wieso haben sie sich hier in Turin nicht an euch gewandt? Vielleicht trauten sie niemandem.«

»Die entscheidende Frage ist: Warum?«, überlegte Heaney.

Santovitos Handy klingelte. Er schaute auf das Display und wandte sich Heaney zu: »Das ist Mattioli.«

Heaney bedeutete Goonan, still zu sein. Santovito nahm den Anruf entgegen und hörte ein paar Sekunden schweigend zu. Dann beendete er das Gespräch mit einem trockenen: »Danke!«

Er steckte das Handy in die Tasche und schaute die beiden an: »Der Lieferwagen mit unserem Kennzeichen ist an der Auffahrt zur Autobahn Turin-Mailand gesichtet worden.«

»Wann?«

»Vor knapp einer halben Stunde. Nichts wie hin.«

82

Ort: Autobahn Turin-Mailand
Weltzeit: Montag, 29. Juni, 11.01 Uhr (GMT)
Ortszeit: 13.01 Uhr

»Können Sie nicht schneller fahren?«, fragte Liam auf Italienisch.

Der Taxifahrer warf ihm einen Blick über den Rückspiegel zu. »Wir fahren hundertdreißig. Das ist hier in Italien die Höchstgeschwindigkeit.«

Liam zeigte durch das Seitenfenster hinaus. »Aber alle fahren schneller als wir.«

»Weil sie kein Schild mit der Aufschrift ›Taxi‹ auf dem Dach haben«, antwortete der Fahrer ungerührt.

Liam schnaubte und warf sich in den Sitz zurück. »Gibt es keine Möglichkeit, diese Begrenzung ein wenig elastischer zu gestalten?«, insistierte er.

»Falls das Problem der dunkle Lieferwagen ist, der seit Turin an uns dranklebt – noch mal hundert Euro, und Sie sind ihn los.«

Liam und Alanna sahen einander fassungslos an und drehten sich dann gleichzeitig um, die Straße absuchend. Zwischen ihnen waren noch drei andere Autos, aber ungefähr zweihundert Meter entfernt fuhr ein schwarzer Lieferwagen.

»Wie kommen Sie darauf, dass er uns verfolgt?«, fragte Liam skeptisch. »Auf der Autobahn folgt jeder jedem.«

»Weil ich den schon in Turin im Stadtzentrum an den Hacken hatte. Auf der Ausfallstraße hatte ich ihn aus den Augen verloren, aber jetzt ist er wieder da.«

Liam schaute sich erneut nach dem Wagen um.

»Hundert Euro haben Sie gesagt?«

»Ja. Ich schaffe sie euch vom Hals und bringe euch nach Orta.«

»Abgemacht«, schlug Liam ein und reichte ihm zwei Fünfziger.

Einige Kilometer lang fuhr der Taxifahrer weiter wie zuvor. Beim Hinweisschild auf die Abfahrt zur A 26, die Richtung Norden nach Gravellona Toce führte, überholte er dann nicht den Lastzug vor ihnen, sondern bremste und blieb hinter ihm. Beim nächsten Schild, das die Abfahrt in einem Kilometer Entfernung ankündigte, setzte der Taxifahrer den Blinker links und begann das Überholmanöver, kaum schneller fahrend als der Lastzug. Liam und Alanna drehten sich um und beobachteten die Szene. Der Fahrer hinter ihnen musste etwas bemerkt haben, denn er wechselte die Fahrspur und begann, die drei Autos vor ihm zu überholen.

Als es nur noch zweihundert Meter bis zur Abfahrt waren, rückte das Taxi bis zum Führerhaus des LKW vor, während der Lieferwagen fast den Anhänger erreicht hatte. Da schaltete der Taxifahrer unvermittelt zwei Gänge runter und trat das Gaspedal durch. Er schnitt den LKW und schoss auf den Verzögerungsstreifen. Der Lieferwagen war gerade mit dem Überholmanöver beschäftigt, und da der Aufleger ihm den Weg versperrte, konnte er dem Taxi nicht folgen.

Das wütende Trompeten der LKW-Hupe dröhnte in ihren Ohren.

83

Ort: Autobahn Turin-Mailand
Weltzeit: Montag, 29. Juni, 11.06 Uhr (GMT)
Ortszeit: 13.06 Uhr

»Brems, du Hundesohn!«, brüllte Bandar. »Die haben uns reingelegt!«

Imar ließ den LKW rechts vorbeiziehen, dann lenkte er auf den Standstreifen und trat voll in die Bremsen. Man hörte das mechanische Stottern des ABS, während der Lieferwagen zum Stehen kam, ohne auszubrechen. Imar lehnte sich entkräftet auf das Lenkrad.

Faris, der auf dem Beifahrersitz saß, wandte die Augen nicht von dem Laptop, den er auf den Knien hielt. Auf dem Bildschirm leuchtete eine Karte der Autobahn: Ein roter Punkt bewegte sich blinkend Richtung Norden.

»Leg den Rückwärtsgang ein!«, donnerte Bandar vom Rücksitz. »Nimm dieselbe Ausfahrt wie sie!«

»Sofort!«, gehorchte Imar und setzte den Wagen in Bewegung.

In diesem Moment ließ der Fahrtwind eines gewaltigen Tanklastzuges den Lieferwagen erbeben.

»Nur die Ruhe«, überlegte Faris. »Das ganze Stück im Rückwärtsgang zu fahren ist ein unnötiges Risiko. Wir können sie nicht verlieren. Das Signal von dem Sender, den wir in Brines Kleidern versteckt haben, kommt ganz deutlich.«

Imar hielt an und wartete auf Anweisungen.

Bandar drehte sich um und betrachtete den Verkehr. »Gut«, knurrte er dann und umklammerte die beiden Sitze vor sich. »Dann kehren wir an der nächsten Abfahrt um.«

Jaabir, der neben ihm saß, schob die Maschinenpistole wieder unter den Sitz.

84

Ort: Orta San Giulio
Weltzeit: Montag, 29. Juni, 11.48 Uhr (GMT)
Ortszeit: 13.48 Uhr

Das Taxi war mit hoher Geschwindigkeit rund dreißig Kilometer gefahren und dann von der vollkommen leeren A 26 abgefahren, um in den dichten Verkehr einer Staatsstraße einzutauchen.

An den Fenstern glitt das gewohnte Panorama der Provinzstädte vorbei: Reihenweise kleine Fabrikhallen, moderne Häuser im Einheitslook, grellbunte Einkaufszentren und halb verlassene riesige Parkplätze.

Dann war die Straße langsam angestiegen, hatte sich durch eine üppige Vegetation geschlängelt, zwischen blühenden Wiesen, satten Gärten und Obstbäumen. Die zusammengepferchten Reihenhäuser hatten alten Villen Platz gemacht, die in hektargroßen Wäldern halb versteckt waren.

Nach einer letzten Kehre tauchte endlich das kristallklare Wasser des Lago d'Orta auf. Alanna lehnte sich zu Liam hinüber, um ihn besser sehen zu können. Wenige hundert Meter vom Festland entfernt erhob sich eine kleine Insel, deren Ufer ganz mit Villen und Palazzi bebaut waren. Überragt wurde das Ganze von einem wuchtigen Gebäude.

»Ist das die Insel San Giulio?«, fragte Liam den Taxifahrer.

»Ja, wir sind da. Wenn jetzt nicht die Sintflut losbricht«,

antwortete der Mann und deutete auf die schwarzen Wolkentürme, die sich heranschoben.

Liam spürte, wie die Angst ihm wieder die Kehle zuschnürte. In Kürze würde er erfahren, ob seine Suche zu Ende war, oder, im Gegenteil, gerade erst begonnen hatte.

Das Taxi kam an einen Verkehrskreisel und bog vor einem großen Platz ab, auf dem mehrere Busse parkten.

»Besser, ich lasse euch hier raus«, erklärte der Fahrer. »Wenn ich bis auf die Piazza fahre, ist das riskant: Es gibt nur eine Zufahrt, und wenn sie die blockieren …«

»Okay«, stimmte Liam zu und öffnete die Tür. »In welche Richtung müssen wir gehen?«

»Immer geradeaus, in nicht einmal fünf Minuten seid ihr im Ort.«

»Danke«, sagte Liam. »Sie wissen nicht, wie sehr Sie uns geholfen haben.«

Der Mann reichte ihm lächelnd die Hand durchs Seitenfenster.

»Viel Glück und … Gott stehe euch bei. Wenn sie euch nicht vorher verhaften.«

85

Ort: Autobahn Turin-Mailand
Weltzeit: Montag, 29. Juni, 11.54 Uhr (GMT)
Ortszeit: 13.54 Uhr

Die zwei Alfa 159 schossen mit heulenden Sirenen über die Überholspur. Goonan, der auf dem Rücksitz des vorderen Wagens saß, hatte als einziger der vier Passagiere den Sicherheitsgurt angelegt. Neben ihm saß Heaney, während Santovito, vorne auf dem Beifahrersitz, per Funk mit der Zentrale sprach.

Hätte Doyle ihm nicht entsprechende Befehl erteilt, wäre Goonan liebend gerne in der Zentrale geblieben und hätte – bei einem guten Espresso und einem Mozzarella-Sandwich – der Dinge geharrt, die da kommen würden. So aber sah er sich genötigt, bei den Kollegen darauf zu drängen, dass sie ihn mitnahmen auf die Mission. Um das zu erreichen, hatte er ordentlich auf der Zusammenarbeit der Polizei in Europa, auf dem gemeinsamen Kampf gegen den internationalen Terrorismus und vor allem auf der Tatsache, dass Liam Brine irischer Staatsbürger war, herumreiten müssen. Schließlich hatten Santovito und Heaney nachgegeben, aber seit sie losgefahren waren, hatte sich keiner mehr um ihn gekümmert, und im Wagen wurde nur noch italienisch geredet.

Goonan bemühte sich jetzt, zumindest ansatzweise den Inhalt eines stakkatoartigen Funkkontakts zu erfassen. Allerdings ergebnislos. Es schien aber wichtig zu sein, denn Heaney erbarmte sich und übersetzte ihn Wort für Wort.

»Mattioli, hier Santovito«, sagte der Commissario in das Gerät. »Was gibt's?«

»Interessante Neuigkeiten«, antwortete eine metallisch verzerrte Stimme. »Ein LKW-Fahrer hat gemeldet, dass ein Lieferwagen auf Höhe der Abfahrt zur A 26 im Rückwärtsgang unterwegs ist. Da gibt's gleich 'ne Massenkarambolage.«

»Was für ein Lieferwagen?«

»Der Typ hat das Kennzeichen nicht notiert, aber es muss unserer sein: ein Fiat Scudo Metallicschwarz mit getönten Heckscheiben.«

»In welche Richtung ist er gefahren?«

»Das wissen wir nicht genau. Aber es kann ja nur Alessandria oder Gravellona sein.«

»Danke, Mattioli, ruf an, wenn sich wieder was tut.«

Santovito hängte das Funkgerät zurück und fragte den Fahrer: »Wie weit ist es noch bis zur Anschlussstelle zur A 26?«

»Ungefähr fünfzig Kilometer, Chef. Aber in welche Richtung fahren wir dann weiter?«

Der Commissario dachte eine Weile nach. »Ganz einfach«, sagte er schließlich, »wir fahren nach Norden, und der andere Wagen Richtung Süden.«

»Okay, ich gebe es sofort durch«, sagte der Fahrer und griff sich das Funkgerät.

»Nein, warte«, hielt Santovito ihn zurück. »Lass mich erst mal hören, wo zum Kuckuck der Hubschrauber bleibt.«

86

Ort: Orta San Giulio
Weltzeit: Montag, 29. Juni, 12.10 Uhr (GMT)
Ortszeit: 14.10 Uhr

Inzwischen hingen die Sturmwolken pechschwarz und tief am Himmel. Wütende Böen kräuselten das Wasser und schüttelten die Boote, die an den kleinen Holzmolen vertäut waren.

Die wenigen Touristen und die Alten aus dem Dorf hatten schon die Bänke am Seeufer geräumt. Nur ein hochgewachsener Mann mit weißem Haar und einer waagrechten Narbe auf der Stirn war stur sitzen geblieben und las in aller Seelenruhe die *Financial Times*.

Die ersten Tropfen fielen und waren nach dem Aufprall auf das glühende Pflaster fast augenblicklich wieder verdunstet. Der ganze Himmel war inzwischen tiefschwarz: Die Nacht schien hereingebrochen.

Der Mann stand gelassen auf, warf die Zeitung in einen Papierkorb und öffnete einen schwarzen Schirm mit Holzgriff. Dann setzte er sich wieder, den Schirm in der Hand, und betrachtete unbeweglich die Insel.

Liam und Alanna traten unter den Arkaden hervor, die gegenüber der Mole lagen.

»Und jetzt?«, fragte Alanna außer Atem.

»Zu den Motorbooten, und zwar sofort!«

Sie liefen schnell über die Piazza, wobei sie versuchten, sich vor den ersten heftigen Schauern zu schützen.

Zu ihrer Überraschung rief ihnen ein Bootsmann am Kai zu, dass er sie zur Insel übersetzen würde.

»Fahrt ihr auch bei so einem Wetter?«, fragte Liam verwundert.

»Wir haben schon ganz anderes erlebt. Steigt ein. Das macht drei Euro fünfzig pro Nase.«

Sie bezahlten und stiegen an Bord. Kurz darauf sahen die beiden, während sie auf den Sitzen des alten Kajütkutters herumgeworfen wurden, wie das Ufer davonglitt.

Die Windböen klatschten den Regen auf den Überbau aus Kunstharz, zwischen Boot und Festland hingen dichte Wasserschleier in der Luft. Auf der Piazza war keine Menschenseele mehr zu sehen.

Alanna bemerkte nur den Mann mit dem schwarzen Schirm, der völlig ungerührt vom Wüten des Sturmes an der Mole saß. Für einen Moment meinte sie, seinen Blick aufzufangen, der sie eindringlich musterte. Es lag etwas Unheimliches in dieser Szenerie, und ein Schauder lief ihr über den Rücken. Sie drehte sich zu Liam um, auf der Suche nach Trost, aber dieser starrte konzentriert über den Bug hinaus auf die Gebäude, die das Ufer der Insel säumten. Alanna schaute sich wieder nach der Bank um. Der Mann war verschwunden.

Eine Minute später legten sie an. Vom Kai ging nur ein Weg ab. Sie rannten durch das Eingangstor in den monumentalen Gebäudekomplex und betraten die antike Basilika. Sie war finster und schien verlassen.

»Wohin gehen wir jetzt?«, flüsterte Alanna, sichtlich aufgeregt.

Liam überlegte: »Lass uns den Hüter suchen.«

»Und wie?«

»Wir wissen, dass es eine Frau ist. Und auf der Insel liegt, wenn du die Wegweiser am Tor gelesen hast, ein Kloster.«

Während sie sich auf den Altar zu bewegten, sahen sie am

Ende des Kirchenschiffs einen Mann, der gerade dabei war, eine antike Steinkanzel zu polieren, die von einem so dunklen Grün war, dass sie bronzen wirkte.

»Verzeihung, Pater«, sprach Liam ihn an. »Gehört das Kloster zu Ihrem Orden?«

Der greise Priester gab lächelnd Antwort: »Nein, mein Sohn, in der Abtei ›Mater Ecclesiae‹ leben Benediktinerinnen.«

Liam und Alanna tauschten einen Blick.

»Kann man die Abtei besichtigen?«, fragte er höflich.

»Die Schwestern leben in Klausur, aber wenn ihr wollt, steht das Kloster offen zum Gebet. Geht aus der Kirche, dann nach links und folgt dem Weg der Einkehr bis zum Eisentor. Dort ist der Besuchereingang.«

Liam dankte, dann fasste er Alanna am Arm und wandte sich Richtung Ausgang.

Sie rannten fast bis zum Tor des Klosters, während der Regen auf sie einpeitschte.

Ein Blitz durchzuckte den Himmel, sofort gefolgt von einem Donnerschlag, der die Erde beben ließ.

Sie klingelten, und es wurde sogleich geöffnet.

87

Ort: Orta San Giulio
Weltzeit: Montag, 29. Juni, 12.27 Uhr (GMT)
Ortszeit: 14.27 Uhr

Sie waren eine enge Gasse durch den historischen Dorfkern hinabgefahren, und als sie die Piazza am Seeufer erreichten, war von dem Taxi nichts mehr zu sehen.

Bandar hatte angefangen, Beschimpfungen auszustoßen und gegen Imars Sitz zu boxen, bis Faris ihm den Palm gereicht hatte.

»Nur die Ruhe. Diese Hundesöhne haben keine Chance zu entkommen.«

Auf dem Monitor war die Satellitenkarte der Gegend zu sehen: die Piazza, auf der sie sich befanden, und die kleine Insel, in nicht einmal fünfhundert Meter Entfernung, in deren Mitte ein rotes Pünktchen leuchtete, das Liam Brines Position lokalisierte.

»Alle aussteigen«, ordnete Bandar an.

Einen Augenblick später kamen sie im strömenden Regen an eines der Motorboote, die an der Mole warteten.

Der Kapitän, der in der Kajüte saß, bedeutete ihnen einzusteigen. Die vier Araber gingen nacheinander an Bord und setzten sich unter Deck. Der Mann betrachtete sie besorgt: Im Gebaren dieser Fremden lag etwas Bedrohliches.

»Wie viel kostet es, das Boot für den ganzen Tag zu mieten?«, fragte Bandar auf Englisch.

»Tut mir leid, aber das ist ein öffentliches Verkehrsmittel. Das kann man nicht mieten.«

Bandar gab Jaabir unauffällig ein Zeichen, der sofort die Maschinenpistole zückte und sie dem Kapitän an die Schläfe setzte.

»Heute kann man«, bellte der hünenhafte Araber.

88

Ort: Klausurkloster der Benediktinerinnen Mater Ecclesiae
Weltzeit: Montag, 29. Juni, 12.28 Uhr (GMT)
Ortszeit: 14.28 Uhr

Liam und Alanna hatten einen kleinen Raum betreten, der von einem großen Metallgitter in zwei Teile geteilt wurde. Dahinter lag eine schwere Tür mit dem Schild »Klausur«. Sie wussten erst nicht, was sie tun sollten, aber dann entdeckte Liam zu ihrer Rechten ein kleineres Gitter, hinter dem der schwarze Schleier einer Nonne zu sehen war.

Durchnässt wie sie waren, wandten sie sich an die Pförtnerin.

»Schwester«, fiel Liam mit der Tür ins Haus, »wir müssen auf der Stelle die Äbtissin sehen.«

Die Frau legte das Buch weg, in dem sie gerade las. Sie musterte die beiden von Kopf bis Fuß und sagte kalt: »Das ist nicht möglich.«

»Es geht um eine wirklich wichtige Angelegenheit«, insistierte Liam. »Wir müssen sie sofort sehen.«

»Das ist nicht möglich«, wiederholte die Nonne. »Die Äbtissin, Mutter Valeria, empfängt nur nach vorheriger Anmeldung. Und im Augenblick bereitet sie die Lesung für die Abendvesper vor. Aber wenn Sie Schutz vor dem Unwetter suchen, dann machen Sie es sich bitte in dem Raum hier gegenüber bequem.« Sprach's und fuhr in der Lektüre fort.

Alanna war von Liams Reaktion verblüfft: Sie sah, wie er

sacht die linke Hand auf das Buch der Nonne legte und mit der anderen Moltenis Ring vom Kettchen nahm. Dann sagte er langsam, aber bestimmt: »Schwester, bringt das sofort der Äbtissin. Wenn Ihr nicht auf der Stelle gehorcht, werdet Ihr persönlich dafür zur Rechenschaft gezogen werden.«

Der gebieterische Ton zeigte Wirkung: Die Nonne nahm den Ring und verschwand durch eine Tür im Hintergrund.

»Aber du hast ihr den Ring gegeben!«, flüsterte Alanna ungläubig.

»Ich hatte keine Wahl.«

»Und wenn sie zu den anderen gehört? Wenn sie schon hier sein sollten?«

»Das würde nicht viel ändern. Der Ring allein sperrt nichts auf. Und den Schlüssel habe ich.«

Kurz darauf kam die Nonne atemlos wieder herein. »Folgt mir«, sagte sie und trat durch die äußere Tür.

Sie stiegen eine Steintreppe hinauf, die außen an der Fassade hochführte. Das Wasser schoss über die Stufen hinab. Als sie oben waren, führte die Nonne sie durch eine Glastür in einen langen, kahlen Korridor. Sie deutete auf eine weitere Tür am Ende des Ganges und sagte: »Mutter Valeria wartet im Sprechsaal für die Gäste auf Sie.«

Dann verschwand sie rasch, ohne eine Antwort abzuwarten.

Liam und Alanna blieben allein. Instinktiv nahmen sie einander bei der Hand und gingen zitternd vorwärts, wie verängstigte Kinder.

Sie öffneten die Tür. Vor ihnen lag der Sprechsaal: Bänke und Tische modernen Stils flankierten die beiden Längsseiten. Die weißen Wände, die von Kruzifixen geziert wurden und sich weit über ihnen zu einem hohen Deckengewölbe vereinigten, schienen gen Himmel zu streben. Wenige Kerzen tauchten den Raum in ein schummriges Licht, von draußen drang, bis auf das Zucken der Blitze, kein Schimmer herein.

Ein Eisengitter teilte den Saal in zwei Hälften: den Raum für die Gäste – und den Rest.

Sie machten eine dunkle Tunika aus, die aus dem Hintergrund auf sie zukam, und erstarrten.

Liam flüsterte: »Lass mich sprechen.«

Es war eine zierliche Gestalt. Das Gesicht lag im Schatten des schwarzen Schleiers. Als nur noch die Eisenstangen zwischen ihnen und dieser Erscheinung lagen, schob sich eine hagere, zitternde Hand durch das Gitter und präsentierte Konstantins Ring.

Gleichzeitig drang eine schwache Stimme aus der Kapuze: »*Tempus venturum, Magister.*«

Diese Worte riefen Liam sofort Moltenis letzten Brief in Erinnerung.

Seine Stimme bebte, als er antwortete: »*Volumen servandum, Custos.*«

»Dem Himmel sei Dank, dass Ihr hier seid, Meister. Bitte«, sagte die Äbtissin und gab ihm den Ring zurück.

»Professor Molteni ...«

»Ich weiß von seinem Tod, Meister«, unterbrach sie ihn.

»Mutter, es droht größte Gefahr.«

»Auch das weiß ich leider. Düstere Vorahnungen haben mir die Schriftrolle des Orients gezeigt. Von frevlerischer Hand vernichtet.«

Liam nickte ernst. »Molteni hatte das vermutet.«

Die Frau hob zum ersten Mal das Gesicht, und der Kerzenschein erleuchtete es. Liam meinte, noch nie einen Menschen gesehen zu haben, der eine solche innere Ruhe ausstrahlte. »Wir müssen sofort die letzte Schriftrolle wegschaffen«, fuhr Liam fort. »Denn sie ist ebenfalls in Gefahr.«

Einen Moment herrschte Schweigen.

»Das ist nicht möglich, Meister.«

»Warum? Ich habe den Schlüssel dabei.«

»Das genügt nicht.«

»Warum?«

»Ihr müsstet die Regel kennen. Es sind noch über fünf Monate bis zur Wintersonnenwende.«

Dann schwieg sie plötzlich. An einer unmerklichen Bewegung des Schleiers hatte Liam erkannt, dass sie Alanna beobachtete.

»Es ist uns nicht gestattet, im Beisein anderer zu sprechen, Meister.«

»Ihr ist es zu verdanken, dass ich hier bin«, wagte er zu sagen.

Der Ton der alten Nonne wurde streng: »Uns ist nicht gestattet, die Regel zu brechen, unter keinen Umständen«, und gleichzeitig zog sie einen silbernen Schlüssel aus der Tasche des Gewandes und öffnete die kleine Tür in dem Eisengitter.

Dann bat sie Liam in einem Ton, der keinen Widerspruch zuließ, herein: »Nur Ihr, Meister.«

»Warte hier auf mich, Alanna«, sagte Liam zärtlich und schaute seine Schwägerin lange an, als wolle er sich entschuldigen. Dann trat er durch die Pforte.

Die Nonne schloss sie sofort und entfernte sich durch einen Seitengang, gefolgt von Liam.

Alanna sah, wie sie durch eine Tür verschwanden. Sie setzte sich auf eine Bank, steifgefroren und zitternd.

Sie wusste nicht, wie viel Zeit verstrichen war, als sie in der Ferne, im Donnergrollen, ein Geräusch hörte. Sie sprang auf, während ihr Herz bis zum Hals schlug, und versteckte sich instinktiv in der finstersten Ecke.

Das Geräusch war eine Maschinengewehrsalve gewesen.

89

Ort: Autobahn Turin-Mailand
Weltzeit: Montag, 29. Juni, 12.39 Uhr (GMT)
Ortszeit: 14.39 Uhr

Goonan versuchte, die Situation zu verstehen, auch wenn Heaney, so wie jetzt, sich nicht die Mühe machte, Santovitos Worte zu übersetzen. Es musste Probleme mit dem Hubschrauber geben, und die Ursache lag in den heraufziehenden Wolken.

»Was für beschissene Blindgänger habt ihr uns denn da geschickt? Sonntagsfahrer im Cockpit?«, brüllte Santovito ins Funkgerät.

»Die Witterungsbedingungen sind zu riskant«, erklärte eine blecherne Stimme. »Wir müssen ihn zurückrufen.«

»Jetzt red' doch keinen Stuss: Hier ist es überall topfeben. Wenn es zu gießen anfängt, können sie auf irgendeinem Feld landen«, insistierte er.

»Tut mir leid, in fünf Minuten muss er zurück in die Basis.«

»Ach, fick dich doch ins Knie!«, brach es aus Santovito heraus, der das Funkgerät in die Halterung knallte.

Wie abgesprochen, waren sie am Autobahnkreuz Richtung Norden auf die A 26 gefahren, während der andere Wagen in die Gegenrichtung unterwegs war.

Sie rasten mit heulender Sirene an den seltenen LKW und den noch selteneren PKW vorbei, die Richtung Schweiz unterwegs waren.

»Haben wir sie verloren?«, fragte Goonan Heaney.

Der andere schaute ihn an, als suchte er nach einer diplomatischen Erklärung. »Es gibt nur zwei Möglichkeiten«, setzte er ihm auseinander, »entweder sind sie vor uns, oder sie sind Richtung Süden gefahren, und dann haben sie unseren anderen Wagen an den Fersen. So oder so: Wir kriegen sie.«

»Und der Hubschrauber?«

Heaney zuckte mit den Achseln: »Wir brauchen keinen Hubschrauber.«

Goonan zog eine skeptische Grimasse und schaute dann aus dem Seitenfenster. Das Licht unter den sich bedrohlich auftürmenden Wolken bekam einen immer düsteren Violettstich. Das Grün um sie her nahm einen dunkleren Grauton an und verschwamm fast mit der Fahrbahnoberfläche.

Aus dem Funk kam wieder ein krächzendes Signal, und Santovito schnappte sich das Gerät.

»Santovito? Hier spricht Novara. Der Hubschrauber kehrt zur Basis zurück.«

»Ja, herzlichen Dank auch. Das wusste ich schon«, antwortete der Commissario rüpelhaft.

»Bevor er abgedreht ist, hat er einen Lieferwagen ausgemacht, der zur Beschreibung des verdächtigen Fahrzeugs passt.«

»Wo?«

»Auf der Staatsstraße 229. Er war gerade in Richtung Orta abgebogen.«

»Spitzenarbeit, Jungs. Zieht dort alle verfügbaren Streifenwagen zusammen.«

»Okay. Roger und Ende.«

Goonan schaute Heaney fragend an. Es genügten wenige Worte, um ihm die Situation zu schildern.

In diesem Moment geriet der Wagen in einen Wolkenbruch.

90

Ort: Klausurkloster der Benediktinerinnen Mater Ecclesiae
Weltzeit: Montag, 29. Juni, 12.43 Uhr (GMT)
Ortszeit: 14.43 Uhr

Liam fragte sich panisch, ob sie auch Alanna erwischt hatten. Aber es konnte kaum anders sein.

Mit Gesicht und Händen an der Wand, den MP-Lauf in den Rippen, war er plötzlich ganz ruhig und geistesgegenwärtig: Es gelang ihm, blitzschnell die letzten Ereignisse zu überschauen und die verschiedenen Perspektiven abzuschätzen. Er hatte gerade Mutter Valeria gesagt, er müsse befürchten, dass man ihn bis zum Kloster verfolgt habe, als sie die Maschinengewehrsalve hörten. Sie hatte ihm befohlen, ihr augenblicklich zu folgen und sich nach ihren Anweisungen zu richten: nach Moltenis Tod habe sie an alle Eventualitäten gedacht. Liam hatte sich aufmerksam angehört, was sie ihm mit einer Art heiliger Autorität aufgetragen hatte. Nach einigem Protest hatte er schließlich nachgegeben und ihren selbstmörderischen Plan akzeptiert: Sie wollte sich selbst und die Schriftrolle opfern, um ihn und die Prophezeiung zu retten.

Mutter Valeria war jedoch nicht die Zeit geblieben, ihm die Einzelheiten zu erklären. Bandars Kommando hatte mit gezückten Waffen das Zimmer gestürmt.

Der Plan der Äbtissin war Liam ein Rätsel. Wie konnten sie die Prophezeiung retten, wenn sie die letzte Schriftrolle opferten? Hatte Mutter Valeria vielleicht eine dritte Kopie angefertigt? Aber warum hatte sie ihm nichts davon gesagt? Stattdessen hatte sie ihm, kaum waren sie allein gewesen, das Datum des Weltendes genannt. Ohne jeden Kommentar. Nur ein Datum. Was Andrea Molteni nicht hatte zu Ende führen können, war jetzt definitiv vollendet. Das Nachfolgeprotokoll war erfüllt.

Dann hatte er der Nonne versprechen müssen, dass er später noch einmal ins Kloster kommen würde. »Wenn es vorbei ist«, hatte sie heiter und gelassen gesagt, als ob sie von allem, nur nicht von ihrem Tod spräche. »Um Trost bei der Schwester zu finden, die meine Nachfolge antreten wird.« Liam hatte ihr das geschworen, natürlich für den Fall, dass er davonkommen würde.

Er hatte versucht, in sie zu dringen: »Mutter, es wird doch wohl auch eine Prozedur für Notfälle geben, um die Rolle zu retten!«

»Die Maschine lässt sich nicht überlisten, Meister«, hatte sie kategorisch geantwortet.

»Aber wie ist das möglich?«

Genau in diesem Moment hatten sie die Tür eingetreten. Also war die Frage unbeantwortet geblieben. Aber wie sollte dieser uralte Mechanismus denn funktionieren?, fragte Liam sich. Was war das für eine Maschine, die siebzehn Jahrhunderte überdauert hatte, dem Lauf der Sonne folgen und die Rolle bewachen konnte? Wie konnte eine vorsintflutliche Erfindung die Zeit berechnen und die Rolle vernichten, sobald jemand zu einem anderen als dem vorbestimmten Datum sie aus ihrem Versteck zu holen versuchte? Die Äbtissin hatte keine Gelegenheit mehr gehabt, das zu erklären.

Die Tür ging auf, und ein dritter Mann aus der Truppe stieß Alanna grob ins Zimmer, drückte sie mit dem Gesicht gegen die Wand und fing an, sie zu durchsuchen. Dann nuschelte er etwas auf Arabisch. Liam atmete erleichtert auf.

Eine vertraute Stimme in seinem Rücken befahl ihm auf Englisch: »Drehen Sie sich ganz langsam um, Mr. Brine, mit erhobenen Händen.«

Er gehorchte. Vor ihm stand dieser hünenhafte Araber, der sie in Dublin verfolgt und in Turin gefangen gehalten hatte. Er hatte eine automatische Pistole in der Hand.

»Mr. Brine, geben Sie mir den eisernen Schlüssel, den wir im Futter Ihres Jacketts gelassen haben, und den Ring. Und keine falsche Bewegung.«

Liam gehorchte auch diesmal. Er zog Konstantins Ring vom Halskettchen, nahm den Schlüssel, der die Form des Chrismons hatte, aus der Tasche und gab ihm beides.

»Jetzt wieder mit dem Gesicht zur Wand!«

Während er gehorchte und sich umdrehte, kreuzte er einen Moment Alannas verschreckten Blick.

Bandar entging diese stumme Verständigung nicht: »Wenn ihr euch ruhig verhaltet, kommt ihr davon. Aber keine falschen Spielchen.«

»Und jetzt zu dir, Frau«, sprach er weiter, immer noch auf Englisch, und baute sich vor der Äbtissin auf. »Du weißt, was man mit diesem Schlüssel aufsperren kann. Bring uns hin.«

»Wo sind meine Schwestern?«, fragte Mutter Valeria, ihre Haltung wahrend, in einem langsamen Schulenglisch.

Bandar fixierte sie bedrohlich: »Ein paar haben den Fehler gemacht, Widerstand zu leisten. Den anderen geht es gut, einer meiner Männer bewacht sie. Wir haben sie alle ins Refektorium gesperrt, so können sie in aller Ruhe beten.«

Mutter Valeria zuckte kurz zusammen. »Darf ich für meine Schwestern beten?«

»Mach ruhig, wenn du meinst, dass es hilft. Und jetzt gehen wir. Los, zeig uns den Weg.«

Die zittrige Stimme der alten Frau begann, im typischen leiernd-monotonen Singsang der Gebete, zu psalmodieren:

»Wir glauben an den einen Gott,
den Vater, den Allmächtigen,
der Himmel und Erde erschaffen hat,
die sichtbare und die unsichtbare Welt …«

Sie rezitierte das Credo von Nicäa, auf Italienisch. Das war kein Gebet, das man den Toten widmete, schoss es Liam durch den Kopf. Es musste daher eine Bedeutung haben.

Sie setzten sich langsam, im Gänsemarsch, in Bewegung. Mutter Valeria vor Liam und Alanna, und gleich dahinter die drei Männer.

»… und an den einen Herrn Jesus Christus,
Gottes eingeborenen Sohn,
aus dem Vater geboren vor aller Zeit …«

Unverdrossen das Gebet leiernd, führte Mutter Valeria sie durch einen langen, schmucklosen und kahlen Gang im Innern des Klosters. Er schien kein Ende zu nehmen und leicht abzufallen. Sie gingen unendlich langsam, wie bei einer Prozession:

»… Gott von Gott, Licht vom Licht,
wahrer Gott vom wahren Gott,
Andronikos, der Mazedonier, stärke
die Ampulle der Stunden
und erleuchte Vitruvianus,
der dem Kaiser teuer war,
gezeugt, nicht geschaffen,
eines Wesens mit dem Vater,
und wenn der Meister
des Hüters Gebet begreift,
so schicke er Gott
ein lobpreisendes Amen.«

Dann schwieg die Äbtissin, als warte sie auf etwas.

Liam verstand: ... Andronikos, der Mazedonier ... Vitruvianus ... das war ganz bestimmt nicht das Credo! Die Äbtissin fügte eine Botschaft für ihn ein. Für jemanden, der die Sprache nicht verstand, war das aus dem gleichförmigen Singsang des Gebets nicht herauszuhören. Sie bat ihn, »Amen« zu sagen, für den Fall, dass er den Trick verstanden hatte.

Also, Andronikos, der Mazedonier ... Hektisch stöberte er in seinem Gedächtnis herum: Andronikos, der Mazedonier, hatte die erste Sanduhr gebaut, die die Tage messen konnte, für den Marktplatz in Athen. Und Vitruvianus ... das Protokoll von Ossius, natürlich! Das war der Ingenieur, dem Konstantin die Aufgabe übertragen hatte, die Maschine zu bauen ... Er hatte sich von Andronikos inspirieren lassen! Folglich war die Maschine eine Sanduhr zur Jahresmessung! Klar, es konnte nicht anders sein.

Liam flüsterte »Amen« und nickte fast unmerklich mit dem Kopf. Also fuhr Mutter Valeria, während sie durch den Gang ging, in ihrem Gebet fort:

»Durch Ihn
ist alles geschaffen ...«

Der Gang hatte sich nach und nach immer mehr verjüngt, bis er schließlich zu einer Art Stollen geworden war. Am Ende bestanden die Wände nur noch aus Erdreich und nacktem Gestein, und das Gewölbe schwitzte Feuchtigkeit aus. Sie waren wohl unter das Niveau des Sees vorgedrungen, überlegte Liam. Offensichtlich gingen sie durch die Katakomben der Basilika, die noch Jahrhunderte älter war als das Kloster, das darüber errichtet worden war.

»... Für uns Menschen und zu unserem Heil
ist Er vom Himmel gekommen,

das Pulver des heiligen Feuers
ist noch nicht gänzlich auf den Grund gesunken,
und der Keil, der die Sanduhr hält,
steckt noch im runden Gefäß,
hat Fleisch angenommen durch den Heiligen Geist
von der Jungfrau Maria.«

Wieder schwieg die Äbtissin und wartete.

Liam dachte schnell nach: Das heilige Feuer, auch das wurde in Ossius' Protokoll beschrieben. Folglich zählt die Sanduhr die Tage des Jahres, aber sie ist nicht mit Sand, sondern mit dem tödlichen Pulver des Griechischen Feuers gefüllt, der geheimnisvollen explosiven Mixtur, die die Byzantiner in Seeschlachten verwendeten. Das Pulver »ist noch nicht gänzlich auf den Grund gesunken«, klar, weil die Sonnenwende noch nicht da war: Es war noch viel davon im oberen Glas der Sanduhr. Und in das Glas war ein Keil geschoben, der die Rotation blockierte. Folglich wurde dieser Keil erst herausgezogen, wenn das gesamte Pulver ins untere Gefäß gerieselt war, das hieß, nach genau einem Jahr, zur nächsten Wintersonnenwende. Aber von diesem Tag abgesehen, war die Sanduhr blockiert, konnte nicht gedreht werden. Deshalb hatte Mutter Valeria also gesagt, dass man die Maschine nicht überlisten könne. Sie wurde durch einen Mechanismus geschützt, der so zerbrechlich war wie Glas.

Sie hatten fast das Ende des Tunnels erreicht. Liam gab, wie vorher, das Signalwort zurück: »Amen.«

Mutter Valeria fuhr fort:

»Und ist Mensch geworden.
Er wurde für uns gekreuzigt unter Pontius Pilatus,
hat gelitten und ist begraben worden,
außerhalb des genauen Datums
zerbricht der Keil die Verengung,

und Ampulle fällt in Ampulle
und zwischen den beiden Gläsern der Regen,
ist am dritten Tage auferstanden
wie verheißen in der Schrift
und aufgefahren in den Himmel.
Er sitzt zur Rechten des Vaters,
das Wasser fällt ins heilige Feuer
und der Dampf bricht wild hervor,
und wird wiederkommen in Herrlichkeit,
zu richten die Lebenden und die Toten.«

Das war die endgültige Bestätigung: Die Sanduhr konnte nicht frei rotieren. Wenn man sie jetzt, zum falschen Zeitpunkt, gewaltsam drehte, dann zerbrach der Keil die Glaswand der Sanduhr, die zweischichtig war und Wasser enthielt ... Und sobald das Wasser freigesetzt wurde, kam es in Kontakt mit dem explosiven Pulver, welches sich daraufhin entzündete: Genau wie es die Byzantiner machten, um die feindlichen Schiffe in Brand zu setzen.

»Amen«, respondierte Liam zur Bestätigung, mit bebender Stimme.

»Halt!«, befahl Bandar. Sie waren am Ende des Tunnels angelangt, der von einem großen liturgischen Wandteppich verschlossen zu sein schien. Aus dem letzten Lichtschacht in der Decke, etwa zehn Meter hinter ihnen, fiel ein schwacher Schein, aber dieser genügte, um Konstantins Monogramm sichtbar zu machen, das mit Goldfäden in den purpurroten Wandteppich gestickt war.

Mutter Valeria schob langsam den Stoff zur Seite. Dahinter erschien eine Eisentür, verankert im Fels.

»Aufmachen«, befahl Bandar.

Mutter Valeria holte einen alten Schlüssel aus getriebenem Metall aus ihrer Tunika, schob ihn in das vom Rost zerfressene

Schloss und öffnete es. Hinter der Tür herrschte totale Finsternis.

Bandar holte eine elektrische Taschenlampe aus der Jacke und schaltete sie an. Dann gab er einen Befehl. Ein anderer aus der Truppe holte eine zweite Taschenlampe hervor, und ein weiterer Lichtstrahl sprang über die salpeterverkrusteten Felswände.

»Du, vorgehen!«, schrie Bandar Mutter Valeria an und leuchtete vor ihr auf den Boden. Eine steile Steintreppe schien in die Eingeweide der Erde hinabzuführen, in einem niedrigen, engen Tunnel, den jeweils höchstens eine Person passieren konnte.

Mutter Valeria ging mit unsicherem, wackeligem Schritt voraus. Ihr folgten Bandar – in der Linken die Taschenlampe, in der Rechten die Pistole –, dann Liam, während ihm einer der Araber seine Pistole auf Herzhöhe ins linke Schulterblatt bohrte. Schließlich kam Alanna, immer verschreckter, gefolgt von dem Araber mit der anderen Taschenlampe.

Die Äbtissin begann wieder zu beten:

»Seiner Herrschaft wird kein Ende sein.
Wir glauben an den Heiligen Geist,
den Herrn und Lebensspender …«

Mutter Valerias zittrige Stimme hallte in dem Gewölbe wider. Liam versuchte sich zu konzentrieren.

»… der aus dem Vater und dem Sohn hervorgeht,
beim Klirren des Glases, Meister, reagiert
und nach draußen eilig flieht,
der mit dem Vater und dem Sohne
angebetet und verherrlicht wird,
der gesprochen hat durch die Propheten …«

Erneut schwieg Mutter Valeria, auf Antwort wartend.

Auch diesmal war die Botschaft für Liam klar: Um der Feuersbrunst zu entkommen, musste er zu fliehen versuchen, ins Freie gelangen, sobald er hörte, wie der Keil das Glas zerbrach.

Er erschauderte, dann antwortete er: »Amen.«

Damit hatte die Äbtissin ihr Gebet beendet.

Die Treppe führte noch weiter hinab. Die Temperatur war empfindlich gefallen, und die Feuchtigkeit nahm einem den Atem. Von kleinen Stalaktiten fielen milchige, eiskalte Tropfen und erzeugten auf dem Boden ein tickendes Geräusch. Liam schätzte, dass sie schon mindestens dreißig Stufen hinabgestiegen waren, als der Gang sich plötzlich zu einem rechteckigen Raum weitete. Er war etwa zehn Meter lang und zwei, drei Meter breit.

In der gegenüberliegenden Wand, am Ende des Raumes, befand sich eine Nische mit einem Gitter, das den Tunnel abschloss. Aus der Rückwand der Nische ragte ein glattes Metallrad ohne Griffe. Oberhalb des Rades war ein waagrechter Schlitz, durch den man eine zweite Höhle sehen konnte. Aber einen Zugang gab es nicht.

Statt eines Fußbodens gab es ein großes Eisengitter, unter dem die Treppe noch weiter in die Tiefe, in einen weiteren Raum führte, eine Krypta, die genau unter der Höhle hinter der Nische lag.

Liam ging noch einmal im Stillen das Protokoll des Ossius durch und verstand: Mit Konstantins Schlüssel musste man das Gitter an der Nische öffnen, um an das Rad zu kommen. Und wenn man das Rad drehte, öffnete sich das Gitter im Boden, und man konnte in den Raum hinabsteigen, wo offensichtlich die Schriftrolle lagerte. Es war eben diese Bewegung, die, wenn nicht genau zur Sonnenwende ausgeführt, die Sanduhr gegen den Keil drückte und so zerbrach.

Wahrlich ein genialer Mechanismus, dachte Liam. Um an das Rad zu kommen, musste man über das Bodengitter gehen, das von einer Wand zur anderen reichte. Aber sobald man einmal an der Nische stand, konnte man nicht mehr zurück, solange das Gitter offen war: Man würde in die Krypta hinabstürzen, aus mindestens fünf Metern Höhe ... So also zwang Vitruvianus den Meister, während der gesamten Öffnungszeit am Rad stehen zu bleiben, wodurch der Zugang zur Rolle verwehrt war.

Und das Rad war glatt poliert: Man hatte keine Chance, es irgendwie zu arretieren. Nur mit Hilfe der Hände des Meisters, dank der menschlichen Kraft, war es möglich, zur Schriftrolle zu gelangen. Zudem hatte immer nur eine einzelne Person Zutritt: Es war einfach kein Platz für zwei, und an den Wänden oder am Gewölbe fand man keinerlei Halt.

Sie waren alle vor dem Bodengitter stehen geblieben: Bandar hatte sich an den Rand gekniet und studierte es eingehend.

Er stand wieder auf und packte Mutter Valeria an der Schulter: »Frau, was ist das hier für ein Ort?«

Die Äbtissin antwortete ruhig, mit fast unhörbarer Stimme, in ihrem simplen Englisch: »Ein kräftiger Mann geht über das Gitter. Mit dem Schlüssel, den ihr besitzt, öffnet er die Nische und dreht das Rad. Ganz langsam. Das Bodengitter geht auf, und man kann in die Krypta hinabsteigen. Dort ist das, was ihr sucht. Aber der Mann darf das Rad niemals loslassen, sonst kommt man unten nicht mehr heraus. Und man muss schnell machen: Der Mechanismus stemmt sich gegen die Kraft der Arme.«

»Imar!«

Einer der Araber trat heran.

Bandar montierte den Schlüssel aus Chrismon und Ring und gab ihn dem Komplizen. Dann erteilte er ihm in seiner Sprache mehrere Befehle, auf das Rad in der Nische deutend.

Imar überquerte das Bodengitter und öffnete mit dem Chrismon die Nische, in der sich das Rad befand.

In diesem Moment fiel der Lichtstrahl aus einer Taschenlampe durch den Schlitz über dem Rad. Einen Moment lang konnte Liam in die Höhle jenseits des Spaltes sehen: Er meinte, die Lichtreflexe auf Hunderten von Sanduhren gesehen zu haben, die in allen Größen und Bauarten nebeneinander gruppiert waren.

Instinktiv drehte er sich zu Mutter Valeria um und blickte sie fragend an.

Sie ahnte die Frage und begann wieder zu beten:

»… und in der einen, heiligen
katholischen und apostolischen Kirche,
sechshundertfünfundsechzig falsche
Sanduhren aus totem Sand
und eine weitere aus Feuer,
lebendig und umsichtig,
um die Prophezeiung zu entreißen
den Heiden und Frevlern,
feiern wir eine einzige Taufe
um der Vergebung der Sünden willen
in Erwartung der Auferstehung von den Toten
und des Lebens der Schöpfung, das kommen wird.
Amen.«

»Amen«, erwiderte Liam: Sechshundertsechsundsechzig Sanduhren also, aber nur eine davon, die mit dem Griechischen Feuer, wachte über den Einlass zur Krypta. Eine Zeitbombe, im wahrsten Sinne des Wortes.

Imar hatte inzwischen begonnen, das Rad zu drehen, und das Bodengitter ging langsam auf.

In diesem Augenblick hörte man ein trockenes Knacken wie von springendem Glas.

91

Ort: Orta San Giulio
Weltzeit: Montag, 29. Juni, 13.11 Uhr (GMT)
Ortszeit: 15.11 Uhr

Der Regen hatte aufgehört. Der Lieferwagen, den sie suchten, parkte genau vor der Anlegestelle zur Insel, im Halteverbot. Santovito stieg als Erster aus dem Wagen und näherte sich mit gezogener Waffe.

In dem Wagen saß niemand. Von der Straße her hörte der Inspector die Sirenen der anderen Streifenwagen, die nachkamen.

»Was machen wir?«, fragte Heaney.

»Es gibt nur eine Möglichkeit, wo sie hin sein können«, antwortete Santovito.

»Das heißt?«

»Da«, sagte der Commissario selbstsicher und zeigte auf die Insel. Dann steckte er die Pistole in das Holster und ging den beiden Streifenwagen entgegen, die gerade auf den Platz rollten.

Nicht weit von ihnen klappte Kerr seinen schwarzen Regenschirm zusammen und nahm den Weg in Angriff, der auf den Sacro Monte führte. Er warf noch einen letzten Blick auf den See und bekreuzigte sich: Vitruvianus' Falle würde in Bälde zuschnappen.

Wie es geschrieben stand, hatte er gewonnen.

92

Ort: Klausurkloster der Benediktinerinnen Mater Ecclesiae
Weltzeit: Montag, 29. Juni, 13.15 Uhr (GMT)
Ortszeit: 15.15 Uhr

Das Bodengitter knirschte in den Schienen, die im Fels versteckt waren, und öffnete sich komplett. Imar hatte Mühe, das Rad zu halten.

Bandar sagte zu Faris etwas auf Arabisch. Dieser packte Alanna am Arm und zerrte sie ein paar Stufen die Treppe hoch. Dort hielt er sie in Schach und wartete. Der kleine Hightech-Spezialist der Truppe schwitzte heftig, ihm war nicht wohl in seiner Haut.

»Keine Tricks«, drohte Bandar Mutter Valeria und reichte ihr die Taschenlampe. »Oder für diese beiden ist es aus.« Dann befahl er ihr, in die Krypta hinabzusteigen.

Der Zug setzte sich in Bewegung, die Äbtissin an der Spitze, dann Liam und am Ende Bandar.

Liam hob die Augen zur Decke des Gewölbes. Sieben Löcher bildeten einen Durchlass zwischen der Krypta und dem darüberliegenden Raum: die Höhle der Sanduhren. Dann warf er einen Blick auf das Zentrum der Krypta.

Auf einem Steinaltar stand eine Glastruhe, auf die Mutter Valeria den Strahl der Taschenlampe richtete.

In der Truhe lag die Prophezeiung: eine Papyrusrolle in einem steifen Hanfzylinder.

Liam schüttelte es. Er zitterte am ganzen Körper.

Mutter Valeria trat an die Truhe und öffnete sie.

Man hörte von oben das Klirren von berstendem Glas. In diesem Moment ließ Mutter Valeria die Lampe fallen und sank mit einem durchdringenden Schrei zu Boden. Einen Moment lang herrschte Verwirrung: Liam stürzte die Treppe hinauf, während Bandar versuchte, die Taschenlampe zu greifen.

Alanna versetzte Faris einen heftigen Stoß mit dem Ellbogen, wodurch dieser die Stufen hinabrutschte. Er fiel Liam vor die Füße, der ihn einfach überrannte. Dann fasste er Alannas Hand, und sie liefen, so schnell sie konnten, nach oben. Bandar fand die Taschenlampe und gab mehrere Schüsse in ihre Richtung ab, die aber ihr Ziel verfehlten. Rasch wandte er sich wieder dem Wesentlichen zu – um die Fliehenden würden sich seine Leute kümmern.

Er stieg über Mutter Valeria und trat an die Truhe heran. Nach einem kurzen Zögern griff er sich die Schriftrolle mit triumphierender Miene. Der Prinz würde ihn reicher belohnen, als man es sich nur wünschen konnte.

Die Äbtissin, am Boden, fand gerade noch die Zeit, die Hände zu falten. »Amen«, sagte sie nur.

In diesem Moment stoben durch die Durchlässe sieben lodernde Flammen und erfüllten die Krypta. Bandars Schrei verschmolz mit dem von Imar, den ebenfalls eine Stichflamme, aus dem Schlitz über dem Rad, erfasst hatte. Eine Sanduhr nach der anderen barst in der Hitze. Das Bodengitter krachte zu wie eine Falltür: Bandar und Mutter Valeria, inzwischen lebende Fackeln, waren ebenso wie die Schriftrolle für immer gefangen.

Liam und Alanna rannten die Treppe hoch, als sie Faris' markerschütternden Schrei hörten. Die Hitzewelle jagte, ebenso wie der Geruch nach verbranntem Fleisch, hinter ihnen her. Mit einer letzten Anstrengung erreichten sie den Wandteppich, schoben ihn zur Seite und stolperten in den

Korridor. Sie liefen bis ganz an sein Ende, ehe sie endlich stehen bleiben und Atem schöpfen konnten.

Das Geknall einer Schießerei hallte in den Mauern des Klosters wider.

93

Ort: Klausurkloster der Benediktinerinnen Mater Ecclesiae
Weltzeit: Montag, 29. Juni, 14.16 Uhr (GMT)
Ortszeit: 16.16 Uhr

Nachdem Jaabir, welcher von seinem Fenster aus schon zwei Polizisten verletzt hatte, im Kugelhagel gefallen war, wollte Santovito erst einmal abwarten. Die Terroristen hatten nicht nur Liam und Alanna, sondern ein ganzes Kloster in ihrer Gewalt.

Dann war eine Nonne wild gestikulierend am Fenster erschienen, und der Commissario hatte befohlen, das Feuer einzustellen.

Die Polizei war in das Gebäude eingedrungen, ohne auf Widerstand zu stoßen. Man hatte das Refektorium gestürmt und dort den Kapitän und die Nonnen befreit, die um die leblosen Körper zweier Mitschwestern herumstanden. Einige zeigten eine solche Achtung vor dem Gebot christlicher Nächstenliebe, dass sie neben dem Araber beteten, der bei dem Schusswechsel gestorben war.

Heaney hatte in Begleitung der lokalen Polizei das ganze Kloster durchsucht: von Liam und Alanna keine Spur. Santovito war mit Goonan und einer Nonne in den unterirdischen Tunnel gestiegen und hatte dort ein apokalyptisches Szenario vorgefunden. Die Luft war nicht zu atmen, ein Gemisch aus Rauch und Brandgeruch. In einem der unterirdischen Gänge war die Hitze so stark, dass sich sogar der Wandputz abgelöst hatte. Die Gluthitze machte dort jedes weitere Vordringen unmöglich. Am Eingang zu dem Tunnel lag der halb verkohlte Leichnam eines Mannes. Viele Stunden würden vergehen, ehe man die Temperatur da unten würde aushalten können.

Nach einer Unterredung mit den Nonnen hatte Santovito zwei Hypothesen aufgestellt: Sicher gab es eine Verbindung zwischen diesem unterirdischen Brand und dem Verschwinden der Äbtissin sowie der restlichen Terroristen und der Geiseln. Klar, aber welche? Was auch immer passiert war, er musste es schnell aufklären. Ein islamistisches Terrorkommando, das in ein Klausurkloster eindringt und unter den Schwestern ein Blutbad anrichtet, das war die Meldung, die am nächsten Tag weltweit die Titelseiten der Gazetten beherrschen würde.

Auf der Treppe tauchte ein nachdenklicher Heaney auf.

»Hier scheint alles vorbei zu sein«, sagte Santovito. »Wir müssen nur abwarten und die Reste einsammeln.«

Der andere kam heran und drückte ihm eine durchsichtige Plastiktüte mit einem Reisepass in die Hand. »Den trug der Scharfschütze bei sich. Ist in den Emiraten ausgestellt«, erklärte er.

»Wird gefälscht sein«, grummelte Santovito.

»Nach einer ersten Überprüfung nicht.«

»Wer soll das sein?«

»Jaabir Ibn Abdullah. Keine Vorstrafen. Steht aber bei einem alten Bekannten von Interpol auf der Lohnliste: Prinz Amir Khan Al Ammar.«

»Ist das möglich?«, fragte der Commissario erstaunt.

»In wenigen Stunden werden wir mehr wissen. Die Kriminaltechnik hat sich schon den Lieferwagen vorgenommen.«

Plötzlich ging eine kleine Tür zur Rechten auf. Die Polizisten fuhren herum, die Waffen im Anschlag.

Liam und Alanna kamen mit erhobenen Händen heraus.

»Nicht schießen«, sagte Liam auf Italienisch. »Wir sind die Geiseln.«

Goonan erkannte sie sofort und befahl, die Waffen wegzustecken.

»Sind Sie verletzt?«, fragte er dann auf Englisch.

»Nein, alles in Ordnung. Na ja, einigermaßen …«, antwortete Liam.

»Was in drei Teufels Namen ist hier passiert?«, fragte Santovito.

Liam und Alanna tauschten einen raschen Blick. Dann ergriff er das Wort: »Wir haben nicht die geringste Ahnung. Sie faselten etwas davon, dass sie ein Symbol der Christenheit angreifen wollten …«

»Gibt es Nachricht von meinem Mann, David Brine?«, unterbrach ihn Alanna.

Die drei Polizisten schauten sie an, keiner gab Antwort.

DRITTER TEIL

Welchen Glaubens auch immer ihr seid,
glaubt, glaubt unentwegt.

Karol Józef Wojtyla

94

Ort: Abu Dhabi
Weltzeit: Mittwoch, 8. Juli, 5.17 Uhr (GMT)
Ortszeit: 9.17 Uhr

Prinz Amir Khan Al Ammar stand unbeweglich auf dem Grün von Loch Nummer Vier, den Putter zwischen den Beinen haltend. Er versetzte dem Ball einen trockenen Schlag, und der rollte Richtung Loch über den Rasen. Aber er kam mit zu viel Speed an den Rand, beschrieb darauf einen Bogen und entfernte sich auf der anderen Seite wieder.

Der Prinz wollte ihm gerade nachlaufen, um das Loch zu Ende zu spielen, als er Fareed kommen sah, den jungen Mann, der sich um die tägliche Presseschau kümmerte. Er war nach arabischer Manier gekleidet und hatte den üblichen Papierstapel in Händen. Wenigstens war ihm noch jemand geblieben, auf dessen Treue er sich verlassen konnte, dachte Amir Khan.

Als er vor ihm stand und gegrüßt hatte, schluckte Fareed verlegen. Dann begann er, vom ersten Blatt etwas abzulesen: »Einige Bestätigungen, die Euer Hoheit bereits kennen, leider: ZeroOne Code in London vom Handel ausgesetzt wegen exzessiver Kursverluste ... schon den dritten Tag in Folge ... Von zwanzig Pfund fünfzig am Montag sind wir jetzt bei drei neunzig. Einen Kollaps nennt die Financial Times das, aber die ist noch optimistisch: Es wird sich ein Käufer ...«

»Geh ruhig, Fareed, danke« befahl der Prinz. »Und lass deine Papiere hier auf dem Rasen.«

Fareed gehorchte, machte eine Verbeugung und ging Richtung Villa.

Nur Horrormeldungen, dachte Amir Khan. Nur Schlagzeilen, die das Ende seines Imperiums verkündeten. In wenigen Tagen würde irgendein Finanzhai die Aktien der Gruppe zusammenkaufen, und ZeroOne würde für ein Butterbrot den Besitzer wechseln. Seine Schöpfung war gestorben. Sein Traum zu Ende. Wenn er erst einmal das Spitzenunternehmen verloren hätte, würde er, durch einen ebenso rapiden wie tragischen Dominoeffekt, alles andere verlieren, eingeschlossen Nova Janna in Patagonien, sein sicheres Refugium für die Tage der Apokalypse. Der erste Stein auf dem Weg zur Weltherrschaft des Islams. Stattdessen war, einen Tag nach Bandars Versagen und dem Vorwurf, der Prinz sei der Mandant jener Terrorgruppe, mit einer Pünktlichkeit, die kein Zufall sein konnte, das der Compagnie Financière Suisse entwendete Dossier der Presse zugespielt worden. Zeitungen und Fernsehsender hatten alle dieselbe Meldung hinausposaunt: Prinz Amir Khan hatte sich vom Philanthropen in den öffentlichen Feind Nummer eins verwandelt. Der eindeutigste Beweis: Er hatte sich all seiner Besitztümer im Westen entledigt, mit dem klaren Vorsatz, eine Terroroffensive auf breiter Front zu starten.

In dem Moment war auf den wichtigsten Handelsplätzen der Erde das Chaos ausgebrochen, und das war für ihn der Ruin gewesen. In kürzester Zeit würde sogar der Golfschläger, den er in Händen hielt, jemand anderem gehören.

Doch es war nicht allein der finanzielle Ruin, der ihm Sorge bereitete. Auf seinen Kopf waren drei internationale Haftbefehle ausgesetzt, aus Irland, Ägypten und Italien. Und sie hatten ihn alle allein gelassen: Hussayn war bereits verhaftet, Kerr unauffindbar, selbst Saalima war verschwunden.

Amir Khan näherte sich dem Blätterstapel. Der Wind nestelte an den obersten Seiten herum. Der Prinz prüfte die Konsistenz des Stapels mit dem Ende des Putters, als handelte es sich um einen Tierkadaver. Dann nahm er die Grundstellung ein, ließ den Schläger zurückschwingen und drosch die Blätter mit einem gewaltigen Schlag in die Luft, dass es nur so flatterte.

Ein Geräusch ließ ihn herumfahren.

Ein weißer Rolls-Royce Phantom kam schnell und leise über den Rasen gerollt, direkt auf ihn zu. Wer erlaubte sich eine solche Dreistigkeit?

Der Wagen blieb wenige Schritte vor ihm stehen, mit einer sanften Bremsung, die jedoch trotzdem etwas an der Grasnarbe kratzte. Der Chauffeur stieg aus und öffnete den hinteren Wagenschlag.

Scheich Mohammed Bin Sultan Al Janabi, Emir des Ra's al-Chaima beugte den Kopf und stieg, auf die Hand des Fahrers gestützt, aus dem Auto. »Der Friede sei mit Euch«, grüßte er.

»Mit Euch sei der Friede«, antwortete der Prinz kalt. »Habt Ihr meinen Golfplatz mit einer Autobahn verwechselt?«, fügte er indigniert hinzu.

Scheich Mohammed erwiderte nichts. Er schaute sich nur um. Er trug den üblichen schwarzen Thawb mit goldenem Saum, die riesige getönte Brille und stützte sich auf den unvermeidlichen Stock. »Das werden nicht die letzten Schollen sein, die hier aufgewirbelt werden«, sagte er schließlich, auf den lädierten Rasen unter den Reifen des Rolls deutend.

»Seid Ihr nur deshalb zu mir gekommen?«

»Nein, Amir, ich wollte mit Euch sprechen.«

»Gut«, akzeptierte der Prinz. »Gehen wir ein Stück.«

Er ließ den Schläger auf den Rasen fallen, trat auf den Scheich zu und bot ihm den Arm dar.

Die beiden gingen bis an den Rand des Grüns, auf einen Hügel, von dem aus es senkrecht ins Meer hinunterging. Der Wind trug den Geruch salziger Gischt heran.

»Ich höre Euch zu, Scheich«, forderte Amir Khan, den Rücken zum Wasser, ihn zu sprechen auf.

Mohammed Bin Sultan bewunderte das Panorama. »Wisst Ihr, Amir«, begann er langsam, »unser Land ist merkwürdig: In der Wüste sind Obstbäume eine Seltenheit.«

Er machte eine Pause und sprach dann weiter: »Und wenn Allah uns einen Obstbaum schenkt, dann freuen sich alle daran. Sie wissen, dass er ein Segen und sein Reichtum der Reichtum aller ist.«

Er wandte sich dem Prinzen zu: »Ihr, Amir, wart dieser Obstbaum, aber Ihr verstandet nicht zuzuhören. Und jetzt wird Euch klar, wie leicht es ist, in der Wüste zu vertrocknen. Man muss sich nur vom Wasser entfernen.«

»Manchmal ist es das Wasser selbst, das sich vom Baum entfernt«, erwiderte der Prinz wütend. »Das Wasser, das sich zwischen den Felsen in unwägbaren Bahnen bewegt und sogar wider seine Natur an der einen Stelle verschwindet und an der anderen plötzlich wieder hervorsprudelt.«

Der Scheich blieb stehen, löste seinen Arm von dem des Prinzen und legte beide Hände auf den Stockknauf. »Das Wasser folgt immer seiner Natur. Es fließt aus dem Flussbett in den Kanal und wo es auf ein Hindernis stößt, fängt es zu graben an. Am Ende siegt immer das Wasser.«

»Kann man nichts mehr tun?«

»Der Rat der Emire hat für Eure Ausweisung gestimmt, das wollte ich Euch persönlich mitteilen. Ich habe mir fünf Minuten ausgebeten. Sie sind unterwegs, um Euch zu holen.«

»Sonst noch etwas?«, fragte der Prinz brüsk.

»Amir«, antwortete der Scheich sanft, »wie ich Euch bereits sagte, ist unser Gleichgewicht eine Feder, deren Flugbahn ganz davon abhängt, woher gerade der Wind weht.«

Der Prinz drehte sich zur Villa um. Vor dem Innenhof standen vier Geländewagen der Polizei. Einige Beamte liefen eilig auf sie zu.

»Danke für Eure Worte, Scheich«, sagte der Prinz höflich und küsste Mohammed auf die Wangen.

Dann trat er an die Steilklippe und starrte in die grenzenlose See.

Er drehte sich ein letztes Mal zum Scheich um, aber dieser hatte ihm bereits den Rücken zugekehrt. Also stieg er, ohne länger zu zögern, über das Geländer und ließ sich in die Tiefe fallen.

Ein paar Blatt Papier wirbelten immer noch in der Luft herum.

95

Ort: Dublin
Weltzeit: Montag, 16. September, 14.13 Uhr (GMT)
Ortszeit: 15.13 Uhr

Inspector Paul Goonan und Sergeant Bridget Walsh saßen vor dem Schreibtisch von Chief Superintendent Benjamin Willamy, im zweiten Stock des Hauptquartiers der Garda Síochána, der irischen Staatspolizei. Dieses Gebäude, das verborgen in den siebenhundert Hektar Grün des Phoenix Parks lag, war für jeden Polizisten ein mythischer Ort, und bis zu einer solchen Ebene waren sie noch nie hinaufgestiegen: Willamy war die Nummer eins des National Bureau of Criminal Investigation, dem irischen Pendant des FBI in den USA.

Sie wussten nicht, sollten sie sich geschmeichelt fühlen oder besorgt sein. Um die Warterei erträglicher zu gestalten, beobachteten sie durch die große Scheibe die Touristen und die Studenten, die auf der Wiese herumlungerten und sich zwischen Schafen und Hirschen pudelwohl zu fühlen schienen. Es war ein wunderschöner Herbstnachmittag.

Die Tür in ihrem Rücken ging auf, und herein kam Superintendent Galway, Distrikt Blackrock – ihr Chef –, unmittelbar gefolgt von Chief Superintendent Willamy.

Inspector Goonan und Sergeant Walsh sprangen auf.

»Behalten Sie ruhig Platz«, forderte Willamy sie in kameradschaftlichem Ton auf. Er setzte sich hinter den Schreibtisch und wies Galway den einzigen noch freien Stuhl zu.

»Willkommen, Chief Inspector Goonan und Inspector Walsh«, fing er an, wobei er in euphorischem Ton die Titel unterstrich.

Goonan und die Walsh warfen einander einen zufriedenen Blick zu.

»Für die im Falle Brine geleistete hervorragende Arbeit«, erklärte Willamy stolz, »sind Sie beide befördert: Für Sie, Goonan, ist die Zeit gekommen, hierher zu uns umzuziehen, ins NBCI, und da Superintendent Galway damit ein fähiger Ermittler verloren gehen würde, haben wir an Inspector Walsh gedacht.«

»Endlich wird nicht mehr alles von diesem Zigarettengestank verpestet sein«, schaltete Galway sich grinsend ein.

Das erinnerte Goonan daran, dass er seit mindestens einer Stunde nicht mehr geraucht hatte, aber dies war nicht der Moment, sich um Sondergenehmigungen zu bemühen.

Er beschloss, durch und durch den Polizisten zu geben: »Es sind in dieser Geschichte noch einige Punkte zu klären … Gestatten Sie eine Frage, Superintendent?«

»Schießen Sie los, Goonan.«

»Mir hat keiner erklären können, warum sich alle ausgerechnet im Kloster wiedergefunden haben. Ich bin nämlich sicher, da war irgendwas.«

Willamy drehte sich einen Moment um und betrachtete den Park in seinem Rücken. Dann antwortete er ruhig, in den Fingern einen Brieföffner drehend: »Professor Brine hatte es gesagt: Sie hatten zu niemandem mehr Vertrauen, auch nicht zur Polizei, und waren auf der Suche nach einem sicheren Ort, wo sie für eine Weile ihre Spuren verwischen könnten. Nichts ist merkwürdig daran, dass ein Mann des Glaubens wie Brine sich dafür ein abgelegenes Kloster aussucht.«

»Aber warum ausgerechnet dort?«

Der Chief Superintendent blätterte in einer Akte auf seinem

Schreibtisch. »Das Vernehmungsprotokoll besagt, dass Brine durch seinen alten Freund Andrea Molteni, der sich wenige Tage vorher in Rom das Leben genommen hatte, davon erfahren hatte.«

»Meinetwegen«, schaltete Goonan sich ein. »Aber aus den Aussagen der beiden geht hervor, dass die Araber sie haben laufenlassen. Die Tür der Villa in Turin stand offen. Außerdem verfolgten sie sie per Satellitensender. Es ist evident, dass sie darauf spekulierten, an einen ganz bestimmten Ort geführt zu werden. Was also verbarg dieses Kloster?

»Das ist eine Vermutung, die von den objektiven Ermittlungsergebnissen nicht gestützt wird«, präzisierte Willamy gereizt.

»Aber was ist denn da unten gelaufen?«, beharrte Goonan. »Ich meine, eine Votivkerze reicht nicht, um einen Keller auf dreitausend Grad aufzuheizen! Die italienische Kriminaltechnik hat nicht die leiseste Ahnung ... Kein bekannter Sprengstoff, ja nicht einmal eine Explosion ... aber im Handumdrehen hatten sich da unten alle in Brathähnchen verwandelt!«

Willamy begann die Geduld zu verlieren: »Nun hören Sie, die sind alle gestorben da unten. Das haben Sie mit eigenen Augen gesehen. Und alles war verschmolzen, als die Kollegen sich endlich Zugang verschaffen konnten. Kein Überlebender, kein brauchbares Beweisstück.«

Der Chief Superintendent setzte eine Pause und redete dann im Brustton der Überzeugung weiter: »Wichtig ist nur, dass die Terrorpläne vereitelt werden konnten. Und was den Hintermann angeht, dieser Wahnsinnige von Amir Khan Al Ammar wird uns keine Scherereien mehr machen.«

Goonan ließ nicht locker: »Es gibt aber noch etwas, worüber die Zeitungen nie berichtet haben. Den wahren Grund, warum David Brine gestorben ist: die Digitale Apokalypse. Zudem läuft der Betrieb bei ZeroOne, nach meinen Informationen, weiter auf vollen Touren, er wurde gerade von Zerob aufgekauft.«

Willamy erhob sich, um klarzumachen, dass die Unterredung beendet sei: »Aber das ist eine englisch-niederländische Holding, Goonan, das sind Europäer! Ich persönlich habe mit dem Präsidenten gesprochen, ein Philanthrop, ein allseits hochgeschätzter Mann von verbürgter Moral …

Der Fall ist abgeschlossen, das sagte ich bereits. Und jetzt vergessen Sie diese Geschichte. Machen Sie sich gleich an Ihre neuen Aufgaben, Chief Inspector Goonan und Inspector Walsh, und nochmals herzlichsten Glückwunsch!«

Dann drückte er beiden die Hand und verließ den Raum.

96

Ort: Patagonien, Region Chubut
Weltzeit: Freitag, 18. September, 2.58 Uhr (GMT)
Ortszeit: Donnerstag, 17. September, 23.58 Uhr

Michael Doornick stand im Schutz des Palisadenzauns. Teodoro neben ihm schaute sich in der Finsternis um und nahm Witterung auf, wie ein Raubtier auf der Jagd nach Beute.

»Es ist so weit«, flüsterte er.

Doornick trat aus der Deckung hervor. Er sah absolut nichts, bis auf die letzten schwachen Lampen der Bauhütten. Da drinnen wurde noch Karten gespielt oder ein letztes Glas getrunken, ehe man sich schlafen legte.

»Hast du die Verkabelung überprüft?«, fragte er nervös.

Teodoro legte ihm nur eine Hand auf die Schulter. »Das fragst du mich jetzt zum dritten Mal, Jefe, und die Antwort ist immer dieselbe: Ja, es ist alles vorbereitet.«

Der Ingenieur nickte. Er kniete sich hin und begann mit den Händen zu graben. Auch sein Begleiter begann zu graben. Nachdem sie etwa zehn Zentimeter Erdreich abgetragen hatten, stießen sie auf etwas Hartes. Vorsichtig kratzten sie die letzten Schichten aus Geröll und Blättern ab, bis sie eine Plastiktüte freigelegt hatten. Doornick riss sie langsam auf: Darin befand sich ein Metallkästchen mit einem Schalter, einem roten (erloschenen) Lämpchen und einem Hebel. Er zog es aus dem Erdreich, und das damit verbundene Kabelbündel riss noch mehr Erde auf. Er blies den Staub herunter.

»Perfekt«, sagte er nur.

Teodoro setzte sich auf den Boden und lehnte sich mit dem Rücken an den Zaun. »Kann sein, dass es Menschenleben kosten wird. Das weißt du, oder?«

Der Ingenieur wurde blass. »Aber du hast doch alle informiert, oder?«

»Den Wachdienst bestimmt nicht.«

»Schon, aber die anderen ...«, hakte Doornick nach. Teodoro drückte ihm die Hand, mit der er das Metallkästchen hielt. »Ich habe nur gesagt, dass diese Nacht jemanden das Leben kosten kann, Jefe. Das könnten auch wir beide sein.«

Doornick schaute ihn an: Teodoro war unbeschwert.

Also stellte er den Zünder scharf. Das rote Lämpchen ging an. Die beiden standen auf und warfen einen letzten Blick auf die Baustelle. Niemand war zu sehen.

Teodoro merkte, dass Doornick zögerte: Seine Hand zitterte deutlich. »Angst?«, fragte er. »Das ist normal.«

Der Ingenieur lächelte ihn an: »Geduld und Angst währen nicht ewig.« Dann drückte er entschlossen auf den Knopf.

Es gab nur ein einziges Geräusch, einen einzigen, anhaltenden Hauch der Vernichtung: die Kettenreaktion der Zündungen.

Die Wände, die in der Finsternis standen, stürzten eine nach der anderen ein, illuminiert von kleinen Detonationen, und bildeten eine leuchtende Schlange, die Hunderte Meter dahinlief, und deren Funken sprühender roter Schwanz sich am Horizont verlor, verschluckt von der Nacht.

Das war das Signal. Die Mapuche betätigten die anderen Zünder, und in wenigen Augenblicken verwandelte sich der ganze Wall, die vielen Kilometer, in ein ohrenbetäubendes Feuerspektakel.

Die Mauer lag im Sterben.

97

Ort: London
Weltzeit: Freitag, 18. September, 9.30 Uhr (GMT)
Ortszeit: 10.30 Uhr

Die Wände des Konferenzraumes waren mit Mahagoniholz und bordeauxrotem Leder ausgekleidet. Das Licht war gedämpft, wie in einem Club, und um den riesigen ovalen Tisch saßen die dreißig Aufsichtsratsmitglieder von Zerob, der englisch-niederländischen Holding, die gerade die Kontrolle über ZeroOne International übernommen hatte.

Die dreißig Männer, alle in tadellosen dunklen Anzügen, warteten neugierig darauf, dass der Stuhl am Tischende seinen rechtmäßigen Besitzer finden würde, als in der Tür eine unerwartete Gestalt erschien.

Eine bildhübsche junge Frau in elegantem Nadelstreifen-Kostüm trat an den Tisch. Die schwarzen langen Haare waren zu einem Knoten hochgesteckt, wodurch die orientalischen Gesichtszüge und eine Konstellation von Leberflecken auf ihrer linken Wange noch deutlicher hervortraten.

Sie näherte sich schweigend dem Stuhl des Vorsitzenden, den sie, zur allgemeinen Verwunderung, von der Tischkante rückte. Dann blieb sie, statt sich zu setzen, wartend stehen.

Mr. Kerr kam herein und nahm mit einem knappen Kopfnicken auf seinem Stuhl Platz. Er drückte auf die Taste vor sich, und an dem kleinen Mikrophon leuchtete ein schmaler roter Lichtreif auf.

»Allen einen guten Tag und Danke, dass Sie gekommen sind«, hob er mit fester, nüchterner Stimme an.

Die Anwesenden erwiderten den Gruß.

»In meiner Eigenschaft als Präsident von Zerob Limited«, sprach Kerr weiter, von seinen Notizen ablesend, »und in Übereinstimmung mit den mir durch die gültige Rechtsform des Unternehmens übertragenen Kompetenzen sowie in Anbetracht der Tatsache, dass es sich bei der heutigen Sitzung um eine beschlussfähige ordentliche Versammlung mit der notwendigen Mehrheit handelt, ernenne ich Huub Oosterhuis zum Sekretär und erkläre die Versammlung als vollgültig konstituiert und angewiesen, folgende Tagesordnung zu genehmigen: Punkt eins: Mitteilungen durch den Präsidenten. Punkt zwei: Ratifizierung der notariellen Unterlagen zum Erwerb von ZeroOne International. Punkt drei: Darlegung und Analyse des Entwurfs zur Unternehmens- und Steuerbilanz des letzten abgelaufenen Geschäftsjahres, Anberaumung und die daraus resultierenden Maßnahmen zur Einberufung der Mitgliederversammlung. Punkt vier: Genehmigung der Gründung einer internationalen Stiftung ›Nova Janna‹ zum Erhalt und Schutz des Volkes der Mapuche unter der Schirmherrschaft der Vereinten Nationen.«

Kerr ließ den Blick lange über die Runde schweifen. »Ich komme jetzt zur Behandlung des ersten Tagesordnungspunktes«, sagte er.

Der gesamte Aufsichtsrat war wie hypnotisiert.

»Die letzte Absichtserklärung ist unterzeichnet«, sprach er weiter.

»Innerhalb der nächsten vierzig Monate werden alle Konzerne, die zur Weltbank gehören, die biometrische Technologie von Zerob eingeführt haben. Morgen werden wir ein offizielles Kommuniqué an die Märkte geben.«

Zustimmendes Gemurmel erhob sich unter den Anwesenden, schließlich ein spontaner Beifall.

Mr. Kerr gebot dem mit einer sachten Handbewegung Einhalt. »Danke«, sagte er, »aber dieser Applaus gebührt uns allen. Er gebührt unserem Glauben an die Ziele und dem Mut, mit dem wir sie verfolgt haben.«

Die Aufsichtsräte hingen an seinen Lippen.

»Dies ist erst der Anfang«, erklärte er.

Ein zweiter Applaus, noch stärker, erfüllte den Saal.

Mr. Kerr erhob sich. »Nochmals danke«, sagte er. »Ich übergebe jetzt an den Aufsichtsratschef, Mr. Van den Vondel, der die restlichen Tagesordnungspunkte behandeln wird«, schloss er und deutete auf einen jungen Manager in grauem Anzug, der sich am anderen Tischende erhoben hatte.

Diadem Kerr rief Saalima zu sich. »Miss Al-Zàhr, würden Sie die Güte haben, mir zu folgen?«, flüsterte er seiner treuesten Schwester in der Bruderschaft zu. Dann beugte er erneut das Haupt zum Gruß und begab sich, gefolgt von der Frau, Richtung Tür.

Ehe er den Raum verließ, drehte er sich noch einmal um, fügte seinen Worten aber nichts mehr hinzu. Er dachte befriedigt daran, dass vier weitere Brüder der ›Vernichter‹ de facto die Kontrolle über diesen Aufsichtsrat ausübten. Sogar die Nutzung von Nova Janna würde wie das philanthropische Wirken zum Wohle der Mapuche aussehen. Das Eintreffen der Apokalypse war inzwischen unvermeidlich: Beide Schriftrollen waren vernichtet, und niemand würde die Menschheit mehr warnen können. Bald würde der Westen im Chaos versinken und durch das rechte Maß an Leid den Weg zum Herrn wieder finden.

98

Ort: Anafi
Weltzeit: Samstag, 19. September, 15.45 Uhr (GMT)
Ortszeit: 18.45 Uhr

Ihre Reise sollte eine Zwischenstation sein, nicht das Endziel. Anafi würde sich, im Moment der Katastrophe, als sicheres Refugium erweisen. Es war die schönste und wildeste Insel der Kykladen.

Der Eselspfad wand sich an den Hängen des Vigla-Berges, im Süden der Insel, hinauf zum antiken orthodoxen Kloster Moni Kalamiotissa, wo man der Muttergottes der Binse huldigte. Es war die Stunde des Sonnenuntergangs. Die rote Scheibe war schon zur Hälfte in der Ägäis versunken und tauchte den Himmel im Westen in ein Feuerbad.

Alanna hatte alles aufgegeben, was ihr einstiges Leben ausgemacht hatte. Mit dem Geld, das ihr der Verkauf ihrer Londoner Wohnung und ihr Anteil an Davids Lebensversicherung eingebracht hatten, hatte sie sich einen weitläufigen Besitz auf der Insel gekauft: Oliven- und Feigenbäume, Weinstöcke, Hühner, Ziegen und ein großes weißes Haus mit hellblauen Fensterläden.

Liam dagegen war, ehe er sich dazu durchringen konnte, sich ihr anzuschließen, in eine tiefe Krise gestürzt. Er fühlte sich schuldig für das, was geschehen war. Er hatte dazu beigetragen, all das zu vernichten, wofür der Orden jahrhundertelang gekämpft hatte. Er hatte die Frevler mit eigener Hand zur Schriftrolle des Westens geführt, die Äbtissin dem Tode und die Rolle der Vernichtung anheimgegeben.

Von seinen Schuldgefühlen überwältigt, hatte er all den geerbten Besitz der neuen Äbtissin vermacht.

Vor einigen Wochen hatte er sich, getreu dem Versprechen, das Mutter Valeria ihm abgenommen hatte, zum Kloster begeben. Er hatte einige Tage dort verbracht, doch was auch immer da geschehen war, Alanna hatte Liam nichts davon entlocken können. Sicher war nur, dass Liam seinen inneren Frieden wiedergefunden hatte.

Seit sie auf der Insel zusammen waren, hatten sie nicht mehr von den vergangenen Ereignissen gesprochen, als ob alles, gemeinsam mit der Prophezeiung des Johannes, in den Kellern des Klosters erloschen wäre.

Jetzt gab es nur noch den Duft der Tamarisken, den Wind und die nackten Steine, die auf dem holprigen Abhang balancierten. Unter ihnen, in dreihundert Meter Tiefe, rollten die Wellen träge gegen die Felsen.

Sie kamen auf eine Art Plateau, legten die kleinen Rucksäcke ab, und Liam setzte sich auf einen Lavastein. Alanna tat es ihm nach und schmiegte sich an ihn, um sich gegen den Wind zu schützen.

Sie schwiegen lange, den Blick auf den Horizont gerichtet. Dann sagte sie ernst: »Ich glaube nicht, dass wir jemals glücklich sein können.«

Liam sah sie fragend an. Sie senkte den Blick auf das Meer.

»Wir sind hier«, sagte sie, »und vielleicht werden wir gerettet. Aber all die anderen?«

»Wir können nichts ausrichten«, seufzte er, die Augen auf den letzten Schnitz der Sonne gerichtet.

»Wir könnten sie rechtzeitig warnen.«

»Die Prophezeiung ist verbrannt«, antwortete Liam gefasst.

»Die Vernichter haben erreicht, was sie wollten. Die digitale Katastrophe lässt sich nicht aufhalten.«

Alanna packte ihn am Arm und zwang ihn, ihr in die Augen zu sehen. »Wir könnten sie noch rechtzeitig warnen«, wiederholte sie.

Liam griff zärtlich die Hand, mit der sie ihn gefasst hatte, und streichelte ihr die Wange. »Aber wer würde uns denn glauben? Ohne den Originaltext wären wir nur zwei Exaltierte mehr, die von der Apokalypse geifern. Man würde uns noch weniger Bedeutung beimessen als den Wissenschaftlern, die sich mit der Erderwärmung befassen …«

Sie machte sich los: »Aber wir wissen mit Sicherheit, was die Zahl bedeutet!«

»Das würde nur als eine unter den tausend Interpretationen gelten, die im Laufe der Jahrhunderte formuliert wurden«, schloss er niedergeschlagen.

In diesem Moment verschwand die Sonne.

Alanna schwieg eine Weile. Sie dachte erneut an das Mysterium des Glaubens, zu dem sie niemals Zugang finden würde. Dann wechselte sie das Thema und fragte Liam, ob die Polizei ihm Konstantins Ring zurückgegeben habe, der ihm zweifellos zustand.

»Es war das einzige Andenken an Molteni«, sagte sie, »und an diese Geschichte.«

»Der Ring?«, wunderte er sich. »Da unten ist alles geschmolzen. Nichts ist übrig geblieben.«

»Schade …«, murmelte sie. Sie stand auf, schulterte den Rucksack und stellte ihm eine letzte Frage, während zwei Tränen über ihre Wangen rannen: »Liam, sag mir wenigstens so viel: Bleibt uns noch ein wenig Zeit, für uns beide?«

Er antwortete nicht.

Er hob einen Stein vom Boden auf und schleuderte ihn in die Tiefe, weit hinaus ins Meer. Erst nach einer Weile, nachdem das Springen des Steines vom Geräusch der Dünung verschluckt worden war, drehte er sich um und sah sie durchdringend an. »Seit Noahs Zeiten gibt Gott uns Mittel an die Hand, um weiterzuleben«, war sein rätselhafter Schlusssatz.

»Aber vor einer Minute hast du noch gesagt, dass die digitale Katastrophe sich nicht aufhalten lässt.«

»Auch die Sintflut ließ sich nicht aufhalten«, bemerkte er, und dann betrachtete er sie wieder stumm. »Aber wir sind immer noch da.«

Sie entdeckte in seinen Augen einen Schimmer der Hoffnung und umarmte ihn.

Dann nahmen sie einander an die Hand und stiegen weiter aufwärts, auf ihren provisorischen Himmel zu.

99

Ort: Klausurkloster der Benediktinerinnen Mater Ecclesiae
Weltzeit: Sonntag, 20. September, 21.00 Uhr (GMT)
Ortszeit: 23. 00 Uhr (00.00 Uhr Ortszeit in Nazareth)

Hochwürden Pater Notari, Hausarzt der Kurie in Novara, steckte sein Stethoskop in die alte Ledertasche und strich über die schweißnasse Stirn der Novizin.

»Strengt euch nicht an, Schwester, und versucht nun ein wenig zu schlafen. Ich werde Euch morgen früh wieder besuchen.«

Die Novizin lächelte ihn müde an, sie atmete schwer.

Dann erhob sich der greise Priester von dem Stuhl, der neben dem Bett stand, und bedeutete seiner Assistentin mit einem Blick, ihm zu folgen.

Kaum waren sie draußen, sagte er fast flüsternd zu ihr: »Schwester, verständigt die Äbtissin, dass die letzte Ölung vorbereitet werde. Sie wird die Nacht nicht überstehen. Dem Allmächtigen sei Dank.« Und dann ging er eilig, gebeugt vom Gewicht seiner Tasche und seiner undankbaren Aufgabe.

Schwester Maddalena stand seit vielen Jahren dem Ospedale della Pietà im Kloster vor, und viele Schwestern hatte sie vor das Angesicht des Herrn begleitet, aber keine war je so jung gewesen. Dies schien wirklich ein verfluchtes Jahr für das Kloster zu sein. Der Wille des Herrn geschehe, sagte sie sich still, während sie mit tränenerfüllten Augen zur Zelle der Äbtissin ging. Die anderen Schwestern waren versammelt und säumten wie Statuen den Korridor. Sie beteten andächtig, ohne einen Laut von sich zu geben.

Als Maddalena an die Tür der Zelle kam, klopfte sie vorsichtig: »Hochwürden Mutter Maria, ich bin es, Maddalena. Darf ich stören?«

Eine sanfte, aber feste Stimme antwortete von drinnen: »Kommt herein, meine Gute, es ist offen.«

Aus dem Schatten der Kapuze strahlte ein intensives und engelhaftes Lächeln hervor, und eine warmherzige Stimme empfing sie: »Ich las gerade. Was kann ich für Euch tun, Schwester?«, fragte sie, während sie das Buch zuklappte und auf ihr Schreibpult legte.

Seitdem sie, nach dem schrecklichen Tod Mutter Valerias, zur Äbtissin ernannt worden war, hatte Mutter Maria es verstanden, sich nicht nur die Achtung, sondern auch die Zuneigung aller Mitschwestern zu erwerben. Schwester Maddalena hatte sofort Gefallen an ihr gefunden. Die Äbtissin verstand es, Glaube und Andacht auszustrahlen, aber auch ganz menschlich zu lachen und sich zu freuen. Sie war zwar streng, aber gleichzeitig verständnisvoll und gerecht. Eine echte Mutter, für das Kloster.

Maddalena antwortete ihr höflich, konnte aber nicht verbergen, wie bewegt sie war: »Pater Notari hat uns soeben verlassen. Er bat mich, Euch sofort zu rufen, denn für die Novizin ist der Augenblick der letzten Ölung gekommen.«

Mutter Maria griff instinktiv an den Rand der Kapuze und zog diese noch fester um ihr Haupt, als wollte sie ihr Gesicht dem Licht oder fremden Blicken verschließen. Dann stand sie auf und legte mit schnellen, kundigen Bewegungen die Paramente an. Aus dem Schrank holte sie das Kruzifix, die Ampulle mit dem geweihten Öl und eine goldene Ikone mit dem Antlitz der Muttergottes. Schwester Maddalena sah zudem, wie sie einen Füller und ein Notizbuch aus dem Nachtkästchen holte und in ihre Tunika steckte.

»Gehen wir«, sagte sie schließlich, die Tür ansteuernd.

Schwester Maddalena folgte ihr, und im Hinausgehen sah sie das Buch, das Mutter Maria gelesen hatte: »Die Prophezeiungen der Maya«. Sie war verblüfft. Gewiss kein kanonischer Text, ging es ihr durch den Kopf. Aber dann befiel sie wieder eine beklemmende Unruhe, und sie dachte nicht weiter daran.

Als sie beide am Bett der Novizin standen, bat Mutter Maria sie: »Lass uns bitte allein, in Gottes Gnade.«

Sie gehorchte und verweilte vor der Tür, um mit den anderen Schwestern zu beten.

Beim Anblick der Äbtissin versuchte die Novizin, sich ein wenig in den Kissen aufzurichten, schaffte es aber nicht. Also half Mutter Maria ihr mit fürsorglicher Hand.

»Meine Mutter, noch eine Vision«, flüsterte die Kranke mit fast unhörbarer Stimme. »Die letzte, glaube ich, aber ich kann nicht mehr schreiben. Tut Ihr es für mich, ich bitte Euch.«

»Meine Tochter, ich werde deine Worte sorgfältig und genau transkribieren.« Mutter Maria setzte sich auf den Stuhl neben das Bett, öffnete das Notizbuch und nahm den Füller zur Hand.

In diesem Moment ging die Sonne unter. Der letzte Lichtstrahl verschwand plötzlich aus dem Gesicht des Heilands, der über dem Bett hing. Alles war dunkel und still geworden, als die Novizin mit engelhafter, entrückter Stimme erneut zu sprechen anfing:

»Ich sehe den Erzengel Michael.

Er kämpft im Himmel gegen das gekrönte Horn und verletzt es tödlich am Kopf.

Aber Satan heilt es und verbannt es auf die Erde.

Und ich sehe das verletzte Horn mit seiner Krone im Westen wieder erstehen, aus dem letzten Meer. Es gleicht äußerlich dem Tier, welches seinen Odem aus der Kraft des Drachen schöpft.

Es entweiht das heilige Feuer und verbrennt die rettende Arche.

So erhält er die Macht des Thrones, am 29. Tag des Mondes von Sivan, im 5769sten Jahr seit der Erschaffung der Welt, und er wird herrschen 43 Monde lang.

Und er unterjocht das andere Tier der Länder des Orients, den Führer, der predigend herrscht, den Afterpropheten, der sich ›Sohn Gottes‹ rufen lässt, jener, welcher den Schlüssel besitzt, um die Seelen der leuchtenden und sirrenden Götzen aufzuschließen. Jener, welcher den Himmel mit Feuer erfüllt und einem falschen Gott huldigt.

Und das gekrönte Horn blendet ihn.

Und macht ihn sich untertan.

Und schließlich entwendet es ihm den Schlüssel mit dem Zauber, der ihm gegeben, und es entreißt ihm die Hure Babylon, die den Namen Venus trägt.

Dann wirft es ihn in die Hölle.

Jetzt sehe ich, dass alle Götzen seine Diener geworden sind.

Und es gibt den Götzen den Befehl, die Menschen zu versklaven, und all jene, die seine Zahl nicht auf Stirn oder Hand tragen, leiden und sterben, denn sie können weder kaufen noch verkaufen.

Ich sehe, wie das gekrönte Horn den Heerscharen seiner sirrenden Götzen den Befehl gibt, am letzten Tag der Welt.

Ich sehe eine Vielzahl an Christenvölkern dem Wahnsinn verfallen und sterben, am neunten Tag des Mondes von Tevet im …«

Der letzte gehauchte Laut erstarb in einem Röcheln, und der Satz blieb unvollendet.

Die Novizin drehte die Augen gen Himmel und starb.

Mutter Maria bekreuzte ihre Stirn mit dem geweihten Öl. Dann schloss sie ihr behutsam die Augen.

Sie setzte sich wieder und schrieb das Jahr des letzten Tages der Welt in das Notizbuch. Die Novizin, eingeweiht, hatte keine Zeit mehr gehabt, es auszusprechen, aber das war nicht notwendig. Die Äbtissin kannte es bereits. Der letzte Meister hatte es ihr mitgeteilt.

Sie schlug das Notizbuch zu und steckte es in die Tasche ihrer Tunika: Die neue Hoffnung der Menschheit. Dann bekreuzigte sie sich noch einmal und trat hinaus, in das andächtige Gemurmel der Gebete:

»Vater unser, der du bist im Himmel …«